U0508350

蒿草青青

付鹤鸣　著

陕 西 新 华 出 版
太白文艺出版社 · 西安

图书在版编目（CIP）数据
蒿草青青 / 付鹤鸣著. -- 西安 : 太白文艺出版社，2025. 1. -- ISBN 978-7-5513-2946-0
Ⅰ. I267
中国国家版本馆CIP数据核字第2025DH6611号

蒿草青青
HAOCAO QINGQING

作　　者　付鹤鸣
责任编辑　汤　阳　杨钦一
封面设计　宁　萌
版式设计　宁　萌
出版发行　太白文艺出版社
经　　销　新华书店
印　　刷　四川科德彩色数码科技有限公司
开　　本　880mm×1230mm　1/32
字　　数　310千字
印　　张　13.25
版　　次　2025年1月第1版
印　　次　2025年1月第1次印刷
书　　号　ISBN 978-7-5513-2946-0
定　　价　89.00元

联系电话：029-81206800
出版社地址：西安市曲江新区登高路1388号（邮编：710061）
营销中心电话：029-87277748　029-87217872

自　序

2024年1月，我的长篇小说《船要过滩》在云南美术出版社正式出版，这部书前后花了我十年时间，了却了我的夙愿。为一部书花去这么多心血，肯定对工作有一定影响，我这也算“不务正业”。本来想静下心来，全心全意去做好自己的法律服务工作，但我还是放不下，想把早年散落在各处的那些文字整理出来，结集出版，也算是对自己有个交代。

我从二十世纪八十年代开始向报刊投稿，那时写的文字非常平庸，甚至有些幼稚可笑，故多是泥牛入海。记得县文化馆早年办了一份《柳山》小报，船滩距县城有点远，还要过武宁渡，我竟然步行六十多公里，把稿子直接送到编辑老师手上，前后也不记得走过几回，现在说起来，别人都摇头，自己也不敢相信。

不怕大家笑话，文字第一次见报，不是诗歌，不是散文，也不是小说，而是我搜集的一首武宁打鼓歌，别看只是发在《柳山》上，当时也激动了一个晚上。后来，我开始学写新闻，那时写新闻的人不多，总能在当地报纸上发些“豆腐块”，有时一星期要在《九江日报》上发两三篇，镇上人还真把我当成了记者。想不到的是，时任镇文化站站长的陈德生，竟然在某日上午（具体时间不记得了），穿着一双半新的解放鞋，从船滩步行到辽田湖山找到我（那时文化站可能没有配自行车）。

其实陈老师也不认识我，他是一路问过来的。当时我正好在路边的一块水田里帮人家栽禾，听到有人喊我的名字，便慌忙丢下手上一把禾秧上岸。陈老师当过电影院美工，其小说早在二十世纪八十年代就上过《小说报》，诗书画皆精，算是镇上的文化名人。

当陈老师看到戴着草帽，腰里系着汗巾，挽着裤管站在他面前的我，眼神有些失望。那时，我也和其他同龄人一样，都怕干农活，希望有朝一日脱离苦海。见了久闻大名的陈老师，我忙在衣服上揩了揩手，想和陈老师握个手。其时我腿肚上还有泥水往下掉，有只大蚂蟥正吸在我腿上，吃得圆圆滚滚，那蚂蟥一点也不把陈老师放在眼里，倒把他吓了一跳，陈老师伸出的手又缩了回去，我有些尴尬，忙弯腰用手将它拍下来。现在想起来，这个插曲挺有趣，而且是一段美好的记忆。可以说，是陈老师为我点亮了文学的明灯，照亮了我前行的路。

时间如白驹过隙，一晃眼，明年就花甲了，掐指算来，我从事业余文学创作也已三十余年，虽有停歇，却始终没有放弃。

因为之前换过几台电脑，不少资料已遗失，几经努力，找到了一些，但仍有遗憾。这次整理的都是我在各个时期创作的散文和随笔，也有些属于其他体裁，我也收入其中，怕它们再有遗失，也想让它们有个“家”，不再像我年少时那样成为漂泊流浪的孩子。虽然有点杂，却也圆了我的愿。本书共有作品一百一十五篇，虽然都在报刊上发表过，但在有些人看来，这些出自小报或者内刊的“作品”，文字平淡无奇，又多是蹒跚学步，功底浅薄不说，有的还幼稚可笑，实在无须浪费时间、浪费精力、浪费银两，完全没有整理和出版的必要。但那些文字是我的心血和结晶，记载了我不同时期前行的脚步，可以鞭策我在蒿里不断反省。况且，就是这些七歪八扭的文字伴着我一路跌跌撞撞走来，与我有难舍难分的感情，即便抽我一鞭，怕也是不舍的。

本书取名为《蒿草青青》，有两个原因。一是我写过一篇题目相同的小文，发表在《九江日报》，觉得这个标题还可以，也没发现有人用过；二是蒿草是我们蒿里（乡下）一种常见的植物，不怕牛蹄不怕火，冰冻雪压春又生，生命力极强，与我的命运和受过的苦难相当，因而在整理这个集子时，我想到了这个书名。我又根据题材，将内容分为蒿景、蒿情、蒿庐、蒿事、蒿土、蒿烟、蒿评、蒿音、蒿语，归类也不是很准确妥帖，姑且这样吧。

“蒿景”收入了十二篇小文，发表最早的是在1996年。在幕阜山中生活的我，其实也不寂寞，身边有不少风景，可以爬辽山、老鸦尖，可以到青葱嫩绿的白鹤坪采蒿草，可以钻进桂竹乱拔春笋，可以在北湾的修江河畔森林氧吧扳罾，坐在水边独饮，醉在东岭……还可以去“幸福里”水润武宁，或是期待再访中华紫鹿张。这些都构成了美好的记忆，成了心中最难忘的风景。

“蒿情”收录了十五篇作品，是对亲友和故乡童年的追忆和思念。我带着阿婶为我织的小蛋兜，到二叔家看张屠户解猪。那时，父亲是个棋迷，父亲锄地的背影与牛，最后成了一张黑白照片……在五月的汨罗，我想起了阿婶，阿婶就是我的娭毑娘和胞衣场。我站在辽山顶，眺望百里修河，我想起我的妻，以及与妻初相识的那些日子，居然让我错发了短信。看来，老伴也要哄……感恩相遇，感恩拥有，人间烟火，是这般灿烂。

“蒿庐”收入了十八篇小文，虽文字不多，也是故乡的情结所在。从船滩老街的温泉旧事说到修河滩歌，从上汤榨油坊说到史上最“恶毒”的美食——“小汉口”船滩的美食，以及坎头村的来历，还有从黄沙村走出的明朝开国大将胡大海。梅友支部那盏灯，一直亮着，亮着……球场“十一仲”，赖罗傅一家亲，是石坑傅家及傅家祠的亮点。降仙坡的来历如何？高居寺和黄庭坚有何渊源？祖师爷张道清慧眼先识太平山……在永济桥上，我想起辽山寨的传说。这些故事虽然有些杂，有些旧，但常听常新，总也说不完。这要感谢《九江日报》和《浔阳晚报》。

“蒿事”收入了十二篇拙作，题材不一，多是小事，难忘我家“三大件”、牛八买车、挖笋、拆空调、分家、退票、补胎，甚至一只银手镯、一个吝啬鬼，等等。美女来了不一样，幸福车票可以把幕阜山区的风土民情尽情囊括。

“蒿土”收入了十二篇短文，多为描写春天的，最早的发表于 1996 年，最晚的发表于 2024 年，时间跨度将近三十年，最早的文字十分幼稚，如今发表的作品，也平淡无奇，这一点不用别人说，我有自知之明。偷得海棠三分白，就是四月雨生烟。这个时候可以拔苦菜、掐蕨、开秧门。春天来了，在蒿里人家，看杨柳依依，写《船滩赋》，如福星一般，过我的六月六。这多么美好。

“蒿烟”收入了二十二篇短文，是对故乡人和事的放歌。从一棵苦菜草、一头小黄牛、讨债、退彩礼，到《红楼梦》里船滩方言三百条。小纠纷闹出大官司，“苏小妹”三难新郎，一对野鸳鸯的发财梦，是时下的热点和焦点；扫盲班里的新鲜事、远去的榨油声、老木匠的作家梦，是关于故乡的记忆。刘老师平生只喜一件事，搜集修河滩歌九百条，“活党史”程开宁是村民心中一盏灯。还有第一书记杨书记、公益达人王有华、修复古建筑的老站长、辽山歌王方由根……

“蒿评”收入了七篇读后感，早年修建黄塘水库，笔者成了移民，总想遇个好房东，而我那个胞衣场，成了移民心中的朱砂，情到深处“四哥”来，读了《水车谣》，水花永远开在深情的小巷，石磨成诗诗更瘦，生活再清苦，不过一行诗……

“蒿音”收入了十三篇作品，女人是什么？这是个永恒的主题，不妨让妻子存些私房钱。当然，要留住农村法律服务人才，新闻“110”好不好，不妨吃吃农家饭，不能让农民“一盼再盼”。反腐败，婚丧始，道德评议会真是好，法入人心和气生，有林权纠纷调处浅析和纠纷调解“四字诀”，就无须打气与补胎，这就是老“抠”精神，当赞！

“蒿语”收入了四篇作品，我曾当过七年《船滩》执行主编，知道办刊和做人一样难，还做过数十年的报社和电台通讯员、特约记者，与《浔阳晚报》有“晚报情”，也难舍难分《农家信使报》，以及我与《九江日报》的不了情。其间，我还写过一些此类文字，但找了几次都没找到，只有明月知我心，只有奔腾不息的修河，才能演变成西海平湖……

蒿草青葱嫩绿，俗世慌乱辽阔。唐诗宋词成了古典诗词，李白、白居易、王维、孟浩然、李商隐等一众唐代诗人早已作古，蒿草青青，只有拎篮的女子，才是蒿丘的真正主人。世事难料，风雨难调。蒿草无言，万物得生。一坡蒿丘，我只要一捆。

是为序。

Contents 目录

蒿庐

❀ 蒿事

❀ 蒿土

❀ 蒿烟

❀ 蒿评

❀ 蒿音

蒿语

蒿

景

❀ 幸福里

想不到，微信时代，我一个翻泥巴的人，也被朋友拉进了几个群，而且有幸被邀请参加“风雅颂”群的文友采风活动，第一次走进了上汤小九宫，在一处叫“店前”的村落旁，我们被溪边几栋老屋吸引住了。

不知谁说了句：“这就是‘幽篁里’！”

老屋也没有什么特别之处，只不过是同行的一位美女作家邹幽篁生于斯，长于斯罢了。

老屋依山就势建在溪沟旁，虽独处村庄的一隅，却也不疏亲远邻，常有暖暖的画面浮现。

秋冬季节，谁家在屋坪里剥茶籽，生了一堆惹眼的茶壳火，村人三三两两前去凑热闹。主人也特热情，总把邻家当远亲，邻家还没走到近前，女人便又是端机，又是端椅的，男人一边上烟，一边一个劲地叫女客快上茶。这些人围在火堆旁坐下，挓开双手烤火，火把脸映照得像个红柿子。这些邻家来了，自然也是不闲的，腿上搁着竹盘，手上不停地剥着茶籽，聊着春夏秋冬、家长里短、坊间趣闻。有个邻家一时兴起，还唱起了山歌：“薯丝饭，茶壳火，除了神仙就是我……”不远处，几个小毛孩在晒坪里滚起了铁环、抽起了陀螺，其中两个还跪在地上把茶籽球当成玻璃珠玩得正欢。小小村落，成了

“幸福里”。

我虽常年躬耕田头地角，两耳陋寡，眼目不明，却也难脱尘俗，不知眼前这是怎样一个世界：是不是城里人刻意追求物质享受，境界太高，所以那么累；山民们过惯了恬淡生活，与世无争，所以那样快活！

老屋的溪坎也有些特色。屋檐水就滴在溪坎上，好似三百年前有约似的，点点滴滴分毫不差，就像那纯朴的村人，代代传承着诚实朴素的秉性。屋檐下是一条两尺来宽的过道，以前没抹水泥，路面凹凸不平，雨天泥湿路滑，小孩儿上学、玩耍没有大人牵着、护着，胆小的要摸着墙壁才敢通过。

对，还有那石砌的坎，像山民的性格，硬爽，不喜转弯抹角，但心地良善。也有人说：石头砌坎硬碰硬，山民们办事、做人也硬朗，从不刻薄待人。而我觉得，这里的石头——确切地说，应该是鹅卵石，形状和本质就像我的父亲那样，憨实平和、人见人爱。

石与石挨挤在一起，便是一个团结的整体，便有气势和力量；人与人之间隔了些距离，或者不常往来，便觉生疏。而那道石坎有个不大不小的缝隙，能容一棵板栗树恣意疯长。那是山民们的豁达和本色，更是石坎儿的造化和圆熟。

栗香时节，一个个山娃像小松鼠似的爬上树，有的使劲用脚踩踢，用手摇枝丫，还有的故意对着栗树下的村娃用竹竿敲打枝丫上的栗球儿，那些裂开的，或者没有裂还想在树上多待些时日的栗球儿，经不住这帮村娃的蛊惑、围追、猛敲，有的心怀梦想掉落下来，也有气鼓鼓、夯头夯脑的，砸在村娃头上，还有的干脆直扑到村娃手上。那栗刺儿扎在手上又胀又痛，一时间，树下尖声怪叫，喊声、笑声响成一片，不知是谁家的红衣女孩儿，站在那栋吊楼上乐呢！她拍着小手，招来一朵洁白的云团儿，在屋角头打住。

云是过客，就像往事会一页一页翻过。

但人是无法忘却过去的，石头也是，经历了些岁月的石坎儿更是。对于过往，这样的情景虽已远去，但石坎儿记在心里。

村里人多外出打工，每到夜幕降临，村里的留守老人或小孩要关灯入睡了，这时，石坎儿就可以静下心来，自在地翻翻日记，像村里那年头放电影似的，一幕幕地在石坎儿上又放了一遍。连村头的小拱桥，对，桥上还唱过花鼓，走过一对对扭着屁股的花鼓公和花鼓婆，还有那一盏盏高擎的戏子灯，映在桥下的溪水中，远时影影绰绰，近时红彤彤，盖过了水中的月影。更喜村头传来的花灯锣鼓，总带些过年的味道，接灯的爆竹一响，村里就极其热闹，整个村庄都有些癫狂。

其实，走过前面一户人家的屋檐下，眼前又开阔了不少，还有一个小小的地坪。一位老人正蹲在地上埋头补着竹农具，确切地说，应是竹盘箕。对，那情景和神态，倒像某日在报纸上看到的一个老篾匠，可惜没戴眼镜。

“独坐幽篁里，弹琴复长啸。深林人不知，明月来相照。”几个喝了些墨水又喜吟诗作对的文友高声诵着王维的《竹里馆》，已然从他身边走过，脚步再轻，也不可能不扬尘。而老人独坐“幽篁里”，全然没有受到惊扰，心中自有一方天，听到有人喊“爷爷”，方抬头循声望去，原来是他的宝贝孙女“幽篁”突然出现在眼前，老人揉了揉眼睛，确信没有看错，有些喜出望外。

走过“幽篁里”，一条平坦的小路直达沟溪，沟溪里似乎有一溜烟纱雾霭，远远地只听到流水声。

近了。眼前这条清幽的山溪，泉水滑过布满苔藓的鹅卵石，跳着叮咚的舞步，又从长在石缝中的一株菖蒲前流过，声音美妙动听，这高山流水的声音，常听可疗百病，也治尘烦，虽已久违，但还没与世隔绝，应是世界上最美妙的音乐。

我看那株菖蒲的叶儿有些像剑兰，指宽的叶片发力舒展，猛青猛青的。对，同行的人说是石兰，还掐了一枝若有所思地闻了闻，说有兰花的馨香，我也闻了，还是菖蒲的味道更重。这也可以理解，城里人看惯了奇花异草，那些平平无奇的野草，他们不可能去爱，即使无意错爱一回，也要给其冠上一个动听可爱的名字，否则，会有失身份和品位。唯有洪应明与世俗不一，在《菜根谭》中说："粪虫至秽，变为蝉而饮露于秋风；腐草无光，化为萤而耀采于夏月。"这清幽幽的沟溪，因了这株石兰（暂且这样称吧），泉水经年弹奏，路过的人才得以驻足倾听。假如俞伯牙内心对其有些许不屑，或心向远方，也许只有钟子期才能一眼猜出他的心思。谁志在高山，又志在流水？但愿更多人来到这"幸福里"，遇见真正的知音。

（载于 2019 年 1 月 13 日《九江日报·花径》头条）

❀ 水润武宁

武宁水多，遇水便有桥，什么碎花桥、西安桥、建昌桥、看鹤桥、古艾桥……一座小小的县城，粗略一算就建有 15 座桥。这一座座横架一河两岸的桥，就像一个个奋发向上的武宁人，始终保持一颗谦卑之心，包容步履、车辙，所以武宁人有福，拥有 400 万亩山、50 万亩水域的巨大财富。

1971 年修建柘林水库，老县城被淹，新县城迁建在不远的樟树下山坡上，三面环水，想去县城还真有点儿难。每次都得坐班车到宋溪渡口，然后再坐渡船进城。有两次因天气原因渡船停运，我站在渡口，望着几百米外的县城被一河所隔而无法亲近，不免心生怨气，觉得修河不善解人意，有点儿不近人情。虽然心里着急，可是急又有啥用？只好花五元在宋溪渡口的小旅馆住下。

就因为没有桥，渡口曾一度成为许多人不忍再看一眼的伤痛之地。

那时渡口客流、车流量大，渡运负荷过重。当时，有不少人记得，那年辽里一辆班车连人带客全部栽入河中，死伤数十人，事故惊动了省、市领导。我的一位远房亲戚，就在那次事故中不幸身亡。也许是这些人的在天之灵福佑了武宁，2001 年，一座全长 3476 米、国内横跨水库最大的公路桥——武宁大桥建成通车。一桥飞架南北，天堑变通途，有了大桥，武宁人便插上了腾飞的翅膀。

昔日武宁有“三怕”。罗坪和杨洲原来是最偏僻落后的地方，南线公路未通前，人们去南昌、九江得先坐班车到县城，再坐渡船过宋溪，绕半个圈，然后才翻越南皋山，没有四五个小时到不了南昌和九江，一天跑不了一个来回。那种旅途奔波，不是一般人能承受的。难怪外地人说起武宁就头痛。那时，还有句顺口溜：“一怕武宁路，二怕武宁渡，三怕武宁苦。”因交通闭塞，武宁人只有守着400万亩山、50万亩水域受苦受穷，连外地女孩也不愿嫁到武宁，说武宁长水人靠斫竹、斫树换油盐，笑上汤人满足于“烤茶壳火，吃薯丝饭，饿着肚子唱山歌”的生活，过惯了穷日子。

穷则思变。武宁人攥指成拳，破难攻坚，首先打通了南线公路。现在到省城南昌不到两小时的车程，接着又修通了经清江到修水的二级公路，借大广高速和永武高速穿境而过的契机，又修通了连接靖安的公路，修通了九宫山、太平山旅游公路。如今，全县180多个行政村，村村修通了水泥路。长水村也旧貌换新颜，一举成了全国林改样板村，家家都有绿色银行。听说一外地女孩到长水旅游，与当地一创业青年喜结连理，传为美谈。昔日穷乡僻壤的上汤，如今建成了温泉旅游小镇，水泥路通到了湖北九宫山，薯丝饭、茶壳火成了诗和远方，武宁“打鼓歌”也被列为国家级非物质文化遗产。2007年4月20日，国务院总理温家宝亲临武宁长水视察林改工作，看到满目青山绿水，欣然题赠“山水武宁”，武宁从此走上了绿色发展的快车道。

因水得福。武宁湖过去叫柘林湖，现在叫庐山西海，湖区拥有形态各异、大小不一的岛屿1667座，平均水深45米，能见度达到 11 米，负氧离子含量为每立方厘米 15 万个，属国家一级水质、一级空气的天然大氧吧。二十世纪九十年代，水产养殖产业迅猛发展，网箱养殖达 2.5 万箱以上，建设土坝或网拦库湾 345 座，库区从事渔业捕捞生产的人员一度达到数千人，酷渔滥捕现象十分严重，水质堪忧，渔业种质资源急剧衰退。为了还庐山西海一湖清水，2012 年，县里成立了国有独资的江西山水武宁渔业发展有限公司，负责管理和运营庐山西海 30 余万亩水域的水产养殖。2015 年年底，江西省水投生态资源开发集团有限公司通过竞拍获得了江西山水武宁渔业发展有限公司 65% 的股权，并积极配合相关职能部门，安置渔民，收购渔船 400 余艘、木筏 900 多条、各类渔网 6 万余条。有 400 多名渔民到水投公司上班，人均月收入不少于 3000 元。放鱼养水，也是该公司的创举。先后累计投放各种规格的鳙鱼、鲢鱼鱼种 1200 余吨，产卵季实施禁港、休渔等一系列措施，提高了水体的自净能力，有效地促进了库区渔业种质资源的快速恢复。如今武宁一湖碧水享誉全国，每年来武宁旅游的人多达百万，被香港媒体誉为“人间天堂”。

武宁人精明，一手抓经济，一手抓旅游，通过招商引资，在南市的荒坡上建起了江西最大的灯饰城。还动用大手笔，拆掉了沿湖老旧建筑，将昔日一潭死水的朝阳湖，打造成了休闲旅游的好去处。水边搭建的“遇见武宁”大舞台，堪比香港维多利亚港的夜景，杨洲漂流风生水起，花源谷胜似世外桃源，宋溪水上乐园游客爆满，巾口修河岸边的花千谷，更是享誉省内外。县里还不惜花重金在滨湖地段修建了八音楼、西海燕等地标性建筑，让昔日荒草萋萋的湖滩变成了湿地公园。船在湖中走，人在画中游，水把武宁装扮得灵动、娇艳、妩媚。水榭边，一不小心就立起了一座现代化的新城。古塔、公园、帆影、古桥，这是武宁的标配，真真切切的梦江南。短短几十年，武宁从一个贫穷的山区小县变为江西最干净的县、中国五十个最美的小城之一，可谓发生了翻天覆地的变化，“武宁现象”令人惊叹！

“曾与美人桥上别，恨无消息到今朝。”到武宁游山玩水，最可人的是凭廊观湖、敲窗听雨；也可以在林间打坐、问道松月，亦可借桥亭的静谧，独享岁月静好；你还可横舟远影，看桥上车流光影，亦可扶栏遐思，酝酿一行雁影留痕。无论你在水一方，还是站在桥上，都可以看到一湖水色、一城灯火。

（载于2019年11月17日《九江日报·花径》，2020年4月获九江市“建设监理杯”“我和我的祖国”征文大赛优秀奖。）

ꕥ “醉”在东岭

晴空烈日，气温回升，桃花似火的修水东岭，有如出浴的美女，顾盼神飞。

山不在高，有石就奇。东岭有着典型的喀斯特地貌，集奇石、果林、古木、溶洞于一体。东岭的山高低错落，雅致有趣，气韵天成；那些遍布其间的奇岩怪石，有的形似龟蛇，有的如菌似菇，有的一柱冲天，有的如碉似堡，有的如剑似刀，虽形态不一，但都鬼斧神工。

桃花红，梨花白，是东岭的名片，也是东岭人的笑容，亦是东岭人送给你的见面礼。

据说，石林间那些虬枝老干、鹤寿新苞的桃树、梨树，都为神仙栽种，不信你可问问路人，问问村里的老者。那些奇岩怪石，便是由仙人进山时的影子化作。因一声春雷催花雨，一滴夜露带星寒，一叶草尖随风长，一声牛哞过山冈，山上那些桃树、梨树，还有檵柴树什么的，一夜间便锣鼓喧天地全开了花。

当然，那些花开也不需要什么仪式，更不需要文字加持，只要一声牛哞，一声夜鸟问好，或者春燕一声呢喃，那些树呀草呀，就铆足了劲，一夜之间冒出嫩黄的尖芽。还有那些花骨朵，也会吐出赤橙黄绿青蓝紫，把整个春天染得五颜六色。

此刻，只要你足够虔诚，桃树就会用火一样的热情，开出一朵朵桃花。那些桃花有粉红、深红、浅紫，如五彩生活，总有盼头；千朵万朵，总有你喜欢的那一朵。

春天是蜂蝶恋爱的季节。不怕你闹，不怕你烦，翅膀总会比你的脚步快半拍。在你来到东岭前，就将一山花信引出了精彩一瞬，而你的眼前就会次第开出三两瓣雪白的梨花，或者三五朵火红的桃花，抑或比山民家谷筛眼还小的檵柴花。这些花点缀在错落有致的石林，我把它比作莲步轻移的云霞。难怪这些云霞在石林中总是飘忽不定，就如大诗人王勃登上滕王高阁，遥襟甫畅，逸兴遄飞。

在这里，谁都可以读到桃花十里的文章，看到人面桃花的美艳，如用手机或相机拍到蜂蝶在花间起舞的芳姿，把这一切美好发到朋友圈，就是人生一大快事。

修水是个诞生文化奇才的地方，自然就得配有一处处绝美的风景。东岭桃花与喀斯特地貌巧妙结合，是天作之合、地造之功、神来之笔。难怪那么多银发长须的老者、蹒跚学步的幼童，还有牵手的情侣，都相约来到修水东岭，沉醉于大自然，似乎只有醉在修水，醉在东岭，醉在这个春天，或者醉在那片石林，醉在那棵桃树下，醉成一枝梨花，笑成一朵桃花，才是一种美好。

（载于 2023 年 3 月 24 日《江西日报·井冈山》）

❀北　湾

大自然真是神奇，八百里修河在赣北澧溪镇拐了个大弯，将北湾村环抱其中，犹如修河怀抱一把琵琶在弹奏，奏得两岸田畴载绿，花木扶疏，人烟辐辏，物产丰饶，成了鱼米之乡。

我有幸获邀到澧溪镇采风，首站就是修河边的北湾村。村支书一路带我们参观，滔滔不绝地介绍，说该村位于修河中段的河畔，生态环境得天独厚，森林覆盖率 79%，负氧离子浓度很高，大气环境质量达到国家级标准，空气质量优良天数占比超过 95%，让我们都有了想住下来的欲望。

北湾村是座移民村，三面临河，总面积 12 平方公里，全村有 4 大自然村庄，12 个村民小组，总人口 1148 人，常住人口 920 人。其中，上北湾自然村属于纯浙江移民，南边自然村属于柘林水库移民。二十世纪七十年代从永修县柘林镇迁入北湾村，共有 82 户 320 人，北湾村有保存完整的移民文化，地域相互融合，孕育出了“顾全大局、攻坚克难、团结拼搏、勤劳朴实”的新北湾人精神。该村的移民包括：唐家湾唐姓，于明洪武年间（1368 年前后）由河南晋阳县迁入，因唐姓而得名；桃林系明正德年间（约 1510 年前后）由唐家湾唐姓人口分迁，1972 年迁入柘林库区，后靠移民有 379 人。杨家园是李姓聚居地，清康熙年间（1670 年前后）由湖北迁入，杨姓人口共两户，12 人；鲤鱼塘的李姓于元世祖至元元年（1264 年）由本镇樱田村迁入，1972 年加入柘林库区，后靠移民有 270 人；南边的李姓亦于明景泰年间（1450 年前后）由樱田迁来，1972 年迁入柘林库区，后靠移民有 280 人；上北湾的李姓于明成化年间（1465 年前后）由南边分迁，1969 年迁入浙江“两江移民”184 人。2008 年春，修河干流梯级开发的武宁县境内第一级，也是修河干流河段第七个梯级低水头径流式水电站——下坊电站建立，坝址以上集水面积 6512 平方公里，水库总库容 8250 万立方米，正常蓄水位 73 米。下坊水电站项目用地总规模约 5.7133 公顷，其中农用地 4.58 公顷，安置移民 116 人。随着下坊电站的建成蓄水，北湾人审时度势，及时调整农田水利结构，积极发展相关产业。丰富的水资源涌来，更是让北湾半岛呈现出一派迷人的江南水乡风光。

北湾半岛拥有广阔的水域面积，亲水旅游资源优势明显，是发展特色水产、开发康养怡情项目的绝佳之地。2019 年，被江西省林业局、江西省民政厅、江西省卫生健康委员会、江西省中医药管理局评为武宁首家“省级森林康养基地”。2020 年，在九江市网络评选活动中，又被评为“十大秀美乡村旅游点”。

为将北湾村建成移民新村，澧溪镇党委、镇政府着力挖掘移民文化，出台各项举措，扩大招商引资力度，吸引了乡贤饶群芳返乡投资十亿元开发北湾半岛情缘谷项目。其中，农旅融合项目占地面积 3800 亩，总投资五亿元，是武宁县全域旅游重点推进项目。以精品山茶观赏、移民文化体验为抓手，目标是建设省级现代农业示范园和农业龙头企业。2018 年 4 月动工建设，计划 2022 年全面建成营业。项目分两期实施。其中一期投资两亿元，建设内容为精品山茶博览园、森林科普公园、移民文化体验区、精品民宿区、四季果蔬采摘区等。二期投资三亿元，建设内容有总部大楼、农耕体验区、水上游览区、水上垂钓区等。结合北湾自然资源禀赋和地理优势，已种植特色水果700亩（其中韩花梨200亩，仙居杨梅、建德白枇杷、红美人柑橘、奉化水蜜桃、衢州甜橙等水果500亩）、精品山茶300余亩、紫薇300多亩、荷塘600亩；因地制宜打造北湾竹筏漂流、夏令营研学等体验项目，新建了移民文化广场和两江移民文化展览馆；投入300余万元打造了六栋以浙江传统民居为基础的特色民宿。项目打造了集自然风光、农业产业、移民文化和民宿体验于一体的特色田园综合体，年接待游客五万余人，目前正在争创国家AAA景区。

可以想见，北湾——修江河畔的森林氧吧，明天将会更加美好！

（载于2021年1月9日《浔阳晚报》）

❀ 七岁的辽山

我七岁，爷爷七十岁，辽山一百岁。

爷爷带我到辽山砍柴，我总是跑在前头，或回过头，或爬上岩头，不经意地问些童言稚语："辽山有长颈鹿吗？长颈鹿的脖子怎么那么长？"

爷爷笑呵呵地说："因为长颈鹿住在柳山，老惦记着辽山上的树叶，能不抻长脖子吗？"

"那柳山在哪儿？可不可以划船过去？"我睁大眼睛问。

睿智的爷爷捋了捋胡须，笑呵呵地指着山那边的修河说："柳山搭了个草棚住在修河岸边，那里可以扳罾，可以寻蚌，可以观猴，可以扎猛子，待我们砍完柴，回家用木盆划过去，如何？"

"太好了！你坐木盆我来划，我要把木盆划到大海去！"我乐得跳下岩石，又跑到了前头。

上山的路旁有一块二十多米高的石头，那形状酷似一女人抱子驮女。爷爷说，这就是"石人婆"，带着一双儿女在山下守候丈夫归来，经年不去，风雨不归，后化为巨石。

这故事真的好神奇啊！

我问爷爷："石人婆会唱歌吗？"

爷爷放下竹柴夹，张口就唱了起来："石人婆，石人婆，终朝伫立望阿哥，山中岁月易相过，日望阿哥可奈何，等到河枯水干日，公婆相会辽山坡。”

爷爷唱得有些凄婉，我听到了山的回音。

我回望那突兀的石人婆，那是一块不经斧凿、天生而成的巨石，足有三四丈高，奇就奇在从东南西北不同方位观看，石人婆如百变女神，身姿曼妙无穷，特别是雨雾云天，石人婆如披薄纱，初出闺房，影影绰绰，似仙女降临人间。

我若有所思地问爷爷：“石人婆经年不走，日思夜守，口渴了怎么办？”

爷爷听了，又笑呵呵地回答：“过了辛寺里，上面就是石脚盆，那里有梨园，有村舍，有小溪，泉水从岩洞里汩汩流出，水凼里有游鱼，可以捉虾，可以摸蟹。那泉水甜着呢，石人婆不用弯腰便可掬水、沐浴。”

“没有浴巾怎么办？”我天真地问。

“石人婆可厉害了，顺手就可以把云揽过来当浴巾。”爷爷笑着回答。

“石人婆没带雨伞，要是下雨了怎么办？”我有些担心。

“嘿嘿，石人婆会看云识晴雨：辽山戴帽子，落雨不是大事；辽山系腰带，落雨落得快；辽山穿衣裳，落雨落得长。”爷爷回答。

“爷爷上过辽山顶没？”我又问。

“那还用问？我站在辽山顶，看到了武宁城，还看到那弯弯的修河绕过柳山，流到了很远、很远的地方。”爷爷望着柳山的方向说。

“那辽山顶大不大？”我有问不完的问题。

“山顶上立过寨，还有跑马场呢，可大了！”爷爷神气地说。

“不上辽山非好汉，我也要上辽山顶！”我听了后就拉着爷爷的手说。

“你现在太小了，等长大了再去。到时候，爷爷和你比一比，看谁爬得快。”爷爷笑着说。

“好，拉弓，放箭，一百年，不许变！”我也开心地笑了。

可是，爷爷在辽山开采大理石前走了，只留下七岁的辽山，在我的脑海中挥之不去。

（载于 2017 年第 3 期《乡音》）

❀ 老鸦尖

提起老鸦尖就必须说到幕阜山，没有幕阜山绵延湘、鄂、赣三省边界几百里的雄浑，老鸦尖就不可能有海拔 1656.7 米的高度，而常年住在半山禾秆塅的村民就不可能看到老鸦尖顶！

我庆幸生在山下，推门可见老鸦尖。

老鸦尖常年云遮雾罩，父亲活到六十岁也没去过一次，临死时都没合上眼。为了实现父亲的遗愿，也算圆我一个梦吧，暮秋的最后一个周末，我与一群好友相约成行，终于领略了老鸦尖的雄奇险峻。

出游错一步，就要多走冤枉路；人生错一步，就得后悔一辈子！这话，我是有切身体会的。

登老鸦尖有几条线路，从九宫山铜鼓包、湖北高湖、船滩的黄沙、上汤的石船等处都可以攀登。但最近，最好走的路是从上汤九宫的禾秆塅弃车出发。据说当年红军闹革命就是从这里翻山到湖北去的，带队的还是彭德怀元帅呢！

禾秆塅人有句俗话：出门“三个撑”。住在高山上，那些山路总是高过门槛，出门便是。同行的人说，没有“三个撑”的工夫，就只能在办公室里喝喝茶，你就不要登老鸦尖了。

我备足了水、带好了干粮，走在队伍的前头。眼前的山确实有些高，我问向导阮恢满，那最高的山峰就是老鸦尖吗？向导笑而不答。没一会儿，我们就钻入了山林，一条羊肠小路穿林过岭，先是一片油茶林，一朵朵洁白的油茶花点缀其间，倒也生动有趣。想到儿时用茅花管吮吸花蕊中的蜜是我的最爱，便有些禁不住了，在路边掐了根茅秆，想找找儿时的感觉。也不知是油茶花与我陌路相逢，不认识我的脸，也听不懂我的口音，抑或是我身手不似从前，没了童趣，少了当年的顽皮，动作有些笨拙滑稽，与当年判若两人。油茶花一个闪躲，我手中的茅秆就穿过了花蕊，再也找不到从前的感觉。难道真的，花已不是过去的花，人也非过去的人？总之，这花蜜差了几分甜，也许是我的味蕾使然，现代美食野心勃勃，欲称霸舌尖，但受蒙骗者多。我没尝出儿时的滋味，正想再吸几朵，后面的人追上来了。我想，儿时吸花蜜的情景藏在心头多年，下山的时候切记再吸它几口！可是，人生错过的东西太多了，有的是眼睁睁看着错过，有的是无奈之中错过，还有的是万分险恶中错过，失之交臂虽让人有些遗憾，但也是一种调和，是生活中一份不可缺少的美。

走过油茶林，便见万根竹。这高山上的竹子也有些不同，年年雪压，不折不弯，一根根直冲云霄。竹林里的枯枝落叶，像铺了一床竹叶毯子，厚厚的、软软的、暖暖的，让我联想到家里的席梦思，有了想躺一躺的想法。我感觉地下的竹根也在鼓劲，为冬笋拱出地面喊叫开道，与妻那年在产房生孩子一样，一帮人都在发力。这些竹子青翠粗壮，人站在林中，太阳就在数根竹子间毫不吝啬地洒着刺眼的金光，让人十分享受。向导说，这些竹“冲”，很有诗意，我不知“冲”为何意，向导笑答，就是直。小时候读过《井冈翠竹》，袁鹰先生说，井冈山的竹子，是革命的竹子，不怕火烧，不怕刀砍，“野火烧不尽，春风吹又生”。我说，这里的竹子，不也如此，同是一娘所生！你看，老鸦尖上有红军藏枪的岩洞，老鸦尖下的小九宫，便是红色革命根据地，曾有多少革命战士在这里前仆后继。他们为了革命的胜利，为了天下百姓，甘愿在这里抛头颅、洒热血。有了这种气节，有了这种精神，革命者干任何事情，都会成功。他们不忘初心，牢记使命，勇往直前，一根根竹，就是一个个革命人的肝胆写照。

过了竹林，便是杂木林。想不到，在这林木深疏的老林中，竟然能见到一位快七十岁的大爷坐在路边歇脚。他背着一个缝了驮带的蛇皮袋，手上拿着一把长柄柴刀，鹤发童颜，轮耳方面，两目炯炯有神，看不出一点与他年岁相当的“老”来。原来，这位大爷是上山捡尖栗、摘猕猴桃的。他也有些意外，竟然在这大山中，遇到我们一行三四十人。遇见本就是生活中一件意外且爽心的事，也是人生值得咀嚼的。有人听说林中有尖栗、猕猴桃，顿时来了精神。山里人靠山吃山，一方水土养一方人，一方人就有一方口音。这山上有春笋、冬笋，树上有栗子、猕猴桃、橡子、野柿、山楂、糖盎（金樱子）、刺梨、野葩、鸡爪梨，悬崖峭壁上有石耳，松林里有松菇，荫林里有名贵药材黄连、金线吊葫芦、绣花针、黄脚鸡、金线莲、银线莲。山野这么丰富，一年四季取之不尽，我想起儿时的我，穿着破棉袄，总跟在母亲身后，贫穷如影随形。这些个野果是大自然的馈赠，而人类对自然似乎少有感恩，甚至有人对自然大不敬，肆意破坏掠夺。如果真有山神的话就好了，只是大自然太仁慈，甘愿付出，从不计较点滴顽恶，更不愿意去惩罚任何一个人。有人说爹疼长子，娘疼细囡，母亲有时会偏心，但大自然从不。这一点，人类是无法比拟的。

你看，前面一丛刺蓬，相隔十余丈，枝头点缀着红红绿绿的果实，“羞涩佯牵伴，娇饶欲泥人”（唐·韩偓《无题》），远远地在微风中摇曳生姿，像是欢迎客人到来，这是大自然为我们一行人捧出的第一种山珍野果。向导说是莼，专家说，叫“覆盆子”。据说，这种野莼酸甜多汁，有固精补肾的功效，对月经不调、白带异常等也有疗效。时下专家最权威，要么不说，说出来了，总有那么多不由人不信的道理。离老鸦尖不远的辽里村，就有人投入巨资，开垦了一片山，建起了覆盆子扶贫种植基地。不过，现在时兴原生态，人工种植的，尽管个儿大量多，但我们不得不承认，比起野生的，还是要差一点味。那些个专家摸准了现代人的“病”，人们乱哄哄，不明就里，便一味追求健康，自然也就舍得花钱。前几年风行吃山蕨，专家说是绿色产品，市场一路涨价，山上采蕨的人到处都是；后有专家说，吃多了山蕨易患癌，就鲜少有人采了。我相信，你没病，我没病。总之，不是专家病了，就是这个时代病了。

成标兄写小说、散文在县里有些名气，算是本次活动中最有文采的。有人说，作家极会煽情、鼓动人，我看这话一点不假。这不，他说，前面一座山峰，能爬上去者就有花甲之寿！福禄寿谁不想？于是，队员们加快了脚步，个个弓着背攀爬，如当年红军打了一场小仗，轻而易举便拿下了这座小山头。到了峰岭，看到一棵棵栗子树，树下有栗子球、栗子壳，地上有几处野猪翻动的痕迹，有女生听说山上有野猪，身上立即起了鸡皮疙瘩，不敢单独走了。有些栗子落在枯枝烂叶中，虽躲过了野猪一劫，却没能逃过人们的眼睛，在动植物面前，人还是最具有威势的！

“这里有尖栗！”

“快来捡尖栗啊！”

只听一阵急急的脚步声传来，路边的草木躲闪不及，也来不及喊痛，便无端被绊倒，那声音很微弱，只有沙沙的风吹树叶声相和，但很快就被一阵欢愉的笑声盖过。笑声拂开了地上的枯叶，一粒粒金黄的尖栗跃入眼帘。顿时，山林里便聚拢了人气，有了生气。有人捡拾到了尖栗，高兴得手舞足蹈；有人捡拾到的全是空栗壳，故意又喊又叫，想出风头，惹人眼目，特别有意思。山林本是野兽的粮仓，掉下来的栗子本就是野猪、果子狸的美食，都被我们捡了，就等于把它们的食抢了，它们岂不要挨饿！成标兄如是说。

前面又是一座山峰。“能爬上去者，就可以活到七十岁。”成标兄这一招比曹操的“望梅止渴”还管用。看来，再爬过前面几座小山峰，便可成百岁老翁了。

突然，走在前面的向导大喊：“快来啊，这里有杨桃！”

当地人称猕猴桃为杨桃，喊声一落，早有人爬上了树，一时间，众人欢叫着聚拢在树下，有的俯身在草地上捡拾杨桃，有的仰头望着树上一串串杨桃吞着口水。这时，趴在树上的人猛然摇动枝丫，那杨桃如冰雹似的纷纷落下来，有的落在地上，咚的一声响，有的落在人身上，躲避不及的，便被杨桃打中，只听树下声声尖叫：“杨桃树下打杀人了！”有点“红秆绿叶开白花，荞麦田里打杀人”的滑稽。树上的人晓得杨桃打不杀人，更是使出了堂吉诃德的性子，越摇越起劲。“杨桃打着我了！”“杨桃打在我头上了！”那人还在树上使劲摇。看到这情景，成标兄乐了，说树上的杨桃吓得像孔乙己般慌不择路，最终还是被人逮住。这时又有人故意喊：“杨桃打死人啰！”我一瞧，真有人被杨桃打起了包，杨桃般大。一时间，笑声不绝，想不到人生最开心、最快活的时刻，却在此时此刻得以体验。

走出森林，前面有个平缓的坡，地上有好多茅莓，好像都是铆着劲儿长的，星星点点，红得有点惹眼，我摘了几颗尝尝，甜中带酸，唯有它，不失生活本真，还是原来那个模样、那个味道。

同行的夏老师，有着女性的天资聪颖，对花有独到的见解。她所指之处，那崖壁下的松树旁，一树盛开的杜鹃，梦幻一般斜逸出几枝嫣红，摇曳生姿，有几分留白，有几分风雅，如少女情窦初开，楚楚动人，正待意中人欣赏。

山上的花也是不能折的，折了多可惜，多令人伤心，后面的人看到满树残枝，见不到花，会说谁谁缺德，没有教养，那是很败兴的。不用担心，这些队员多是教师，有素质、有文化，这不，纷纷站在花前拍照，发在微信群，让花走出深闺，与众人分享快乐，那一刻，人人都很开心。我本想折一枝带回家，刚起这个意，就被他们的赞美声给盖过，夭折了。我对自己的想法有些不屑，甚至有些鄙夷，我憨憨地看着那坡上的茅莓，正在接受阳光的洗礼，我也算识趣，缩回了那只刚想伸出去的手，在花的生命里打个岔，谁也没察觉，笑着又上了路。

有人是第一次爬高山，看到前面的古松林，大为赞叹，抱着一棵松树，如同抱着他心爱的女人。那些松树也是太值得惊叹了，褐色的树皮被静好的岁月雕刻成鳞片状，那些虬枝虽有仙风道骨的相貌，却也妄自尊大，全然不把那些团在周围的树木放在眼里，尽做些招风遮阳的事。看那些树上长的疙瘩，还有那些似乎还在喋喋不休的残枝，就能明白世事沧桑，岁月也会折腾。

前面倒了一棵大松树，拦住了去路，是被大雪压倒的吗？如一条长龙，横卧于路上，抱石为枕，虽没了风骨，少了精气，却也在老鸦尖修炼了无数个春夏秋冬，吸天地之灵气，取日月之精华，能看淡身外的一切，倒了还是一棵松：烂了，就化成泥，归于土地，归于山林。

人没有树的胸怀高远，父亲没爬过一次老鸦尖，至死时仍不瞑目，我能说父亲有错吗？我能说老鸦尖缺少世故人情吗？

是的，我就有些奇怪，上老鸦尖看不到鸦，难怪有人把老鸦尖叫“老崖尖”了。向导笑了，说我是还没爬到一定高度。我不信，认为是向导怕我打退堂鼓，故意这么说。

前边一片林，坡上有几棵怪树，有的似兄弟齐心，有的似夫妻缠绵，有的一棵长出数十根笔直的主干，有如一个幸福的大家庭，队员们拿出手机给它照了张全家福，发在微信群里，立即引来不少人点赞！

已过了三座小山峰，还没看到老鸦尖顶，你说常年住在禾秆塅的人，他们能看得到老鸦尖吗？到了这时，队员们大多已累得呼哧呼哧的地扯起了风箱，有人跟不上了，我请向导帮我斫了根树枝作手杖，不停地喘着粗气。前面一处岭隘，左边一处山崖临风屹立，万般险峻，如鹰回首，那就是鹰嘴崖。下面是万丈深渊，一阵“哇、哇、哇”的聒噪声传来，让人毛骨悚然，只见几只老鸦在对面远远的山峰上盘旋，一阵云雾飘来，如入仙界。

过了岭隘，就等于走出了深林，眼前的风景让人平添一份惊喜：峰岭下，山林青青、泉水潺潺，四季如春；峰岭上，满眼低矮的灌木林，树木稀疏，像历经了几场冰霜，一派萧瑟的冬景。一座山，两种景，两重天，大自然竟这样神奇！

走过一处灌木丛林，攀了几处悬崖陡坡，又翻过一个侧山坡，上了一座小山峰，前面就是老鸦尖顶了。能坚持到最后，才是勇者，才有资格站上峰顶！韩兄多次提出要登老鸦尖，这次终于成行，离老鸦尖峰顶几丈远，他就有些激动，似乎不愿落在人后，早我一两分钟到达，应当是队员中第一个登上老鸦尖峰顶的。

我们一行四十人，走了约四个小时，最终站上峰顶的只有二十一人。可见，老鸦尖也不是你随心所欲，想来就来，想登就能登上的。

老鸦尖巍峨壮丽，气势雄伟，站在峰顶，但见群山云雾缥缈，时而壮阔，有排山倒海之势；时而和缓，将千山万壑夷为雪原；时而天降雄兵，致一方兵败如山倒，众叛亲离，现出怪石嶙峋，变化莫测，奇妙至极。那些捉摸不定的云雾，总能惑众，爱迷人眼，深沟壑谷有如某些人的贪婪之心，等着云雾来填满。殊不知，那些都是过眼云烟，切莫贪心，云雾下面就是万丈深渊！

峰下有一处数十亩的山谷，谷底是乱石滩，风声作法，妖雾迷魂，似有鬼哭狼嚎之声。那些绝壁中的奇峰怪石，还有安坐于崖上的矮松，似是仙人在诵经修法，如同一盆绝妙的天然盆景。距峰顶不到十米，有一处叫“薄刀背”的山崖，只有几米宽，南面是万丈深渊，北面是绝壁凌空，真是无限风光在险峰！

登山的过程，是一个锤炼意志、历练青春、修身养性的过程，是一个收获快乐的过程，期待下次再登老鸦尖！

（载于 2019 年 4 月 20 日《浔阳晚报》副刊）

❀ 村外有片桂竹林

村外有片桂竹林，村人喊它“桂竹乱”。

桂竹乱下面是个河滩，有数十个碓石大的鹅卵石，如一尊尊菩萨跪拜在那里，有的双手合十，有的埋头诵经修炼，一泓清流，十里空旷。这些石头在夕照中披着一身金辉，如披上了金色的袈裟。在它们的前方，有道峡谷。村人说，是千年前两山交锋震怒了雷公，被雷公劈了一掌，后双方各退一步，便形成了这样一道峡谷。

这峡谷也跟人一样，有名有姓，叫曹家峡。曹家峡水口紧，滩头长，湍流急。这些大大小小的石头就是早年被雷公震怒吓破了胆，慌不择路从两边山上滚下来的。

滩上那些个头不大的石头多被人捡去垒墙脚建房了，或者砌了石坎什么的；那些个儿大的石头则没人敢动——我猜它们也是领受了使命的，要留下来看守滩头，或者等待着什么；岂料乾坤难转，倒让其成了时光里的摆设，只好每天在此诵经修炼，消磨时光。

听说二十世纪七十年代县里一位姓王的县长来看过两次，决意在曹家峡筑坝修建水库，还制定了移民计划，连山外的路也拓宽了一庹，后来不知咋回事，这位王县长突然被调到邻县去了。这板上钉钉的事就搁了下来，而且这一搁，就搁了二十多年，再也没有人提起过了。曹家峡依然是曹家峡。

曹家峡往上不到五十米的岸边，便是桂竹乱。那里的桂竹特别粗壮，大的比锄柄大，完全可以做竹篙，小的也可以做鱼竿。外人打趣说，这是曹家村人热情，在村外临河处摆了个大屏风，欢迎外人进村。也有人说，竹乱是曹家村的守护神，每年洪水来袭，竹乱总是一马当先，担起作为第一道保护屏障的职责。在1954年的洪灾时——那是1949年以来船头滩历史上一次最猛最大的洪水，竹乱如一员骁勇的战将，穿着绿色铠甲，面对汹涌的洪流，没有半点儿畏惧之色，坚守着阵地，寸土不让，好一场恶战！竹乱生生地被洪水撕扯掉一半，掉皮露骨像一员受伤的战将，仍拄着一竿竿竹子，像举着一杆杆枪，立在河岸边，没有让洪水冲毁曹家村一寸良田。想不到，洪水咆哮了两个昼夜，竟被竹乱的大义凛然和视死如归镇住，屄了，到第二天早上，就软下来了，嚎了几声就嚎不出来了，又变得跟往日一样温驯，在主人面前摇尾乞怜。最终败退的还是洪水。竹乱与春夏秋冬厮守，常有各种鸟在竹枝上跳来跳去，鸟声啁啾，恰如一位隐士高仙在弹奏张若虚的《春江花月夜》，听得两岸静谧，万物萌生，如熟睡的孩子，打着鼾。

这个桂竹乱有百余米长，宽也有九丈多，站在村庄最高的地方，那个竹乱就像一弯绿色的月亮，一年四季，天天如是。我少时和玩伴常在这竹乱里拔笋，那笋有刀柄粗，十多根就有一抱。有时在此捉迷藏，玩到尽兴时，竟忘了回家吃饭。记得读小学时，在这竹乱里斫过竹子，那时没钱买渔具——在我的印象中，那时镇上也没有卖渔具的店，想买也买不到。我斫了竹子后就把竹丫削掉，没有鱼线，便用母亲做鞋的线绕成鱼线；没有鱼钩，就把母亲纳鞋的针放在灶火中淬红，再用弯嘴钳将其弯成鱼钩，做过几次后，就得心应手了，玩伴送了我一个绰号——鱼钩，我也不推辞，笑纳了。有时在放学后，有时是暑期假日，我们做好鱼钩，背着老师或瞒着父母，拿着长长的钓鱼竿，结伴到河塘里钓鱼，享受着少年的乐趣。

那时，我们自然是把鱼竿当朋友的。有个玩伴特聪明，说长大了，我们就把朋友当鱼竿。朋友怎么能当鱼竿呢？那时小，不懂这些大道理，总想脱离父母的管束，到了晚上，才盼着劳作的父母回家，而现在，是父母盼着常年在外的我们回家了。

竹乱下还有个半人深的水潭，潭水碧绿，恰如朱自清老先生所说的，似一张大荷叶铺着，满是奇异的绿，让人心动难平。此时的水潭倒映着一轮火红的夕阳，拖着长长的尾巴，搅乱了一潭碧水的心，漾起了粼粼波光。

山那边，夕阳与山峦“杠”上了，“杠”得眼睛鼓鼓的，露出血红的眼，好似女人的心事被人捅破，心烧脸酱的，红了半边天。那夕阳应是有一双肉眼的，可以洞察一切，只不过悬在山巅，细数着人间的前尘旧事，或是在等待滩头这些愚顽的石头幡然醒悟吧？

村外有个竹乱，村庄就多了一份牵挂，回乡的路就近了一程。

（载于 2022 年 9 月 1 日《九江日报·花径》）

❊ 蒿草青青

人生如蒿。

一处蒿丘，便是一处人烟。

春日，我走过坎头，走过那片蒿丘。风借一丛蒿草，吹出一春的心事，那些沟溪堰圳，只有霏霏细雨知道轻重，在石头缝里安生，隐居草丛，归顺于一片晴空，或者一个月华如洗的夜晚。

春日，我走过坎头，走过那片蒿丘。我看到蒿草撅起肥臀，一群穿红着绿的女子，正拎着篮子结伴而来。她们走近那片蒿丘，阳光在竹篮里偷笑，“呦呦鹿鸣，食野之蒿”的吟哦先我而至，而眼前这片青葱嫩绿的蒿丘，正借一束束朝霞，在五颜六色的光影中，竖起尖尖的耳朵，是在偷听山林树木的窃窃私语，还是在猜测蒿丘的去留？晨雾知趣，赶紧退场。蒿丘之上，一片晴天。

人说，一处蒿丘，便是半部《红楼梦》。

事实上，十个红楼女子，也不如一个姓蒿的女人。

春日，我走过坎头，走过那片蒿丘。蒿丘内心盈着绿意，眼里淌着清波，风把一阵袭人的蒿香举过头顶，再举高一点，便是一朵云的闺房。云能孕育雪雨，让冬天减肥，瘦成池塘的一枝弱柳。如能再举高一点，就能抵达一首唐诗宋词，就能抵达诗和远方，或者可以让姓蒿的女人，不管不顾地扑进你怀里。

蒿草青葱嫩绿，俗世慌乱辽阔。

我在想，是先有蒿丘，还是先有唐诗宋词?

这个问题，困扰了我许久，也许只有蒿丘知道。风在喊，鸟在喳，蝶在飞，唯独蒿丘不语。“沧海月明珠有泪，蓝田日暖玉生烟；此情可待成追忆，只是当时已惘然。”

唐诗宋词成了古典诗词，李白、白居易、王维、孟浩然、李商隐等唐代诗人亦早已作古，只有不起眼的蒿丘还在。只有那丘蒿草，还在，还在疯长。

世事难料，风雨难调。蒿草无言，万物得生。

拎篮女子走进了蒿丘，已然成了蒿丘的主人。

蒿深蹄声轻，云轻鸟翅远。此刻，她那纤巧的手拨开了肆意疯长的蒿草，似乎只要一声娇嗔，那些蒿草就会柔顺，大地就会酣醉，人间就会和美。当然，这必须抽走缠绵的雨丝，或者就在雨地里，你我，来个拥抱。假如，你也想走进蒿丘，让绿皮火车轰隆隆驶过，那你就得表白，且要单膝跪地，行叩拜大礼，或是挥动酣睡了一冬的镰刀，采一捆蒿草抱在胸前，让时光静止，让暮色渐合，让华发早生。

祝福蒿草吧，就让蒿草做回幸福的女人，女人被拥抱时最幸福。

“心似飞蓬随风乱舞，眼若蒿烟迷蒙恍惚。”这个时候，我也想变为一棵蒿草，哪怕男人挥舞镰刀，我也愿意在他怀里撒个娇，心甘情愿被捆成一团，让男人哼着山歌踏着月色背回家，像背回一个新娘子。这是我在一篇小文里写的。

春日，我走过坎头，走过那片蒿丘。

（载于 2023 年 1 月 29 日《九江日报·长江文学》）

❀ 家在“小汉口”

藏在幕阜山深处的船滩，三省通衢，人烟辐辏，早在民国时期就被誉为“小汉口”。

最热闹的是北面的湖北街。盐铺、饼铺、裁缝铺、水烟馆、水饺铺、茶馆、弹花店、豆腐店，榨油坊、油漆店、茶叶行、屠铺、戏馆，大大小小有上百家。街道是清一色的鹅卵石铺就，雨天被雨水濯洗得圆润水亮，很有精气神。

街上的铺房也是有特色的。清一色的木板房，挨个儿做了吊楼。楼主人可以坐在吊楼上喝茶聊天看风景，看街上各色行人，间或也有寂寞的女人独自坐在吊楼上，想念着她心中牵挂的远行的男人，目光呆滞地望着远方，日头送给她一个影子做纪念，让女人的忠贞平添了几分思念和愁肠，也让过路的男人动了心，滋养了眼睛。这吊楼还有一个好处，逛街的人可以从吊楼下穿行，所以，雨天逛街淋不到雨，也不用担心泥水会沾鞋。晴天日头照着，鹅卵石则泛着金光。平日里，吊楼上晒着新旧不一的被子、衣服，还有小孩的尿布，也有用竹竿挑出来晒的，也有用杉篙晒的，也有用棕绳缚在柱子上晒的，进街就能看到，很有特色，只是看着有些乱，有些抢风头。还有几户在吊楼上挂了芝麻秆、玉米棒、红辣椒、南瓜干什么的，有一派让人流连忘返的江南古镇风情。

那时的船滩是有码头的。有码头自然就有旗杆，那旗杆高过屋脊三尺三。有码头自然也是有船的，各式各样的船都有。船走修河，可进入长江。据说，到九江、汉口只需三五天。河里船来船往，有木帆的、乌篷的，也有小舢板和脚划船。有眼福的人，偶尔还能看到一两艘画舫出入码头，那是汉口、九江码头的老大派来押私货的。也有福建的盐商和茶叶老板，他们撒着银子摆阔，整出这般凌人阵势，到底为啥？抽水烟筒的店铺老板只顾猛抽水烟，故作悠闲地吐着烟圈，其实心里正在琢磨着什么。街上那些赶早的人，大多是为了生计奔忙，起早贪黑的，哪有闲心去想这事？说穿了，他们是没有这个心思，即便有这想法，也闹不明白。平日里，码头本就十分热闹，搬货的、接人的、送货的、看热闹的，寻逍遥的，人挤人。那些担扁担的，总担心扁担尖不小心戳到人，箩担晃到人；而那些推车的，任凭车轱辘“咿咿呀呀”喊破喉咙，总是将车把攥得紧紧的，步子迈得结结实实的，生怕碰伤他人，酿出事端，轮子被人卸了去，回去交不了东家的差。

码头隔街十丈不到，站在货台上就能看到街上的景象，听到街上嘈杂的声音。天还没亮，远远的辽山寺就传来了可以穿越时空的钟声，这钟声古朴悠长，能唤起早起人无限的思绪。醒得最早的是东边街，有人还在梦里揉着睡眼，就听见了匆匆忙忙的脚步声。先是一两声，轻轻柔柔，在黑黢黢的夜里，伴着生活的底色，惊醒一路晨雾夜露，所以这些人总是忙忙碌碌，总是起早摸黑，总是脚步匆匆，生活总是无光。而后是多声部的，有些嘈杂，像贝多芬的交响曲，气势恢宏，带着希望，带着黎明的曙光。所有的这些脚步，多是一年四季赶早拿扁担去码头帮人“担脚”的、赶骡子为店家送货的、打货的、走亲的、卖柴的、赶脚猪的、挑货郎担的、修秤的、补锅的、收茶叶的、弹棉花的、进山破篾的、放木排的、寻犁辕牛轭的、挖笋的、挖葛的、采草药的、采香菇的、割油茶的、摘茶籽的、捡毛栗的、斫柴的。这些人中，有穷的，有富的；有男的，有女的；有老的，有少的，他们吃着同样的谷米，说着天南海北的话，都是船滩街上人，也是“小汉口”街上人。此时，辽山上的太阳正睡眼惺忪，慵懒而又吝啬地洒下了一缕晨光。

几声脚步响过后，接着就是一阵“吱吱呀呀”的开门声接龙般陆续从街头窜到街尾，前后不到一盏茶的工夫，各家各户的铺门便相继打开。

一不留神，那些摆草鞋摊的、用陶钵磨薯的、算命打卦的、卖糖葫芦的、煎饼的、卖唱的、骟鸡的、磨刀的、补锅的、修秤的，都找到了自己满意又可以吆喝的位置。一时间，街上叫卖声、棉絮店里的“嘭嘭”声，旅馆门口的招客声，铁匠铺里的打铁声，榨油坊里的榨油声，屠趸（卖肉的店铺）里杀猪的嚎叫声，一声比一声尖，一声比一声高。据说，那时的船滩老街，横屠（肉铺外支出的肉摊）有十多家，肉铺每天要卖十多头猪。十多头猪是个什么概念，一户砍两斤，也要近千户。

记得我的第一条囫裆裤（方言，指不开裆的裤子），就是母亲带着我在东边街的唐记布店扯的布，又在对面那家裁缝铺量了尺寸。今秋我又特意去了一趟，看到那扇厚重的店门，纹理粗犷，斑驳有痕，藏有岁月的皱褶，怀着浅浅的沧桑，举着褪色的脸谱，显出古朴的质感。“吱呀”响的木门，有一对惹眼的铁门环，上面还留有早年扎的布辫，分不清是蓝布还是红布、白布扎的，已变成了一种旧旧深深的灰褐色，也许这种旧旧深深的灰褐色就是生命的色彩，就像街上一位百岁街坊，虽已风烛残年，却可以见证“小汉口”的兴衰。

说来有趣，我第一次相亲，是媒人带着姑娘从老街的小巷中走来，一老一少，她们就像走在一幅民国的风情画中。古朴的老街，古老的建筑，有一种久违的情调。

老街一窗一世界，一门一风情，一瓦一菩提，都是有血肉、有资历、有故事的。

2013 年，湖北《楚天金报》派出一路记者专程到船滩采访昔日的“小汉口”，记者们访居民，走老街，一路惊喜，一路慨叹，一路收获。

难怪有人在广东做装潢，与客户聊起家乡船滩是“小汉口”时，竟然让来自大汉口的一位客户倍感振奋、备受鼓舞、倍感自豪!

（载于 2020 年 5 月 10 日《九江日报・长江周刊》）

❀ 春游苦竹林

山里，到处是风景。

我走进苦竹林，迎面泼来一片绿……

我恍惚听见那盘根错节的竹鞭，在冬的压抑下，一夜醒来，正吐出春的绿浪……

我采上一束野花，爬上辽山坡，望着那一根根充满激情、奋发向上的苦竹，恍若来到一个世外桃源。

为什么叫“苦竹”呢？听说苦竹笋是苦的，不被人待见，但苦竹高风亮节、卓然而立，不怕风吹雪压，四季奉上青绿。想起社会上那些虚度青春的人，他们没有苦竹的坚强，没有苦竹的高风亮节，缺少苦竹那种奋发向上的激情，这是何等的让人痛惜。他们有的把官衔当胸章，把名气当敲门砖，将一切丑恶豪饮，让人扼腕叹息……

苦竹，一帧小小的风景，一根就是一种灼灼的信念，一根就是一段灿烂的旅程。做人，就要像苦竹那样！

（载于《武宁声屏信息报》）

❀ 期待再访中华紫鹿张

文友张丹老师有些奇怪，张姓的祖墓，非要邀集一群外姓人去打扰，说什么“天下无有紫鹿不成张”。我想，多半人都是被她充满诱惑力的文字给蒙骗了。

我们一行近二十人，在中国最美小城——武宁县城艺术中心集合，然后登上中巴车，在永武高速红岩潭大桥处下车，改乘一条捕鱼的机帆船。那船有些破旧，船舱里塞满了渔网，一群人站在船板上，有点像当年被鬼子赶上船的劳工，连湖水也不得平静。这样的境况自然有人担心，万一船翻了怎么办，谁来救？又由谁来负责？

好在天公作美，没有毒辣的太阳，还有些河风徐徐吹来，倍感凉爽。这时，几个胆大的站上船头，自成一景，要是配上方巾，穿着长衫，捋着长须，眺望远方，还真有几分诗人李白乘船游历山水的风雅。

永武高速红岩潭大桥不远处，有一座最高的山，叫棺材山，满山秋红醉美，藏在云里雾里。同行的人介绍，抗日史上的棺材山大战就发生在这里，前后打了几年，日本兵死伤五千多人，国军损伤两万余人。我无法想象那是怎样一场恶战，那些血腥的日子，你可还记得？是先人用生命护住了今天的绿水青山。要不，这红岩潭的水，哪有这么深、这么绿、这么静好？

渔船驶过风平浪静的湖面，犹如一把剪子在裁剪一块蓝色的画布。不知是时光的巨喙还是水底的鱼儿在发力，是隔岸的青牛涧满山的绿使然，还是紫鹿有灵，水达埠照会天地神灵，湖面很快又糅合得天衣无缝，柔顺圆润成一方仕女的绿碧纱巾，任风花雪月踏水而歌，任瘦雨秋阳吹月还乡。那高飞的鸟儿有些任性，一声、两声、三声，又在天幕上涂上几点雁影，不承想，抖落了几许绵绵乡愁，让岁月的风衣在辞赋中温暖了几树红叶。

谁家紫鹿落红唇，遍插烛光独一人。有人喊叫，紫鹿山就在前面，那是你的紫鹿，还是诗人张丹心中的紫鹿？不用担心，此刻，有人张开了双臂。

一路上，陪同的人员不停地介绍，他们的始祖张宁原为东都洛阳人，生于开元十九年（731 年）九月九日，天宝十年（751 年）中进士，时年二十岁，丁酉升授国子监祭酒。我想，大凡能被后人记住的，多是有官或有大才的人，那些凡夫俗子，能有块青砖当碑，足以胜过船过无痕。水乡人说，道在水下，也许是有些道理的。时光流逝，水静山移，月圆月缺，没有一缕岚烟，终是无奇。

妙在紫鹿人有些气定神闲。那一处青青的山脊，一道高高的山梁，甚至那一处深藏着张家祖先屋场的水域，都与他们的太公有关，都有一个飞黄腾达的美好故事。难怪张丹的本家“祥云”先生在微信中不无自豪地说：“‘无有紫鹿不成张’这一句流传于民间的俗言俗语道出了紫鹿张氏的根源和历史，也道尽了宁公后人崇亲尚族的追求和自豪。一千二百年来，从青牛涧主洞自成一派到六监齐荣的家教典范，从饮鹿三溪的气魄到魂绕琵琶峰的灵性，世祖宁公不仅在方志国谱上留下了浓墨重彩的笔迹，也为后辈留下了用之不尽的文韬源泉。”

站在船头，远远看到一座高高的石碑稳如泰山般立于青山水岸边，那里就是紫鹿张氏宁公墓。

张宁在武宁县算是个有名的历史人物，县志和博物馆都有记载。唐德宗建中三年（782 年）致仕，因与弃官隐居在武宁的柳浑交情甚厚，遂于修河下游的东乡紫鹿岭青牛涧三溪交汇处“卜宅而居”，建书堂读书自娱，耕读传家，别号“青牛涧主”。谱载张宁生子六，皆为唐朝在册进士。张宁于唐宪宗元和元年，即公元 806 年去世，享年七十六岁，卜葬琵琶峰下的鹿岭，其后人遍布全国各地，已达六百万之众。

今逢盛世，姓氏文化的开拓发展恰逢其时，各地姓氏旅游风起云涌，紫鹿虽因 1970 年修建柘林水库被淹而成水天泽国，但张姓后人不忘始祖不忘根，正群策群力，欲将紫鹿宁公墓及其他人文景观融入山水武宁全域旅游大画卷，德安有“天下义门陈”，武宁有“中华紫鹿张”，何其之妙！

到那时，紫鹿就不是你的紫鹿，而是天下的紫鹿了！

（载于 2018 年 10 月《紫鹿张氏》专刊）

❀ 春到白鹤坪

想必白鹤坪是白鹤的世界，而那些前人栽种的茶树，早已长成一片，只为一羽惊鸿，枉自等了千年。

白鹤坪不在别处，就在武宁的新宁镇，以前叫国营茶场。茶园里那些茶树也有些来头，系一代茶人栽种，生产队的成果，靠茶农挣工分长养在村外的山坡上。

清明前一个雨后晴天，我来到白鹤坪，那些茶树纷纷伸出青葱玉指，一个个采茶女的围裙、斗笠、褐衣抢了茶园的风景。同行的胡君有善念，自然不忍心去想象这些采茶女是在“拔去鹤羽”，这是牛吃芦苇秆——乱嚼！

采茶自古为春天的开班仪式，是古诗词里煽情的一种意境，而那一缕清香，得在炒茶房内经过制茶师的揉捻、发酵、烘焙，又化作鹅掌在铁盆里翻抖，转眼变成金汤绿水，成为杯中香茗。这个过程，就如茗洲河托起白鹤坪的故事一样浪漫动人。

雷声催醒茶园，那些茶叶纷纷抽出了新芽，一叶叶如《红楼梦》中的凤姐。我第一次沿茗洲河走进白鹤坪，就像刘姥姥走进大观园，也相当于第一次受到“凤姐”的接见。安坐园中的“她”十分端庄高贵，样子极像刘晓庆饰演的武则天。而茶园吸引来的一位靓丽的女诗人，就像《红楼梦》中的平儿站在炕沿边一样，站在茶丛边，手里捧着一个小小的填漆茶盘，盘内一个小盖钟（其实那是茶篓，手机放在茶篓内）。个头不高的诗人钟君理所当然也站在一旁。他今天穿着唐装，只顾吟诗作对，样子则像“凤姐也不接茶，也不抬头，只管拨着手炉内的灰”——当然，她不是拨手炉内的灰，而是学着采茶女，捧着一个精致的小茶篓，另一只手托着几叶新茶，有模有样，举在众人面前，标准的姿势，样子优雅到了极致，场景美妙得无与伦比。可惜我当时大脑反应慢，没有及时用手机拍下来，错失了一个精彩瞬间。好在阳光已洒出一片明媚，新茶也露出了光泽，游人三三两两相约而来，有帅哥带美女的，有携妻带子的，有同学相邀出游的，有女生们挽手扶肩的。那四千亩茶园，因了这些风景，一夜间都竖起了尖尖的耳朵，聆听春的脚步。

茶农们把这个茶园养得如此青葱嫩绿，好环境、好生态自然让茶农受益无穷。那些老茶树，揽四月的春风，在茶园里搭起了大舞台。胡君文思泉涌，借摇曳的老茶树影作长短句，吟诵于白鹤坪茶园，要是拿着纸扇，戴上方巾，定然是一位唐宋诗人。他的诗灵动异常，身影总在村姑眼前晃动，不知是有意，还是无意，不免惹人猜想。而那些横挎腰鼓的村姑，也是不闲的。她们穿着水红的彩衣，扭着水蛇般的腰肢，化着迷人的淡妆，发辫上的蝴蝶结让人浮想联翩。她们手舞足蹈要出场了，个个脸上泛着红光，矫健的身影正劲，妙曼的舞步正欢，那么灵巧，那么从容；鼓点敲得正激、正昂，那么动听；一曲“开门红”，乐癫了茗洲河，唤醒了一片老茶树，醉倒了一拨又一拨观众。

春天也是需要舞台的，人也是。搭舞台既要应景，还要因人打造，自有奥妙和道理，茶园也不例外。

有舞台就有背景，或以山水画布，或以自然风景，主办方总是要为此费一番心思。人有背景则达，道有背景则通。这道理看似简单，实则奥妙无穷。都懂，都不懂。茶园也不例外。钟君在《春风拂过白鹤坪》一文里说，白鹤坪原来是个缺水的地方，高出当地的茗洲河二十多米。可想而知，落雨也蓄不住，雨水不是漏就是跑，连人也跑了，男的外出招亲或谋生，女的远嫁他乡寻幸福。这里水贵如油，靠一根扁担挑水吃，能养活一家人已是不易，又怎能养得了一片茶园？1971年，白鹤坪人下决心改造水利条件，引水上山。县水利局派来技术员，在茗洲河上游关闸拦住修河造坝，引水进入白鹤坪，历经两个冬春建成了武宁的“红旗渠”。

那时的茶厂，那时的人，能吃苦，艰苦创业，以厂为家，硬是靠一把锄头、一担篼箕（一种农具）、一双手，开辟了几千亩连片茶园，建起了综合养殖畜牧场，修建了水电站，建成了茶叶精制厂（也就是后来的武宁国营茶厂），年产万担茶叶，赫赫有名的白鹤羽茶，就出自该厂，曾出口到欧美、中东、东南亚，成了武宁一张名片。

如今的白鹤坪，村舍连着茶园，社区连着茶厂，驻村第一书记忙忙碌碌，穿行在茶园，背上流汗，心里装着村民。每年茶园开园采摘新茶，都要举办隆重的仪式，打造旅游精品，吸引县内外来客。金山银山不如绿水青山，村民吃起了旅游饭，过起了舒心的日子。茗洲河奔流不息，一盏茶水沁人心脾。

茶有古韵，诗有大雅。2020年4月12日，中国第五届庐山西海谷雨诗会在这里举行。诗人从布谷声中闻香而来，游人接踵而至，茶园应景而动，茶与诗联姻，诗会有雅趣，春天有大爱，素净的背景配才子佳人，小小茶篓不可缺，这是白鹤坪的标配，也是春天的馈赠。

茗洲河托起白鹤坪，铺就一条朝阳路；白鹤羽茶扯起风帆，修河一路欢歌向天阙。

（本文获2020年武宁县生态环境保护委员会办公室、武宁县生态环境局主办，武宁县融媒体中心、武宁县作家协会协办的“美丽中国，我是行动者”征文二等奖。）

蒿情

❀阿 婶

阿婶不是我家的婶子，也非妻娘家的亲戚。

阿婶常拎着一篮菜上街卖。左邻右舍都喊她阿婶，妻也这样喊，我也跟着这样喊，喊多了，就觉得亲了。

妻说阿婶快七十了，住在村里头。隔船滩集镇有两里路，她的孩子远在城里，她不愿进城，一个人守着一栋老屋。老屋边有块菜地，她有空就伺候那些菜，说把那些菜养好了，孙子回来看到了就高兴。她种了那么多菜，一个人又吃不完，常拎着十多斤重的一篮菜上街叫卖。篮里多是豆角、黄瓜、西红柿、辣椒、大蒜、香葱、丝瓜、苦瓜、藤菜、白菜、土豆、红薯、菜柳、青瓜、冬瓜、南瓜等，不同季节有不同的菜品，数量也不多。阿婶这么大年纪，多了也提不动。

今年，我和妻闲着没事时，租了别人两块荒地种菜，我挥汗如雨地忙了两个半天，累得腰酸背痛，手上也起了血泡，才把荒了许久的地挖好、整好。我看到旁边别人家的菜地种上了黄瓜、南瓜、苦瓜、藤菜，可我家的种子还不知在哪儿。

妻好像想起了什么，说："阿婶可能有菜种。"

我说："这能行吗？这多不好意思！阿婶本来就是卖菜的，还要她送你菜种？那她不就少了一个客户，断了一条财路吗？"我把头摇得拨浪鼓一样。

第二天早上，阿婶又上街了。我老远就看到她提着一个竹篮，走一阵，歇一阵，大约走了四五十米远，又放下篮子，站着歇了一会儿。当她弯下腰身去提篮的时候，她手上的小秤砣又砰的一声掉在地上，差点儿砸着了她的脚。我看到她再弯腰时，整个人就成了一个问号。她的背，俨然成了一座小山峰。

“她儿子在外面当老板，又不缺钱，还卖什么菜？真是个老财迷！”想归想，我看到她拎一篮菜那么吃力，就想过去帮她提一提，还没开脚，阿婶就提起了篮子，好像又有了劲，正一步一步往我家这边走来。

妻见阿婶来了，就喊左邻右舍来买菜，阿婶也很感激，有时还要送一把菜给妻，但妻总是婉言谢绝。妻跟别人买菜爱讨价还价，有时一角两毛的，也不厌其烦地去计较。可阿婶来卖菜，我倒没看到妻这样讨价还价。因为阿婶的菜比别人卖得便宜，大家都心知肚明，再要讨价还价，那还是人吗？谁也开不了这个口！我看到妻买了半块老南瓜，我知道，南瓜饭是妻的最爱，受妻的影响，我也慢慢喜欢上了。妻又买了一小圈冬瓜，红烧冬瓜也是我们桌上的常菜，我看妻这菜也买了，那菜也买了，就是没提讨要菜种的事。我知道妻也为难，不好意思开口，眼看阿婶收起了秤，就要提篮走人了，妻这才赶忙着急地说：“我……家男……人挖了两畦地，也想自个儿种点儿菜，不知阿婶有菜种不？”妻有点儿急，说完脸上一阵红一阵白，好像做了一回贼，蛮不好意思的。

“有啊，有啊，你要什么菜种？”阿婶正要弯腰提篮，见妻说要菜种，忙又伸直了腰，连声说有，半点儿没含糊。

第二天一早，阿婶就用旧报纸包了一些菜种带来了，里面有苦瓜、黄瓜、丝瓜、空心菜等五六个品种，正是我想要的。妻拿到菜种一刻也不消停，就催着我去种。我都许久没种菜了，手法也有些生疏，打的洞穴也不规则，不是横行稀了，就是顺行密了。妻又唠叨了半天。忙了一上午，才把菜种好。想到再过一些天，那些种子就会拱出地面，张开叶芽，迎着风雨，开花结果，走上餐桌，我心里就抑制不住地兴奋。

一棵菜从种下去到采摘，不但需要付出汗水，而且需要耐心等待，且等待的过程是个煎熬的过程。也许是黄瓜看到我每天都要去菜地里走一圈，长得最卖力，瓜还不到两尺长，就早早地开了花，一不小心，我就看到叶下长出了一根浑身毛刺，不到一寸长的小黄瓜，乐得我又是浇水又是施肥，好不容易盼到黄瓜长到六七寸长，我就急急地把黄瓜摘了，而且一次就摘了三个。摘黄瓜时，天突然下起了毛毛雨，我拿着黄瓜赶紧往回走，正好碰到阿婶在街上卖菜。现在好多人都种了菜，菜也不太好卖了，她一篮菜还没卖完，天又下着雨，要是把衣服淋湿了，就会闹出病来，她一把年纪吃得消吗？我看了看手上的黄瓜，又看了看阿婶篮里卖剩的黄瓜，阿婶篮里也就七八个黄瓜了，还站在我家斜对面的屋檐下，等着别人来买菜。我看到她的背影有点儿像我娘，不觉心头一热，也不知是雨水还是泪水，迅即模糊了我的双眼。我赶紧上前说："阿婶，你的黄瓜特好吃，全卖给我吧，正好我今天想去县城，要带菜给孩子。"我第一次骗了阿婶，也算善意的欺骗吧。

"你手里不是有黄瓜嘛，我再站一会儿，就会有人来买的。"阿婶见我手上拿着三个青皮大黄瓜，就摇了摇头。

"是真的，我孩子说，你种的菜不打农药，也不施化肥，吃着放心，要我捎点儿去。"我忙解释。

"真的吗？"阿婶还有点儿不信。

"真的。"看到我认真的样子，不像是骗她，阿婶才同意把黄瓜卖给了我。

雨，还在下。

阿婶卖完菜，觉得这雨不是很大，一时半会儿打不湿衣裳，就举着空篮子当伞，走出了屋檐下。妻正好打着伞去超市买肉回来，看到我手上抱着一包黄瓜，又看到阿婶冒雨要回家，似乎明白了什么，就赶紧把手上的雨伞给了阿婶。

“要空心菜吗？要苦瓜啵……”阿婶卖菜的声音跟别人的叫声不同，听起来有一种亲切感，像一阵早起的铃声。

有时，妻睡过了头，听到院外的卖菜声，就忙对我说：“阿婶都上街卖菜了，我们还在睡懒觉。”

又过了一些天，我好像有一两天没看到阿婶来船滩街卖菜了，有些担心，不知阿婶是生了病，还是家里出了什么事……

（载于 2020 年 12 月 19 日《浔阳晚报》副刊）

❀ 小蛋兜

明天是端午节，在赣北九宫山脚下的船滩镇，有给孩子编蛋兜、煮红鸡蛋的习俗。

下午五点，我迎着夕阳的余晖，刚从村里调解完一起纠纷回家，看到爱人正忙着给孙女编蛋兜、涂红鸡蛋。我便想起孩提时，每到端午节，母亲除了要包粽子，还要用钩针精心编织一个小蛋兜，送给我装鸡蛋。那小蛋兜五颜六色的，还有七彩的穗子垂在下面，上面系根红绳子，可以挂在脖子上，吊在胸前。我很是喜欢，装在蛋兜里的鸡蛋舍不得吃，要在玩伴面前炫耀几天，最后在母亲的再三催促下，才不情愿地把鸡蛋吃掉。

如今爱人又传承了母亲的手艺，以前是为女儿编蛋兜、涂红鸡蛋。后来女儿生了小孩，又为孙辈编蛋兜、涂红鸡蛋。

爱人见我进了屋，忙收起蛋兜和红鸡蛋准备饭菜。刚把饭菜端上桌，一个二十几岁的姑娘莽莽撞撞地走进来，眼泪好像还未揩干，说是她老公李东某打了她，腿上、手臂上也有青色的伤痕，手上还拿着一绺头发，说是打架时被李东某扯掉的。

“这日子实在过不下去了，必须离婚！”这个叫雷某红的姑娘边说边哭，哭得那样伤心。

我在镇上的法律服务所做法律工作快三十年了，每年要办理几十起案件，除了宅地山场，便是家长里短的纠纷。说来也许你不信，那些形形色色的当事人中，除了刁横、倔强、憨头、凶巴巴的，也不乏通情达理的，几乎每起纠纷的当事人性格都不尽相同。李东某仗着父亲是国企职工，不务正业不说，还经常与狐朋狗友喝酒聚赌，输了钱回家发牢骚，稍不顺心就对妻子拳脚相加，喝多了酒则像头疯牛。雷某红实在受不了了，好在娘家不到十里路，所以只好带着三岁的儿子回了娘家。后来，李东某又跑到她娘家去胡闹，害得她在娘家也不敢待了。我了解到了事情的起因和她要求离婚的理由，便故意说："明天就是端午节，俗话说，'过得年好上半年好，过得端午好下半年好'。要不你先回家，待我过完节，后天就帮你处理这个事，你说行吗？"雷某红通情理，见桌子上的饭菜都凉了，也不好意思再说什么，只好说："那我就先忍一下，后天我来找你，这婚我一定要上法院离，你也一定要帮我办。"我连声答应，目送她走出门。

我为什么要把她支走呢？你肯定认为我是肚子饿了，想法儿打发人家。其实，你错了，饭菜凉在桌上，先接待纠纷当事人的事儿，对我来说是常事，就连我爱人也是从开始抱怨到后来习以为常，经过了这样一个过程才慢慢地理解我。凭经验，我觉得这起纠纷的过错方是李东某，夫妻吵架的事，只要动之以情、晓之以理，大多是可以破镜重圆的。如果上了法院，双方都会没有余地，也不利于解决矛盾。个别法律工作者往往忽略这一点，不愿多做调解工作，认为这是走弯路，又费嘴费舌，接到案件不论青红皂白，就到法院起诉，不去考虑社会影响，因而让一起起可以挽回的婚姻走到了无可挽回的境地。作为一名基层法律服务工作者，这样草率、不负责任，是不应该的。（目前，家庭暴力已经入刑，承受家庭暴力的受害者有了法律的保护，但事实上，很少有人拿起法律武器。只有当家庭暴力到了不可收拾的地步，他们才会将自己的苦衷告诉别人，这就让受害者很难得到帮助。舆论给他们造成了极大的心理压力。本调解故事发生在家庭暴力入刑立法前，有一定的时效性，也算是笔者调解工作中的一个成功案例。）我见雷某红消失在街头的月色中，便拿出手机，找村支书出面联系到了李东某。我匆忙扒完饭，刚放下饭碗，李东某就骑了一辆摩托车过来了。

不瞒你说，我见到李东某，心里先有了个谱，觉得这事有戏。凭啥？凭经验呗。第一，李东某接到村支书电话，没打招呼就来了，说明李东某是守信的；第二，李东某能听得进别人的话，就说明他不蠢不倔，不蠢不倔就会服理；第三，虽然李东某是个“二混子”，给我的第一印象是人机灵，应当“有药可救”；第四，李东某变“坏”，主要是其父远在县城上班，平时对儿子管束不严，跟坏了玩伴。

李东某一落座，我就叫爱人泡了杯热腾腾的家乡芝麻豆子茶递给他，说了两句暖心话，一下子拉近了距离。

“今年二十几了？”他喝着茶，我问他。

“二十五。”他答。

“兄妹几个？”我问。

“就我一人。”他答。

“父母在哪儿上班？”我问。

“父母离了婚，父亲在县公司上班，母亲在县工业园打工。”他答。

“那你为啥没住在县城呢？”我又问。

“我自小跟奶奶生活在一起，奶奶去年走了。”看得出，李东某说完这话时，心里对父母的离异，有一丝难以言说的怨恨，对其奶奶又有无尽的思念。这般年纪，就有这份孝心，也算难得，九泉之下的奶奶也没白疼他。

我见火候已到，话锋一转，说："父母离异给你造成的伤痛是无法挽回和弥补的。可你现在，有个好妻子、好儿子，有了好家庭却不去爱护、珍惜，常与'二混子'在一起逍遥，还打你妻子，你说，她受得了吗？你对得起你九泉之下的奶奶吗？如果你还不知回头，你那三岁的儿子可能又要过上和你一样，父母离异的痛苦生活。"说完，我又加重语气补了一句，"你知道不，你这样作践自己不说，更是在害儿子啊！"

一席话，说得李东某低下了头。

我看到他双手在不停地搓着，好似遇到了难事，正在进行激烈的思想斗争。过了好一会儿，李东某突然站起来，很感激地说："付叔，我错了，我这就去把妻子接回来。我保证重新做人，保证要对得起九泉之下的奶奶。"

"好，我要的就是你这句话！"我赶紧叫爱人拿了个小蛋兜和几个红鸡蛋，接着说："明天是端午节，孩子们最喜欢红鸡蛋和小蛋兜，你把这个小蛋兜送给儿子，你儿子肯定会高兴的。"

"不，这是婶子编给孙子的，我怎么好意思收！"李东某不肯接。

我说："你放心，婶子是远近有名的编蛋兜能手，等会儿再编一个不就成了？下次从你家门前经过，记得请我喝一杯。"

"好、好、好，那我就收了。"

见李东某走远了，我伸了伸有些胀痛的腰，爱人走过来说："几时馋上了嘴，还想去人家家里喝一杯？"

我笑道："我不这样说，他不收啊。"

"你真会哄人，我啥时成了编蛋兜能手？"爱人嗔怪道。

"嘿嘿，一个小蛋兜就能让一对冤家破涕为笑、破镜重圆，这你也没想到吧？你的功劳最大，以后你还要多编。"我笑着说。

“就你会哄人！”爱人笑着用手戳了戳我的额头。

（载于 2018 年第 9 期《速读》月刊、2019 年 1 月 5 日《武宁报》）

❀解　猪

进入腊月，农家喜事接踵而来，东家鞭炮响，西家喝彩欢呼闹翻天，一派喜庆祥和的热闹景象。

二叔家要杀年猪。天刚蒙蒙亮，二叔和二婶就起了床。二婶怕张屠户来得早，顾不上洗脸，先把围裙系上、防水袖套戴好，然后在灶房里一边烧火，一边涮起了大锅，准备烧水杀猪。

村里有个风俗，杀猪不说“杀”，只能说“解”。解猪有讲究：东家把木桶摆放在哪儿，屠户就得在哪儿解猪，位置是不能乱动的，这是老规矩。另外摆放屠凳也讲究朝向，假如今年是东方吉利，那就朝东，不能朝西、朝南、朝北。再是用凳也有学问，一般的杉木凳不受力，最好是用两条高脚的硬树凳合在一起，这样比较稳，猪再烈，也不碍事。当然，有大屠凳则更好。如果凳不牢靠，猪的性子烈，弄不好那凳脚就吱吱呀呀叫，碰上猪犟，帮手又少，难免按不住要挣脱或生出事端来。

解猪是要用木桶的，二叔家的木桶用了好多年，都风干了，竹箍也松了。二叔头日便将搁在楼上几个月没动的木桶放下来，浸在门前的大圳沟里，然后在圳沟里将木桶刷干净，见木缝都浸严实了，竹箍也绷紧了，便试了试，一点儿水也不漏了，这才放心地将木桶掇起来，摆在坐东朝西的大门前。

前几年，村里有一家人解年猪，也不知是猪太肥、太大、太壮、太烈，还是张屠户没吃好喝好，少了点儿力气（有人猜是他没禁忌，头天晚上与女客打了被窝仗），连解猪刀都没拔出来，血还没放好，那凳脚就断了，猪带着刀，号叫着绕着屋场跑了一圈，一帮人去捉未果，流了一地的血，最后倒在别家屋门口，犯了过年最大的禁忌，整个屋场里的人都觉得不吉利，张屠户好生尴尬，尽管东家把解猪的工钱送到了张屠户手上，可张屠户不好意思收，东家也只得作罢。

二叔忙了一阵，点了根烟吸了两口，然后从堂屋里端出两条大凿树凳，摆在距木桶不到两米的地方，顺了向，摆放稳了，二叔才放心。其实，今年村里人的年猪大多都解了，腊肉也熏好了。只有二叔家还没熏腊肉，熏腊肉的茶子壳和谷壳还装在蛇皮袋里放在猪圈角落呢。要是往年，二叔家的腊肉早挂上了楼棚，满屋子都能闻到诱人的腊肉香。

二叔今年为啥不早些熏腊肉呢?

二叔有二叔的想法，因为三个伢崽在外打工辛苦了一年，他老早就问过三个伢崽，说是公司要到腊月才放假。二叔只好与张屠户商量，定好腊月儿子回家再解年猪。一是一家人可以喜庆热闹一番，二是能让伢崽喝上一口新鲜汤。这就是二叔的心愿，二婶当然也举双手赞成。

二叔对解年猪特别上心，除了买好了过年的烟花爆竹，头几日还特意在镇上的大众超市买来了四筒响炮和香纸，计划在解年猪时烧放，响炮能响十里。二叔有个愿景，那就是祈求国泰民安、六畜兴旺，家里财源广进，一家人平平安安，日子过得红红火火。二叔担心忙中有错，早早把香纸和响炮还有打火机都放在大门墩上，然后又把木梯端出来挨放在大门左边墙上，等下猪脱了毛，就上梯开膛。

忙完这一切，二叔又想起一件事，还有接旺子的盆没端出来，旺子就是猪血，过年是喜庆的日子，只能说旺，不能说血。这是赣北九宫山下船滩镇一带的禁忌。别看船滩是个小地方，在民国时期还被誉为小汉口，两省通衢，水陆交通发达，南来北往人员多，仅老街的屠商就有二十多家，可见昔日之繁华。因为有这些历史文化底蕴，故而这里的民风民俗相当浓厚且有特色，船滩人办事的禁忌自然也就多了。

记得我还是伢崽的时候，别人家筑土墙、盖新房，那时村里人盖房都兴义务帮工。我和母亲在土堆旁上土，挑土的人跑不赢，那窝斗堆得老高，快要翻了。我刚要开口，母亲赶紧用手捂住我的嘴，说不能说“倒”，也不能说“塌”，更不能说“翻”，只能说“发”了，挑担的人绳子从扁担梢上溜了也只能说“发”了，这都是母亲告诉我的。母亲还在歇息时给我讲了一个笑话，说好早以前，坎头辛家有所五重堂大宅，大宅里出了一个奇人，叫阿曼，看事特灵验，但嘴巴不关风。有一次，村人在大宅前测量宽窄要搭彩门办喜事，阿曼凑上前说：“东一测，西一测，两副棺材同出得！”气得村人把他骂得狗血淋头，并责令他喝转彩头。阿曼无奈，见还有人在门前用尺量，便说：“东一量、西一量，两个新娘同进房。”自此，辛家阿曼成了船滩人对那些乱说话、说话没有禁忌的人的代名词。

解猪接旺子老了不行，嫩了也不行。老了口感粗糙，嫩了没有嚼头。旺子接得好，不但爽口好吃，还能预见明年家兴业旺、万事顺意。二叔接旺子最有经验，好多人都向他讨教，倒几瓢水，放多少盐，二叔比二婶有数。难怪二叔打的旺子爽口，炒也可，焖也可，打汤也可，我最喜欢吃二叔家的旺子焖白豆腐，有次撑得晚饭都没吃，被母亲骂了一顿，说我憨，是个“大蠢撑”，虽然事过多年，但至今记忆犹新，难以忘却。

二叔将接旺子的盆放在屠凳上，隔着窗问二婶锅里的水烧开了没有。二婶把水桶放上灶，说锅里的水响了，然后又在灶里添了一块干柴，灶膛里的火烧得就像二叔此时的心情一样正欢实。

二叔见一切准备妥当，又点了一根烟，掇了一把木椅坐在大门口，望着村口的方向，盼着张屠户早些来。二叔刚吸两口烟，就见张屠户用枪棍挑着放满了解猪刀具、黑油油的竹篮子。从村口小路上走来。二叔忙起身上前说了些客气话，接过篮子，又放了一挂爆竹接张屠户。张屠户还没受过这么高的礼遇，尽管耳朵被震得嗡嗡叫，张屠户还是连说莫客气，并打趣说，如今假货越来越多，唯独鞭炮越做越响。张屠户是村里唯一的屠户，解了三十多年猪，哪家乔迁、升学、结婚、生子、做寿、仙逝，办酒请客，不解猪？只要村民有红白喜事，张屠户就是去了县城或三都赶集，村人也要打电话给他。总之，悲也好、喜也好，家家都离不开张屠户。哪家年景好，养了几头肥猪，哪家年景差，养的猪潲食少，张屠户比村主任更有数。

我在做伢崽时，就喜欢去看张屠户解猪。到如今，我都生了伢崽，伢崽也结婚了，真是光阴似箭、日月如梭。张屠户才六十多，背就有些驼了。前年，他老婆得了子宫癌，花掉了三四万块，还借了两万多，结果闹了个人财两空。哪知屋漏偏逢连夜雨，去年，他儿子又出了车祸，被轧断一条腿，成了残疾人。张屠户虽然坚强，可白发增了不少。岁月真是一把杀猪刀。

张屠户家有困难，村里要评他为贫困户，可他却坚决不要。这让村里的书记很为难，因为已经报到乡上去了。没想到的是，他跑到乡上找到领导，要求取消困难户。有人说他傻，政府给钱都不要，他也不在乎别人怎么说，照样干，有说有笑。这就是张屠户！

（载于2016年12月第78期《艾风》、2021年2月11日《武宁报·西海》）

❀ 父亲是个棋迷

父亲会下象棋，是村里有名的棋手，连下村的干部，也想与他一争高低。我差不多每天都能看到他与人对弈的场面。

父亲常说，一日不下棋，心里便痒痒，像丢了什么东西似的。尽管父亲还要下田干活，可他身子硬朗，再苦再累，他也要在屋场里找人下一盘。有时遇上饭菜上桌，父亲还要留对方在家里吃饭。为此，母亲常和他闹红脸。

小时候，我以父亲是村里的象棋高手而感到骄傲，常常在同学面前炫耀。每当父亲与人对弈时，我便趴在父亲的棋盘边观战，不敢高声语。我虽然看不懂楚河汉界，听不见棋盘上的厮杀和隆隆炮声，但父亲那专注的神色，还有举棋的动作，就像在战场上指挥战斗的将军一样严肃。有时，父亲为了一步好棋，会哈哈大笑，笑得那么舒心，就像中了个万元大奖，连一旁的我也飘飘然。

到我稍懂事的时候，父亲便开始教我下棋。他说下棋和做人是一个道理，小小棋盘，异常深奥，谁也不敢称天下第一。做人和做学问一样，也是深奥无边，只有虚心、用心、肯下苦功，才能成为一个有作为的人……

也许是父亲的话，让我懂得了做人的道理。我虽然没有达到父亲“做一个有作为的人”的要求，但毕竟也在自己的工作岗位上努力了。我想，九泉之下的父亲，也会欣慰的……

（载于 2003 年 3 月 8 日《浔阳晚报》）

※ 父亲锄地的背影

母亲提着饭篮走近一片林，树叶把阳光揉成碎银掷在地上，白花花的，有些耀眼。我一脚踩上去，那些光影如一束聚光灯打在我身上，有点儿扑朔迷离。而母亲对此毫不动心，脚步依然那么急，巴不得几步走出这片林，提篮的手反而攥得更紧，生怕篮里两只盛满了饭菜的碗趁机构患。

林的尽头，有父亲锄地的背影，被一条山路牵挂着，母亲走得急，自然有她的道理。外婆曾对我说，母亲读过几年书，可自从生了我们兄妹几个后，基于命运和现实的原因，把先生教的文化又统统都归还了去，每日里忙得跟火里掠钉似的，不停地在家里和田地间来回转，好像她生来就是干活的。一床被子不盖两种人，父亲也是。此刻父亲还在饿着肚子挖地。他是趁队上人回家吃饭的当儿，独自在坳上加昼班。他利用队上出工的三个晌午，在此开了一片荒。尽管有些累和饿，可当他看到那块荒地就要挖到头了，马上就可以种上庄稼了，便舒了一口气，停下锄来，揩了一把汗。回头看到母亲提篮送饭的身影，父亲远远送来一笑，然后又挥起锄头，那力道，比打了鸡血还上劲。

也不是父亲天生爱开荒，只怨命苦。那时，我家人口多，负担重，父亲和母亲睡在床上盘算着，要借队上中午放工吃饭，在坳上开辟一块荒地种庄稼，目的就是为过冬多打些粮食。母亲放工后随队上人一道回家做饭，然后赶在队上人下午出工前，将饭带给父亲吃。母亲在若干年后还苦笑说，这叫私人、集体两不误。

父亲在队上出工忙了半天，收工后又饿着肚子在坳上开荒，挥锄干了一个多小时，就是一块铁也要磨损，更何况是人。奶奶常心疼地在母亲面前唠叨。而母亲上有老、下有少，圈里还养了猪、鸡、鸭。这些，父亲是懂的，所以他常说，磨轴也有停的时候，母亲一天下来是没得闲歇的。父亲加昼班是常事。如果不是星期六、星期天，母亲还得等我们兄妹吃完饭上学去了，才能给父亲送饭。当母亲提着饭篮走出那片树林时，往往是下午快两点了，日头也斜到了树顶。

“快来吃饭。”母亲还未走近地头那棵大树，便喊出了声。

挖地的父亲总是爱打赤膊，背上黝黑发亮，肚子早就饿得咕咕叫了。听到喊声，父亲放下锄头，揩着汗向母亲走来，太阳照着他的背脊。那棵大树也是天地所赐，神情玄定，处之弥泰，亭亭如盖，正好让父亲吃饭时歇息遮阳。

树下有块石头，是母亲之前搬来的，以便让父亲吃饭时有个坐处。父亲习惯性地用草帽扇了扇石头，然后将草帽垫在石头上，一屁股坐下去，不知是累极了，还是太用力了，那草帽好像承受不住父亲一生的辛劳，还有一家人的负重，只听“噗”的一声，显然是坐破了。尽管声音不大，但母亲听到了，心里像被绳扽了一下，只轻轻地说了句：“你慢些，先喝口茶。”

母亲随手放在一旁的饭篮，也似有大慈大悲之心，透过篾丝的缝隙也想送来一声软语；而那棵大树似乎也听到了，漏出斑驳的光影，摇曳不停的树叶，似在为父亲打扇。母亲打趣说："这叫饿鸟自有飞来虫，穷人自有天照应。"

母亲从饭篮里端出一碗堆了尖的饭递给父亲，说："饭还是热的，你快吃。"父亲身体强壮结实，自然饭量也大，不吃一海碗饭，能干这种重活？难怪母亲特意在三都买了这只海碗。母亲没读多少书，但外公重义重德，母亲自小被熏陶，亦是贤惠识礼。她知道，父亲是全家的顶梁柱，做饭时总不忘在父亲碗里藏个荷包蛋。那时鸡蛋金贵，可换油盐，父亲不舍得吃，饭吃完了那个荷包蛋还在碗里放着，拨来拨去不舍得吃。是母亲一再劝说，父亲才勉强吃了一半，还剩一半非要留给我们兄妹……

若干年后，当母亲再次来到地头，迎面第一眼，正是地头这棵浓荫大树。树旁不远处，便是一座长出了些许茅草的坟茔。那是父亲长眠的地方，也是父亲劳累一生也放不下的地方。

在母亲心里，大树下有片凡·高凝望的月影星空，慵懒的阳光隔三岔五会撕开一个口子，让母亲的思念汩汩淌过那遥远的星河。

母亲也有些时日没来了，这初冬的大树已成老干虬枝，枝丫已不着片叶，有些意骨疏凉、风高地冷。要是父亲在，他会把汗巾搭在枝条上，麻雀会在枝丫跳上跳下，不停地啁啾。当然还不只有麻雀。

而此时，在树旁劳作的父亲，锄地的节奏会明显加快，动作虽然有些粗犷，但在我充满童真的眼里绝对不失优雅。

那时，我们生产队集体劳动还作兴打锄山鼓，锄头落下的声响，就如鼓槌敲击鼓面般清脆悦耳，比路德维希·凡·贝多芬演奏的《普罗米修斯的生民》还要好听，比辽山尖上的二月滚雷还要生动几分。

少时的我，常随父母出工，见惯了父亲犁地，母亲锄庄稼。而我，一个人在大树下玩泥巴，父亲和母亲也不打扰我。玩腻了，我就吵着要回家。父亲总是说："快了，你数到一百，咱们就收工。"我几次数到一百，母亲说我数错了，我挠着头又重来，数着数着，就在大树下睡着了。母亲心疼，忙放下锄头来抱我。父亲却笑着说，小孩睡地下可以接地气，以后对土地就有感情，人一旦离开了土地，弄不好就会像断线的风筝，随时都有可能摔跟头。

有一次，父亲在大树下锄草，忘了将搭在树丫上的汗巾带回家，母亲晓得后顾不上吃饭，一路小跑来到地头，只见光秃秃的树枝。不知汗巾是被风吹走了，还是被鸟衔去做了窝。父亲劳作没有汗巾揩汗是个问题。那时家里穷，母亲为给父亲买一条新汗巾，只好在天蒙蒙亮时去后山捡苦槠打豆腐卖……

前些日子回家，听母亲说武通高速要从大树旁经过，父亲开荒的那块地，也在征收之列，会有一笔不少的补偿款。我想，父亲是不是早就猜到，大树下将会成为出省大道？

（载于 2018 年第 80 期《艾风》、2023 年 6 月 8 日《九江日报·烟水亭》）

❀ 母亲卖菜

记得以前母亲到菜园里摘菜，那些鲜嫩的要拿到市场去卖，好换柴米油盐。而被菜虫啃过的菜，母亲也不舍得丢掉，放在竹箕里带回家，剁成猪潲喂猪。尽管那时家里穷，可母亲宁愿少卖一斤菜，也从未将被虫吃过的菜夹在好菜中去卖。

也就是前几年吧，母亲有一次挑菜到镇上去卖，遇到一位买菜的，说什么菜鲜嫩是化肥用得太多，没有虫咬的一定是打了农药，有虫或者被虫吃过，看上去不是那么鲜嫩的菜反而可以放心买来吃。还说这是电视台一档什么节目中一位专家说的。母亲种菜不再打农药，施的是粪肥，极少用化肥，有时地肥了，种的菜格外鲜嫩，挑到镇上去卖时，买菜的人左看右看，未见菜上有虫或被虫咬过，以为是化肥和农药用多了，不敢买。母亲再三声明也未奏效，从街头挑到街尾，半天未卖出一棵菜。

而与母亲一道挑菜上街卖的一个村邻，种的菜从头到尾施化肥，就没施过农家肥，一茬菜要打三四遍农药。可不知他有啥魔法，满满一挑菜竟然一会儿就卖光了。而母亲只得把鲜嫩的菜挑回家喂猪。她百思不得其解。后来母亲到邻村走亲戚，听一位老太太说，这个村邻每天上街卖菜前，必到菜地里捉几条菜虫放在菜篮里，母亲这才恍然大悟。

（载于 2013 年 4 月 16 日《人民日报》）

❀ 一张黑白照片

我家老屋墙上有个自制的木相框，框右上角的显眼处，有张不大的黑白照片，是我和妻结婚三十三年的见证。

妻能委身于我，这得感谢外公。外公知道堂凤姑婆有个年龄与我相当的侄女未处对象，便想请堂凤姑婆出面做媒。可堂凤姑婆不是吃媒婆饭的人，不晓得如何着手，而最糟糕的，是她对做媒不感兴趣，对媒婆也没有好印象，所以比东岳殿的菩萨还要难请。外公约了几次，堂凤姑婆都不肯动身，最后还是外婆煮了四个荷包蛋，才把堂凤姑婆生拉硬拽过来，要知道，那时一个鸡蛋可以换两包盐。

既然请动了堂凤姑婆，她就不是吃寡蛋长大的。没做过媒的堂凤姑婆，在吃荷包蛋的时候，就把我喊来，让我站在一旁，问了我一些杂七杂八的问题。她嘴里塞满了蛋，两腮鼓鼓的，像藏了两只大老鼠，眼睛像判官一样，在我身上审视，比鬼还精，好像是她到我家来相亲似的。没过几天，堂凤姑婆就送了一张相片来，说她这个侄女聪明伶俐，将来是个会过日子，又会享福的女人。

那是一张约两寸大的黑白照片，照片光亮，人也标致，看得出摄影师的照相和冲洗技术高超。堂凤姑婆的侄女叫小毛，不知为何取了个男孩子的小名。她穿着一件不太合身的白的确良褂，领上印有浅浅的花，胸前也印有两朵叫不上名的花，梳一条长辫甩在胸前，头发乌黑油亮，毛线扎的辫子有些粗，侧身站在一座老石拱桥上，好像正回头微微地对着我笑。身后一棵古柏，高过屋脊数尺，两人才能合抱，裸肌露骨，老叶虬枝，像位长须飘逸的老寿星，不知有几百年树龄了；桥下卵石点缀，青草疏影横陈，一簇簇，一团团。说是河，其实应当叫溪，水流不急。我突然想起，这溪就像某部电影明星手中的旱烟筒飘出的一缕淡泊心境，沁入了山里人优哉游哉的慢生活。我似乎听到溪水在汩汩流淌，声音清雅悠远。溪岸边，一头黄牛正悠闲地吃着草，没有人惊动它，也没有看到放牛郎；岸边一株打眼的石兰，在静默中养尊处优，成了四君子中的一员。真是静坐不知山外事，闲观难悟水中天！我猜那里一定有牛的哞叫声，听说牛哞一声，草就要长一寸，春天就要绿十里。如果连叫几声，人间就要生发好多好多愿景，小小村落便可成为世外桃源。据说，那河里有捉不尽的“石拐”和“石膏鱼”，周围的人都慕名到那河里捉过古灵精怪的“石拐”，摸过活蹦乱跳的“石膏鱼”。藏在古柏后面远处的，是迤逦的幕阜山，像一匹绿绸锦缎被风吹皱了，大气磅礴地飘在天边，抻过了屋脊；如女人披着围裙，有一种青春的活力在跳跃。

不知是照片中的风景太醉人，还是照片中的她太清秀，总之，我当时就是被这张黑白照片征服的。

结婚三十三年，世界变了，头发白了，只有心，还是依旧。

（载于 2021 年 4 月 6 日《浔阳晚报》副刊）

❀ 五月的汨罗

五月的汨罗，风在泣，花在燃。散发着沁香的艾草，在门楣上高扬着青色的火把。这火把是一把冷色的剑，是一叶鼓风的帆，是一枚青涩的果。因为五月多雨，我摊开的书，成了一处多难的草坪，总爱招风招雨。

五月怀春。风惦记瓜菜的藤蔓，从枝叶中漏出一缕缕阳光，那是一种久违的念想，风揉痛了我的眼睛，我看到叶儿有点儿潮湿。

五月对我来说很重要，因为我是一名诗歌爱好者，可我没有鲜花，只能随手抓起一把草花撒入汨罗河，但愿花瓣能够到达诗人的乐土，灵感的圣水润湿一方绿色的诗笺，任潮涨潮落，浪飞花流，祭奠的诗如同一杯伤情的酒。

站在残阳映照的汨罗河岸，我翻开屈原的诗集，风从书中抖落一首悲壮的诗。试问，谁能痛饮那杯无风的酒，醉成雨夜的孤灯？还是让我变成一瓣花吧，随水流向诗的天国。要不，就让我燃尽，在五月，在五月这样凄婉的时刻，我愿意，愿意化成诗、化成蝶、化成一朵细碎的雨花，泊在诗人天国的岸边，亮成一盏心灯。

我深深记着，这一天就是端午！

（载于 2012 年 10 月 26 日《武宁报》副刊）

❀ 我的姨馳娘，胞衣场

我家是有架子床的

黄塘坳上有野生金樱子，村里人称“糖盎”，那刺圃一丛一丛，路边，地坎，芭茅山上，满眼都是。

黄塘是个地名——坳下就是我出生的“胞衣场”。

五十年前，一声婴儿的啼哭，惊醒了坳上满山的小花瓶——糖盎。没有谁邀约，都美美地擎着带刺的花瓶——像一个个小灯笼似的，风摇曳树影，将这一棵棵流落他乡的植物，养育出活泼的生气。一条向阳的小路绕过山坳，像我的一根脐带，一头拴着老屋，一头拴着父亲。光影里，父亲哼着山歌调，手里拎着一只红冠公鸡，正急急赶往外婆家“报喜”。

对，“报喜”必须得拎公鸡吗？十岁时的某一天，我看到他人拎鸡去“报喜”，突然问起这事，父亲却答非所问地说，我还没长大，等我长大了就懂了。

我出生的那个年代，正是困难时期，农村产妇多没钱上医院，只能在家里的架子床上生产。

说起我家那张架子床，那可是有些来头。据说，是在屋坪里晒过银子的太祖爷，当年到福建贩了一批盐，挖了一桶金后，长了些见识，回来就做了这么一件很奢侈的事：花了一根金条的价钱，请了一个木匠师傅，每天好酒好菜侍候，用了一百八十个工时，才做好这么一张从床脚到床顶都雕刻了精美图案的架子床。啧啧，仅是那做工，就能让现今的木匠从惊讶再到咋舌。

爷爷说，这张架子床结实，铺上稻草睡得暖和，睡在这张床上连喷嚏都没打过一个，噩梦也做不了一回，有梦也是梦见白花花的银子，或者是屋前满塅稻禾金灿灿一片，春日溪沟里群鱼戏水闹翻天。架子床用的都是上好的木头，承重受力的横方榫木，用的全是柏木，雕刻花鸟人物的木头多是黄花梨，花梨木又称“降压木”。《本草纲目》中叫降香，用木屑泡水可降血压、血脂，做枕头可舒筋活血。花梨木材质颇佳，边材色淡，质略疏松，心材呈红褐色，材质坚硬，纹理精致又美观，很适用于家具雕刻花鸟人物图案。床沿两端各有一个造型别致的“扇朵”，一个雕刻了“麒麟送子”，一个雕刻了“莲生贵子”。两个刻了图案的扇朵上端还各有一只栩栩如生的狮子，这些图案的寓意不难理解，有早生贵子、多子多孙的意思，人们渴望血缘长流不断，并希望在延续根脉中成为望族。狮子是威武的象征，能得到自然界和人的庇护，得到送子观音的恩赐。这不是迷信，而是一种愿景，也是一个屋场历史文化的演变、积淀。这张架子床让人第一眼看到的，是正面的顶端，中间的一面圆镜是铜的，两边各有两个木雕图案，有鸳鸯戏水、八仙过海、梅雀、牡丹图，可惜图案上的人物都在“破四旧”时期被铲掉了。好在这张架子床，历经岁月洗礼，依然很结实。对，太祖爷当年花巨资定制这张架子床，就是为了娶上身为富家小姐的太祖婆。再后来，爷爷也是用这张床迎娶奶奶，同样，父亲也是在摆了这张床的房子里闹了洞房。可以说，架子床于我家而言，就是三年灾荒的时候，也要胜过一头牛的价值，那是相当的金贵。要是太祖爷看到他当年的婚床被人铲得面目全非，不知会气成啥样子。

记得小时候，有玩伴要欺负我时，我就说："我家是晒过银子的！""我家是有架子床的！"没想到那个玩伴较起了真，一气之下跑回家，嚷着要她母亲也买一张架子床……可惜的是，那年连续下了一个多月的雨，老屋在半夜时轰然倒塌，父亲来不及跑出屋，翻身躲在床底下，老床虽然救了父亲一命，但床板以上的架子都断了，就像一只鸟折了翅膀。没能将架子床传给我做婚床，父亲不能原谅自己，常常自责地说自己是一个败家子。于是，他不到六十就因病离开了人世，到阴曹地府找爷爷负荆请罪去了。

我是接生婆上门接生的

在黄塘，也许没钱上医院生孩子，对产妇来说也算一件好事。周遭都是熟悉的物件，围着的都是亲人，产妇看着安心，不用剖宫产。那时出生的人，可谓是苦水泡大的。苦根子，能吃苦，骨头粗，身体壮，好干活。二十世纪的那些水库、山塘、水渠、堰坝，不都是这些人凭着一双肩膀的力量，一根扁担挑，一把锄头，一天一天挖出来的吗？

人来到这个世界，也许就是为了尝尽人世间的甜酸苦辣。

现如今，产妇都送医院妇产科，而且要上手术台，技术虽然是先进了，可产妇未进房，先就吓住了。所以，分娩时少了点儿力气。唯有动刀，是医生最好的办法。

对，那时每个村庄都有一个接生婆，接生婆自然是人敬人爱的。产妇动了胎就要上门去接，进门时要放一挂鞭炮相迎，进了门后还要煮碗米酒外加两个鸡蛋，以显示主人热情。接生婆喝完米酒，就从软布袋里拿出剪刀、纱带、脐带线等放在床边的桌子上，进门时还叫人烧好一盆热水，外加两瓶开水。

接生开始时，接生婆先用热水或火将剪刀消毒。那时的条件虽然简陋，对于产妇来说，生孩子是一件很幸福的事儿，但也是命中的一场劫难，孩子生下来了，人也仿佛到鬼门关上走了一遭。那时的医学并不发达，生的孩子有相当一部分养不大，都是来找爷娘割心割肉的，给多少家庭带来抹不去的痛。记忆深处，那时每个村庄都有一个埋孩子的坟场，虽没有墓碑，但那一堆堆坟土，让人眼睛生疼，心如刀割，是村庄的一块断肠之地。

生孩子，是大多数女人，都要经历的。

做个女人，尤其是在黄塘，如果不能怀孕，不能生育，生活就是一张白纸，没有一点颜色。有时还会有风言风语盖过屋头的炊烟，甚至家人投来的冷眼，能让窗外树上一只只青鸟感到无助和恐惧。可以想象，这样的日子再晴朗，也是灰暗的。

母亲是幸运的。

“出来了，出来了！”山坳中那栋老屋里，房内传来声声惊喜。

哪承想，婴儿的头才刚探出宫门，那撕破宫门的疼痛，就如电击星空，地裂坼缝。此时的产妇早已精疲力竭，头发散乱，汗湿了衣衫。没进过产房的女眷们，心里不免一阵紧张，有的手心也出了汗，唯有老屋还是那样老成持重，瓦不惊、风不跑的。为确保安全分娩，女眷们按接生婆的吩咐，各就各位，有负责递东西的，有帮忙倒热水的，有按住产妇肩膀的，有帮忙扳着产妇大腿的。大家还没使上太大的劲，就听产妇一声痛苦的惊叫："娭毑呀，娘啊，扳不得！"那声惊叫有几百年的烟火味，如玉树临风凝噎，似锄山歌跑调，摄人心魄。房内一阵忙乱惊动。有人快沉不住气了，忙用衣袖揩了揩额头的汗。当接生婆喊产妇用力、再出力时，婴儿就快生下来了。男人听到房内传来产妇痛苦的声音，声声如刀，抓心抓肺，又只能干着急，实在捺不住了，便用手指戳破糊在木格墙上的旧报纸，或从门缝往里瞧，恨不得冲进房帮上一把，送上一股劲，看到闩着的木门，隔着一方天，只能搓着手在房外来回焦急地踱步，心里像吊葫芦似的不安。

可以说，世间再没有比这更吊心吊肺的事了。

这样的情景，接生婆见得多，总是不慌不忙，隔一会儿就说："加热水、加热水！"这热水可以调节室温，让产妇不受凉，用热水擦身，能促进宫口打开，起到催产的作用。婴儿生下来了，用艾水擦身体，可以消除毒气，避免婴儿受凉。接生婆有经验，土办法很多。

我家屋场是晒过银子的

这世界，天与地互为因果，人与自然和谐共生，心有一片草地，老屋方能独坐一方天。这小小的屋场寨，每天伸着天高月小的懒腰。当母亲把柴草搡入灶膛，生活就有了氤氲气息。那些柔弱的小草，那些不动声色的古树，那些风雅鼓荡的屋宇，那些苦苦修炼的棘刺，那些矫揉造作的兰花指，那些朝歌暮舞的风，还有那些装腔作势已显颓败的老墙，都想在黄塘这里追慕阳光，迎迓雪雨。

对，爷爷和父亲多次跟我说过，我的太祖爷，就在黄塘屋场坪里，靠东边的屋头，用竹床晒过一次或两次银子。村里人瞧到后，羡慕得不得了，嫉妒得不得了，逢人便说某家富得不得了，都晒银子了！还有可笑的，有人在外炫耀吹嘘说：我村庄里可是晒过银子的！不知就里的人还以为黄塘处在大上海的一个什么地方。且不说晒银子是真是假，这么美好的传说，长养在风日里，安放在老屋祖台上的灯盏里，也是一种挥之不去的乡愁。

在我眼里，老屋很性感，春风总不老，仄巷也临风。对，那条仄巷，是鹅卵石铺的地面，两边的墙脚都是三六九式的老青砖，长了几寸高的苔藓，绿意盈盈。有几处砖墙还长出了白硝，就是那种硝酸盐，小时候和伙伴经常刮这些“粉末”做火药，装在自制的木枪上玩，学着小兵张嘎的样子，专打鬼子的要命处，特有意思。

仄巷是我童年和伙伴们的乐园，各种有趣的游戏天天轮番上演。有时，阳光也好奇地探过头来，照出墙上的半壁江山，照亮这深深的人间陋巷。当然，也照出了我们一张张天真无邪的脸，但时光的梭轮在仄巷、在老屋墙上、在苔藓上、在鹅卵石铺就的屋巷里，到底留下了什么样的痕迹与旁白，在日月的交替更迭中，又有过哪些孤独、伤痛、忧愁，或者有过哪种对生活深入骨髓的反刍，我和父亲以及爷爷穿破无数双草鞋，也不得而知。老屋仍是这般渲染，仍是这般煽情，仍是这般眷恋，仍是这般追忆。仄巷里，那些带着野性的、顽皮的嬉闹声、欢笑声、哭喊声，情趣无边，有如发生在昨天。

爷爷和老屋都是有故事的。关于这一点，我做过深入的调查，有过太多的感触，我敢肯定，爷爷不信迷信不吃斋，最恨那些“口中念弥陀，手上捋人禾，斋嘴不斋心”的人。爷爷的意思是，人只要心存善念，不吃斋念佛，也照样能有慈悲心。是的，人间庙宇不计其数，信众多如牛毛，一切佛法都是讲慈悲，什么是慈悲？慈爱伶俐，并给予快乐，称为慈；同感其苦，怜悯众生，并拔其苦，称为悲；二者合称为慈悲。

我想，爷爷、奶奶、父亲、母亲，以及老屋，他们都具备慈悲心。慈悲就是要像天下的爷爷、奶奶、父亲、母亲一样，有一颗温柔、热情、善良、宽容、纯净的心灵，世界上最强大的力量不是刀光剑影，不是权位势力，而是一颗慈悲的心。只要有一念之慈，万物皆善；只要有一念之悲，万物皆庆（释仁嵩语）。

在我小小的心里，老屋早已穿透了时光的幻影，长出了岁月的褶皱，流淌过日月的清辉，模糊了归林倦鸟的剪影。茫茫岁月里，风雨侵蚀中，老屋的一砖一瓦一木，甚至一方门槛石，虽斑驳有痕，但隐忍有核，能接受每一缕光亮的退隐，记住那份熨帖的、抹不掉的记忆。

最让人激动和敬仰的是，老屋墙上那些三六九式的青砖，每一块都重过四书五经，每一块都是一部无字书，每一块都有一个美好的传说，而且那么深奥，那么厚重。爷爷能读懂，父亲也能读懂，不为难你我，也不抢白日月星辰，从未冒犯过雨雪风霜。老墙上那些被岁月的手指抚摸过，光怪陆离的时光软语，那些烟尘落脚、况味哽喉的瓦脊，那些铅华洗尽、无所依托，缩在屋旁那棵树枝上的蝉蜕，似乎都有“帝素怀济世之略，有经纶天下之心”（唐·温大雅《大唐创业起居注·起义旗至发引凡四十八日》）。老屋何其大，天地何其老，人间何其苦，佛经何其善，我何其渺小，只要一块青砖，足可以让我惶恐一生。

老屋坐北朝南，前有一湾清溪，后有十里龙脉，雨雾云天，暮岚轻作，老屋像尊活佛，不动声色，气定神闲。百年前的某一天，我的太祖爷一时心血来潮，推开门扉，在晒过银子的屋坪头，安放了一把摇椅，摇着大蒲扇，打开了一本线装书，历史瞬间烟尘四起，那些黑色的方块字切肤蚀骨，太祖爷的银须飘逸有度，翻过的书清风过耳。读了几本老书的太祖爷，总说爷爷缺少慧根，难领风骚。这也可以理解，同一事物，人各有悟。都说人存活在两个世界里：一个是外在的感官世界，一个是内在的精神世界。

生在人世间，你我都应有一套自我启发的方式，而爷爷没有这个悟性，注定一生走不出黄塘，走不出老屋，所以屋脊上飘过的那几许如梦的山岚，已深深地嵌进了太祖爷和爷爷走过仄巷的背影，也是我心中一帧绝美的风景，连同那片银杏叶，在某年的一天深夜，一同被我夹进了书页中，那是父亲临终时放不下的一份牵挂。要不，这人世间，就少了一颗露珠点缀，人无生气，山无绿意，水无波澜，草无春色，生活就如同一段枯木，郁闷而无光。

我家老屋是长过狗尾草的

一方水土养育一方人，一处屋场也是一方天。黄塘屋场虽小，也是有习俗的。比如，谁家产妇生孩，当天一笼鸡必关着不放，要等接生婆叫放鞭炮了，说明婴儿已安全出生，当家的这才到鸡笼里去捉鸡报喜。男孩捉公鸡，女孩捉母鸡，然后才将一笼鸡放出笼。做丈母娘的见女婿捉鸡报喜来了，喜得眉角上翘，双手在围裙上不停地搓着，看清了报喜的鸡，就知是生男生女，好像早就约定了似的。

这报喜的习俗有些年头了。

大家都觉得挺好，没有谁去考究，也无法考究，一如黄塘坳山上的糖盎始生于何时一样，无从考查。

黄塘老屋场，五十年前的模样，我在梦里多次亲近，童心焕发时用笔在纸上描过画过，一排八间，中间有排横屋，横屋的墙皮已脱落，有的可以放进一个小拳头，印象特深；有一堵墙体已倾斜，因没有钱拆旧建新，只好将就着用一根长长的杉木吊着个荒废的大石磨垈着，稳稳撑住了险些要倾倒的墙，就如爷爷走路靠拐棍平衡，如果没有拐棍，我不知道爷爷的日子会多灰暗。也许走出户外晒太阳，看着我在屋坪里玩泥巴、与玩伴捉迷藏，或者是看房前的一塅稻田正抽穗扬花，是爷爷晚年最大的乐事。

岁月的风刀薄削凌厉，老屋的瓦已呈灰黑色，屋后有三五棵古松，瓦沟里落满了松毛丝，有几处长了狗尾草，高过了门口一棵老柏树。好在老柏树历经风雨，见惯了浮云乱世，心无旁骛，倒落得自在逍遥。而那些长在屋瓦上的狗尾草，总以为离星空最近，不免有些得意，总想趁着月影戏谑地上的小草和老柏。由于站得高，屋宇又悬又空，根又不沾泥，应了那句俗语：不自量，总招风。风一来，那些狗尾草自然心就慌，亦如我做人做事不脚踏实地，不着地气，做什么事都虚浮飘摇。我玩相机数十年，没拍过一张好片，连市摄协都进不了；也写过不少文字，能上报变成铅字的没有几篇；种过几亩瘦田，也多是瘪谷；当过村干部，也没能为村民办几件实实在在的事，真是惭愧得很！

“盖世的功劳，当不得一个矜字；弥天的罪过，当不得一个悔字。”（洪应明语）狗尾草最终在地坎、路旁、坪头、荒山上找到了自己一方天地，成了春天大家庭中的一员。雨余山色，夜静钟声，繁星点点，狗尾草点染其间，绿意盈盈，清霏有味，风月无边……这就是一棵狗尾草的造化，也是老屋之幸！

我的娭毑娘，胞衣场

老屋门口有块大田，田里禾苗比我高出半个头时，母亲一不留神，我的人影就不见了，急得母亲、父亲、爷爷满屋场遍寻不见，爷爷用拐棍敲着门槛石，要父亲赶快到门口田墩里找寻。爷爷靠着大门站在门槛石上眺望，像个临阵指挥的老将军，他举着拐棍指向一方，父亲往左，又指一方，母亲往右。父亲和母亲深一脚浅一脚走在田埂上，踩得田埂上的矮草嚓嚓响，母亲一不小心，险些歪到禾田里，他们一边走一边喊，那种焦急，我当时是无法体会的。那时，我才两岁多，正埋头在禾田里玩泥巴、捡田螺，玩得正起劲呢！

少不更事，犯了错自然也是要受罚的。

父亲脾气大，从禾田里抱出满身是泥的我，一狠心，一巴掌拍在我屁股上。那时我不知什么叫火辣辣的痛，只晓得一个劲地哭，爷爷见了很心疼，好似一巴掌打在他身上，扯了他一把肝。当父亲把我放下地时，冷不防爷爷一拐棍便迎了上去。父亲不服，却不敢作声。为什么父亲打我，会痛在爷爷心上？爷爷打父亲，为什么会痛在母亲心上？为什么我被打，可以用哭来表示不满，父亲被爷爷打了，却不敢哭一声？十万个为什么早早种上了我的心田，那些望穿秋水的黑色方块字，那些穿着破棉袄打着寒噤的童谣，那些吱吱呀呀不堪重负的狗头车，那灶台上歪嘴张口嗷嗷待哺的小油罐，那块苦苦撑着我的村庄、显得有些苍白荒芜的天空，那张老气横秋、让我兄弟仨翻过无数筋斗比不出高低而哭过鼻子、尿湿过棉絮的架子床，还有老屋那扇锈蚀嘶哑、裂着缝也想过年能沾些喜气贴张门神的旧木门，上面还画满了童年乌七八糟、不堪入目的粉笔画，以及后来那块变成了黄塘水库塘笃的田塅，在塘笃里也不愿息事消停，回荡着四十年前千军万马修筑黄塘水库大坝、大水漫我胞衣场的声声呼哨，还故意腆着黄塘水库的大肚子，打着锄山鼓的饱嗝，用水漫金山的威吓，一步步逼近黄塘老屋场。我无助地喊着："娭毑娘呀，我的胞衣场啊！"父亲和母亲明事理，晓得我对老屋感情深，几次看到我哭成泪人，他们的心也碎了。

最后，住在黄塘老屋场里的人，都迁到坎头戴家，父亲在老屋一声不吭的注视下，搬出衣橱、桌子、板凳和碗盏等物品，还有那张没了架子的架子床，就像一只苍鹭折了翅膀，再也驮不起岁月的马车。父亲晓得架子床也和他一样不舍得离开黄塘老屋场，动了一次善念，没有急于把架子床搬走，而是在天黑之前，将架子床稳稳摆放在老屋地坪上。晚上，山高月小，只有几声不知名的鸟叫，老屋和架子床一夜没合眼，它们有太多太多的话要说，又不知从何说起，"梧桐叶上三更雨，叶叶声声是别离"（周紫芝《鹧鸪天·一点残红欲尽时》）。第二天，父亲在一场雨后，又来到了黄塘老屋场，那几道高高的墙，在屋场里所有人搬走的当夜，在雨声中咳嗽了几声，便无声无息地倒塌下来，正好砸在那张架子床上，架子床落满了尘埃，宁愿散架，也不愿独善其身。

当我听到父亲的一声叹息，又不知谁也喊了一声“娭毑娘，我的胞衣场啊！”我的眼泪便如决堤的江河，不知有多痛楚、多无奈！请记住，那傅家族谱上的黑色方块字，那黄塘水库垒坝的麻石，那坳上一丛丛的糖盎，还有老屋归隐后遗失的三六九式青砖，你们不但欠我一声喊，欠我一行泪，还欠我一副千年不腐的肉身。

（载于 2019 年第 10 期安徽《城乡文化》月刊、第 81 期武宁《艾风》）

❊ “土”妻

妻和我谈对象是二十世纪八十年代。那时家里很穷，我还没有参加工作，有心把妻打扮得漂亮一些，可又囊中羞涩。幸亏妻贤惠识礼，虽没读多少书，可一点也没难为我这个做老公的。

婚后数年，我参加了工作，家里条件才慢慢改观。我见别人的妻子都在积极地追逐着服装新潮流，化妆品也讲究起来，心中便也萌生了一点儿愧意，想给妻一些补偿。一日，我把一个月的工资都拿给了妻，要她去买一块自己喜欢的布料，再把村里的裁缝师傅起英请到家里来。起英师傅是个男裁缝，是我们辽田村最出名的大裁缝。他缝制的衣服那可是没的说，村里许多待嫁娘的新衣都是他一手裁剪的。

谁知，妻从街上回来，只给她自己买了一件体褂和一瓶两元钱的雅霜。我问她，为什么不买一套好点的布料，她却将一个大提袋递到我面前，说买了。原来，妻自己不舍得买，反倒帮我买了一块布料。我有点儿生气，便责问妻子：“我不是叫你给自己买块布料吗？”妻却淡淡一笑，说：“我整日在家里调潲喂猪，耘田锄地，又不出门做客，只要穿得暖和就行了。你经常出门，应该穿好点。”

“这怎么行，你穿得那么土气，人家还要说我的不是。

况且，你还年轻，正是该打扮的时候。你就不怕人家看不起你吗？”

“只要你看得起我就行了！”妻说完，提起一桶猪潲，又进了猪圈，家里那头母猪明天又要下崽了。

唉，那让我又爱又气的“土”妻哟！

（载于 1996 年 2 月 5 日《九江日报》）

与妻初相识

说来很可笑，我与妻子相识，还有一段离奇的故事。

记得那是我二十四岁的时候，我有一个只大我几岁，但辈分大的姑婆嫁在邻县修水新湾乡。姑婆待我如同亲弟，见我年岁不小了，总想帮我做个媒找个姑娘。

一日，她捎信来说，有一个姑娘长得蛮好看的，说是要我去看一看。我听说长得漂亮，心里就高兴，精心打扮一番后，还买了两包好烟放在身上，并借了一辆长征牌旧自行车，一大早就骑到了三十公里远的姑婆家。随后，姑婆就把我带到离她家不远的一户人家那里去看姑娘。

我虽然有二十多岁了，但相亲还是头一回，姑娘的手都没有碰过，更莫说谈恋爱了。

当时，心里有点儿紧张。好在那天女方家来了几个亲戚，我连忙起身向他们敬烟。随后，自己也抽出一支叼着。谁知，我一紧张就出了差错，闹了一个笑话。我竟然把香烟叼错了头，要不是女方一位亲戚给我指出来，我还没有反应过来。我当即脸一红，感到很尴尬。这一切，都被那个姑娘看在眼里。当晚，女方就传话过来，说我笨，海绵嘴都不晓得，打火机还打得那么起劲。这要是吃饭，不得往鼻孔里塞？我听了也生气，不就是叼错了一支烟吗？你嫌我笨，我还嫌你没眼光呢！当晚我就要离开那个鬼地方。怎奈姑婆执意不肯，我只好在姑婆家住下来。

尽管姑婆晚上煮了薯粉冻和包哨子等美食给我吃，可我第二天天一亮就要走人，姑婆又留我吃完早饭再走。谁知正吃早饭的时候，姑婆家来了一个我不认识的姑娘。只见姑婆起身把她叫到隔壁房里，叽里咕噜说了一番话。随后姑婆就出来对我说："这个姑娘你同意不？"我一看，这个姑娘比我昨天看的姑娘还要标致一些，就不知她……姑婆早看出了我的心思，忙说："她同意哩，她昨天就看见你了，也许你们有缘吧，她估计你今天会走。所以，一早就主动来找我……"

"真的吗？"我以为我听错了。

"不是真的，难道还是假的不成？"姑婆说。

（载于 2003 年 2 月 8 日《浔阳晚报》）

❀ 错发的短信

人与人之间有点儿小纠葛是难免的，有了纠葛并不可怕。可怕的是被纠葛羁绊，路越走越窄。只要我们彼此多一点儿宽容，多一点儿谅解，就能为自己开辟一片广阔的天地。

今年春节，我给亲朋好友发了上百条祝福的短信。可意想不到的是，有一条错发的短信，竟解了我和李某三年的恩怨。

说实话，提起李某，我当时心里是有气的。

本来，我和李某是要好的朋友。三年前，李某邀我合伙在县城开了一家超市，开始生意还不错。可后来，李某到外地做别的生意去了，请了个不懂经营的亲戚来做管理，导致超市的生意一落千丈，最后不得不关了门。

我怪他不该丢下超市不管，害得我损失了两万多元，因此与他闹翻了。两人见了面也不说话，有好长一段时间都不来往了。

今年大年初一，我用手机给亲戚朋友发短信拜年。没想到李某的手机号码还存在我手机里，我按错了一个键，竟把短信发给了李某。我当时又急又尴尬，在心里骂自己，千不该万不该，不该把短信发给李某。本来过年要的就是一个好心情，可这不是自讨没趣吗？！我当时很后悔。

可令我没想到的是，没过一会儿，我就收到一条短信：“谢谢您的祝福，愿我们的友情再开花结果！”发信人竟是李某。

更让我没想到的是，第二天，李某带着大包、小包的礼品来我家拜年。我握着李某的手，激动得一句话也说不出来……

（载于 2010 年第 3 期《人民调解》月刊第 45 页）

❀ 送　饭

古时候，有一位老太婆早年丧夫，辛辛苦苦养大一个儿子。儿子在地里劳动，老太婆总是挎着篮子，提着茶罐，早早地到地头给儿子送饭，生怕饿着儿子。

老太婆家里穷，菜自然也少有荤腥。看到娘送来的饭菜，儿子常常冲老太婆发脾气，今儿个嫌菜淡了，明儿个嫌饭稀了，把那个老太婆气得常闹病，不知不觉便已是风烛残年。

一天，儿子干完活，正在地头休息。地头有一棵大树，树上有一窝乌鸦正“哇哇”地叫个不停。

他抬头一看，原来是老乌鸦已经累得飞不动了。小乌鸦正一个个围着老乌鸦给它喂食……看到这个情景，他不禁长叹一声，想不到乌鸦也会孝顺母亲，我连乌鸦都不如啊！他下定决心，再也不对母亲发脾气了。

又到了晌午，老太婆翻过山坳，手里挎着篮，篮里盛着茶和饭，战战兢兢地向地头走来。儿子见母亲花白的头发在风中飘着，劳累了一辈子，腿也弯了，背也驼了，还要走这么远来给自己送饭，不禁心里一酸，就喊了一声——娘啊！扔下锄头就向母亲奔去。

老太婆挎着饭篮只顾往前走。早上，她向邻居借了一个鸡蛋，给儿子烧了个荷包蛋，只是家里粮没了，老太婆只好自己饿着，把饭全盛给了儿子，她怕儿子嫌饭少，正琢磨着咋向儿子说呢，一抬头，见儿子一反常态，突然向她跑来。她以为儿子又要发脾气了，吓得她掉头就跑。突然，一块石头将她绊了一下，老太婆刚好栽倒在一块石头上，头碰出了血，老太婆连哼都没哼一声，当场就一命呜呼了。

儿子见此情景，悲痛欲绝，忙扑在母亲身上痛哭起来。

他将母亲安葬好后，用一截木头刻了母亲的像供在家里，每天烧香磕头。逢年过节，还要摆上供品。不知底细的人，还以为他是一个大孝子呢！

他呢，眼泪汪汪地对别人说："哺恩思报在生前，死后虔诚也枉然。乌鸦反哺区区事，喻告世人记千年。"

（载于 2002 年 8 月 8 日《浔阳晚报》）

❀ 父亲，牛

母亲说，家里有两头牛。

其中一头是水牛，家里那三亩瘦田、两亩薄地，全靠这头水牛去犁去耙，我们一家的希望，全都寄托在这头水牛的身上。

天寒地冻，父亲怕牛冻着，总是冒着割人的朔风，去牛栏窗遮风，给牛送草。想不到，牛未冻着，倒把父亲冻坏了，难怪村里人说，父亲爱护牛，就像爱护自己的身体一样。

还有一头牛。母亲说，那就是我的父亲。父亲一生爱管闲事，村里人都说他是个和事佬。

东家妯娌吵嘴，他要丢下手里的活，跑去劝两句；西家婆媳闹意见，也都爱来找他，且父亲总能让她们转怒为笑，和好如初。总之，村里有鸡毛大的纠纷，父亲即便再忙，也要及时赶去调解。有时为了主持公道，还不怕得罪另一方，只要问题解决了，只要矛盾没有激化，父亲总是乐呵呵地说："值得！"

水牛因有父亲的细心照料，长得又肥又壮；村里的纠纷，因有了父亲这个义务调解员，正在一天比一天减少。可父亲，虽有母亲疼爱，却总是骨瘦如柴……

（载于2004年第9期《人民调解杂志》）

❀ 老伴也要哄

世上最苦是闲人，此话一点儿不假！

老李从副局长的位置上退下来了，妻子方兰见他不玩牌、不出门活动，整日待在家里无所事事，心里不免有点儿急。

这日早上，方兰出门买菜回来，正巧在离家不远的路上，碰到老李的同学老张和老汪等几人，骑着电动车相约下乡去钓鱼。老张和老李是要好的朋友。

方兰就跟老张开玩笑说："你们几个有伴，玩得开心，我家老李退了，天天闷在家里，你们也不邀他去散散心。下次到了我家里，看我还拿酒给你们喝不！"

"没见老李钓过鱼呀！"老汪说。

"不是不邀老李，"老张忙解释，"我以前也邀过他，可他对钓鱼没兴趣。你说，叫我们咋办？"

"那个时候和现在不一样，以前他上班有事干，现在是退了没事干，你们去邀他，他肯定会去。"方兰说完又补充一句，"不过，你们不要说是我叫你们去邀他的啊！"

"那好，我们今天就去邀他。"老张等人将车停在路边，随方兰进了一条小巷，不到五十米就到了老李家，老张先到，还没敲门就叫了声老李。老李以为是妻子买菜回来了，忙开门，见是老张等几位老朋友，便笑着说："这是啥风把你们吹来了？"

老汪嗓门大，说："刚碰到妹子，听说你闲在家里，哥们儿想邀你一块儿去乡下钓鱼，看我们几个过得多快活！"说完扬了扬手上的钓鱼竿。

"享受阳光，亲近山水，是老来一乐事，可我鱼竿都没摸过，哪里会钓鱼哟！"老李不无遗憾地说。

"我不也是前年刚学会钓鱼的吗？"老张说，"还是老汪教的，我连师父都没叫过他一声。记得第一根鱼竿，还是他送给我的呢！"

"走吧，和我们一块儿钓鱼去，我照样买一根鱼竿送你，也算完成我的一个心愿。"老汪笑着说。

"啥心愿？"老李问。

"收个关门徒弟呗！"老汪哈哈大笑。

方兰也赶紧附和说："这几位老兄弟来邀你，你就去吧！家里有我呢。钓不钓得到鱼不要紧，只要开心就行。"

老李当过多年的领导，啥场面没见过。他一看就知道，这是妻子方兰出的主意。妻子担心他在家里闷出病来，想让他出去活动筋骨，到乡下去感受一下新鲜空气。妻子的一番好意，还有这帮哥们儿的盛情，怎能推却？

老李当即爽快地说："好，那我这个徒弟就当定了！"

"哈哈，当定了、当定了！"老汪乐得合不拢嘴。

老李换了行头，骑上踏板车，与老张等人来到庐山西海一处湖汊，不料天公不作美，下起了大雨，他们忙收起钓竿，跑到附近一个草棚里躲雨。老汪爱下象棋，即使下乡钓鱼也不忘带上一副象棋。他见雨下得没完没了，便拿出随车带来的象棋摆开了阵势，说好久没有与老李切磋了。于是，几个人围在一起下起了象棋，待雨停后，已是太阳当顶了。

第一次结伴出来，鱼没钓到，差点儿淋个一身湿，就这样回家，怎么好向方兰交代？老李想逗方兰高兴，便到菜市场买了一条三斤多的草鱼提回家，谎称是他钓的，哄得方兰像中了彩票一样，又是买菜，又是买酒，还打电话叫老汪等人过来喝酒，然后就在厨房忙活起来了。

看来，老伴也要哄。这一哄就能哄出感情，哄出温馨，哄出家庭的和睦，哄出社会的和谐！老李这样想。

（载于 2013 年第 1 期《康乐寿杂志》）

蒿庐

❀ 船滩老街

船滩是武宁县西部一座百年老镇。过去是湘赣鄂三省通衢的繁华商埠，在民国时期就被称为“小汉口”。

在船滩集镇东面，有条很古老的街，叫船滩老街，清一色的鹅卵石街道，不高不矮的雕花木架屋。两条从南岳、上汤大山中一路奔来，又在老街交汇的小河，将老街环抱其中。

前不久，武宁电视台著名主持人张雷老师专程到船滩录制了老街的节目，让许多老街人或到过老街的人，又想起了老街的那些事儿。虽然老街现在有些败落，但老街在我的印象中非常深刻，尤其是老街那条河，那座踏水桥，那是老街孩子们的乐园。戏水、打水仗、摸鱼捉虾，光着屁股的孩子们在河里戏水欢叫，踩得水花四溅，清清的河水也充满了朝气，泛起一圈圈涟漪。河里的“石膏鱼”“沙鳅”“红尺翅”等惊得四处奔藏。有的藏在水中柳根下，有的钻在石缝中，藏也藏不住，眨眼就成了孩子们手中的猎物。

最有趣的是，张家狗崽上学逃课被狗崽妈晓得后，平日最疼狗崽的狗崽妈来了气，在地上捡了一根稻草一路追打。狗崽以为他妈是拿着棍棒追打他，吓得拼命跑。他妈则在后头使劲儿追，追到河边无路可走，狗崽只得往河里跳，并潜入水底，一袋烟的工夫都不敢浮出水面。狗崽妈以为狗崽沉水了，急得哭了，并大声喊叫救命，不谙水性的她，情急之下慌忙跳入河中，要去救狗崽，不料连呛几口水，溺了个半死，后来被人救上岸，吓得狗崽也哭了，从此再也没有逃过学。后来，镇上人把狗崽妈用稻草追打狗崽的事当成笑料，笑得狗崽和他妈至今都怪不好意思的。

想起船滩老街，就想起我的童年。前不久，我还写了一首诗呢：

砂炒红薯片打着喷嚏
从童言无忌的船滩老街
那卖谷芽糖、爆米花、炒蚕豆
红壳饼、云片糕、汆麻花
还有那让人垂涎欲滴的包子
那个香，从民国一路袭来
沁入我的骨髓，长成诗意江南
我的手很不自然地伸进了衣袋
因为我曾在父亲面前夸下海口
我要把船滩老街所有的货物买空
可囊中羞涩的我
手指头竟然在衣袋的破洞口东张西望
就如一只飞鸟掠过船滩老街那条河
这是一条比我走过的路要长好多的水路
这条水路直达汉口再到上海码头
到汉口的商人都走陆路、水路慕名来船滩做买卖
都想把船滩老街的货物买空卖空
在老街卖烧饼的伯公乐眯着眼
说他过的桥比这些人走的路长

我想，伯公卖的烧饼多，过的桥有船滩老街长吗
如今我都奔五了，还没有走出船滩
梦总在船滩老街鬼鬼祟祟
一不小心，一个喷嚏就能让人让回到童年

也许是老街的河水滋养人，镇上的男人一个个精壮如牛，砍柴挑粪两三百斤不在话下，走十里八里不用歇脚。早年听父亲与人聊天说，老街原来有个男人晚上走四十里山路到辽山背去偷野老婆，第二天天未亮还要赶回到生产队里出工，你说这老街的男人多健壮，难怪外村的女人就爱嫁老街的男人！

小河是男人的，也是女人的。

河里有一排整齐的洗衣石。每天天一亮，男人还在床上睡懒觉，老街的女人就提篮端盆来到了河边。俗话说，三个女人一台戏。女人聚在一起，谈论的话题也多是女人。说谁家存了多少多少钱，仓里藏了多少多少粮，谁家的猪昨天发了瘟，河对面某家女人得了乳腺癌，张家男客偷了野老婆，王家女客偷了野老公……最让女人开心，咯咯笑个不停的事儿，是李家男客一窝猪崽卖了个好价钱，可走到修水三都岔路口，被玩花牌的人骗去了，回家后不敢跟老婆四连吱声，晚饭也不吃，早早钻进被窝里装头疼。最后他老婆四连问他要卖猪崽的钱，一问二问不吱声，四连以为他真的病了，就要去请医生来打针，眼看瞒不住了，李家男客才说实话，气得他老婆一夜没准他上床……

银铃般的笑声抖动了一河薄雾，雾气缠着女人总也不愿离去，惹得几个从河中过跳石的挑担男人也走了眼，差点一脚踩空，晃悠了几下才站稳，女人们见了又是一阵大笑。

老街有河故事多。

镇上的女人和男人都爱在河里洗澡，不过，女人不像男人那样脱光了在河里洗，但也有大胆的女客婆，敢穿着裤衩下河，常有臭刁的男人锄田、挑粪路过，丢下担子带着一身汗味和臭气，扑通一声就跳入河中。如果女人多的话，这些女人便会飞快地游过来，要按男人喝水，非要呛得男人哭爹喊娘不可。有时，她们还把男人脱掉的衣裳藏起来，害得男人老半天不敢把下半身露出水面……

如果只有一两个女客婆，那男人就要占上风了。朝着女人泼水，摸只老蟹悄悄潜入水中放在女人的脚上，吓得女人尖声大叫，男人们则拍巴掌笑，笑出了眼泪，引得岸上过路的人也止步不前，咧着嘴傻傻地笑。这时，岸边柳树上的鸟儿也会被眼前的男女同浴所陶醉，在柳树上叽叽喳喳着跳个不停……

老街有河趣事多。老街因河而充满朝气，老街人因有河而年轻、快乐！

（载于2012年12月中国文联出版社“当代作家文库”第12辑《生如夏花》第34页，标题为《小镇有河》，以及2014年4月3日《九江日报·烟水亭》。）

❀ 上汤温泉旧事

在幕阜山脉中段的九宫山脚下，距九江市武宁县县城七十余公里的上汤乡集镇，有一处生态温泉。尤其是过去该乡男女同浴的习俗，让不少文人骚客不远千里为之兴奋，被人们誉为赣北深山中的一颗“明珠”。

二十世纪八十年代初，笔者有幸进过几次上汤的温泉澡堂，印象很深。澡堂内，常有几盏旧马灯，挂在汤池横梁的竹钉上，火苗忽明忽暗，懒懒散散的。汤池里，雾气氤氲，一群赤身裸体的男女，则无拘无束、无邪无欲，把一池汤水搅得风生水起。

这是个三十多平方米的大澡堂，是当年生产队为方便社员洗澡，组织社员修建的。汤池靠墙处，都摆有踏凳，可方便澡客休息或放衣物。踏凳不高，站在踏凳上换衣服也很方便。汤池里的水又清又净又热，还有硫黄味。自村里建了这个汤池，辛苦了一天的男人总爱带条白罗布毛巾，到汤池里泡个澡，不出半小时，就会大汗淋漓，然后坐在池边的麻条石上稍加搓拭，汗垢尽除，再下池沐浴，即全身滑腻，通体爽快，疲劳尽消。澡堂是村里最热闹的地方，来泡温泉的人总是来的来，去的去，不得闲歇。

有一次，村里二狗走进汤池，见池中水声四起，水汽腾腾的，数十个赤条条的男女，或蹲或站，在池中有说有笑。二狗看到自己的嫂子也在汤池中，好生尴尬，不敢脱光下水，引来几个女人一阵哄堂大笑，说二狗是山里的兔子，没见过大场面，说得二狗脸上跟抹了猪血似的，遂赶紧扑通一声跳入池中，水花溅到了女人的脸上。“要死咯，慢些好啵，水都呛到我嘴里来了！”女人一阵嗔怪。有大胆的男人，看到白白嫩嫩的女人泡在水中，就像出水的芙蓉，男人见了心里似有七八只兔子在乱窜，双眼在雾气中也露着色眯眯的光。女人受不了男人火辣辣的挑逗，则赶紧用澡巾遮着羞处，站上踏凳，背对澡堂，就这样穿衣，哪知踏凳被某个男人故意戽湿了，脚下一滑，竟未站稳，正要倒地，被一个眼疾手快的男人一把抱住。大伙定睛一看，原是二狗情急之下抱住了嫂子，引得澡客们拍巴掌大笑，都说这是英雄救美女，就差眼泪没笑出来，笑得二狗脸上红红的，早早地溜回了家，隔好几天都不敢去澡堂。

澡客在汤池中洗澡的时候，常有女人蹲在池边洗衣的，棒槌敲打在麻条石上，水珠溅到澡客的脸上，有臭刁的澡客，便用手掌劈水，或用手戽水回敬她。吓得女人丢下棒槌跑到一边，说：“要死咯，莫刁歪，我又不是故意的。”

当然，也有倒霉的男人，正好碰上倒霉的时候，汤池里全是女人。这个时候，一般男人是不敢刁歪的，不识好歹，那就要吃亏。只要汤池里有一个崭犟（方言，指厉害）的女人，她会刁男人的歪，马上串拢汤池中的女人灌男人喝水，要男人认输，挨个儿叫姐。叫得不响，叫得不甜，叫得不服气还不行。还要发誓保证下回不再刁歪了，整得男人服服帖帖才罢休。铁石是村里最刁歪的男人，身高力大，女人占不到便宜，谁也不敢去惹他，常常是铁石在澡堂中当山大王。山里女人不服，总是商量着要治他一回，可一直无法下手。碰巧有一天，几个女人刚好洗完澡，铁石便脱衣下池了，也许是劳作太累，铁石全然没有把这些女人放在眼里，美美地享受着温泉浴的安逸舒爽。谁知，那几个女人穿好衣，趁铁石不注意，把铁石的衣物全抱走了。等铁石发觉时，几个女人咯咯笑着跑出澡堂，害得铁石在汤池中待了半天，头都泡晕了，气得胡须都翘起来了……

澡堂里的故事说不完，想来总是令人捧腹，且常说常新。只可惜，这样的景致已难得一见了。

（载于2010年第1期《乡音》、2012年12月中国文联出版社“当代作家文库”第12辑《生如夏花》第32页，2010年10月获中国散文学会“全国散文作家论坛征文大赛”二等奖。）

❊ 上汤榨油坊

感谢《中国水彩》杂志，让我在第 74 期上看到李杏先生的一幅《上汤榨油坊》水彩画。于是，我先后多次去了上汤，泡了上汤的温泉，买了上汤的茶油，吃到了上汤的香菇、木耳、山蕨、板笋，还无数次抚摸了那方有幸出现在画家笔下的老木榨，就像我小时候抚摸爷爷饱经风霜的脸。

上汤榨油坊位于武宁县上汤集镇，榨油坊的主人叫朱帮龙。他从十多岁起跟随父亲学榨油，是听着榨油坊里碾车的“咿哑咿哑”声长大的。

这间榨油坊系土木结构，装有水车和碾车。碾车安装在室内，室外安装了水轮，水轮架在墙外的水沟上，与碾车仅一墙之隔，设计十分精巧。墙外流水哗哗响，水轮汲水如水牯牛“呃呃”叫。古代科技虽不发达，但古人极聪明。有了水轮，人也轻松不少，牛也不用受累拉碾车了，全凭水轮带动。碾轮转动时，碾车咿咿呀呀唱响，阳光慵懒地穿过窗棂，送来一束束梦幻般的光影，使碾坊平添了几分斑驳的浪漫。

榨油坊里有一台老灶，灶口对着门，笑迎四方来客。

我进屋时，灶里的火正“毕毕剥剥”地笑，朱师傅说，火笑是有稀客要来。灶上一根烟囱穿过屋瓦，就像这些榨匠一样耿直，让人可敬可亲。一口直径约两尺的锅支在灶台上，氤氲的水汽诉说着百年榨房的繁盛和逸趣。锅里一个笼箦藏不住满心的喜悦，冒着水雾，被一个黄褐色的旧包袱罩着，正等待老朱将碾好的茶籽屑倒入锅中蒸煮，他那双油腻光亮的手，在水汽中如一叶轻盈的小舟，时而隐于波谷，时而跃上浪尖，时而穿云破雾，时而踏歌劈浪，凝结在一缕水墨的意境里。

这时，榨房里定然有人凑兴唱起了锄山歌，少不了赞叹声，还夹带着一阵阵惊喜，连瓦缝也喜眉笑眼，透出一柱柱亮光来。

灶后那方如卧龙般硕大的木榨，长有三四庹，两人才能合抱，中间凿了个约两米长、一尺余高的榨舱放置茶饼，靠木楔奋力挤压茶饼出油。谁也不能否认，榨油也讲究一个“巧”字，而这一切的机缘巧合，并非木榨能主宰，都是听从榨匠的摆布。所以，榨口再大也没有人的胃口大。

眼前这方木榨，应有鹤发童颜的年纪。榨身已呈黑褐色，榨舱泛着油光，虽没有唐诗宋词儒雅，但绝对比其厚重千斤。木榨下面挖了个不大不小的坑，刚好可以放置一只取油的木桶，木桶有两个巴掌大的“耳”，看那木桶的坐式，也应比我爷爷年岁大一截，虽默默无闻枯寂一生，但那一身油黑，足以说明其受了些岁月的磨炼，应有了些老成持重和担当。不像我，天真得有些滑稽可笑，常发些不安分的奇思妙想。木桶确如一位老者，既洞悉世事，又不乏精明，知道自己有几斤几两，从来没有非分之想，不像有的人动辄朝秦暮楚。木桶觉得这个坑最适合它，离开了这个坑，木桶也许就会变身水桶或粪桶什么的，甚或会因负重而箍断散架，再次遭刀劈电刨或被送入灶膛。木桶的人生有些灰暗，我颇有微词，甚至有些不忿，想为木桶打抱不平。不是吗？那油垢墨黑发亮的木桶，现在完全有理由、有资格大放厥词：你木榨榨油没我行吗？你使再大的劲，出再大的力，出的油再多，我不张口接住，就要让你付诸东流，白费工夫！那木桶完全可与木榨称兄道弟，谁敢说他老不更事？！

每到开榨季节，榨坊里便要忙活好些时日。老朱会提前在屋场里请几个人做帮手。尽管老朱管饭、管酒、管烟、发工钱，可年轻人嫌脏、嫌累不愿干，宁肯外出打工也不愿学。所以，榨匠年年还是那几个老面孔，手艺濒临失传。这让老朱感到有些失落。

每到开榨的时候，老朱便开始忙活，小镇上也就热闹起来。附近村民好像约好了似的，三三两两结伴而来，将油茶籽或油菜籽送到榨油坊。这些送来的油茶籽或油菜籽，尽管已经晒得很干，可还得放到烘灶上去焙烤，把水分去除，只有烘干后才可倒入碾车槽中碾成细末。这时，只要榨匠轻轻一扳接头，墙外的水轮便随着水声转动起来。水轮一转动，便带动了碾车。每当我听到碾车发出童谣一样“咿呀咿呀”的欢唱声，我就想起儿时父亲送茶籽到榨油坊去榨油，我拿着油壶跟在后面蹦蹦跳跳的情景。

碾车是硬木制作的，安了四个木轮子，水轮转得快，碾轮跑得欢。没一会儿，茶籽就碾成了粉末，油润润的。老朱抓了一把放在手心，凉津津的，五指握紧，那茶籽屑好像就要出油，在掌心喜形于色，全然没了昔日追慕阳光、迎迓风雨的鼓荡风雅。老朱手一松，细润的茶籽屑又轻轻散开，如一抹彩色的云烟落在碾槽。

这时，老朱扳停碾车，向碾茶籽屑的师傅示意，然后用特制的尖嘴撮箕撮屑，撮满一撮箕便倒入蒸锅里蒸煮，最后盖上黄褐色的纱罗布。这时灶火要拨空添柴、烧旺火，待锅里的水翻滚沸腾，水汽弥漫，看不见灶背的人了时，老朱方揭开满是油脂的纱罗布，巧一用力，便提起包袱，那遽然转动的包袱，在老朱手中不停地旋转，让人有些眼花缭乱。打着赤脚的老朱眼快手快脚快，趁势将热气腾腾的茶籽屑倒入早先铺好了稻草的铁箍托盘中，脚不停地将茶饼踩踏成型，然后将一个笨圆厚重、油光发亮的木盖压在薄薄的茶饼上，转动木盖的同时用篾刀削平稻草，再将茶饼端起，堆在木榨旁等待上榨，这一切完成得自然而恰到好处。能做到不掉一坨屑，不落一个铁箍，不少一根稻草，不多走或少踩一脚，足见老朱的榨匠功底十分了得。

蒸好了茶籽屑，做好了茶饼，接下来一道工序便是上榨，将茶饼放到榨舱中，依次排好放实，然后在榨舱右侧塞进木楔，用手拴紧固定好，然后就可以放下木杖槌开始榨油了。只见两个榨匠相对而立，手执木杖槌的吊绳。那吊绳是过去碾米机上用的，是用宽皮带做的，又长又稳固；木杖槌是红凿木做的，前端是槌头，槌头上镶了铁箍。铁箍被榨匠的油手摸多了，再加上每天不下数百次被击撞，自然一身正气、光亮照人。握木杖槌尾的榨匠是一个瘦高个儿，只见他弓下身子，“嗨”的一声，前面两人便将木杖槌玩得如秋千一样扬起一人多高，接着又趁势往下压，让木杖槌不管不顾地直朝榨舱中的木楔撞去。

“出油了、出油了！”

人们一阵惊喜，只听“砰砰”的榨油声和着榨匠的吆喝声从榨舱中的茶饼里溢出，那是黄亮醇香的茶籽油汩汩地流进了木桶，此时榨油坊里的人个个脸上都泛着油光，挂着笑意，比过年还开心。更让老朱开心的是，从前年开始，上汤榨油坊被当地政府打造成了旅游景点，上了中央电视台，成了武宁一张旅游新名片，让外地游客对上汤平添了几分乡愁。

（载于 2020 年 8 月 23 日《九江日报·花径》）

❊ 最“恶毒”的美食

儿时到了年关就有许多盼。那个盼，是从心眼里蹦出来的，是心心念念的，能捩出水，揿出声，拔出丝，捻出花……

除了压岁钱和新衣新鞋、新袜新帽子外，还有好多吃的，什么冻米糖、炒薯片、雪枣、油余粉皮、麻片糕，等等。一口气还说不完。有一样美食平时很难吃到，那就是炸虾须。

我敢肯定，炸虾须绝对有人没见过，就更不用说吃了。县城的大酒店没有，排档没有，夜宵店没有。只有到了武宁辽山脚下的东岸、辽田、坎头、辽里等农家做客，你才有缘尝到。

船滩炸虾须鲜香扑鼻，味美如酥，老少皆宜。每到过年时节，邻家总要互送一钵，母亲不舍得吃，总是让我们兄妹先解馋。当我看到这种个儿大、色黄、看似像虾又非虾的炸虾须，肚里似有馋虫在恣意蠕动。

说起船滩炸虾须，还得从武宁的名山——辽山说起。

清代名人程铨写过一篇名扬千古的《辽山记》，使辽山名噪一方。辽山高七百二十米，一峰兀立，山势险峻，沟壑纵横，怪石峥嵘，刺木狰狞。清同治县志载：“辽山，仰望崔巍，几若天半。衲子告余曰：上有跑马坪，世传先朝土寇结寨处也……”

据船滩镇东岸村的沈姓人介绍，唐元和年间（806—820年），日益繁重的赋税使得辽山脚下一带民不聊生，怨声载道。

一身武功的坎头村铁炉源老铁匠曹和义愤填膺，与邻县湖北通山乌江三兄弟，以及湖南平江的岳古结为义军，在辽山树旗立寨，劫富济贫，反抗朝廷苛捐杂税。湘鄂赣三省边境贫民相继来投，声势浩大，惊动了朝廷，皇上遂派沈太师领兵征剿。辽山居高临下，一望百里，地势险要，山包相连，寨营林立，易守难攻，官兵久攻不下。后沈太师佯撤，乘元宵夜辽山寨有戏灯的习俗，赶出群羊，在羊角缚油棉点灯，羊尾扎鞭炮，那鞭炮一响，吓得群羊往前狂飙，直扑寨栅。寨上守兵见山下灯火万盏、炮声不绝、喊杀连天，一时慌作一团，一口气把山上的檑木滚石全放光了，官兵杀上山寨，曹和阵亡，辽山寨就这样破了。

沈太师破了辽山寨后，又要斩草除根灭“曹”，当地曹姓人为了保命，只得把“曹”上一横去掉，改为曾姓。因沈太师生得红脸虾背，当地人讽送其绰号“沈虾”，为咒其早死，还将面粉加水调成面泥，加入韭菜、鸡蛋，放入油锅炸成又香又脆的食物，那韭菜在油锅里微卷如虾须，就被称为炸虾须，有暗咒“沈太师入油锅”之意。后来，沈太师真的被人咒得生疮流脓死了。

村人制作炸虾须有讲究，先将面粉加水调成面糊，再加入鸡蛋和适量食盐，然后把韭菜切成寸长小段，和在面泥中，再把锅里的油烧滚，之后用调羹一匙一匙地舀入油锅中，油炸过程中，还要不停地用筷子翻动。数分钟后，那面糊在油锅里便炸成了虾状，且形态各异。村里人说，做炸虾须时要烧旺火，把油炸得噼啪作响，则说明沈太师在遭受“过油锅”之罪，这样制作的“炸虾须”才色黄香脆，香酥诱人。吃过各种美食的你，还没有吃过这么“恶毒”的美食吧？可见，沈太师破辽山寨，是一场恶事，并非民之所愿，正所谓得民心者得天下。

（载于 2021 年 4 月 4 日《九江日报》长江周刊）

❊ 船滩美食

船滩在民国时期被誉为“小汉口”，是武宁县文化底蕴深厚的一座大镇。境内山奇水美，古迹遗存星罗棋布，自然景观和人文景观相得益彰。如果你没有到过船滩，或者没有尝过这里的美食，就不能称为旅游家，更不能称为美食达人。

船滩大块肉

说起船滩大块肉，在武宁几乎妇孺皆知。据说，这道菜还是李自成败退九宫山时，其部下因饥饿杀了船滩一农户家的猪而发明的。因村民都跑到山里躲兵灾，家里的菜刀也带去防身了，那些兵只好用宝剑将肉剁成半斤、八两那么大一块，就着大锅，往灶里添了好多柴，烧了半天的猛火，才把这些大块肉炒熟。没想到，后来成了船滩一道名菜。

制作工序是，先将土猪前夹肉洗净切成条状，放入锅中煮至半熟，捞出，再切成大片备用。接下来，把切好的肉入锅，再放些油豆腐，加入适量的盐、酱油和味精。烧制时，先猛火，后小火，加入少量清水，保持锅中湿度，让所有调料的香味慢慢渗入肉中，翻炒时间为二十分钟左右，直到肉色变成棕红色。出锅前放入食盐、蒜叶等。这样制作的大块肉，肉香味美、口感鲜嫩、油而不腻。好多游客吃了不够，还要炒一盘带走。

神仙豆腐

神仙豆腐是炎夏天消暑降温的绿色食品。原材料易得，就是田坎地边上的神仙树（学名二翅六道木）的叶子。做法：首先准备适量的草木灰、开水，用纱布过滤好（只要半碗就可以了），作为卤水使用。再将颜色翠绿、叶片肥厚的神仙树叶洗净、晾干，放到盆中，倒入适量的卤水。在倒卤水的时候，用手在盆里轻轻地搅拌均匀，待叶子变软后，全部倒入事先准备好的另一个盆中的纱布袋中，不停地用手进行按压揉搓，直到有黏稠的汁液从纱布袋中冒出，还要继续加水揉搓，揉至起白色大泡泡，叶子完全揉碎成为糊状，仅剩叶脉后即可。最后过滤出的汁液，可倒入另一盆中，静置冷却两个小时左右，在中间插根筷子试一下，如果不倒，“豆腐”就做成了。

炒时用刀切成小块，浇上生抽、蒜泥、香醋和辣椒，也可凉拌，吃起来冰凉爽口，为解暑圣品。

苦槠豆腐

船滩的山头屋后多苦槠树，即便没有，乡人也要栽几棵。苦槠树一是可以成林；二是可以成材，用来建房或打家具，三是结的果子可以做成豆腐，既可送人，又可端上桌当美食，是一道令人百吃不厌的菜肴。

其制作工序说复杂也简单。就是初冬时拎着篮子到苦槠树下，把昨夜树上被风吹落的果子——苦槠一一捡拾，然后晒干后去壳，用石磨磨成浆。不必跟黄豆制作豆腐那样点浆（黄豆制作豆腐，在磨成浆后，要用开水在桶中冲泡，然后将桶口盖上纱布巾，约十分钟后，将上面悬浮的泡沫过滤，入锅煮沸后再入桶，待温度在八十摄氏度左右时，用烧制好的石膏进行点浆）。黄豆制作成豆腐最后一道工序，是将豆腐脑装入豆腐箱子进行压制成块。而苦槠磨成浆后是放入锅中蒸熟，再切成块状即可。

这样制作成的苦槠豆腐，切成薄片清炒，配以辣椒、大蒜等。那种枣红色的、带着奇香味的菜肴，足以让人唇齿留香，是纯天然的减肥降压菜。

每到打苦槠豆腐的时候，邻家小孩就会跑过来争着尝。现在，外出打工的人多，山上也成了荒林，人也钻不进了。所以，很少有人上山去捡拾。因此这道菜成了稀缺菜，现在很难吃到了。

薯渣熏腊肉

船滩腊肉的制作方法与别处不同。先是将刚杀的猪肉剁成三至五斤不等的一块，这样便于吊挂和加工储藏。再是趁猪肉还有余温，把食盐均匀地抹在猪肉上，放入盆中（肉皮朝下），最上层的肉皮朝上排放整齐，隔三到五天翻一次，十天后出盆，然后用豆腐水清洗干净，再放在太阳下晾晒三到五天，沥干水分后挂上火炉头。

该镇莲塘村人习惯用晒干的薯渣、干硬柴等将肉进行烟熏烘烤。熏肉的时候也正是寒冬腊月，一家人坐在火炉边，听长辈话收成、讲故事，炉火红红，其乐融融。这样熏制月余后，肉色会变得透明棕红，肉质坚实，熏香浓郁，风味独特。

船滩腊肉的储存也与别处不同。除少量挂在通风处外，大多藏放在稻谷中。这样保存两至三年都不会变质，才算“腊肉”。

薯粉粑

原材料：红薯粉、腊肉、虾米、豆豉、干辣椒、葱、姜、蒜、盐、鸡精、食用油、清水等。

做法：先在锅内倒点油，放点盐，然后加入适量的水，再把红薯粉倒入水里，用筷子不停地搅拌，再放点油，以免粘锅。待融化后再开火，先开小火，不停地搅拌，先顺时针搅拌一分钟，再逆时针搅拌一分钟。锅边起皮了，不用力搅不动了，锅边还要倒点油，以免粘锅，直至搅成了一个大团子，还要用锅铲不停地翻拍，呈外焦里嫩，不见白点生粉了，才可起锅切成块。再在锅内倒点油，依次放入薯粉粑、腊肉、虾米、豆豉、辣椒干、葱、姜、蒜等，翻炒十分钟即可。这样做的薯粉粑软糯爽滑，看起来有点像果冻，非常好吃，风味独特。

什锦汤

船滩什锦汤色泽鲜嫩，入口香而不腻，喝完口中不断回甘，营养丰富。它的做法不算复杂。但是，要做好这道菜，准备工作必须做好。

首先，要准备十种以上的食材：香菇、笋干、白萝卜、胡萝卜、饭豆、精肉、熟猪血、板栗、荸荠、鸡蛋等。配料有虾米、食用油、小葱、姜、香麻油、薯粉、胡椒粉、盐、味精等。然后，把各种食材剁成细末放到锅里，用小火干炒两三分钟后，放入配料，再翻炒两三分钟，倒入肉汤或清水。用小火焖上一到两个小时后，把鸡蛋打成花倒入锅内，把少量薯粉加少量水拌匀倒入锅内，继续焖两三分钟，就可以起锅。起锅后撒上碎花生米、香麻油、葱和胡椒粉等。一道色彩斑斓、味道鲜美的什锦汤就可以上桌了。

（载于 2024 年 2 月 4 日《九江日报》长江周刊）

❀ 坎头村的来历

武宁县有个坎头村，初次听到这个村名的人会吓一大跳，以为是“砍头村”，天下哪有这么吓人的村名，谁敢去？每有外人到“坎头”，都觉得奇怪，想问个究竟。说来，还真有一段美丽的传说。

坎头村地处武宁县船滩镇辽山脚下，与辽田村在一个大塅，面积有几千亩，全县也难有第二处，一条辽河将两村一分为二。

相传很早以前，坎头村是没有村名的。那时候，村里阴盛阳衰，村人男少女多。自古男人读书耕种，女人织布生育，而坎头村的女人却偏偏不爱绣花爱读书。那时候，女人没有什么地位，连科举考试都不能参加，这可愁杀了村里一个叫春连的姑娘。春连长得灵爱乖巧，不到十六岁，就出落得如花似玉，她再加上自小爱读诗书，填词作画自有一绝，是村里有名的才女。村里人都说她要不是女儿身，科举考试她一定能榜上有名。

谁知，才情横溢的春连早就想女扮男装进京赶考，可她哪里知道，这可是欺君之罪啊，是要砍头的，而且还要株连九族。春连的想法，把她的爹娘也吓了一跳，只好天天看着她，怕她在皇考期间跑到京城去赶考。春连是何等聪颖，故意在二老面前表现得特乖巧，以致二老放松了警惕。终于在一日的午后，春连借故偷偷地溜出家门，赶往京城了。她的爹娘晓得后，忙差人追赶，但一直未能追到，气得差点儿咽了气，整天提心吊胆、唉声叹气、寝食难安，担心春连闯下惊天大祸，自己不保不说，还会连累家人，祸起萧墙、不得安宁。春连的爹娘无法面对族人，几次想投河上吊，都被村人救起，寻死不得，祸福又难知，只得终日以泪洗面。

且说春连女扮男装进得京城，正好赶上大考，京城上下热闹非凡，前来赶考的举子就有四千多人，更让举子们受宠若惊的是，皇上要亲临殿试，这也说明皇上求贤若渴。殿试开始，周围的举子们，有的展卷苦思冥想，有的抓耳挠腮，不知所云，而春连展卷提笔，文思泉涌，下笔如飞，连片刻的思索都没有。正好皇上一抬眼就看到了春连，见她品貌不凡，又似女中才佳，皇上嘴角微扬，心想若是才女扮男装来考，他不但要赦其无罪，还要论绩褒赏，真是天助春连。

没几日，殿试成绩排名出来了，春连中了头名状元。按惯例，金榜出来后，皇上要在金銮殿上当着文武百官赏封新科状元。皇上还未在龙椅落座，下面文武百官即跪地高呼万岁，整个金銮殿一派恭肃威严，初上朝的人心里也难免会打战。别看春连是个乡野女辈，可她言行举止得体大方，令文武百官刮目相看。百官礼毕，皇上不问国事、不看奏折，第一个就问新科状元有何治国良策。想不到春连扑通跪下，连称有罪。皇上问其有何罪，春连说有死罪。皇上大笑说："你何罪之有？就是有死罪，朕也要赦你无罪。"皇上开了金口，春连赶紧谢主隆恩，说自己犯了欺君之罪。皇上说："朕都赦你无罪了，但说无妨。"春连就将历朝重男轻女，不准女人会考，男女不平等的弊病，和自己与世俗斗争，冒着欺君大罪女扮男装赴京赶考的事一股脑儿全说了出来，堂上个个文武百官听得都睁大眼睛，心说这个新科状元这回完了。只听啪的一声，皇上拍响了龙案，不得了，皇上龙颜大怒，吓得满朝文武百官头都不敢抬。随即又听皇上哈哈大笑几声，好似龙颜大悦。只听皇上说：“说得好，不愧为女中英杰！朕就要开历朝之先河，不但不治你的罪，还要让你继续当状元，让所有的妇女与男人平权。”“吾皇万岁万万岁！”如此圣明的皇上不多见，殿下文武百官连忙叩谢。这边暂且不提。且说春连高中状元的快报传到坎头村，吓得春连爹娘躲藏起来不敢接。春连坐着官轿，前呼后拥，快要入村时，村人晓得春连是女扮男装考取的状元，犯的是欺君大罪，是要砍头株连九族的，谁还敢在家里待着，早早就跑到九宫山躲藏起来了。

后来，这个村被人戏称为“砍头村”。因为砍头太吓人了，不知被谁换了一个偏旁，就成了“坎头村”。

（载于2012年第1期《乡音》）

❀ 从黄沙村走出去的明朝开国大将胡大海

武宁县船滩镇黄沙村地处赣鄂两省交界的老鸦尖和太阳山脚下，与修水、湖北通山毗邻，自古以来是兵家必争之地。黄沙村四面环山，人口不到一千，山高林密，环境优美，原是湘鄂赣边区革命老根据地，曾设立过苏维埃政府。

据传，明朝开国大将胡大海就出生在该村一个叫将军洞的地方。胡大海祖籍安徽泗水，字通甫，长身、铁面，智力过人。

元朝末年，安徽遭战乱，到处闹兵荒，加之自然灾害频发，民不聊生。当时胡大海还在娘胎，胡大海的爹娘有家不能归，胡爹只好背上包袱带着妻子刘氏随逃荒的人群逃出安徽。一路要饭来到太阳山上，因口渴讨水喝，胡爹与挺着大肚的妻子走散了。胡爹着急，见人便问，还爬上山顶呼喊，也不见人影。到了晚上，他看见山下有星星点点的光，便跌跌撞撞地来到了黄沙村，刚下到山坳脚下，就听见不远处的一个山洞里传来了小孩啼哭声，原来刘氏与丈夫走散后，来到这个山洞旁就再也走不动了，刚好一位逃荒的老妇在此山洞里生活了一段时间，洞里还铺上了茅草，燃起了柴火。老妇见刘氏挺着大肚，一脸痛苦的表情，知道她要生产了，便赶紧扶她进洞，又添了柴火，烧了碗热水给她暖身子，不到一盏茶的时间，刘氏就开始阵痛，老妇还没反应过来，刘氏就在茅草堆里生下了胡大海。

胡大海出生后的第二天，逃荒的老妇又随逃荒的亲人走了，胡爹见黄沙村虽说地处大山之中，可这里民风淳朴、土地肥沃、柴丰水足，是个安家立业的好地方，比安徽老家不知好多少倍，于是，就决定在这山洞里住下来。没想到这一住，他就再也没回安徽了。

胡爹喜爱武术，刘氏略通诗书，两人有空就教儿子胡大海读书习武，没想到，这胡大海生来体强身壮，头脑机灵，气力过人，十岁时便练就了一身本领，在方圆十里八村出了名。十八岁时，胡爹去世，胡大海便与母亲相依为命，胡大海是孝子，按旧习，必须守孝三年。

胡大海十九岁那年，朱元璋听说刘伯温是位高人，便三番五次上门相请，要他帮助出谋划策，推翻元朝，建立大明。刘伯温名基，乃浙江青田人，才高八斗，学富五车，博古通今，满腹珠玑，上懂天文，下知地理，通晓兵书战阵，擅长奇门遁甲，尤精阴阳八卦。他看到元末天下大乱，狼烟四起，便在家隐居读书。朱元璋三顾茅庐后他才肯出山。他日观天象，见一将星闪耀，特到黄沙村访贤。他从湖北翻过太阳山，进入江西武宁地界。待他走到黄沙村时，天上已是星月辉映，尤其是将军洞天顶那颗将星在不断闪耀。刘伯温便借赏月为名走进山洞，正好在洞口遇上刘氏，见刘氏不但知书识礼，心地善良，而且十分好客，一阵寒暄，两人如同久别的姐弟。听闻刘伯温想见胡大海，刘氏便说："十分抱歉，我儿守孝期间，不便接见生客，还请见谅。"刘伯温听后说："敢问姐姐，难道未见过面的母舅，也认为是生人，不接待吗？"夫人说："我儿自出生以来确未见过母舅。"刘伯温说："那你说，我是你兄弟不就行了吗？"正说着，胡大海回家了，进门，鼻子一闻，说："娘呀，今日屋里，有生人气味。"刘氏赶紧说："是母舅来了，快来拜见。"胡大海听说是母舅来了，非常高兴，便请母舅稍坐，说要去山中捉只大虫来款待母舅。没一会儿，胡大海就捉了一只活老虎回来，刘伯温一见，心中非常高兴，心说，这小子真是力大无穷，果然勇猛非常。当即要胡大海去军中建功立业，一展英豪。胡大海却坚持要守满三年孝。无奈，刘伯温便说："那我叫天地替你守满三年孝，行吗？"

刘伯温话音刚落，刚才还繁星满天，眨眼洞外就下起了大雪，山上山下积雪如絮。更奇的是，第二天又出了太阳，不到半天，雪就全部消融了，傍晚，又下了一场大雪，漫山遍野银装素裹，如此接连下了三场大雪，真是奇了神了。刘伯温说，一年林木两次青，一年守孝当两年，这是天意。

胡大海推辞不过，只好随刘伯温前去拜见屯兵安徽滁县的朱元璋。胡大海身材高大，相貌威严，天生是员虎将，又与朱元璋十分投机，于是被留于军中，命为前锋。胡大海带领农民起义军渡江后，与诸将攻破宁国、徽州、建德、严州、绍兴等地，一路杀去，所向披靡，因有大功，被授予江南行省参政知事，镇守金华。

胡大海能征善战，在明朝的开国功臣将领中，谁也没有他身上的故事多。他和程咬金、牛皋一样，被称为福将。作为开国功臣，胡大海为了严明军纪，曾置杀子之痛于不顾，带头执行军纪。1358 年，朱元璋下了"禁止酿酒"的军令。可偏偏胡大海的儿子胡三舍违反军令，拿了粮食和别人一起去酿酒。朱元璋大怒，抓了胡三舍就要问斩！督师王恺劝阻道："你不能在这个时候杀胡三舍，他老爹胡大海，正在浙东前线作战啊！你要安他的心，如果杀了胡三舍，胡大海带兵叛变了怎么办？"

胡大海是朱元璋的爱将，朱元璋了解他。朱元璋说："宁可大海叛我，也要杀三舍！"一声令下，就把胡三舍杀了。一向以严明军纪著称的胡大海，虽经丧子之痛，但他非但没有叛变，反而更加严明军纪，忠勇杀敌。

胡大海夺取严州后，苗将蒋英、刘震、李福等归降。胡大海视其骁勇，没有任何防备，将其三人留下重用。1362年，三个降将合谋，请胡大海在浙江金华的八咏楼观看士兵操练，宋代女词人李清照曾登临八咏楼，并留下了千古名句“千古风流八咏楼，江山留与后人愁”。蒋英乘其不备，抽出袖中椎，当场将胡大海椎杀。胡大海死后，黄沙村民为他做了七七四十九天醮，建殿宇于黄沙村三港口，还建造了一座六角亭，雕了塑像，至今将胡大海当神供奉，村民年年要唱神歌敬奉他：

胡大将军明朝圣贤，
辅佐元璋功劳无边；
忠君爱民孝亲有道，
排兵布阵冲锋在前。
胡将军，广施恩，亲近子民。
免麦粮，兑虾税，不抓壮丁。
死为神，英灵在，保佑百姓。
众慈孙，感恩泽，赞美将军。
胡将军，辅佐朱元璋，冲锋陷阵战敌人。
陈友谅，兵将多，铺天盖地如乌云。
战鄱湖，胡大海，勇猛非常夺头功……

后来朱元璋也没有忘记为他复仇，留下“捕获蒋英，血祭胡大海”的传说。胡大海忠君爱民孝亲，一腔热血挥洒八咏楼，留下了一段旷世英雄佳话！

（载于2020年11月17日《九江日报·长江周刊》）

❀ 那盏灯

藏在幕阜山皱褶里的坎头村，在大革命时期，因该村有志青年傅庭俊在梅友小学点亮一盏灯，便有了武宁农村风雷滚动的浪涛，为后来那本厚厚的《武宁党史》，增添了浓墨重彩的一笔。

梅友小学坐落在江西省武宁县船滩镇坎头村石燕山下，是由傅庭俊的父亲傅梅友创办的。傅氏宗谱载："梅友，号梅圃，庠名润霖，郡优增生，乙未戊戌岁试超等，壬寅科试超等，甲午正科呈荐，丁酉正科奎宿，堂备中本，房元荐，庚子辛丑，恩正科呈荐，癸卯，恩科呈荐，奎宿堂备中，清宣统元年制科征士选举孝廉方正。"

距石燕山不到一里地，就是傅庭俊的出生地——敦和堂大屋场。敦和堂人烟辐辏，全是傅姓村民，屋场前有片大田塅，面积有千余亩。土地肥沃，田大地大，又不缺水，适宜种植稻谷和经济作物，是辽山脚下的米粮仓。一条小河从洋深港一路跌跌撞撞走来，恰似流星从塅中划过，硬生生划出两座大村庄。河东是辽山脚下的辽田村，河西就是坎头村。

两村隔河相望，最早是靠跳石、踏水桥通行，村人过着原生态生活，有如世外桃源。辽山云销雨霁，春和景明，两岸田畴载绿，鸡鸣狗吠相闻，间或有榨油坊里木榨的撞击声，声声响亮，把辽山寺的钟声养瘦了，吸出雨天辽山一线瀑布，如一条飘带缭绕在半山，泛着银闪闪的光，与梅友支部那盏灯，有“子云相如、同工异曲”之妙的气象。

傅庭俊的父亲傅梅友才学过人，回乡创办了这所私塾。傅庭俊系傅梅友第三个儿子，学龄时期，他在父亲办的私塾就读，而且非常用功，成绩非常优秀，每次考试均名列前茅，深得其父赏识。由于傅庭俊自小聪明过人，为人正直，加之受家庭教育影响，很快便成长为一个知书达理、心胸宽阔、明辨是非、思维不同于常人的有志青年。其父也认为，他是一个可塑之才，遂将他送到南昌第一师范学校就读。毕业后，傅庭俊当过教师。在求学和从教期间，他看到了国家的贫穷落后，一腔热血沸腾，毅然投身革命，后加入了中国共产党。

1925 年 3 月，傅庭俊根据中共江西地委指示，奉命返回家乡石燕山下的梅友小学，明里帮助父亲傅梅友办学，执鞭任教，忙于学堂事务，暗里利用夜晚和假日，到辽里、木皋、小九宫、梅溪、小流等地宣传革命道理和党的宗旨。入夜，梅友小学那盏灯，便一直亮着，照见一个个革命人火红的脸庞。他们激动和不眠的影子被灯光投射在墙壁上。在傅庭俊的启发教育和帮助下，石燕小学的丁时、张竟成、汪琢钦等几名进步教师先后秘密加入了党的组织，并成立了梅友党小组。1926 年 7 月，梅友党小组由于工作出色，党员队伍不断壮大，经江西地委特批，成立了中共梅友党支部，党支部书记由傅庭俊担任，这就是武宁县第一个党支部。1928 年 4 月，中共江西地委为加强梅友党支部的领导，发挥梅友党支部在赣鄂边区的重要作用，将梅友党支部升格为中共武宁梅友特别党支部，并派袁亚梅同志任党支部书记。袁亚梅系德安人，只能利用梅友小学教员的身份做掩护，在武宁县开展革命工作。同年 5 月，梅友特别党支部又被中共江西地委调整为中共武宁县委，袁亚梅为首任县委书记。

从此，革命之火燃遍了武宁城乡。

（载于 2023 年 12 月《艾园胜概》第 37 页）

❊ 赖、罗、傅一家亲

武宁县傅氏宗亲联谊会秘书长傅宝林先生告诉笔者，武宁的赖、罗、傅三姓及世界赖、罗、傅三姓原本是一家，百度上也是这么介绍的。而且，南洋傅氏公会秘书长傅榕先生还撰文证实了这一说法。

相传，周武王灭了商朝纣王之后，分封土地给他的兄弟子侄，以及有功的文臣武将。譬如，周武王的弟弟叔颖受封在河南赖地，称为“赖国”，以封地为姓而姓赖。罗姓与傅姓也是以封地为姓的。

族史载，楚灵王崛起后，就先灭赖，继灭罗，再并吞傅。三姓受封的土地从此成了楚国扩张后的领土。赖、罗、傅三姓从接受封地到亡国经历了很多代，彼此之间建立了很好的关系，有的还是姻亲。

当赖国被楚国灭亡时，为了逃避楚灵王的杀害而改姓罗或傅。后来，罗国被楚国灭亡时，罗氏族人同样地为了逃避被杀害的厄运，而改姓赖或姓傅。到了傅国被楚国吞并时，傅氏族人也被迫改姓赖或姓罗。

等到局势安定，楚国停止杀戮被侵略的国民，已然历时数代。子孙们也搞不清自己原来的姓氏了，便以改姓后的姓氏繁衍后代。为了避免同宗通婚，三姓族人约定赖、罗、傅三姓不得通婚，以表明同气连枝的血统关系。

1982 年，世界赖、罗、傅宗亲联谊会在新加坡成立。

三十多年来，已成功举办了多届宗亲联谊活动。

2018 年 11 月 10 日，为期四天的世界赖、罗、傅第十八届代表大会暨旅游招商恳亲大会在美丽富饶的“粤东门户”惠州隆重举行。来自海内外的两千多名嘉宾出席了这次盛会。

据参加此次会议的宗亲介绍，当天赖、罗、傅的兄弟姐妹们像过年一样高兴，互致问候，互加微信，特别和谐。

族谱有载，典籍有据。

赖、罗、傅三姓之间在各地区均以“亲堂”互称。数千年来，都要认同三姓一体，系出一脉，情同手足，新加坡《联合早报》也报道了赖、罗、傅联宗的定论。

悠悠中华古国，巍巍赖、罗、傅氏，历史悠长，人才辈出。

世界各地的赖、罗、傅氏宗亲，为传承，为联谊，为和谐，为发展，定期相聚一起，共襄盛举，为中华民族乃至世界历史文明发展也做出了重要贡献。

（载于 2022 年 5 月 11 日《浔阳晚报》）

❀ 武宁第一祠：石坑傅家祠

走进武宁县船滩镇石坑村傅家祠，就不得不说到被称为圣人的商相傅说。傅说是商王武丁的大臣，因在傅岩（今山西平陆县）地方从事版筑，被武丁起用，被赐傅为姓。傅说是个大学问家，他的儒学思想早于孔子八百年，有《说命》三篇为证，是傅说留给后人的旷世之作。

傅姓形成于商朝都城殷，早期主要是在北方发展繁衍。到了唐朝末年，由于中原人南迁避乱，北方的傅氏也随之迁到江南各地，后来延伸到今天的四川、广东、广西、福建一带，此后繁衍昌盛。到了明代，傅氏已遍布江南各省。清代闽、粤有傅氏移居台湾，进而又有徙居海外者。

傅姓在中国历史上表现不凡，如西汉时期汉高祖的开国功臣傅宽；西晋时的哲学家、文学家傅玄，傅玄之子傅咸；唐代的学者傅奕，武则天时的宰相傅游艺等。近现代有全国人大常委会原委员长彭真（原名傅懋恭）、副委员长傅铁山、卫生部副部长傅连暲、水利电力部部长傅作义，画家、美术教育家傅抱石等，都做出了不凡功绩。在当今按人口多少排列的中国姓氏中，傅姓居于第三十六位。

石坑傅氏自信仲公从武宁球场分支迁居至船滩镇石坑村，近七百年，人丁兴旺，瓜瓞绵绵，贤才毕出。

1985 年，在已故族人傅朝丁的热心倡议下赎回祠堂，得到业主大力支持，有的自愿赠送，有的花钱赎回，并先后三次对宗祠进行维修，共耗资人民币十三万余元，又重现了昔日宗祠的辉煌。现祠内百年石柱、百年老匾、百年戏台、百年木雕仍在。该祠可容纳千人，百席大宴不用出祠。长期以来，石坑傅氏后裔惜福惜缘，不分东西南北，不分洐派支房，不分亲疏世系，大家和气生财、和睦相处，睦邻善友、团结协作、共谋发展，在十里八村，堪称乡邻诸姓的典范。为增进宗亲情谊，服务各庄族人，促进地方和谐发展，2006 年，成立了武宁县石坑傅氏宗亲联谊会，推举傅堂猛为会长，傅继元、傅林贤为副会长。同时，还成立了清河傅氏石坑庄慈萱会（太婆会），并议定每年农历四月二十一在祖祠内开展纪念傅氏太婆张孺人活动。每年高考放榜，二本以上的新录取大学生，傅氏宗亲联谊会除了捐资助学，还要在祠堂里举办庆贺活动，以激发广大学子好学上进，早日成为祖国的栋梁之材，为族人增光。哪家有喜事或遇到什么困难，联谊会就是宗亲们的主心骨，这一良好的传统延续至今。

2013 年的太婆会是有史以来最热闹的，有三百多位太婆参加，太婆会设宴六十五桌，还有国家非物质文化遗产锄山鼓、茶戏、花鼓戏、舞狮、武术、十八般兵器等节目表演，成了当地一朵民俗文化的奇葩。

（载于 2013 年第 2 期《乡音》、2013 年 6 月 26 日《浔阳晚报》副刊）

※ 石坑傅家及傅家祠堂

傅家祠堂，位于船滩镇石坑村，建于清道光二十八年（1848 年），两层青瓦砖木结构，长四十三米，宽二十八米，高十五米，面积一千二百零四平方米，门头上直书“种由帝赉”，寓意姓为帝赐，下方横书“傅氏宗祠”。傅氏宗祠一进三重。第一重是戏台，戏台两侧上、下层各有两间小房和楼梯间，都是清一色的木格板房。台上两侧的板房是演职人员化妆室和放置道具及休息之处，戏台沿的大横木枋上的木雕，有“桃园结义”“八仙过海”等古老图案，人物逼真、栩栩如生。戏台正面有两根长石柱，上刻“遗像仰云台，如许伟大战功好凭排演；忠魂吊石壁，无限低徊感慨尽寄管弦”的应景对联，戏台壁上挂着巨幅傅氏太公、太婆画像。上戏台的楼梯旁有门，那是办大橱的厢房，有带烟囱的三门老土灶，百十桌大席不用出祠。戏台前有偌大的天井，天井两旁是酒楼，有演出时，酒楼上下可容纳数百人看戏，有红白喜事，则可摆十数桌酒席。酒楼也是清一色的木柱头和木板结构，都刷了红漆，古色古香。

祠内没有活动时，常有小孩在此看书吟诵、玩耍捉迷藏。站在天井里，可以看到戏台屋脊凌空欲飞的翘角和寓意飞黄腾达的骑马墙。天井边左右分立一对巨大的石狮子，是族人捐赠的，虽然年代不远，但慷慨鼎力支持可见一斑，也是族人的骄傲。

走过天井，就是宗祠的第二重，也就是人们常说的中重。最先看到的，是挂在上方的一个大匾，上书“林雨堂”三个金色大字，这是民国三年（1914 年）立的。中重有六根大石柱，第一对石柱刻有“庙貌喜更新看百堵成功规制依原承版筑；宗风无改旧读三篇诰命治谋自昔重盐梅”。这些青石柱有数米高，可搂可抱，有数十吨之重。据说，都是从湖北通山燕厦运来的。

那时的交通极为不便，又没有车辆，石柱又大、又重、又长，至今人们都想不明白是如何运来的。老辈人创造了多少奇迹，付出了多少艰辛，为后人创造了多少财富，从这些石柱上也可窥见一斑。祠堂里的石柱都刻有各种对联，石柱下有或方或圆的石礅，都刻有花鸟虫鱼。有的石柱还刻有捐者的房分和人名。

中重两旁墙壁上书有“礼义廉耻、孝悌忠信”的族训。偌大的中重因有这些浓厚的文化底蕴的传承，并不会显得空旷。

走过中重的木格大屏风，后面是两个小天井，天井两旁楼下都是厢房。再过去是第三重了，也是傅氏宗祠最神圣的地方——香火堂。香火堂前摆了一个精雕细刻的大神案，案上放着一个大香炉、两只高烛台。大龛台上，依次摆放着许多黑漆金字的祖宗灵牌和灵像，可以想见，每逢祭祖节庆，这里便是灯烛辉煌，烟雾缭绕，爆竹震天，族人按辈分老少，在此肃穆跪拜，怀念先辈，祈求庇护，荫佑后代，是族人年年必修的功课。

说到石坑傅家祠，就不得不说到被称为圣人的商朝宰相傅说（同“悦”）。傅说是商王武丁的大臣。因在傅岩（今山西平陆县）从事版筑，被武丁起用，被赐傅为姓。商王武丁即位后不久，便命傅说为相，傅说的儒学思想早于孔子八百年，有《说命》三篇为证，是傅说留给后人的旷世之作。

根据《史记 · 殷本纪》记载："帝武丁即位，思复兴殷，而未得其佐。三年不言，政事决定于冢宰，以观国风。武丁夜梦得圣人，名说。以梦所见视群臣百吏，皆非也。于是乃使百工营求之野，得说于傅险中。是时说为背靡，筑于傅险。见于武丁，武丁曰是也。得而与之语，果圣人，举以为相，殷国大治。"这件事在《墨子》《国语》《吕氏春秋》《帝王世纪》《尚书》等书中均有记载，内容也大同小异。

武丁年少时，其父让他在民间生活，所以颇知民间疾苦。他从民间选一位出身低微但能帮助他成就大业的人，破格提拔，任以为相，"使之接天下之政而治天下之民"。这在当时是有很大的阻力的。他三年不语，又托梦求贤，正说明其用心良苦。傅说也不负武丁之望，为相后，治国有方，使"殷国大治"。在傅说的辅佐下，商王朝出现了政局稳定、经济发展、天下太平的兴盛局面。傅说从政之前，身为奴隶，在傅岩做苦役。那里是虞、虢两地交界之处，又是交通要道，因山涧流水常常冲坏道路，奴隶们就在这里版筑护路。傅说就从事版筑维持生计，虽然有才干，却无处施展。

傅说担任相国之后，辅佐武丁，大力改革政治，"嘉靖殷邦"，使贵族和平民都没有怨言，史称"殷国大治""殷道复兴"，考古资料也说明武丁在位的五十九年间，是商朝最繁盛的时期。

傅姓形成于商朝都城殷，早期主要是在北方发展繁衍。到了唐朝末年，由于中原人南迁避乱，北方的傅氏也随之迁到江南各地，后来延伸到今天的四川、广东、广西、福建一带，此后繁衍昌盛。到了明代，傅氏已遍布江南各省。清代闽、粤傅氏有移居台湾者，进而又有徙居海外者。

石坑傅氏自信仲公从武宁球场分支迁居至船滩镇石坑村。近七百年，人丁兴旺，世泽绵延，贤才辈出。根据家谱记载，石坑傅氏宗祠有三次重建：第一次于清朝初，在今小塘岭山谷口取土版筑而建，后因大雨山洪而毁；第二次于清道光二十八年（1848年），先人省经费买湖山一处旧祠屋料，建现宗祠于左侧山嘴，由于材料陈旧，不足百年已破败，几近倒塌；后于1922年动工重建，先做上、中两重，后做前重，历时五年，造价合时银票二万四千二百缗，于1926年修复成现在的规模。

1952年土改时，宗祠被没收，分给当地六户贫下中农为业。1985年，在已故族人傅朝丁的热心倡议下赎回祖业，得到业主大力支持，有的甘愿赠送，有的花钱赎回，先后三次对宗祠进行维修，共耗资人民币十三万余元，又重现了昔日宗祠的辉煌。

2006年，成立了武宁县石坑傅氏宗亲联谊会，推举傅堂猛为会长，并议定每年农历四月二十一，在祖祠内开展纪念太婆张孺人活动，且一直延续至今，成了当地一朵民俗文化奇葩。2013年的太婆会有三百多位太婆参加活动，设宴六十五桌，有近千人前来观看，吸引了国家、省、市、县的摄影爱好者，以及报社、电视台记者八十多人前来采风。江西日报、九江日报、浔阳晚报、武宁报、武宁电视台、新民网等媒体均进行了报道。一时间，石坑傅家祠被誉为“武宁第一祠”，并传遍大江南北。

（载于2014年12月总第6期《艾园胜概》）

❀ 降仙坡

八仙过海的故事脍炙人口，而作为八仙之一的吕洞宾，是八仙中的核心人物，道教称之为“吕祖”。吕洞宾虽是神仙，可他也与凡人一样，有七情六欲，其三戏白牡丹的故事，早已传遍大江南北，被人称为“骚仙”。

除了白牡丹，吕洞宾与八仙中唯一的女仙何仙姑，也有不少风流韵事。他在严阳石坪降仙坡调戏何仙姑，就是一例。

话说吕洞宾在澧溪梅林玉清宫后山炼丹，忽然身旁一棵梅树无风自动、无影自移。吕洞宾也觉得奇怪，便掐指一算，原来是何仙姑到了武宁严阳地界，此刻正在心里念叨着他呢。吕洞宾虽已得道成仙，却是凡胎情种，当即放下经书，走出炼丹房，也没与宫里人打招呼，就驾云东去。

神仙爱云游天下，作为众仙之一的何仙姑自然也不例外。何仙姑不晓得自己为什么要来武宁，是不是因为吕洞宾，她也说不清、道不明。所以只管一路观赏，看似无心却有心。当她来到一处河床，见河中间有块石头，石头中间有个凹槽，倒像是人凿的深洞。她也觉得奇怪，可细一看，又并非人工所凿，原来，这就是吕洞宾说过的严阳石镬洞。她又到了一处叫虎泉双井的地方，看到双井泉水映月，像西洋镜似的，风景一帧帧在泉水中变幻，这比天庭还要虚幻，是不可多见的风景。真是水中有日月，人间无处不风情。要是哪位神仙能在此建座庙宇，定能潜心修道，吸引八仙齐聚严阳石坪。当她来到神山，看到那些奇形怪石，还有那些从石缝中长出的苍松，将岩壁装点得云雾缥缈，如仙境一般，不禁脱口而出："好地方，真是好地方！"

神仙一日，世上千年。何仙姑看到石坪还有瀑布群，这好像在其他地方没见过。尤其是牛尾石的瀑布，气势如虹，四季不绝，到了冬季，气温下降，那些瀑布挂满冰凌，流水夹杂着冰粒从冰凌中间飘落，犹如传说中的仙女散花，形成了"疑是银河落九天"的壮观景象。特别是冰凌瀑布下的石头，积着厚厚的冰雪，旁边的树木、草丛也挂着冰凌，树枝上的冰花晶莹剔透，瑰丽的冰花雾凇景观随处可见，一片晶莹洁白，银装素裹，极像童话世界，美不胜收。何仙姑心说，武宁果真是世外桃源，遂多看了几眼风景。这一看，就不觉把严阳的春夏秋冬四季风景都看了个遍。心想要是吕洞宾也在身旁就好了，说不定他早就来过，对这里的一草一木了然于胸，还会带她一路观赏，给她细致介绍，那该多好！正想入非非时，后面有人突然在她腰上挠了一下。她一惊，头上的发簪也掉落了，掉在云下一个山坡上。谁这么大胆？正要发作，就在她回头杏眼圆睁时，发现调戏她的不是别人，正是"骚仙"吕洞宾。"是你？"何仙姑顿时羞红了脸，遂赶紧降下云头，要去找她的发簪，没想到那发簪落地生根，早已长成一棵枫树，枝繁叶茂，何仙姑拔一下，这棵枫树就长高一丈，拔几下，枫树就长高几丈。后来附近村民把这棵枫树当成活菩萨，有小病小痛，都来这树下讨水喝，天旱之年还可以在树下求雨。据说，还特灵验呢！

这就是武宁严阳降仙坡的来历。

（载于 2023 年《石阳专刊》）

❊ 高居寺与黄庭坚

木皋是武宁县船滩镇辽里村一座自然村，乾隆二十二年（1757 年），这里奉旨设过分宁署；大革命时期，彭德怀元帅在这里指挥战斗、建立苏维埃政府。村前的小山下，有一座很不起眼的寺庙，寺虽小，但大门上一块匾额有些久远，“高居寺”三个遒劲大字颇有风范，不知是何年代何人所书。

据当地村民董元荣介绍，高居寺建寺有一千多年的历史，二十世纪五六十年代，高居寺砖瓦全被拆去建了学校，同时被拆除的还有一座高八米，直径约二点五米的七层六角石塔，寺基被改成了农田。

2000 年，当地信众通过多方集资数万元，村民义务献工出力，在废墟上建起三间民房，作为高居寺佛堂，还建有厨房、卫生间，总面积约一百五十平方米。就是这么一座简陋的小寺，因北宋著名文学家、书法家、江西诗派开山之祖黄庭坚曾两次在诗文中提到。这就让高居寺想不出名都难。

对武宁文化有了解的人都知道，黄庭坚与武宁郑郊、惟清道人是至交，他在 1083 年间写下《赠郑郊》：“高居大士是龙象，草堂文人非熊罴。不逢坏衲乞香饭，唯见白头垂钓丝。鸳鸯终日爱水镜，菡萏晚风雕舞衣。开径老禅来煮茗，还寻密竹迳中归。”诗中的“高居大士”说的就是高居寺和惟清道人，说明那个时候高居寺就已相当出名了，而且高居寺的住持是惟清，惟清是“大士”，“大士”就是大德高僧。《武宁县佛教志》载：“惟清（？—1117 年），号灵源叟，又名昭然、了洁，谥号佛寿。武宁人，少年剃度于高居寺，童时日能诵数千言。有异人过书肆见之，引其手，熟视，谓当为北宋黄龙宗高僧。”

现藏于故宫博物院的黄庭坚手书《惟清道人帖》，与高居寺和惟清道人也有密切关系。

> 惟清道人本贵部人，其操行智识，今江西丛林中未见其匹亚。昨以天觉坚欲以观音召之，难为不知者道，因劝渠自往见天觉，果已得免，天觉留渠府中过夏。想秋初即归，过邑可邀与款曲，其人甚可爱敬也。或闻清欲于旧山高居筑庵独住，不知果然否？得渠书，颇说复来草堂少淹留也。庭坚叩头。

帖文中的“或闻清欲于旧山高居筑庵独住”，足以佐证惟清就是木皋人。

江西省师范大学历史研究中心研究员戴逢红先生研究此帖得出以下几点结论：一是此帖是黄庭坚写与一武宁朋友的，且此人与黄庭坚和惟清都熟稔，关系密切；二是黄庭坚向好友陈述了张商英召请惟清住持洪州观音寺，之后又取消了命令并留惟清在府邸谈禅消夏等事项；三是黄庭坚向好友转达了惟清解夏即将返回并且可能会到草堂滞留的消息；四是阐明了寄帖的目的，即听说惟清萌生了到旧山高居筑庵隐居的念头，要好友代为注意、款语规劝。

武宁县历史文化研究会会长方平称，黄庭坚为什么称惟清道人为“高居大士”，这就有两种可能：一是以寺名为法名，惟清道人与黄庭坚和郑郊为忘年交，也许后人因黄庭坚在他的《惟清道人帖》中写道“清欲于旧山高居筑庵独住”而取句中“高居”为寺名。这些推测都要先知晓高居寺是何时所建，惟清年少时剃度于高居寺，那时，这座寺庙是否就已被称为高居寺？二是高居寺对面约一百五十米的和尚山有大和尚墓，因被盗，主碑已坏，字迹不清。寺后和尚墓群，从墓碑看大部分都属清乾隆年间，充分说明那个时期的高居寺香火已达鼎盛，是武宁县出西门第一大寺。

（载于 2023 年 2 月 12 日《九江日报 • 白鹿洞》）

❀ 永济桥

在通往湖北九宫山风景区的上汤乡洋深村半山上，有一座古桥。据当地村民说，古桥的确切位置是在江西武宁县船滩镇辽里村与上汤乡交界的洋深港，是一座建于清乾隆年间的古桥，乃当年吴楚必经之通衢。古桥的廊亭拱门上还刻有“永济桥”三字，只可惜廊亭现已被人为毁坏，但从桥面上仅存的一堵残墙、几堆长出了杂草的断砖瓦砾中，仍旧可以看出两百多年前此道是何等的热闹繁华。

据桥碑记载，此桥是清乾隆年间一福建大盐商赖庚星捐资修建的。传说有一天，赖庚星带着随从，从湖北通山过来，急着赶往江西贩运一批食盐，是一笔大买卖。谁知当日天公不作美，下起了大雨。当赖庚星等人来到洋深港这个地方，只见当地村民原来架的木桥已被山洪冲垮，而且雨越下越大，河中洪水滔滔。赖庚星等人无法通过，心里好生着急，等了一两个时辰，山洪还是只涨不退，如再耽搁时间，就要错过这笔大买卖。赖庚星当时急于过河，可又想不出什么好办法，急得跪在地上，对天发了一个誓愿说，只要天公马上停雨，让他一行过了河，他保证把这笔买卖赚的钱，全部用来在此修建一座大桥，如有食言，天打五雷轰。

谁知，赖庚星的愿刚许完，大雨顷刻就停住了，天上的乌云也不见了，还出了太阳。更奇的是，刚才还像猛兽一样的山洪，不到一碗茶的时间就退了。赖庚星见到这般情景，便知这是天公有意助他，当即又朝天拜了三拜，然后带着随从过河去了。

过了一两个月，赖庚星就处理完了那笔买卖，是天公助他，着实让他赚了一大笔。他也没有忘记当初许的愿，赚的钱没花一分，悉数带来在此修桥。从选址、请石匠到买材料，赖庚星都是亲自过问，不到两年时间，一座高二十余米、长七十余米、宽约七米，清一色麻条石砌成的大桥就修好了。

之后，赖庚星又花银子在附近买了几丘田出租，以田养桥，又在桥上建了一个廊亭，在桥头建了一个茶亭、一座石塔，请了附近一村民看护大桥，过往行人可以免费在此喝茶歇脚。由于赖庚星请的修桥师傅技艺高超，桥修得结实，历经两百多年风雨，仍然稳固如初。

（载于《九江日报》、2009 年《乡音》杂志、2023 年百花洲文艺出版社《九江民间故事武宁卷》103 页）

❊ 辽山寨

辽山是武宁的名山，山上怪石林立，风景秀丽。唐朝时，这里和水泊梁山一样，聚集过许多英雄好汉。他们在山上建寨，铲恶除暴、扶困济贫，经常闹得朝廷不安，山虽小，名气可不小。

明嘉靖县志载："辽山，在县治西上游九十里……远望之如天驷之在云间，乃武宁之巨镇也。"清同治县志载："辽山，仰望崔巍，几若天半。衲子告余曰：'上有跑马坪，世传先朝土寇结寨处也……'"清朝名人程铨因写下一篇《辽山记》而流芳百世……

笔者是听着爷爷讲辽山的故事长大的。

爷爷说，当年皇帝是个昏君，奸臣当道、民不聊生，穷人纷纷举旗与朝廷贪官污吏抗争。坎头村铁炉源有个铁匠叫曹和，力大无穷，疾恶如仇，在辽山立寨为王。因他们杀贪官、除恶霸，成了朝中贪官奸臣的眼中钉。据说，朝中有个沈太师，他唯恐义军杀进京城，取他性命，便三天两头向皇上起奏派兵征剿。皇上听了他的意见，便任命沈太师为元帅，沈太师的亲信周龙飞为大将，陈皮为副将，率军开进武宁，并在船滩的辽田村、东岸村、坎头村安营扎寨，伺机攻打辽山。周龙飞的兵驻扎在辽埠源，沈太师的兵驻扎在沈家。周龙飞有两个表妹，一个叫吴梅，一个叫吴花。两人自幼丧母，父亲战死疆场。吴梅年轻漂亮、知书达理、聪明过人。陈皮在京城时经常往来于吴家，与吴梅青梅竹马，早就私订了终身。怎奈周龙飞是个无德之人，见吴梅出落得如出水芙蓉一般，竟打起了表妹的坏主意。可吴梅不从，还打过周龙飞一巴掌，周龙飞一直怀恨在心。吴梅也是吴家一员出色的女将。周龙飞心想，这次是天赐良机，便要吴梅随他出征。吴梅得知陈皮也奉命出征，便同意了。但吴梅和周龙飞两人各打算盘，想法不一样。

这日晚，陈皮来到周龙飞驻扎的民房。恰逢周龙飞巡营去了，陈皮便来到吴梅的房中。两人数日未曾见面，不禁眉目传情，相拥在一起。正巧周龙飞巡营提前回来撞见二人，气得七窍生烟，拔出宝剑就要杀陈皮。陈皮虽为副将，可功夫也十分了得，怎奈周龙飞剑锋逼人，杀气腾腾，而陈皮赤手空拳，只得见机就逃。吴梅见周龙飞一心要杀陈皮，心想此事被他撞见，今后也没有好日子过，必遭侮辱，还不如一死了之。于是她一头撞在周龙飞的宝剑上，顿时鲜血溅地，一命归西。

陈皮逃回营寨，思量此事周龙飞一定不会善罢甘休，与其在军中受气，倒不如举旗造反，济困救贫自在。当夜，他就带兵上了辽山，投奔了曹寨主。周龙飞得知陈皮投靠了曹和，立即与沈太师商讨举兵攻打之事。怎奈辽山背靠万丈悬崖陡壁，一面山势险峻，易守难攻，沈太师损兵折将，攻打两次均以失败而告终，只得退兵回朝请罪。

官兵败退后，辽山军威大振，不少英雄好汉慕名前来投靠，人多山小，粮草成了大问题。曹和虽出身农民，但治军有方，他一面组织军士操演、构筑工事，采集滚木、礌石，还挖井引水种菜，又亲自到九宫山一带筹集粮饷。沈太师兵败回京后，又上奏皇上，要速拿曹和、陈皮问罪，不然皇位都难保，吓得皇上不知如何是好，只得答应再次派兵征讨。

吴梅的妹妹吴花，人长得也像一朵花似的。她听周龙飞说姐姐吴梅是陈皮杀死的，就自告奋勇要随大军上辽山为姐报仇。吴花与陈皮在京城时早就相识，不多日就来到了辽山脚下，并独自上了辽山寨。此时，辽山寨方圆百里都有兵将把守，特别是上山的两处必经之地，前有恶牯大将军领兵五百驻守在今恶牯佬山上，后有乌江大将军领兵五百驻守在今乌江殿一带，都占据了险要地势，官兵要想攻破辽山寨实非易事。

陈皮听说吴花来了，喜出望外，亲自下山迎接。谁知，吴花上山不到两日，就因水土不服，加上山上气候反常，说病就病，竟然卧床不起，吃饭无力。眼见吴花日渐消瘦，陈皮非常着急，忙请名医，辞退下人，亲自煎药，一匙一匙送到吴花的嘴里。晚上山上蚊子多，陈皮亲自掌扇。不多日，吴花的病在陈皮的悉心照料下很快就好了。吴花自幼失去双亲，与姐姐吴梅相依为命，除了吴梅还没有人像陈皮这样真心疼爱过她，吴花心里很感激，可每当想起杀死亲姐姐的凶手就是陈皮时，心里又升起一股无名的仇恨。

吴花病愈后，恶牯夫人与乌江夫人就上门说媒，要吴花嫁给陈皮。吴花想，这样更好下手杀掉陈皮，便爽快地答应了。陈皮未做亏心事，见吴花又愿嫁给自己，非常高兴，便把对吴梅的那份感情全部转移到了吴花身上。有几次，吴花要杀陈皮都轻而易举，可吴花觉得陈皮为人并不像周龙飞说的那么坏，而且对她实在太好了，她一时又下不了手，就是得手了，也下不了山。她想，还得从长计议。

曹和得了陈皮如虎添翼，遂让陈皮当了副寨主，自己到湖北征兵去了。

吴花是个聪明伶俐、文武双全的女将，做了陈皮的夫人后，她把寨上的事务打理得井井有条，深得将士们爱戴。

一日，曹和要到通山恶牯大将军的岳父家祝寿，听说附近有一恶霸，欺压良民，鱼肉百姓，无恶不作。曹和很想除掉他，便把寨中事务全交给了吴花，要陈皮带百余兵将赶往通山去。陈皮一走，吴花就暗中托人送了一封信给沈太师，约沈太师正月十五元宵夜派兵攻打辽山。

从古到今，辽山寨方圆百里都有闹元宵的习俗，一到晚上，村里村外，唱花灯的、耍龙灯的、玩狮灯的、唱花鼓戏的，到处灯火通明、热闹非凡。这天晚上，沈太师让周龙飞手下的兵将全部扮成耍灯的艺人，趁黑混到辽山寨下，他们还把当地农民养的羊全部赶上寨，并在羊角上绑灯盏，羊尾上扎爆竹，官兵在后面催赶着羊。一时间，辽山寨下灯火万盏，群羊相拥，桐油灯点着了羊尾上的爆竹，吓得羊群四散奔窜，只听爆竹声声，锣鼓阵阵，喊杀声震天。山寨上的兵将听见山下的官兵在大声喊叫攻山，一时慌了神，以为是来了天兵天将。吴花佯装着急，忙令大放滚木、礌石。一时间，山上的滚木声、礌石的撞击声、羊的惨叫声响成一片。不到两个时辰，山上的滚木、礌石就放完了。这时，官兵齐声呐喊，点着火把，一阵猛攻，便杀上了辽山寨。

相传陈皮有“飞”的神功。当他在通山看到辽山火光冲天，心知不妙，便急忙赶了回来，才“飞”到与辽山隔河相望的一座小山下，辽山寨就被官兵攻破了。陈皮气得口吐鲜血，从空中跌了下来，变成了一尊数十丈高的巨石，后人将这巨石称作“石人公”，把这座山称作“石人岭”，并在山上修建了一座叫“义缘寺”的庙，附近村民初一、十五前往烧香跪拜，祈求平安，香火很盛。

沈太师破了辽山寨十分得意，一路敲锣打鼓回京领赏，沿途百姓被他吵得鸡飞狗叫。到京后，朝中文武百官设宴庆贺，周龙飞每日喝得醉醺醺的。

谁知，吴花到京没几日，就感身体不适。经医生检查，她才知道，自己怀上了陈皮的孩子。

一日，周龙飞醉酒见到吴花。他酒后吐真言，说出了吴梅的死因。吴花知道后关起门来哭了几日几夜。她恨自己太糊涂、太单纯，竟然上了周龙飞的当，协助他破了辽山寨，害了她深爱的人，也害了她自己。

吴花一气之下，只身来到辽山脚下。当她听说陈皮已变成了一尊巨石，就在辽山上哭了九九八十一日，眼泪也哭干了。最后，她也变成了一尊数十丈高的巨石，被当地村民称作“石人婆”。

（载于百花洲文艺出版社《九江民间故事·武宁卷》第 68 页以及 2020 年 8 月 2 日《九江日报·白鹿洞》，有删改。）

ꕥ 球场“十一仲”

球场位于武宁县城南的黄段镇境内。这里环境优美，山峦拱翠，云雾缭绕，外环修河，前列柳峰，是个宜室宜家、宜耕宜读的好地方，也是吴楚一带傅氏的发祥之地。

自志祖是球场傅氏的始祖，于唐僖宗年间奉诏，由浙江婺州金华东乡第三都高贵里迁居于此，子孙之盛不可估算，入仕籍者固多。仍云公进士第初任刑部郎中，升任刑部侍郎，终封右丞相；再兴公进士第初任宣德郎，终作朝散大夫；业进公进士第初任修职郎，终任南康知府。球场傅氏人文蔚起，甲第蝉联，誉重朝野，为一方之旺族。自志祖传至九世祖大椿公，其有三子：曰杰、曰伟、曰信。杰公生德权、德性。伟公生德明。德权公生三子：天仲、智仲、义仲。德性公生三子：仁仲、礼仲、信仲。德明公生五子：文仲、正仲、佐仲、佑仲、元仲。这就是傅氏后裔尊称的武宁球场“十一仲”之由来。

时值宋朝，金兵连年入侵，武宁到处兵荒马乱，加上州县督征钱粮甚急，百姓无以生存，致使天下风云四起，一伙强盗趁火打劫，在武宁源口的武安山立寨为寇，横行乡里，作恶一方。球场傅氏“十一仲”得知后，个个义愤填膺、摩拳擦掌。由于球场“十一仲”个个武功高强，加之又正是虎豹之年，俗话说，兄弟齐心，其利断金，不费吹灰之力，武安寨就被球场

"十一仲"破了。球场"十一仲"出了名，当地贪官也害怕，明里表扬，暗里总想置之死地而后快。也合该"十一仲"倒霉，球场原建有傅氏宗祠，族人得知"十一仲"破了武安寨，便在祠堂里为他们举办庆功宴。喝到天昏地暗时，当地一帮贼寇混入祠内，乘人不备，内外放火夹攻，"十一仲"各自奔逃，有的从下水道、狗洞眼、侧门逃出，也有破窗而逃的。自知球场不能容身，"十一仲"从此各奔东西，有的逃到了湖北通山、通城、崇阳、武昌傅家坡一带，有的逃到了瑞昌，有的逃到了修水，有的逃到了辽山脚下的石坑，现球场"十一仲"的后裔在各地有男丁万余人。

（本文由傅宝林讲述，载于《艾园胜概》）

❊ 祖师爷张道清慧眼先识太平山

太平山原名丝罗山，是一处“五龙捧珠”的福地，又是道家求道修炼之圣地。

传说，最先发现太平山福地的是九宫山的祖爷张道清。据相关资料载，张道清字得一，号三峰（1136—1207年），湖北郢州人（今湖北京山），从少年起，就拜师钻研道教和医术。在京山县长森湾建有“万寿观”，在安陆市牵牛山建有祠。他生前死后得到七位皇帝的十七道敕封。淳熙十四年（1187年），张道清辞别京城奉皇上圣旨，在九宫山兴坛设教，建起三宫十二院，使九宫山成为全国五大道教名山之一，被宁宗帝封为“太平护国，真牧真人”。

未上九宫山之前，张道清曾云游天下，从郢州至四川，经湖南，过洞庭，入江西，遍游名山大川，欲求修道炼法之所。当他来到地跨两省的武宁丝罗山，见该山山骨丰满，来龙奇妙，五个峰峦，如五龙捧珠，错落有致，龙气蓄势待发。再加之山上还有龟山、鹤山、狮子岩、仙人洞、仙人渊、仙人石等诸多名胜，实乃修道炼法理想之所。张道清欣喜不已，当即令同行的弟子砍竹栽插，想验证一下丝罗山是否有“灵气”，然后带领弟子从太平山“借峰寻路”来到九宫山。

当时的九宫山，“九宫灵坛，湮废已久”（《通山县志》），但“山形如盆，平坦如掌，广约百亩，四山环抱，三峰屏峙，水发巽朝乾，出口飞流千尺，如雪如雾”，是难得的弘法之地。张道清遂在平壶台定好子午向，也和在太平山一样，砍竹栽插试灵气，随后下山返回湖北京山县长森湾的万寿观。过了一两个月，张道清派了一个弟子分别到太平山和九宫山去查看栽插的竹子有没有长出新绿。

谁知他的这个弟子有些心术不正。他先来到太平山，看到原先插的“竹棍”竟然长出了数十枝新绿，惊诧非常，遂起私心：何不留待他日脱师后，在丝罗山建一处属于自己的道场？随后，他又来到九宫山，见原先插的“竹棍”也同样长出了叶子，遂下山向师父禀报，故意隐瞒了太平山插竹成活的事实。

也不知是张道清看出了其弟子的心机还是其他缘由，张道清此后再也没来过丝罗山。不过，他送了弟子四句话：“竹麻当绳绳当梯，鞋帮沾土土葬人，思前想后后悔日，心机费尽尽枉然。”后来，他这个弟子知道事情败露，无颜再见师父，遂另投他门，自此销声匿迹，再也未登过丝罗山。后张道清带领门徒在九宫山兴坛设教，名噪一方，九宫山道派由此被称为御制道派，信众尊其为九宫山开山祖爷。

九宫山香火旺了二十余年后，宋理宗绍定六年（1233年），武宁县顺义乡人章哲，字权孙，道号广惠，自武当山学道归来，先到回头山结庵炼丹，再到太平山兴建道场，潜心创立玄门广惠派，名声虽赶不上九宫山，但在赣、鄂两地声名远播，最终把丝罗山打造成了道教圣地和风景秀丽的胜境名山。

（载于《乡音》）

❀ 行走的博物馆

武宁博物馆始建于 2012 年，馆区占地面积九千多平方米，一至三层共有四个展厅，由“生态秀邑、人文灵邑、移民盛邑”三个专题和“李烈钧展”组成，是集生态、教育、旅游、休闲、养生、观光于一体的地标式建筑。每年接待观众十多万人次，系九江市森林生态科普教育基地，全县爱国主义教育示范基地，九江市第一批社会科学知识普及宣传基地。

因生活所累，几次经过武宁博物馆都未进去看过。也不是不愿去，而是不敢进。

2022 年 8 月，镇里要修镇志，我有幸成为编辑队伍中的一员，为搜集资料，我先后走遍了本地和邻县几座博物馆。想不到的是，我在武宁博物馆看到了本姓氏号称武宁第一祠——石坑傅家祠的建筑模型。以前，因祭祖、过清明我进过几次石坑傅家祠，特别是那个古色古香的戏台，比大门要低许多，进祠堂的人几乎都得弯腰或下意识地低着头。否则，就要撞个头破血流，我对建筑的这种设计难以理解。

“这是祠堂独有的文化，不论贫穷富贵，只要进了祠堂，你就得先低头，一是对祖先的尊重，二是教育子孙要低头做人、低头做事，这样才能长久。这是修祠的目的，也是祖先一番苦心。”族叔傅宝霖如是说。

祠堂是族姓展示历史文化和祭祀祖先的地方，而博物馆则是一部历史的时光机，让一个地方的历史文化和经济发展进程宛然在目。每一件藏品，都具有不同的风格，都有一个鲜活的人物和故事，能让你感受到艺术的魅力，了解到更多的历史文化知识，是启迪心智、启迪思想的殿堂。

武宁自古地广人稀，田畴载绿，物产富饶，历代少兵燹之患，百姓无干戈之苦，桑麻烟雨之间别有天地，是一片远避尘嚣的乐土，县志早有记载。加上大量外来移民带来了传统生产方式的改变，促进了武宁经济发展和文化繁荣。

在武宁博物馆的“共和先锋”展区，你能了解到李烈钧“自求学以来，即参加革命，后得追随总理，创造民国，举凡辛亥、讨袁、护国、护法、北伐、龙潭诸役，无不躬亲其间，固善将兵，亦善将将；冒大险，犯大难，决大疑，定大计，赴汤蹈火，万死不辞”的人格魅力。还有李屏仁“静如泰山，动如猛虎，和蔼可亲，生活简朴，英勇杀敌，何畏险阻，长征路上，永垂千古”的赫赫革命功绩。

武宁是江西第一大移民县，在该馆的“移民盛邑”展区，你可以了解到该县安置了浙江新安江、富春江水库移民和县外迁入的其他十座水库移民，全县移民总数达十五万多，遍布全县一百六十四个行政村。设立移民展区的目的，就是要留住移民的乡愁，反映移民的文化和情结，这些展品展现的是大场景、大情怀、大历史、大背景。如移民代表骆南海，他在 1973 年 8 月出席了党的第十次全国代表大会，并受到毛主席的亲切接见，曾三次当选江西省农业劳动模范，是那个时代的缩影。

武宁博物馆的藏品非常丰富，既有历史的厚重古香，又有现代的摩登繁荣。通过一件件展品，一张张图片和文字介绍，让我思考人类文明的演进和社会发展的规律，感受到了历史与时空的对话，以及当下时代的突飞猛进，让我对博物馆有了全新的认识，激发了我对家乡武宁的热爱。

武宁博物馆曾联合县六小组织了一次“行走的博物馆”进校园活动，通过展示武宁各类不可移动文物、馆藏文物、革命文物的相关图片和文字介绍，引来了众多师生的驻足观看。这次活动增强了学生们对博物馆及其功能的了解和认知，也拉近了孩子们与博物馆之间的距离，增强了孩子们的文物保护意识，培养了他们爱家乡、爱祖国的情怀。

为庆祝“5·18国际博物馆日”，该馆还举办过一场卢锋艺术展，本地文物收藏爱好者把自己收藏的文物精品进行现场展出，互相交流学习，吸引了众多艺术家和游客前来参观。

这些形式多样的活动，既展示了武宁博物馆的文物魅力和文化底蕴，又让人领略了山水武宁的文博精髓，有如走进一场文化的“饕餮盛宴”。

（载于2024年5月17日《浔阳晚报》，该文获“5·18世界博物馆日”征文优秀奖。）

蒿事

❀挖　笋

谷雨那天，老陈邀我去南岳栗坪大山中挖毛竹笋。妻见我天天坐在电脑旁，也想让我出去活动一下。栗坪距我家也不算远，那里原来是一个村，归南岳乡管辖。因在高山上，没有马路，加之大多村民都迁到船滩或县城了，留下三五户人家还在大山中默默地坚守，过着与世无争的艰难生活。历史开了一个大大的玩笑。只有那茂密的山林、葱翠的绿竹、潺潺的溪水，仍在展示着大山不变的情怀。

出发前，我说去买些矿泉水、饼干、八宝粥带去。老陈说不需要，渴了有泉水，还有一位亲戚住在那里，去了保证不会让你饿肚子。于是我就带了两个蛇皮袋和一把长柄锄头，俩人搭了一段路程的班车，然后在南岳路口下了车。眼前是一座笔陡的高山，看着有点儿悬乎，一条宽不到一尺的仄路就像一条长蛇蠕动在林间。老陈怕我累着，边走边讲山里的奇闻趣事，让我开心。他说，山里人走惯了山路，上山路“就”脚，下山脚“就”路，到了山下反而走不习惯了，那是“就”也不好“就”，“溜”也不好“溜”。老陈幽默的话语，让我在气喘吁吁的同时，不由得开怀大笑起来。不到一刻钟，我就走出了汗，还是老陈进山有经验，没穿外套来，我脱下的拉链衫搭在手上成了一个负担。不过，这负担是妻的爱，我愿意承受这负担。

很快，我们就爬到了山顶。回首一望，顿感一种成就感随着山腰的白云在胸中飘荡。“人到山顶始为峰”。原来成功就这么简单，也就举步之遥。想我四十有七，虽然也在不断地努力，可也错失了不少机会，浪费了不少时光，是老陈给了我这样一个机会，令我似有所悟，心里也坦然了。

这就是栗坪？没见一处人家，更未听犬吠鸡鸣。老陈见我不屑中带着疑问，便笑着说：“嘿嘿，自古以来山顶只藏寺庙，村庄应当在山腰。”是啊，大山顶上建房，除了风景区外，那就只能是寺庙了，人若把住房建到大山顶上，那不得喝西北风了！我虽然自认为胸有文墨，但在整日与泥巴打交道的老陈跟前，却显得那么幼稚。

俗话说，上山容易下山难。老陈常常山里来山里去，练出了一双铁脚板，下山还一路小跑。要不是时不时等我一会儿，他早就到了半山上的栗坪。而我却稍显吃力，下山的路陡，想走慢点儿都由不得你，好似后面有人在推你、赶你、追你，尽管双脚下山时有些发抖，我还是坚持下到了半山，那可真是一个世外桃源：

未见溪流声先远，树葱竹瘦鸟深藏。
几丘山田扶梯上，千年虬枝蔽日来。
风吹竹海掀恶浪，曲树缠藤死不休。
杉皮老屋牵青果，石怪林深兽声寒。

见到眼前这般美景，想不到我居然也来了雅兴，信口吟诵出一首《美哉栗坪》。想我常处斗室，终日苦思冥想，不愿走进大自然，不愿去亲近山水，不愿去感受阳光，故总也找不到一点儿创作的灵感，年年如是，如是年年，未见一点儿长进，实在是枉度了年华。

前面就是一片竹海。老陈说，我们就在这里找笋。老陈年年到山里挖笋，经验丰富，没一会儿，老陈就找到了一棵笋，一人在那里吭哧吭哧地挥锄挖。老陈见我不停地在竹林中找来寻去，就是寻不见笋的影子，便笑着说："眼下笋还未出土，不易找到，你留心地上的土层有没有松动凸起，有没有裂口，如有缝隙，则说明有笋。"我照他说的方法四处寻找。没想到，我站的地方土层有明显凸起状，还有一条电线般大小的裂缝。仔细一看，那缝里真藏了一棵笋，小小笋尖正探头探脑地往外张望，好像一不留神，它就要探出头来。我高兴极了，赶紧拿起锄头挖，也许是我用力过猛，好不容易找到的一棵笋，竟然被我拦腰挖断了。

老陈见我为此懊悔不已，便对我说："挖笋不能急，先要从四围开始挖，把笋周围的土挖掉，看到了笋的白根再斩笋蔸，这样就能整个挖出来，不会伤到笋。"挖笋看似简单，原来还有这么多学问，难怪有人说，人要做到老学到老，始终还有不少学不到。

老陈原来也是九宫山里人，喜欢走村串乡贩牛，对牛颇有研究，他一瞧就晓得那头牛会不会耕田，甩不甩牛轭，性子烈不烈，甚至顶不顶人，他都知道。生产队那阵子，他出去一趟就要赚个百八十的，还要带些糖果、山楂片之类的东西回家。村里几个漂亮的女人吃得心里甜。据说，都被他搂进了怀。

老陈娶过四个老婆，都是明媒正娶的，现在这第四任老婆早年也是村里一枝花，足足比他小十二岁，说来谁也不会相信，就三个糖果吃甜了心，家人强烈反对也没用，她死活要嫁老陈，当时老陈已经有了三个儿女，也遭到了家人的极力反对，可反对也没用，他还是坚持要和第三个老婆离婚。连村里支书都眼红他有艳福，总也想不通，人五大三粗的，为何漂亮女人都喜欢他？

说实在话，老陈除了喜欢拈花惹草外，为人是很不错的。他搬到船滩老街后，老街的人没一个不喜欢他的，他为人豪爽，凡事愿吃亏，谁有灾和难的，他总会及时前去帮忙，也不计较得失，也不贪图回报。上了年纪的大爷、大娘也叫他老陈，年轻人也叫他老陈，男女老少都管他叫老陈。有个街邻娶媳妇写请帖请他吃喜酒，问遍邻街没一人晓得他的真名，最后不得不托人去问老陈，成了街邻们饭后的谈资。

到了快吃中饭的时候了，我有点儿口渴，老陈说，附近有个老屋场，那里有口水井。我和老陈扛着锄头，提着装了半袋笋的蛇皮袋一路走，要不是老陈看到几棵笋后挖给了我，我还没有这么多呢。我们来到一处山窝平地里，老陈不无伤感地对我说，这里原来有数十户人家，人丁兴旺，现在却破败了，晒了屋场。只见几株油桐被芭茅和荆棘拥挤着长在屋场中央，要不是这几处断垣残壁在诉说着过去的那些事儿，谁也不知道，这里曾经是个有人家的地方。可以想象，这里曾经有娃儿坠地的哭声和笑声，有爱情、有吵闹、有纠结、有辛酸、有孩子们的嬉闹，但更多的是祥和、是希望、是阳光……老屋场虽已破败，却是一部厚重的历史。我想，就让它把历史封存在这里吧，无须去解密，打开也是一部令人惆怅的伤心史。

"快来喝水，水井在这里。"老陈见我望着老屋场发呆，忙喊道。他已在水井边的一个石礅上坐下来了。我仔细瞧了一下眼前这口水井，水不深，全是用山石垒起来的，有些年头了。井中有四个泉眼，咕嘟咕嘟地冒着泡，没有半点儿停歇的意思，井水倒映着太阳和流动的白云。井虽小，却可载日月啊！我赶紧放下蛇皮袋和锄头，蹲下身子用手掬起一捧水。“呀，真甜！比农夫山泉还好喝！”我自言自语地说，“这里有好山好水，住在这里的人为什么要走啊？”“不走怎么办？”老陈说，“山民们的土铳全被收缴了，山上野猪等野兽又要侵害庄稼，田地没法种了，山上树木虽多，但因不通车，没人要，也卖不了钱。年轻人只好都到山外去打工，条件好点儿的早几年下山买了房子，没钱的又走不了，只能守在这里。”老陈一口气说了这许多。我想，这些山民虽然活得艰难，但他们又是幸运的，政府还没有将他们忘记，县里已出台了新政策，鼓励他们进城，还在县城新建了移民新村。用不了多久，这些山民就会住上新房，成为城里人，圆了祖祖辈辈的梦想。

感谢大山，感谢老陈，这次进山挖笋，我感慨良多。

（载于2012年12月中国文联出版社“当代作家文库”第12辑《生如夏花》第39页）

❀ 拆空调

金牛乡中心小学的李校长调走了。县教体局头天下午宣布，要求第二天就要到岗到位。以往有校领导调走，学校怎么也得开个欢送会或者聚个餐。可这次李校长走得匆忙，甚至有些同事还不知道他当夜就搬了家，更不知道他被调到全县最偏远的洞头乡去了。

李校长走得如此急，自然会引发老师们一番热议。

李校长在乡中心小学工作十多年，局长换了几茬，没谁动过他，这回还真的是喝酒上了脸，硬被人给活活挪走了。有人说，他得罪了刘家村的朱支书，也有人说，他是被其下属——刘家村小学的吴老师放了冷枪，还有人说，是他得罪了县政府的谈秘书……总之，说什么的都有。

好在公道自在人心。也有人说，他坚持原则，是个负责任的好校长，要怪就怪那个什么“迎省检活动”。李校长也是为了达到县教体局“学校标准化建设”的要求，绞尽脑汁才想到把刘家村小学两台闲置的空调拆给王庄村小学。本来这是一件好事，可刘家村小学的吴老师有想法，无事生非地说，这两台空调是刘家村小学的财产，如果把空调拆走了，他怕村委和学生家长们一旦责怪起来，他无法交差。可他又不敢明里反对，毕竟李校长是领导，他思来想去，只好暗里煽动几名学生家长来闹事。那几个家长受到蛊惑，找到村里的朱支书，说孩子在村小读书，天气那么热，乡中心小学还要来拆空调，这可是刘家村的财产，乡中心小学不能说拆就拆，否则，他们就要到县上去告状。朱支书听了也很重视，问了吴老师。吴老师倒聪明，赶紧撇开。朱支书只好亲自到乡中心小学去找李校长。李校长说，那两台空调闲置在那里挺可惜的，况且机器不用也容易坏，不如拆给王庄村小学，也算是物尽其用。拆了这两台空调，就不用再花钱为王庄村小学买空调了，既可应付上级检查，又为国家节约了一笔资金，不是一举两得的好事吗？尽管李校长说，以后如刘家村小学确实需要空调，保证会购买新的。但朱支书没能说服李校长，觉得无法跟那几个学生家长交代，心里很不高兴。

第二天一早，李校长就派人来拆空调了。拆空调的人还没进校门，吴老师就得到了消息，便偷偷地给朱支书打了个电话。朱支书认为李校长很不给面子，故意让他难堪，便鼓动那几个学生家长带着扁担、棍棒赶到现场，说今天谁敢拆村小的空调，先打断他的狗腿，吓得拆空调的人赶紧开车跑了。

朱支书肚里有气，遂一不做二不休，又到县里谈秘书处告了一状，说李校长目中无人，要谈秘书找县教体局局长施压，把李校长赶出金牛乡。谈秘书是刘家村人，也有家乡情结，听了也很冒火。原来，那两台空调是他争取到拨款买的，遂找了县教体局局长，说如果不把李校长调出金牛乡，村民就要去县政府告状。教体局局长不敢得罪谈秘书，也不想惹出大事，便把李校长调走了。好在，他的校长职务没有被免掉。

（载于 2021 年 5 月 30 日《九江日报·长江文学》）

❀分 家

我结婚第二年，父母就要我分灶吃饭，说什么不早点分家，就不知兴家创业的艰难，只有早日驾上牛轭，才知肩上担头有多重。尽管我不愿分家，可父亲硬是叫来三亲四戚，将家分了。

我们兄弟三个，我算老大。我结婚时欠了一万两千元债。分家后，父母带着两个未成家的弟弟一起过，分了五千元债给我。可我嫌债多了，还与父亲顶了嘴，母亲一直未作声。看得出，她心里也不好受。

分家那晚，我翻来覆去地睡不着。二十多年来，我从没有想过柴米油盐几个字。饿了，吃着母亲做的现成的饭菜；累了，往母亲帮我叠得干干净净的床上一躺，舒服极了。出一两回远门，父亲和母亲总是要千叮咛，万嘱咐，生怕我在外出事，不能好好照顾自己。

记得儿时，父亲到亲戚家去吃宴席，每个人都有一块瘦精肉，可父亲不舍得吃，总是用香烟盒包着带回来给我吃……可如今，我结了婚，父亲便疼两个弟弟去了，硬要我分家。人啊，为什么都要长大，为什么都要结婚，要是能永远在父母这棵大树下享受庇荫，该多好呀！

可是，想归想，说归说，从明天起，我就要面对油盐柴米几个字。我不但要照顾好自己，还要学会照顾老婆，还要挣钱还债，家里缺东少西，连房子也是借住的……想到这儿，我的头都晕了。父亲也真狠心，早早地就要我分家，生怕我吃了他的闲饭，揩了他的油。队里张小山，儿子都上学了，他父母也没有让他分家，还帮他照看小孩。张小山在外赌博欠了一屁股的债，他父亲还忍痛帮他还……

好在老婆是个通情达理的人，见我翻来覆去睡不着，还在生父亲的气，便劝我说，鸟儿长大了，也要自己筑窝，虽说我们分了五千元债，可父亲年近花甲了，他的肩头还有重担，欠了七千元债不说，还有两个弟弟没成家，够他操心的。我们都年轻，又没有负担，只有几千元债怕什么？只要我们夫妻心贴心，吃点儿苦，要不了多久，日子就会好的。你看，父亲这两年头发都白了，这不都是为我们操心操白的吗？只要我们勤劳苦作，好好把家庭经营好，将来就可以为父母分忧，报答他们对你的养育之恩。

也不知是老婆的话中听，还是确实累了，后来我就睡着了，而且睡得很香……

（载于 2003 年 2 月 27 日《浔阳晚报》）

❀退　票

小古夫妻在广东长安开装修公司，生意很好，已经买了两套房。港珠澳大桥通车后，长安面临新的发展机遇。小古夫妻想再买一套房，坐等升值。

小古和爱妻看中了一套地段较好的二手房，还没装修，等于是新房子，但手头的钱不够付首付。中介见小古有点儿为难，就给他出了个主意：如果办个假离婚，把之前的两套房过户给一方，另一方名下就没有房了，再购买就属于首套房，国家有优惠政策，这样可以省六万元左右，而且很多人为省钱都这样做。

小古听了有点儿心动，回家与爱妻商量。爱妻心里虽有点儿不舒服，但毕竟夫妻恩爱，知道老公赚钱也辛苦，又能为家里节省六万元，虽有些不情愿，也只得同意。小古也算孝顺，还打电话征求了岳父的意见。岳父和小古关系很融洽，知道他们小两口恩爱，在外打拼也不容易，虽觉不妥，但又怕爱婿有想法，更不想因此让小两口闹别扭，就说只要爱婿觉得值就可以，做岳父的没意见。

女儿是母亲的心头肉。岳母知道后就对女儿说，小古三天两朝在外面跑业务，现在花心的男人多。如果你办了假离婚，万一假戏真做了，你不是哑巴吃黄连——有口难言？母亲的话也不无道理，现实也有很多这样的例子。但小古的爱妻很贤惠，尽管心里有点儿不舒服，也没说半个“不”字，而且当天就在网上订了机票，准备第二天就与小古一同飞回江西老家办理离婚手续。

小古有个要好的朋友，也是在东莞办装潢公司的，在业界有很好的口碑。他在喝茶时得知小古想办假离婚购房的事，就说：“兄弟啊！结婚与离婚就一字之别，一个很圣洁，一个很无奈。如果你爱惜，它就很珍贵；如果你不在意，那它就一文不值！‘夫妻’两个字冰清玉洁，容不得半点儿玷污。如果你这次有理由对其轻薄，就难免日后她不会对你轻佻，难道你们夫妻感情就值六万？”

小古听了朋友一番推心置腹的话，有如清风过耳，心里坦然，当即打电话，叫爱妻退票。

（载于 2021 年 9 月 15 日《安徽科技报·江淮》）

※补 胎

周末那天，我和老贵一家相约到修水县四都镇东岭看桃花。从船滩到修水四都虽然不到三十里路，但省道柯垅线武修段正在修路。新路高低不平，到处坑坑洼洼，一路尘土飞扬。车子开了约半个小时才到四都。

听朋友说，上东岭有两条路。一条从景点大门进山，要收门票；另一条从大理石厂旁边的料场小路走，也可以到达山顶，没人收门票。老贵说，可以走小路。

也许有人会谴责我的逃票行为，可你千万别站着说话不腰疼。说句心里话，谁不想做爷们儿，假如我有一官半职，或者是个大款，谁又会在乎这一张二十元的门票，甘愿去做一个逃票的小人？你也不要责怪那个老板。要怪就怪我家境太贫寒，过多了苦日子，虽然眼下已解决了温饱，可对钱，我从头到脚都十分敬重，生怕乱花一分，能省就省。记得有次进城去办事，正遇上下班。当时身上未带多少钱，如果中午进馆子花几块钱吃碗面，又担心等会儿办事钱不够，找人借吧，又羞于开口。再加上我祖宗三代都是山里长大的，城里确实没几个熟人。再是还怕人家说我是乡下人，要唤狗来咬我。当然，也不怕你笑话，当时主要还是为了省那几块钱，真的就饿了一顿，好在我早些年也挨过饿，算是苦菜根子。

以往，我出门不愿问路，故走过不少冤枉路。吃一堑长一智，这回我也想通了，凡事要多问。当地一村民告诉我，走小路上东岭，要从四都街过来不到一里地的石厂对门的屋场进去。于是，我就把车开进了那个屋场。想不到那村庄里有几条小路，我转了几个弯，车子开到前面一家屋门口便没路了。我只好下车问路，打听到掉头左转沿水泥路走，绕过水泥桩就算走对路了。我只好又掉转车头，开上了那条狭窄的水泥路。没走几分钟，前面又有分岔道，我不知往左还是往右，又没路人可问。老贵说走左道，走了不到五十米，前面有水泥桩拦住过不去。我猜，这定是景区的人怕有人逃票，故在此设下路障，也算处心积虑，没少花功夫，也是没有办法的办法。设障也好，逃票也好，就请理解万岁吧！于是，我又倒车掉头走右道，总算绕过了水泥桩，走上了去东岭的小路。

转过几个弯，上了山路，前面是石料场，路陡坡急，那山路被运石料的大车碾得一塌糊涂，异常难走，只听车后“嘎吱”一声，我心想完了，车胎爆了，下车一看，真的是车后胎被尖石戳破了，车上又没备胎，这可咋办？原来“贪”字是个“贫”字，省了一张门票，结果把车胎扎破了。不但桃花看不了，还要花钱请人来补胎，真是倒霉透了！可是，又没补胎师傅的电话，打电话到船滩去叫人来补胎，太远不现实，只好到附近的石料场去问，问了电话打了几个又没人接，好不容易打通了一个，补胎师傅又说要等他补好一个车胎再来。我有些急躁，便蹲在车旁玩手机打发时间，老贵则在车附近转悠。三月的阳光暖暖的，老贵走到一处山地边，发现了好多山蕨，大声喊着我去掐蕨。我便关好车门，往老贵这边的山坡上去掐蕨。走到山地边，只见一片荒地里齐刷刷地长着很多毛茸茸的山蕨，一种久违的，带着泥土芳香的味道随之扑面而来，刚才还心烦意躁，现在心情就晴朗了。

据说，早在三百年前，康熙皇帝在狩猎途中也吃过蕨菜，食后对蕨菜倍加赞赏，还带了不少回京。从此，蕨菜就成了朝廷的贡品。山蕨本来可以绿遍山野的，因康熙皇帝的造访反遭了殃。就像以前武宁的房价，因一位大人物的到访，一夜间翻了几番，像我等乡野之人，至今无法实现购房梦。

蕨菜是平民百姓的菜，长在山岭，家家户户都可以采摘。先是山民吃，后才康熙尝，并未沾皇帝的光，只是后来一些地方官员喜好巴结，听说康熙皇帝喜食蕨菜，便发动山民采蕨，把蕨菜送进皇宫，当成了贡品，把蕨菜的身价抬高了。巴结人的事朝朝有，而今还翻出了新花样，也不足为奇。

日头西斜，肚子也饿得咕咕叫了，我在车里找了一个塑料袋，把掐的蕨收入塑料袋中。想不到，不到一个小时，足足掐了一袋蕨。这时，补胎师傅也来了。

补胎师傅拆胎好顺溜，只几分钟，就拆好并把带来的备胎装上了。他说胎要到店里去补，叫我随后跟着。于是，我开车跟着他来到了四都镇上，这个镇街非常整洁，新旧街有明显差别。我们把车停在补胎店门口，在街上找了一家小饭店吃了饭，随后来到了补胎店，车胎已补好重新装上了。我想，桃花没看成，到了半山腰破了车胎，肯定要被补胎师傅宰一刀，我也有心理准备，医生出诊不是也要收出诊费吗？毕竟人家跑那么远。可令我没想到的是，补胎师傅说只要三十元，倒没提“出诊费”的事。我当时听错了，以为是一百三十元，遂又问了一句，得到肯定的答复后，倒让我感到非常尴尬。

是啊，人最忌“以小人之心，度君子之腹”！想不到，一次意外的“补胎”，倒让我看到了修水人的纯朴，也照出了自己的卑劣，虽未能看到东岭的桃花，也算不虚此行。

（载于 2016 年第 3 期《乡音》）

❀ 一只银手镯

“有人投河了！”

午后，河边，围着一堆人，叹息声、议论声不绝于耳。

有人挤进人群，见死者刚捞上岸，还没盖上白布，在附近厂里打工的刘东毛，不知何时跪在遗体旁边，哭得泪眼婆娑，原来死者是他的母亲。

奇怪的是，刘东毛瞅着手上的一只银手镯，越哭越伤心。好像有许多话要对这只手镯诉说，而那只银色的手镯，此时已冷若冰霜，这是他母亲生前佩戴的一件饰物，也是她唯一一件值钱的东西……

不是说，虫蚁也有贪生之念嘛，好端端的为啥要投河？

刘东毛的母亲是郭姨，是湖北金牛人。郭姨的父亲早年到船头滩帮人挑过货，说金牛太穷了，饭也没得吃，而船头滩塅大田多，是个养人的地方，便托媒人撮合，将女儿郭姨嫁给了船头滩的刘细才。

郭姨也是命苦，嫁过来时，刘细才住着三间泥巴糊的老屋，连厨房也没有，灶台就搭在堂屋里。刘细才是个勤耕人，大年初一也闲不住，非要扛着锄头到地里转两圈才舒坦。

郭姨也是吃苦菜长大的，里外一把好手，帮男人侍弄田地不说，家里还要养猪，有空又要到山上去打猪草、斫柴，男人做的她不落下，女人该做的事她要做好。好不容易熬出了头，房子也翻建了，两个儿子都成了家，哪知刘细才六十岁不到，便一病不起，离开了人世。

两个儿子和媳妇都在温州打工，不到五十岁的郭姨独自守着老屋。晚上，老鼠在楼板上吱吱叫，郭姨胆小害怕，不敢关灯。

大媳要生孩，打电话要郭姨去服侍，郭姨想到就要抱孙子了，巴不得一步跨到温州。大媳肚皮争气，真给她生了个胖宝宝。想起自己那时生崽，没有婆婆服侍，坐月子也要下田干活，苦日子总也盼不到光，如今大媳有她，坐月子不用洗衣，也不用到厨房煮饭，连小宝宝洗澡、换尿片、倒屎都是郭姨打理，虽然又苦又累，但郭姨心里踏实。

没承想，过了两个多月，同在温州打工的细媳要生孩，细媳虽有她亲娘在身边，但也想让郭姨去帮忙，手心手背都是肉，郭姨满口答应了。郭姨与大媳商量，大媳虽有些不舍，但也不好反对。晚上大儿子回家，郭姨又与其商量。哪知大儿子怕老婆，不敢作声。郭姨只得说，我去服侍一个月，满月就回来。

郭姨的两个儿子相隔只二十多里，郭姨去服侍了细媳一个月。

这个月，郭姨像服侍大媳一样，不让细媳洗一件衣，不让到厨房煮一钵饭，连小宝宝洗澡、换尿片都是郭姨打理。虽然累了点，但两个儿子都生了崽，郭姨感到很开心。眼看一个月就要过去了，细媳的身体也恢复得差不多，又有亲家母在，郭姨就与细媳商量，说大媳没人服侍，身体一直没恢复，想去照顾大媳一段时间再来。

细媳口里不说什么，但脸色有些不对劲。儿子回家时，郭姨又与他商量，儿子也没有反对，郭姨心里一块石头总算落了地。

郭姨到大儿家才三天，就听说亲家母被细媳叫回了家，细媳脾气犟，还要闹离婚。郭姨风风火火赶过去，见儿子夫妻正吵架，细媳一手抱着孩，一手提着一皮箱衣物要回娘家。郭姨好说歹说，细媳执意要走，郭姨劝不住，便扑通一声跪在儿媳面前，说："千错万错都是我的错，我不该去服侍大媳，我这下不走了行吗？"

"你服侍嫂子两个多月，我刚出月你就要去服侍她，我不是你儿媳，你还是去服侍她吧！"细媳不依不饶，余怒难消。

……

郭姨有苦无处诉，拖着沉重的脚，来到附近一处河边，唯有偷偷地哭，心里才好受。想到老公死得早，如今儿子大了，可儿媳比娘还难侍候，最为难的是，两个儿媳争着要她服侍，郭姨又不能劈成两半，这让郭姨左右为难，如果没有她，儿媳们自然不争了，夫妻也许就和睦了，郭姨越想越哭，越哭越伤心，眼泪都快哭干了，她想到了死……

当她看到手上那只银手镯，又泪流不止。那是刘细才生前卖猪时，花两百元给她买的，她怕投河后，手镯也会随她一同沉入水底，她不舍得带走，便脱下一只鞋，将手镯放在鞋里，然后，跳进了河中……

（载于 2019 年 3 月 23 日《浔阳晚报》副刊）

❀ 吝啬鬼

刘师傅是铁船埠一带有名的剃脑师傅，八岁开始跟人学剃脑，与剃刀打了五十年交道，附近几个村有三百多个村民都是请他上门剃脑的，而一个村民每月至少要剃一次头，因此，刘师傅每天一早提着剃脑箱出门，不是在张三处剃脑，就是在李四家修胡须，碰上昼，吃昼饭，一般是谁家剃脑就在谁家吃。按老规矩，包一个头剃一年，村民要负责招待剃脑师傅三顿饭，所以剃脑师傅无论走到哪儿都有村民主动请他吃饭。当然，剃脑师傅也要看东家好不好客，不热情、吝啬的人喊他吃饭他也不会吃。

这日，刘师傅剃到石夹塘老皮家，就要到烧昼火做饭的时候了，老皮是方圆几里地最吝啬的人，平日他尿都不舍得屙到别人田里。有一次，也该老皮倒霉，刚准备出门便碰上他丈婆家一位亲戚，以往老皮去丈婆家，这位亲戚很瞧得起他，酒也没少喝。眼下正是昼饭的时候，能不叫亲戚吃饭吗？老皮心里连说背时，可嘴上还是挤出了两块笑肉：“稀客、稀客啊！快进，进屋来吃饭去。”老皮屋大门前有一个斜坡，正当这位亲戚踏上坡坎一半的时候，老皮忙伸手佯装去搀他双臂，口里则不停地说“吃饭去，吃饭去”，而他的这位亲戚见他这样热情，便也客套地说：“莫讲礼、莫讲礼。”谁知老皮不往屋里拖，反而往外推，害得这位亲戚在坡坎上三个倒退，还差点儿扭伤了脚，老皮的亲戚也不是个呆子，看出老皮是假心假意，气得把手一甩说："你莫推，不吃了！"

这位亲戚回家把这事说出来了，老皮去丈婆家便没人理睬他了。刘师傅晓得老皮的"锅灶"。他剃了几十年头，还没吃过老皮一顿饭，每次太阳还在东边的时候，老皮碰到刘师傅总是很客气地打招呼，说中午一定要在他家吃饭，那样子很热情的，一般人看不出破绽。可也有不知情的人真的应约到他家吃饭的，结果碰了一鼻子灰，连老皮的人影都没看到，不过下次见面时，老皮会给出一个解释："真不好意思，那日约你到我家吃饭，没想到我的脚在山上扭伤了，搭车到船滩街去找万医生了。下次、下次一定到我家喝两杯！"

刘师傅提着剃脑箱走进老皮家，迎面飘来一股肉香，原来老皮正在厨房里炆肉。刘师傅心想，你老皮吝啬一世，今日锅里肉在飘香，看你叫不叫我吃饭。

老皮正在厨房里用筷子夹着一块肉尝咸淡，刚放进嘴里，就听见刘师傅在门外叫了一声，老皮怕让刘师傅看见，心里一急，一坨烫人的肉便一骨碌吞下了肚，烫得老皮心里好一阵难受，许久都没有应声。刘师傅见了心里暗笑，心说活该！过了一会，老皮才结巴着说："刘、刘师傅今、今儿个咋、咋这么早就剃到我、我家来了？"

刘师傅知道老皮不舍得一顿饭，便随手端了把椅子让老皮坐下，一边剃着，一边故意说："还早？人家都煮饭炒菜去了，在田里做事的人也差不多收工回家吃饭了！"老皮不敢提到一个"饭"字，只得应着"啊啊，是有点儿晚了。"

刘师傅见老皮支支吾吾的不提吃饭的事，心说就是你老皮杀鸡给我吃我也不吃，不过你老"屁"也太那个了，我不吃你的饭，也要整你一次。

以往，老皮剃好了脑，胡子没米粒儿长，也要刘师傅帮他刮一刮的。可今日刘师傅慢吞吞地把头剃好，不等老皮说，就主动把肥皂沫涂到老皮的脸上。

老皮见刘师傅要为他刮胡须，忙说：“胡须还没长出来，过日再刮。”

“还是刮一刮好，让野婆娘亲个高兴！”刘师傅半开玩笑半讥讽地说。

“亲、亲个屁……”老皮心想：“我婆娘死后都没沾过女人。你这该死的刘破刀，故意整人！我锅里的肉都快烧烂了，还磨蹭，我咒你八辈子！”

以往，刘师傅剃脑一般都是十多分钟就剃好一个头，而他今日特别仔细，剃了差不多半个多小时。

要是往日，老皮会眯缝着眼躺在椅上，任凭刘师傅摆弄，然后说：“刘师傅的手艺就是好！”

可今日老皮心里急，如坐针毡，几次想站起来不剃了，都被刘师傅按了下去。

刘师傅估摸着也该收家伙了，老皮见刘师傅提着剃脑箱出了门，也不敢打一句招呼，忙跑进厨房，揭开锅盖一看，锅里的肉全烧焦了。

“好你个刘破刀!!”气得老皮午饭都没有吃。

（载于 2008 年第 70 期《艾风》）

❀ 美女来了不一样

我们农业农村局是个“男人国”，人称“八大金刚”。想不到最近调来了一位漂亮女生，一下子打破了我们平静的生活。

胖墩平日不爱打领带，那天竟然花了一个月的奖金，特意在店里买了一条名牌领带。胖墩心里清楚，自己的长相确实不咋的，这个女生也不可能看上他。可他不知为什么，竟然鬼使神差地，把那条深红色的领带，硬是套在脖子上，人显得更加矮胖了。

过去，我们机关平日少有人来串门。可自从分来了女生后，情况就大不一样了。连外单位一些臭美的男人，也总是有事没事地找过来搭讪几句，有的还不管你欢迎不欢迎，一屁股坐下来，大有你不下班他不走的意思。

这个女生没来之前，我们在办公室里天南海北地侃，因都是男生，有时口无遮拦，甚至还要说点儿荤话，给单调和枯燥的生活加点儿油盐酱醋，日子倒也过得飞快。

可自这个女生来了后，我们部里就有了些变化，说话也文明多了，连平日不怎么看书的大扁头，现在竟然也隔三岔五地端着一本书，俨然是个学习积极分子。我想这大扁头并不是有心想学习，而是要摆个臭样，目的是想引起单位里这个女生的注意。

更好笑的是，绰号“烧八”的同事上班三四年了，办公室里的扫把没摸过一次，他来上班的时候，我不但把地板扫完了，就连办公桌子，我也擦干净了。好在“烧八”虽然懒点儿，可他为人不错，也很大方，朋友比较多，有时候我也拿他没办法。“烧八”的绰号还是我给他起的，意思是说他最少能喝八两谷烧酒。可这个美女到来后，“烧八”上班比以前勤了，比以前早了，等我去的时候，他不但把地板扫干净了，就连桌子也被他擦得光可鉴人，还说什么以前办公室里的卫生都是我包的，现在也该轮到他了，气得我只好在心里骂他，就凭你那熊样，也能打动这个女生？等你哪天醉癫了，再做你的美梦去吧！

（载于 2008 年 4 月 4 日《浔阳晚报》）

❀ 幸福车票

前些天去九宫山看风景，不小心把车剐了，放在县城4S店修，约好星期六取车。

早上七点半，我就来到镇上的车站坐班车。

从2004年拿到驾驶证，买了车后，我就很少坐班车了。镇上的车站是个小站，站里不卖车票，乘客都是上了车后再买票的。我上车时，前面几排位置都坐了人，本想先买好车票，可售票员还没上车，正好第四排有个位置空着。

我刚坐定，旁边那位穿着得体，戴着金项链、金耳环、金镯子的大娘，手中的手机铃响了。老人不慌不忙，也不避讳，就与她远在广东打工的女儿视频起来。

她女儿说："老妈，我看你戴着那么多首饰，一个人出门要注意安全……"

"乖囡啊，现在社会安全得很，家里的电动车常年停放在院子里，衣服晒在院里，不下雨都不用收。囡啊，现在人人都不缺钱，谁还愿意去当贼呀！"大娘笑眯眯地说，看得出，她的日子过得相当滋润。

"买票喽、买票喽！"记得早年坐班车，上车时售票员会站在车门外一个个收钱，凭票上车，生怕有人溜上车。车门上"严防扒手"四字特别刺眼。身材娇小的售票员一现身，就有不安分的小青年挤过来。那时的女售票员，一手拿个票夹，一手拿着圆珠笔，往车门边一站，就是一道风景。她那水红色的连衣裙，扎着蝴蝶结的长辫子，肉色的长丝袜，嵌着水钻的凉鞋特别打眼，尤其是一口标准的武宁话，甜得酥人。难怪那时的乡干部、大队书记，还有回乡探亲的兵哥哥，有点像春日的蜜蜂，总在花前"嗡嗡嗡"的。那时的售票员大多是百里挑一的漂亮未婚女青年，能找个售票员做老婆，是干部和职工梦寐以求的事。因此，售票员也成了当时未婚女青年最羡慕的职业。某乡一吴主任有个独生女儿小芳，十九岁就高中毕业了，吴主任好不容易从县供销社要了个招工的指标，可小芳偏要去应聘竞争激烈的售票员。吴主任无奈，只得通过朋友找到车站站长，哪知这个站长是个色狼，见小芳长得清纯俊秀，便起了不良之心。小芳被站长骗了色，不，也可以说，是小芳愿意的。为了当上售票员，小芳不得不献"身"。当然，这只是一个笑话。

二十世纪八十年代末一次坐班车，来了几个年轻小伙子，到了验票的时候，他们就故意在后面一阵猛挤，把售票员挤到一旁，结果有两个小青年没买票溜上了车，另外一个小青年胆小不敢蛮挤，只好买了票。上车后，那两个没买票的小青年一脸神气，而那个买了票的小青年则显得很沮丧。那时，这样逃票还算是"文明"的，我还见过逃票靠"硬闯"的。早年社会比较乱，打架斗殴的事常有发生，经常有人在售票员验票时，故意大摇大摆地上车，售票员喊他买票，他装聋卖哑，待售票员来到跟前，他就目露凶光，拳头攥得"咯咯"响，吓得售票员不敢吱声。

有一次，售票员在核对车上人数时，发现有人没买票，混上了车，便说："谁没买票？"一位五十多岁的老哥心直口快，指着前排一个小青年说："他没买票。"话音未落，这个小青年便劈头盖脸地一拳打来，把这位老哥打了个鼻青脸肿后，下车跑了。

我队上的良浩，当年是个习过武，又游手好闲的青年。他带一块五角钱去武汉玩了五天。回家时，身上还有八毛钱没用完。人家问他是咋花的，良浩说出门带了一根杉木棍，坐车时售票员让他买票，他双手一运力，啪的一声就把刀柄粗的杉木棍断成两截。售票员见他凶神恶煞的样子，又有如此武功，吓得噤若寒蝉，再也不敢让他买票了。到店里吃饭时，他也如法炮制，不但吃了霸王餐，而且店老板还送了一盒大前门烟孝敬他。良浩一块五角钱跑武汉的事被乡亲们越传越神，以至于当时有的家长训斥小孩时说："你有良浩的本事吗？他坐车可以不买票，吃饭不用付钱！"良浩成了那个时代某些人的"偶像"。

当我还沉醉在往事中，售票员上车了。

现在，农村班车都是私营的，司机开车又兼售票员之职。坐在最前面的人都纷纷掏钱买票，也有拿手机要刷微信的。而司机却说："莫急，莫急。"当司机走到第二排，有个干部模样的人赶紧递给他一张百元大钞。可能这干部与司机比较熟，司机不愿收钱，一个坚持要给，一个坚持不收，你推过来，我又推过去。如此三番五次，车上人都被他们的真心实意感动了。最后还是那干部说了声"你不收钱，我就下车了"，司机这才勉强收了钱。坐在我前排一个小伙子的发型有些特别，左耳还戴了个大耳环，剪了个朝鲜领导人的发型。司机还没近前，这小伙子就点开手机微信要买票，那司机与他是一个村的，就客气地说要免票，而这个小伙子却说："坐车不买票，到时人家还要说我混得差呢，这不是让我在社会上难做人吗？这张车票一定得买！”司机笑了，车上人也笑了。

我想，过去坐霸王车成偶像，而今坐车不买票是小人。观念一变天地宽！一张小小的车票见证了当地良好的社会风气，也是社会文明进步的标志。市民综合素质提高了，乡村振兴就有希望。

（载于 2021 年 8 月 5 日《九江日报·烟水亭》）

难忘“三大件”

金山是我的好兄弟。眼看就到双抢了，他父亲发了愁：没有禾桶、犁、耙这“三大件”，如何收稻、耕作？好在分田到户时，生产队里四户人家共有一头牛，要不，他父亲就更愁了。

那时，村里人都穷，想添置这“三大件”是每户村民的梦想。

大多是双抢时，你借我犁，我借你耙梳，你借我耙梳，我借你禾桶，遇上别人家也忙时就得等。所以，双抢要拖到三伏尾。

最要紧的是，他父亲脸皮薄，不愿意向别人开口借。没有禾桶，他父亲就把家里唯一的一只谷桶改成禾桶，在后山砍了两根毛竹做成竹篑。隔壁山公见了，眼角飘过一丝不屑的表情，口里还夸他父亲聪明，暗里跟别人说他父亲憨，把谷桶当禾桶。他父亲心里明白，却不计较这些。没有犁耙怎么办？他父亲提前帮队上的四叔公挑了三天牛粪，换了四叔带犁耙来帮他家耕了一天田。田耕好了要做田塍，不然田塍就要漏水。他母亲晓得，他父亲不愿开口借，便瞒着他父亲帮人打了一背篓猪草，才借来一把耙梳，就在他父亲愁眉不展时，他母亲把耙梳送到了他父亲手上。他父亲非常感激，做田塍时干劲十足。

做完田塍后，他父亲把耙梳洗得溜光，还用罗布汗巾揩了又揩，生怕别人家说他没洗干净。

1982年，他父亲省吃俭用把禾桶、犁耙、耙梳这“三大件”添置齐了，可也欠下了师傅的工钱，再是原来四户人共用一头牛，到了双抢时，家家割好了稻等牛耕田，本来是约好了的，没想到有人心急，趁天没亮就把牛牵走了，弄得另一家请了人帮工的倒扑了个空，两家人因争牛伤了和气，要散伙。他父亲一咬牙，卖掉半边老屋，还借了些钱，把另外三股牛买下来，成了队上唯一一户独有一头牛的人家。这一年，他父亲为了还债，脚穿草鞋到湖北高湖、一盘丘去剁杉木方、挑广盆，中午吃冷水泡饭、晚上睡红薯窖，三个月没下山。当他母亲看到又黑又瘦、头发蓬乱、胡子拉碴的丈夫突然站在面前时，险些没认出人来。这一年，他父亲瘦了八斤。

有了这“三大件”，他父亲种田得心应手，有空就去帮人犁田耙田，一年下来，不但还清了债，而且还存了些钱，尝到了拥有耕牛和农具带来的甜头。他父亲种田的劲头更足了。

当他父亲看到外村人有了打谷机、手扶拖拉机、碾米机，心就痒痒的。他母亲贤惠识礼，把家里一头要下崽的母猪也卖了，又出面借了些钱，支持他父亲买“三机”。

有了打谷机，金山家三亩稻两天就收割好了。双抢时节，他父亲起早摸黑开着手扶拖拉机去帮队上人耕田，虽然又累又苦，但收入不菲。他母亲心灵手巧，还学会了碾米，早头夜尾在家里帮人碾米。这一年，他家成了远近有名的万元户。

也是这年，他父亲戴上了中山牌的手表。他父亲每天出工时，要看看手表，然后收起来放在木箱里。收工回来后，又把手表戴上。村里有个嫁不出去的半乖半傻的女人，人家开玩笑地问她想嫁谁，你猜她怎么说？她说就要嫁那个戴手表的，至今被村人当成笑谈。

这一年，他母亲也用上了蝴蝶牌的缝纫机，“嗒嗒嗒”，他母亲脚踩缝纫机的样子很神气，节奏分明的缝纫机声又是那么美妙动听，难怪他母亲脸上漾出了幸福的表情。更值得金山一乐的是，他父亲还买了台红灯牌的收音机。有了这家伙，金山隔三岔五地把同学带回家听收音机，晚上就差没抱着收音机睡觉了，得空就给同学讲故事、讲国内外新闻，老师也夸他懂事。

金山家住在辽山脚下，虽有些偏僻，但时代变化快，没过多久，老“三件”又落后了。他父亲又在队上率先添置了自行车、收录机、电视机。那时的电视机是十四英寸，黑白的，队上人吃完晚饭都跑到他家来看电视。那情景，比生产队开会还热闹。

金山的父亲是二十世纪四十年代出生的，六十年代与他母亲结婚时，就是一支唢呐、一顶轿子、一把糖，就这三样便把他母亲娶回了家。由于爷爷奶奶去世早，姑妈也是他父亲养大的，七十年代出嫁时，虽然家里困难，但结婚开始有些讲究了，那油漆的大衣橱、五斗橱、三屉桌就是结婚必需的“三大件”。

金山 1988 年结婚。那时不兴穿金戴银，但他父亲花钱让金山为爱人买了块闪亮的上海牌石英表，队上的姑娘们都羡慕死了。其岳父也讲排场、要面子，买了一台电视机、一辆嘉陵牌摩托车（我们这里叫曲牛轭）、一台录像机作为嫁妆，还宴请了左邻右舍，好不热闹。

金山第一次骑着曲牛轭，载着妻子去回门，惹来一路羡慕的目光，就好比今天开着敞篷跑车去丈母娘家，别提多开心了。

随着我国改革开放的深化，家庭也开始向电气化迈进了。

九十年代初，彩色电视机、洗衣机、电冰箱便是新“三大件”。

金山的女儿是2008年出嫁的，她这一代最幸福，戴上了“三金”——金戒指、金耳环、金项链。有钱人家陪嫁还买房子、车子、再给票子。我没有那些条件，也不喜欢铺张，女儿出嫁时，没让男方交彩礼，更没向男方提“三大件”的要求。他们婚后很幸福，没一点儿负担。女儿、女婿都认为，我们开明，内心非常感激。

金山家三代人的“三大件”承载着时代变迁的深深烙印，是社会发展的一个缩影，见证了改革开放四十年的大成就、大变化、大发展，鼓舞人心，激励斗志，也是我记忆中一个难忘的话题。

（载于2009年《九江日报》）

❀ 牛八买车

说起牛八，村里老少爷们儿个个神采飞扬。

那是五六十年代的时候。有一天，他从县城开来了全大队第一台拖拉机。那时候，大多数村民都没见过车，听说牛八开来了一台车，全大队人都赶去看稀奇，一条刚修好的机耕道，两旁站满了抱伢带崽的村民，就像1949年村民们迎接解放军进村一样热闹。其实，那是一台旧东方红拖拉机，连车棚都是用杉树皮盖的，要是现在，早当废铁卖了。

牛八当时只有十六岁，是新中国第一批拖拉机手。他开着这台车，别提有多神气了。村民们看到这庞然大物，眼睛睁得铜铃般大，个个指手画脚："啧啧，这家伙比水牛还大，走起路来风快。"有的说："这般大，谁家养得起哟，一餐不吃十斗八斗也填不饱肚子。"

更让人发笑的是，一天，正赶着牛在田里犁田的李二狗，见牛八把装着犁铧的拖拉机也开到了田里，拖拉机突突地叫着，不到一个小时，一大片田就被拖拉机犁翻了，把个李二狗都看蒙了："乖乖，这家伙也不吃草，犁起田来咋这么大的力气！"

牛八当时是全大队唯一的一个孤儿，由于根正苗红，被大队书记看中推荐去学开拖拉机。自他当了拖拉机手，全大队的姑娘都想和他处对象。可牛八除了青梅竹马的山姑，谁也不理睬，这可急坏了支书的女儿二杏。支书晓得后生了气，说牛八忘恩负义，借机将牛八调回了生产队，又从公社调了一个司机来。

想不到，牛八在生产队当了两年保管后，队里新买了一台手扶拖拉机，牛八又当起了拖拉机手。春耕大忙时节，全队两百多亩田，除了有两头牛帮忙，就靠这台手扶拖拉机了。牛八一天到晚开着手扶拖拉机在田里犁田，总有使不完的劲儿。到了夏收送粮时节，牛八又风光了，开着手扶拖拉机，车斗里堆满了装有稻谷的谷袋，谷袋上坐了一堆送粮人，牛八一路唱着革命歌曲，一天要在粮站来回跑几趟。

可谁知道，生产队长的儿子刚从学校毕业回家，为了开手扶拖拉机，竟趁牛八下车屙尿，将几麻袋稻谷藏了起来。

牛八回生产队对不上数，结果生产队里要牛八赔，扣了牛八一年的工分，气得牛八发誓，一辈子都不开车了。

又过了几年，田地都分到户了，村里有人买车跑起了运输。牛八看得心痒痒的，连晚上做梦也开着一台手扶拖拉机，带着妻儿在马路上奔跑。那神气，别提有多带劲了！

由于那时家里穷，牛八最终没凑够钱买车，只好和别人合伙买了一台手扶拖拉机。尽管如此，牛八心里还是非常高兴。有了车，牛八又想方设法找生意，还在车斗里装了一台碾米机和锯板机，经常上门为村民锯板、碾米。由于他们收费合理，服务好，很受村民们欢迎。一年到头没得一下闲，很快就成了村里人人羡慕的万元户。

赚了钱，牛八就把手扶拖拉机的股份转手卖给了他人，并且很快又买来了一辆崭新的小四轮车。那时候，小四轮车是农村最好的车，牛八跑完货，就是再累，也要把车洗得干干净净，他爱护车是当地出了名的。他常说，车况好，生意好。这话一点儿也不错。同样一辆车，牛八就要比人家多赚几个钱，还一年到头没出一次事儿。牛八的小四轮才开不到一年半，他又换了一辆大四轮，还是可以翻斗的，满满一车货，不用人力，牛八用手轻轻一扳，那车斗就慢慢地自个儿升起来，把货卸了，省了不少人力和麻烦，真是神了。牛八的生意更好了。

谁晓得牛八的心也忒大，大四轮车没开两年，又卖给了他人，而且又买来了一辆解放牌汽车。这家伙力气大，一个连的兵也抵不过它，而且跑起来飞快，真是土炮换洋枪。供销社的化肥、粮站的稻谷，都是牛八这辆解放牌汽车运的，牛八成天跑县里，每趟都要赚一百多块。有时回家，顺便帮村民带点儿货，牛八不收一分钱运费。

没过几年，牛八又将解放牌汽车卖掉了，换了一辆新东风，还请了一个司机跑运输。客运市场放开后，他又成了全乡第一个买了一辆班车跑县城的人。他老婆山姑则当起了售票员。现如今，牛八已买了四辆班车跑县城，还买了两辆拖头在全国各地跑运输，司机请了七八个，而他自己，则当起了老板，开着新买的奔驰，用手机在全国各地联系业务，与客户洽谈生意。

牛八买车，是社会发展的一个缩影，反映了新中国成立六十年来，各行各业所取得的辉煌成就，折射出了时代的前进脚步。

牛八，真牛！

（载于 2009 年 5 月 12 日《浔阳晚报》）

❀ 小暑记

“春雨惊春清谷天，夏满芒夏暑相连，秋处露秋寒霜降，冬雪雪冬小大寒。”这首脍炙人口的节气歌，是先人对自然规律的总结，也表现出人们对大自然的敬畏与感恩。

前几天，接到翁还童老师电话，要我写一篇关于小暑采风的稿子，当时，我正在幼儿园接外孙。

说到我的小外孙，我还是有些骄傲的。他才刚满三岁，就能背出《滕王阁序》。可我年近花甲，连节气歌都不会背，说来真是见笑了！

少时听外公唱过一首山歌，记得其中有句“十里一头牛，五女共一夫……”这年头，手上有头牛牵着，就算得上村野闲夫富户，而翁老师不仅写牛，也写山、写水、写人，还建了一个“风雅颂”文学群。

癸卯小暑日，翁老师在群里一吆喝，我们一行三十余人，驱车一个多小时，来到海拔七百多米的石门楼镇河垅村熊家大屋。这座老屋，前有良田千顷，后有青山延绵。尤其是门头上“博望层轩”四字，浑厚有力，更有字外功夫，不知何人所书。不知“层轩”二字是否取自张九龄《岁初巡属县登安南楼言怀》的“山城本孤峻，凭高结层轩”和何景明《七述》中的“周檐连楼，曲屋层轩”？难怪这座百年老屋，出过顶戴登仕、进士、千总三名，今又有屋主人熊未喜，当了本县人大常委会主任。可见，这座大屋，层轩拔地，观瞻世界，博望未来，风水非同一般。

老屋左侧，有处暗流涌动的泉井，终年不枯，可供百十口人饮用。我见井旁有个水瓢，便舀了一瓢喝下，顿觉沁凉甘甜。我突发奇想，不知这里是否曾经架过欢唱的水车？老屋一侧，是否曾有被风抽干而仅剩意象，在荒草中独语的篱笆？要是能在这井边修个亭子，适合现代人的审美需要，效果肯定好。当然，这不是很重要。重要的是，这泉井日夜涌动，不知是想安抚人世的慌乱，还是要宽慰这闲坐的老屋？可眼前的尘寰，谁不是在苦苦坚守，谁不是在匍匐前行？又有谁，能安抚我的灵魂；又有谁，能救赎我的苟延残喘？万物皆灵，无论你我怎样开脱，终究在劫难逃。此刻，那溢出井口的泉水，如橐橐的脚步，碾过井前的小径，可以想象，我们这群采风的人，最终还是走不出翁老师一页纸的安排。

在河垅村，我看到几栋有特色的土屋，有盖滴水瓦的，有盖杉皮的，有的是二十世纪六七十年代建的，有的甚至更早，还有些乡村的样貌。如今，能在乡村拥有一栋老屋，手上有头牛牵着，是现今城里人梦寐以求的事。过去，牛是农民的命根子，家家都有牛，耕田犁地全靠牛，像我这般年纪，谁没拔过猪草，谁没放过牛？

人走前，牛走后；牛走前，人走后。这些都不是事。只是现在，耕田的牛少了，打工的人多了。刘伯温在《烧饼歌》里说的“十里一头牛”，还真的变成了现实。

听说河垅村有养牛场，可我在这里转了一天，也没有看到一头牛。看不到牛，看不到牛耕田，心里就有一种失落。记得少年时，我在村里看过一次牛发疯。我在长篇小说《船要过滩》中也有描述。现在乡村没了牛，听不到牛叫，看不到牛斗架，也没有牛发疯了，村庄是安静了，但静里有一种不安的躁动，甚至给人一种不祥的预感，连我这样一个人，住在村里也要发癫发狂了。没有老屋，没有牛叫，没有犬吠鸡鸣，乡村还是乡村吗？

闷在家里许久没有出门，伤感的事就不说了。这次能在小暑日走进河垅村，得感谢翁老师。要不然的话，我又得憋在家里，不知要憋出什么怪病来。如今得怪病的人不少，一不小心，就会被下病危通知书。你瞧，医院天天有人排队，这并非危言耸听！

山与山，水与水，人与人，横看侧看，都有不同。前面说过，翁老师是文化大咖，他是有粉丝的。他的粉丝遍布全国各地，有骚客高人，有凡夫俗子，还有稚童野鹤。这次小暑到河垅村采风，修水就应邀派来五位粉丝，都是会写诗的人。每次活动，翁老师都制定了“精神尺码”：有才、有颜、有量、有闲。翁老师说，有才就是能写、能说、能歌、能摄。写是要写出感人的文字，说是要会说人话，唱是要唱出自己的精气神，摄是要拍出震撼人心的画面，有颜自然是美景配佳人。更重要的，也许是精神面貌吧。像我这种人，只能算另类。量应是指气量和酒量，雅聚不喝酒就无兴，这是中国文化的真性情。闲是时间可以自己做主，不受他人制约。这“四有”缺一无趣，不可以言风雅，就如没有油盐的菜，寡淡。李白在《上李邕》中说：“大鹏一日同风起，扶摇直上九万里。”本来，人有平台，就能乘风破浪，直挂云帆，翁老师组织的活动，参加的人多，有时五六十人，最少也有一二十人，独我上述四项都缺。

这次小暑日到河垅村采风，韩峰兄航拍的全景图片，画面宏阔，气势非凡，夺人眼目。他如今是一位公交车司机，还是著名诗人刘年的高级粉丝，他拍的照片上过《人民日报》，写的诗歌如“长嘶的烈马、高亢的号角、惊魂的鼙鼓、刺耳的横笛”，因此上过省级纯文学杂志。他做人做事，得到翁老师的高度评价。

河垅村地处九岭山中，难怪去副使庙的路那么陡。我们的车队在蜿蜒的山路上有序爬行，朵朵白云尾随而至，有的落在半山腰，有的悬在头顶。人和车在山间林木中穿行，宛如置身于人间仙境。

一众人出行，采风地点、时间安排、人员落实、车辆调配、接待与安全等等，这些最让人操心，只有活动结束，人人都到家了，才能真正放下心来。翁老师不但能掌控全局，而且能识云观天。每次活动，他都提前预测，几乎没出过一次意外，比天气预报还准。

我们船滩人观天，必须看辽山：辽山戴帽子，落雨不大事；辽山着衣裳，落雨落得长；辽山系皮带，落雨落得快。我想，翁老师隔辽山有百里之遥，难道每次活动，都提前来辽山寺朝拜过。不然，何以次次风和日丽？

而我是辽山脚下人，偶做前堂客，醉舞经阁半卷书，喜欢坐井说天阔，常让人百思不得其解，甚至有些人还把我视为另类，这也可以原谅，可以理解。大千世界，芸芸众生，何其苦，何其难，做一株小草，是我的心中之念。

小暑日河垅采风，不知是翁老师组织的第几次活动了。翁老师有个梦，要在他设想的时间内，完成二十四节气采风活动。这可是个文化工程，又非政府所组织，要一个节气不落，确实有点儿难。据我所知，目前国内还没有哪个文化大咖在这方面努力过，翁老师是第一人。鲁迅先生说，第一个吃螃蟹的人是勇士，有百分之九十的成功率，我在长篇小说《船要过滩》中也有描述。

翁老师是个文化人，要是早年从军，最起码可以当个将军，指挥一个集团军。

这不——这次小暑日到河垅村采风，翁老师就安排我负责开车，可能翁老师怕我闹情绪，担心我半途来个抛锚什么的，特意给我这个车夫封了个兼职摄影师的头衔。我知道，这是翁老师为了照顾我的感受。虽然我买相机较早，但镜头后面的那个头不开窍，又羞于开口，平时也少有钻研，拍摄前又懒于（其实是忘了）对相机进行设置，拿起相机就迫不及待地按，像电影里的游击队员一样，遇到敌人就端起机枪，一通“嗒嗒嗒”猛扫，坏就坏在还乐此不疲，觉得这样特别爽，特别过瘾，特别刺激，以致许多年来没拍过一张好照片，摄影技术总也提高不了。

而同为江南风雅颂摄影师的成善新老师，次次能担重任，拍出的精彩瞬间，每每成为经典。记得前年大暑日在弥陀寺采风，我们在斋堂吃斋饭，在瓜圃尝瓜，听寂光法师讲道，在寺外赏花，直到日头偏西，成老师忙前忙后拍个不停，拍了景物拍头像，拍了小品拍合影，且张张出彩。陈绪付老师赞其“一镜制捭阖，全文包万象。瓜的意义在于色香味，文的价值在于义法理。采风的路上，有人暗藏春色，被你暴露无遗；有人盗窃美景，被你明察秋毫。风花雪月，江湖河海，你总是洞若观火、慧眼独具……瓜一定是东圃的好吃，文一定是风雅颂的最美，眼睛一定是你的最亮！”

这是赞风雅颂呢，还是赞成老师？应当二者皆有！

每次活动，成老师都是钦定摄影师。我看到这次小暑日成老师拍的太使庙照片，前有修竹，右有电杆，庙侧还有危屋，历史与现代碰撞，华光与泽暗相融，构成一幅绝世经典，让人世俗之心难收！一张照片，可以碰触到心灵深处，让人感慨，确实不易，应当拿到普利策摄影奖！实话实说，当时羡慕和妒忌这两种心态，我都有。

每次接到翁老师邀我参加活动的电话，我不是因为工作忙才拒绝，而是害怕要交作业，所以不敢报名，故缺席的次数多，前后也不记得参加过几次。去年端午节，翁老师邀我等一行三十多人到泉溪村采风。我找不到理由拒绝，只好硬着头皮报了名。

泉溪村在县之东北，与德安县相邻，田畴载绿，草木生春，山路与白云牵手，碧草呈邃美、偏远之景。翁老师诗序以记，李飞亮老师辞赋及第，文字如珠如雪，如玉如磬，至今余音在耳。

想想现今的领导者，文有秘书捉刀，武可坐在台上乱吼，念错了词也没人敢当场指正，即便有人“不识相”，事后也不会有好果子吃。其实，我也可怜他们，他们也和我一样是讨生活，也是迫于无奈，也有许多难处，这也可以理解，可以原谅。菩萨为一炷香，不惜镶金身增光增色，道士、僧人为一份善念，也要穿上道衫、袈裟。

尤其是当今社会，没有一点迷人的光环，你就不可能融入其中。尽管这一切都是虚无，都是幻影，但为了那点欲望，我也一样必须豁出去，也别无选择，只能打肿脸，甚至伪装成一谦谦君子。

为此，我也算是下了苦功的。只要报刊能发我“作品”，我不但可以不要稿费，而且愿意再给报社出版面费；无论你是哪个协会，只要你吸纳我为会员，给我发那烫金的会员证，我就可以交钱；只要你给我评奖，无论你是民间组织，还是别的什么，我就愿意给你提供赞助。一句话，只要你给我光环，我就给你真金白银。明知是坑，我也跳，决不后悔。

那次，我东拼西凑写了篇《上汤温泉旧事》，在一家散文论坛上获了个二等奖，举办单位发来通知，要我在某月某日去大会堂领奖。我捧着大红的通知书跪在父亲坟前。这光宗耀祖的事，要是父亲在世，他该有多么高兴？可隔了一块青石碑，父亲看不见，也摸不着。虽然参会要交三千元会务费，但钱不是事。凡是钱能解决的事都不是事！还好，我睡了一晚就清醒了。熊章喜老师生前取了个笔名叫“沟虾”，可我还不如田沟里的一只小虾，充其量也就是一只小蚂蚱，蹦跶不了多久，即便花钱对自己进行多维度包装，到了帝都，到了皇城根下，头都不敢抬，别说讲普通话了，到时一紧张，甚至连辽山脚下的方言也说不利索。成标兄说过，一个人没有文化，就是一只猿，一个地方没有历史文化，就是一片空白，再怎么打造，也是一片贫瘠之地。

小暑日在河垅村采风，我有些怕光，所以戴上了墨镜。戴上墨镜，世界就比一块镜片大不了多少，一切都可以忽略，何惧群里那些高人？假如穿上文化衫，我就可以变成另一个人。

实话实说，我不敢骗风雅颂里那些才子才女，更不敢骗翁老师。他们太厉害了，对我知根知底，知道我就读过那么几年书，连天干地支和六十年花甲都不会数，甚至连自己的名字也写得跟螃蟹走路一样，这应是我的弱点，是致命的弱点。人有弱点，腰杆就硬不起来，万一被人戳穿，脸就没了，那可是最要命的。

古人顶级聪明，将小暑分为三候：“一候温风至；二候蟋蟀居宇；三候鹰始鸷。”也就是说，到了小暑时节，大地上便不再有一丝凉风，即便有风，也是带着热浪的。《国风·豳风·七月》有“七月在野，八月在宇，九月在户，十月蟋蟀入我床下”。文中所说的八月即是夏历的六月，即小暑节气的时候。凭我所学的理解，小暑即为小热，还不十分热，意指天气开始炎热，但还没有到最热的时候。所以在这一节气中，由于炎热，蟋蟀离开了田野，到庭院的墙角下以避暑热；老鹰因地面气温太高把活动区域上升到了清凉的高空中。而人呢，有蒲扇、电扇、空调，有钱人家还可以在气候宜人的地方住民宿，或如杜甫《奉寄李十五秘书文嶷》诗中所云：“避暑云安县，秋风早下来。”

其实，采风也是个苦差事。这次去九岭山中的河垅村，早上七点出发，开一两个小时的车才到，不说沿途的风景，不说寺中的美食，单是那个上山的陡坡，让开了二十多年车的我，事后想想也怕。可群里喜欢文字的人，多是帅哥靓女，他们徜徉于山清水秀的风光中，都有一颗童心，童心即诗心。单“四张”（张雷、张雯哲、张敏、张国扬）的诗，就让人惊艳、叹服！他们的年龄，有的要比我晚一辈，可在做人和写作上，我不但要佩服，还得喊他们老师。当然，他们的才华也不是天生的，足见他们也是用了功的。他们走过的学习之路，一定是风雨兼程、艰辛无比，但持之以恒，方能厚积薄发，成就非凡。

“嶓冢千江派，昆仑万谷泉。五经凭发笥，六艺浩忘筌。”站在太使庙前，我似有开窍，昔日未能深谙此理，今朝方觉社会磨砺如刀。借朋友的话，若能对以前的自己寄语，我愿言：“学海无涯苦作舟，未来可期勿蹉跎。”

人生走过的路，你还记得几许？我要说，小暑之日能在河垅村留下一串足迹，得益于风雅颂平台，还要感谢组织者翁还童老师。

借用河垅副使庙的楹联作结：

青山挹秀神明点化为仙境；

古庙生辉信众尊崇是圣坛。

（载于 2024 年 7 月 26 日《浔阳晚报》）

蒿土

❀ 偷得海棠三分白

“山的影子在水里行走，天空的蓝被湖水长时间漂洗，像一块大幕布悬在空中，又映在水底，几乎分不清哪是天，哪是水。云也很轻，很轻，仿佛要轻轻地从水底穿过那座长满海棠花的小岛，去寻访咿呀咿呀的桨橹声。就在你回眸赞叹时，一叶小舟像离弦之箭，将荷叶一样蓝的湖面划出一条优美的弧线，一阵咔嚓咔嚓声，惊起几行白鹭，几点白鹭写出诗和远方。风拂过湖面，看不到痕迹，似可听到淙淙的泉流，也能闻到海棠的隐隐花香。”

这是同事的老婆到海棠湾春游归来，在酒桌上赞不绝口——她是中学教师，平日喜欢写点儿文字，她的文字有点儿水准，经常上报。

同桌吃饭的妻听了只管笑，用手掩着嘴偷偷在耳边提醒我：她在怂恿我们。怂恿我们？我好像听错了。

对，有怂恿我们去消费之嫌。妻说。

听说海棠湾的岛主孙中华是个有文化的人，不是那种腰缠万贯，大字不识一箩的老板。他上过大学，在广东打拼多年，赚了钱后，他没有挥霍，而是看中了武宁的山水，十年辛苦，造出一座座花果山。海棠湾的名字就是他取的，不失东方女子的神韵，很有诱惑力。

其实，我早就想去了。

到了杨洲才知道，海棠湾只不过是花源谷景区里一个小小的岛，只因那里的海棠多，人们倒忘了花源谷是它的大名，好在岛屿不是人，没有任何忌讳，不怕功高盖主。

车停花源谷。我们随着一个二十多人的旅游团，坐游船、上岛屿，翻山越岭，一路赏花观景，饱览了花源谷的秀水青山。行到一座小岛，看到无数棵海棠长在半山，被一条小路串起，像是撒着脚丫在山上奔跑，一朵朵洁白如雪的海棠花，连着水岸，如雪一样扑面而来。风也兴致盎然，送来阵阵幽香，让人心旷神怡。我看到远处有一艘唐伯虎坐过的画舫正缓缓犁开一湖春水，如天宫仙女手中的玉剪剪开一匹绿绸布，正朝山嘴上的简易码头驶去——及至这时，才听导游说，这就是海棠湾！

“哇！”女游客见到满山绽放的海棠花，都情不自禁地跳跃着，挥起手中的纱巾，像花丛中走来了刘德华，个个脸上灿若海棠。这个时候，男人也会大献殷勤，拿起手机为女人拍照，或拥一女人邀花为媒，拍了图片拍视频，拍了抖音发微信群，脸上漾开的笑，胜过娇艳的海棠花。

海棠花是《红楼梦》中薛宝钗、贾探春、贾宝玉、林黛玉、史湘云等人最热捧的花，没想到，在海棠湾也开得特别热闹。记得大观园诗社开社时，林黛玉作了一首诗：

半卷湘帘半掩门，碾冰为土玉为盆。
偷来梨蕊三分白，借得梅花一缕魂。
月窟仙人缝缟袂，秋闺怨女拭啼痕。
娇羞默默同谁诉，倦倚西风夜已昏。

宝玉和众姐妹们也都为此作了诗。我想，要是把他们请到花源谷来，那海棠湾就得开花仙会，百花仙子闻讯都得下凡，宝玉又得“晓风不散愁千点，宿雨还添泪一痕”。我这样呆呆地、傻傻地想着，哪知一不小心，脚下一滑，竟然在一处陡坡上的一棵海棠树下跌了一跤，幸好没有扭伤脚。

没有扭伤脚，也不代表就没有非分之想。同伴还是坚持说，我在花前失了足。尽管是开玩笑的，但人言可畏，这话要是传到夫人耳里，少不了睡几天冷板床。好在我还可以装作很镇定，且很快便爬起来了，连裤腿上的灰尘我也没掸，怕被多事的风吹起，脏了那些海棠花。因为那些海棠花太圣洁、太有灵性了，好似每一朵都是花神的化身。

偷得海棠三分白。花源谷除了海棠，还有梅花、桃花、鲁冰花等各种奇花异草。导游说，即便栽的花不开，那野花也是定然要开的。梅是大自然的骄子，赞梅的诗最多。而我最喜陆游的“闻道梅花坼晓风，雪堆遍满四山中”。陆游写过不少咏梅诗。据说，写此诗时，陆游已七十八岁高龄，且长期闲居在故乡山阴，只有借咏梅来宣泄自己落寞孤高的情怀，能做到人梅合一，凸现了作者高标绝俗的人格。陆游没看过花源谷的梅花，梅花开的时候，我也没来过花源谷，无缘与梅相识，只有自问何时才可“若为化得身千亿，散上峰头望故乡”。

偷来兰花祭我心。兰花是二月的掌上明珠，生来即讨人喜欢，逗人怜爱。“绀缕堆云，清腮润玉，氾人初见。蛮腥未洗，海客一怀凄惋。渺征槎、去乘阆风，占香上国幽心展。遗芳掩色，真恣凝澹，返魂骚畹。一盼。千金换。又笑伴鸱夷，共归吴苑。离烟恨水，梦杳南天秋晚。比来时、瘦肌更销，冷薰沁骨悲乡远。最伤情、送客咸阳，佩结西风怨。”

只可惜，我一路走来，没有见到兰花。其实，兰花是二月开的，四月里自然看不到，就是花神，也不可能违背自然规律。

在去码头的路上，遇到一个穿T恤衫、牛仔裤的高个子，脸晒得有点儿黑，与普通农民无异。导游说，那就是岛主孙中华。他对我们说，在花源谷，花开得最旺的是桃花岛上的桃花，桃花开的时候，便是花源谷最热闹的时候。欢迎你们明年来赏桃花！这位精明的老板定是在借机打广告。

“桃花坞里桃花庵，桃花庵下桃花仙；桃花仙人种桃树，又摘桃花换酒钱。酒醒只在花前坐，酒醉还来花下眠；半醒半醉日复日，花落花开年复年。但愿老死花酒间，不愿鞠躬车马前；车尘马足富者趣，酒盏花枝贫者缘。若将富贵比贫者，一在平地一在天；若将贫贱比车马，他得驱驰我得闲。别人笑我忒疯癫，我笑他人看不穿；不见五陵豪杰墓，无花无酒锄作田。”

听了岛主的介绍，我想起明代画家、文学家、诗人唐寅的七言古诗《桃花庵歌》。尽管当日太阳晒，有点热，我们还是坚持来到了桃花岛。眼见百亩桃林，桃花已经开过。好在林中有处茅草房，不知算不算诗中的桃花庵，不知是不是唐伯虎当年住的茅草房？据说，当年唐伯虎写诗作画，手头拮据，用自己的部分藏书做抵押，还向京城一位当官的朋友借了钱，才买了一处茅草房。后来，他靠多年写字画画卖钱才还清了房款。想不到，唐伯虎这样一位“江南第一风流才子”，竟然在五百年前便体验了做房奴的滋味。这不让现今的房地产老板窃笑吗？

花源谷游已过月余，海棠花已然开过，后头还有许多花未开。我想起一个故事，传说玉帝十分爱花，一天心血来潮，与花神来到花丛中喝酒吟诗，闻知有人偷偷下凡采花，使得凡间山山岭岭难得见到花开花谢。玉帝心生不悦，一旁的花神便安慰玉帝道："哥哥这样喜欢花，就让我去人间给他们送一些花种吧，让人世间遍地开满仙花。那样，神仙们便也乐意下凡了。"

我想，花源谷原本是没有这么些花的，是不是玉帝看中了这方绝美的山水，才派了岛主孙中华来此种花？如是，那花源谷将成天庭的后花园，能到此一游者，便是神仙了！

（载于 2020 年 11 月 22 日《九江日报·白鹿洞》、2017 年第 2 期《乡音》，原标题为《四月，鲁冰花开花源谷》。）

❀ 四月雨

四月像小鸟试飞

四月像小鸟试飞，咿咿呀呀，从布谷声里跌跌撞撞走来……

湖岸的细柳，不停地抚姿弄影，好似一位娇羞待嫁的新娘。

雨后的阳光穿过云层，被雁声惊落在草丛。衔泥的春燕，来往穿梭，还是那么固执地热恋着花丛中飞舞的蝶影。

贪玩的小草，在园中羡慕河岸垂柳的飘逸，还有那在风中婀娜多姿的身影。于是，它也想疯长成一枝瘦柳，可又不想抖落身上的露珠。正想着心事，不知被谁踩了一脚，好痛！是谁这么残忍？不是轻柔的风将它扶起，它真不知道有没有再活下去的勇气！

好在风无处不在。风过留声，风的声音就是爱的承诺，风的走向就是爱的选择。爱不会有错的，尤其是在四月这个多雨而浪漫的季节。看，四月骑着温驯的马款款而来了，身后掀起一阵阵绿浪。那绿浪铺天盖地，谁要在上面打个滚，美美地睡上一觉，定会走进童话般的梦境。

要知道，四月的风不但柔，而且还有风骨。不要认为风是无骨的贱东西，风不只有情，而且还有爱，只是你还没感受到而已！

它爱时奔放热烈，如醉如痴，感天动地；恨时恨彻肌骨，恨到死去活来，让人悲喜交集！

原来，物之爱，人之爱，一样惊心动魄呵！

恨，即是爱；爱，即是恨。

越恨越爱，越爱越恨，有爱有恨，人生才丰富多彩！

四月雨

雨来了，是四月的雨，是清明的雨。

来得急，走得欢，那雨滴拍打着地面的音波，开出一地的水花。

只可惜水花无骨，入不了花典，还不如昙花一现。生命过于短暂，以至没留下一瓣馨香，看不到一点儿艳丽的色彩！

或许，它不想留下什么，以至连花瓣也看不到一片，没有痕迹没有牵挂，它走过村庄，跑过菜地，翻过草丛，越过花圃。还有窗外那盆水仙，干涸一冬的旱地乐得咧嘴欢笑，小草又饿又渴，忙抖落一身尘土，似一位婴儿拥在母亲的怀里，尽情地吮吸着……

呵，四月雨……

四月风

四月，风无骨。

没有谁在意风有骨无骨，因为它总是处于有形和无形之中，没有灵性，让人捉摸不透。但人就不同了，人有血有肉，如果没有骨的支撑，那就是一个带病的躯壳。风是否也有生病的时候？我没有去考证，似有似无。

四月，风无情。风不但没有骨气，而且很无情。你看，天公发怒时，它狂风大作；电闪雷鸣时，它跟着怒号，掀人房屋，刮起风沙，吹破窗户，卷走牛棚，坏事做尽。吓得小草不敢睁眼，鸟儿藏在窝里随着树摇晃，好像灾难就要来临，人类就要毁灭。一切都那么可怕，我感到不寒而栗，你说：风是好东西吗？

四月，风有爱。

风虽然无骨无情，但有爱。

池塘边的绿柳，只有风来轻抚，才能博得柳丝的芳心。春光明媚鸟飞忙，田野山川吐嫩绿。此时的风就有些煽情浪漫的味道了。它用柔软的手梳理着柳枝那飘逸的长发，与柳枝默默地说着悄悄话。

柳枝经不起风的诱惑，春心大发，竟然在大地上搭起了舞台，办起了迎春舞会，还邀来百草参加，连鸟雀也纷纷到场热捧，它那婀娜多姿的身段，柔美的舞姿，让人如醉如痴！难怪古往今来的文人墨客，都为之倾、为之狂，写出了那么多千古名篇。

四月，风有义。

风是有情义的，暴雨来时，风冒着危险通风报信，必先告知。

风来无踪，去无影，从不向人索取什么，更不贪图回报。所以，它是无欲无私的。

闷热难当之时，你多么渴望有一丝凉风啊。只要你轻轻一呼，或轻摇蒲扇，抑或轻按一下电扇的按钮，那凉爽的风就来了，幸福就围着你转个不停，生活就变得有滋有味。

风不但可以给人以凉爽，而且还可以给人带来许多财富。建风力发电厂，既环保又节能。

远航的帆船需要风鼓帆，才能驶向理想的彼岸。

老井不老

四月，我走进武宁南岳的栗坪村，看到一栋破败的老屋，老屋的主人搬走了，留下了老屋和水井守望着这方土地。

那是一口老井，百年的老井，用麻石砌起来的老井。井里有一个泉眼，水不知停歇地“咕咕”直冒，大旱之年也没偷闲过。它想不通，主人为什么要走，要搬离这个地方，是水质变了，流量少了，还是……老井的不安和内疚触动了我，刺痛了我的心。

井水清清，倒映着天上的白云还有太阳。泉眼还在“咕咕”地冒着，没有半点儿停歇的意思。老井不老，它还是那么年轻，虽然井口不大，可也一样能照日月、揽风云！

我想，想走的就让它走吧，该留下的就让它留下来。

也许，走有走的苦衷，走有走的无奈，又何必去为难、去指责！这世界需要和谐，需要宽容。

好在阳光总在，青山总在，风声总在，鸟声总在，风景总在！

仙人洞

四月和风吹，出游正当时。

为了能拍到庐山的美景，我特意买了一部数码相机，并从不同角度，拍了上百张照片，尤其是仙人洞的照片给我的印象深刻。从不同的角度去琢磨、品味，觉得庐山仙人洞也就一方石岩而已。无论是古人也好，名人也好，伟人也好，普通游客也好，你来来去去也好，你烧香磕头也好，你吟诗作对也好，你泼墨挥毫也好，但你就是不能挪动它的位置。没了庐山的胜水灵山，仙人不会来，李白不会来，仙人洞就不是仙人洞了，那就是一方山岩、一个陋洞而已。

（载于 2013 年 5 月 24 日《九江日报·花径》）

❀苦　菜

名字注定了一切，命运渗透了名字，你这苦味的菜啊！

生在庄稼地里，却难享庄稼的荣耀，丰年里，刈除之后被人遗弃，只有荒年，你才被人连根拔起……

（载于 1997 年 8 月 17 日《武宁声屏信息报》）

❀ 开秧门

“秧门开得早，谷子吃不了。”

细柳嫂这两日急杀了。她老公在镇农技站工作，白天黑夜都在别人田里转，看了秧苗看棉苗，而自家六亩田地，他一点儿也不上心，脚都不沾一下。眼看村里人都要开秧门插田了，细柳嫂心里急，骂他丢下一家老少不管，全靠她来操劳。

可气归气，怨归怨，细柳嫂也是个勤快人，凡事都不愿落在人后。这天晚上，她怎么也睡不着，才到半夜时分，就把细伢放到母亲床上，一个人踩着月光来到秧田里扯秧。

早春的月色有点儿暗。她手里拿着一把捆秧的棕丝，刚走到大树下，就看见秧田里有两三个人影。细柳嫂细一看，好像在拔秧苗，那可是她家的秧苗啊！

“谁这么缺德，半夜就来偷秧？”细柳嫂心里好气，就想跑到近前。她边跑边骂着，而那些人也不怕，也不躲，也不跑，好像他们没有看到细柳嫂，或者根本没把细柳嫂放在眼里。待细柳嫂喘着气跑到秧田边，见那几个人还在低头说话，手里不停地拔着秧苗，对细柳嫂的到来，没感到一点儿诧异。细柳嫂揉揉眼，这才看清她老公细柳也在其中，正和他们说笑呢！

原来，这几日村里的棉苗发了病，她老公细柳看了这家查那家，眼看明日就要开秧门了，细柳心里也急，也没回家，就一人摸黑来到秧田里拔秧，准备干个通宵，好让明日开秧门。谁知村里两个党员把这些都看在眼里，一合计，也来到了他家的秧田。其中一个党员见细柳嫂喘着粗气，就打趣地说："细柳嫂，你可别去派出所告官啊！否则，我和你老公细柳就成偷秧贼了。"

（载于1996年5月30日《武宁声屏信息报》副刊）

❀ 春天来了

朝霞洒满大地，我们踩着春光走向田野。花朵摇曳起舞，森林高昂头颅，听候初雷的一声命令。看，万物已迅速向春天看齐！

暖风是个指挥家，正指挥春之乐队，松柏如号，柳枝似琴，红岩胜鼓，挥树之槌劲擂；月演序曲，残夜将尽，春花归鸟，好一幅春宵花月夜的图景！

走向春天，必须雷厉风行，绿喉召唤百鸟，春溪汇集浪花，朗日和风开新地。

爱上一片绿，爱上大自然，你会被选为春的使者、春的贵宾。

情丝缕缕的鸟语，已化作时代的缆线，正同春日的蓝天碧野对话。

让一片绿叶、一朵花为我们做翻译，与森林野草对吻，与春燕入梁、蝶舞蜂飞对语。

让我们撒下沉甸甸的种子，随春天拔节，许一个愿，梦见美好的明天！

（载于 1997 年 4 月 28 日《武宁声屏信息报》）

❀ 蒿里人家

阳春三月，田野蒿草挨着塘坎，借牛的一声“哞——”叫，送来一阵袭人的蒿香。蒿是老家最常见的一种植物，有白蒿、青蒿、香蒿、藜蒿、艾蒿多种叫法。“呦呦鹿鸣，食野之蒿”，没想到这种荒坡野草，也能进入诗经的大雅之堂。

我老家在赣北武宁县辽山脚下，村人有句挂在嘴上的话：“有娘才有家，有蒿才叫春。”眼下正处蒿香时节，清明姗姗来迟，几场春雨后，田头地角的蒿草不经意间探出了头，绿油油的。村外一树惹眼的桃花，倚着一堵半人高的菜园墙，隔墙不远是一间蒿庐，几根桃树的枝丫伸出墙外，正尽情地卖弄春色，几根枯蒿似的干瓜藤还缠在桃枝上，看着云淡风轻的蓝天，似有《庄子·骈拇》里“蒿目黄尘忧世事”之大才。

这时，几个穿红着绿的妇人牵着孩、挎着竹篮，正从蒿径那端一路说笑着走来，眨眼间便走过了蒿庐外那棵桃树。当她们看到墙外蒿丘上长满了嫩绿的蒿草，一阵惊喜。“心似飞蓬随风乱舞，眼若蒿烟软语迷离，手如荷动玉佩花魂”，只见她们纷纷蹲下身子，放下竹篮，一边采着蒿草，一边聊着知心话，语气中带着蒿香，银铃般的笑声不时飞过院墙，不小心碰落枝头一瓣两瓣桃花，惊起几声燕语，田沟里的水欢喜得汩汩地流，“哞——”，牛叫如蒿歌过田，似春阳照地。

村旁一垄田，油菜金黄，花海壮观，一老农扛着犁，刚从牛栏（父亲和母亲喜欢叫蒿栏）牵出一头牛，慢慢悠悠地穿过田垄，微风掀起层层金色的浪。蜜蜂最忙，在花间不停地飞舞，有如一对对小情人奔出了蒿室，“嗡嗡”有声。谁家一只小羊羔，被暖风吹得好悠闲，在田间吃着蒿草，不时抬头望着远处几个背书包的学童（爷爷和奶奶总是叫他们“蒿童”）。他们只顾在青草田中尽情玩耍，忘却了母亲的叮咛，把快乐的童年遗失在田野蒿地中。

蒿里即邻里。过去，邻里之间也有些磕碰，但只要说起蒿里蒿亲，气就消了一半。在我的印象中，蒿里人最有趣，说话也爱带“蒿”字：女人长得肥美，则笑她长得如胖蒿样，反之，则说她长得如枯蒿样；女人长得苗条，则夸她像蒿草一样瘦美，反之，则笑她长得像棵矮蒿；谁家男人有蹙眉烦恼，或被人无意打扰了，对方便会抱拳说对不起，蒿恼了！蒿里人的生活也真是离不开“蒿”：住的是蒿宫（洋房）、蒿室（大屋）、蒿庐（茅屋）、蒿棚（草棚）；那年月，吃的是蒿粑、蒿饭，蒿菜；喝的是蒿茶、蒿粥、蒿汤；用的是蒿把、蒿锄、蒿铲、蒿耙、蒿篓、蒿箦；没有电的日子用束蒿照明。想起那熏蒿般艰难的日子，心里就有些“蒿然”。

对，那时，我家住的就是蒿庐，过的就是离不开“蒿”的日子。到了春上，青黄不接，会过日子的母亲便提着竹篮到路边地头去采蒿草，然后把采来的蒿草和着米粉做成蒿粑，总能在困难时期，把我家的生活调剂得有滋有味。母亲心灵手巧，会做蒿粑，可蒿粑做好了，家里没有蒸笼，又没钱买，怎么办？想不到母亲办法多，把米筛垫上纱罗布，把蒿粑一一摆放在纱罗布上，然后放在大锅里，盖上大锅柁（一种厨房用具）。此时，我在母亲面前表现得最乖，又是掇柴又是烧火，我恨不得一口气把锅里的蒿粑蒸熟。母亲见我不停地往灶膛里送柴，灶头出烟不见锅里蒿蒸（水汽），便接过火钳，在灶膛里拨弄，然后语重心长地说："人要灵、火要空，灶里塞多了柴没得用，塞多了火不旺，还会熄。你看，我就拨了两下，火就着了。"我侧头一瞅，那灶火正欢快地舔着锅底呢！

没一会儿，蒿蒸便从锅柁的缝隙冲出来了，我以为蒿粑熟了，便围着灶台，不停地催着母亲揭锅柁。哪知母亲说："还冇上大气，要再添一灶火。"我有些心急了，好不容易等到母亲把锅柁揭开，只见锅里冒出热气腾腾的水汽，那蒿粑的香气顷刻溢满了灶房，钻入了我的五脏六腑，我喉咙里似有千万只馋虫在蠕动，伸手便去锅里捏蒿粑。母亲眼快，怕我烫到手，赶紧用手拦住，并嗔笑道："真是个馋鬼！"她一边说，一边先搛了一碗给我，说，"今日蒸了一筛蒿粑，就让你撑个饱！"我至今还记得母亲这句话。

有一次，我坐在桌旁吃蒿粑，吃得那么香、那么甜，吃着吃着，竟然趴在桌子上睡着了，而搛蒿粑的筷子还紧紧攥在我手上。难怪母亲说，我是吃蒿粑长大的。

时间过得真快，一眨眼我外孙女也七岁了，虽说生活不算富足，但靠蒿粑来充饥的日子已一去不复返了。现如今，人们把采蒿当成了踏春，把做蒿粑当成了一种乡愁，每年清明未到，家家灶房里便早早飘出了蒿粑香。

让我再次想起蒿粑的，是同样有着蒿粑情结的志莲姐，蒿里人老老少少都认得她。那天，她与数名妇女相约采来蒿草，邻居婷婷、正娥、王芳、桃得等人闻到蒿草的清香，则不请自来，有帮洗蒿草的，有揉糯米粑坨的，有切菜斩馅儿的，各有分工，大家有说有笑，好不热闹。

那场景正好让我遇上了，我好似又回到了童年。只见她们把那些笋干、香菇、腊肉、豆腐等食材剁成了细末，盛了满满一大盆，会做粑的则开始做粑。看到志莲姐把旧房拆了，新建的房子像蒿宫似的，那么高大敞亮，可以想象，她家日子肯定过得蒿美。

不知是谁，早早在灶里烧着了火，还在灶头架起了大蒸笼，没一会儿，整个屋里便充溢着蒿粑的清香。心急者揭开蒸笼，搛起蒿粑便吃，恨不得一口把春天咬个窟窿，哪知烫着了嘴，引来众人一阵笑，那是一种舒心的笑，一种邻里和谐的笑。

（载于 2017 年 4 月 1 日《武宁报・西海》、2020 年 3 月 12 日《江西日报・井冈山》）

❀ 杨柳随想

窗外那棵杨柳，一夜间冒出几点儿嫩绿，好像整个春天已经发芽，我似乎已闻到了春天的气息。

柳树周围，还有好多别的树木，但它们还在冬日里沉睡，想不到那不起眼的杨柳，却早早把绿色带来了人间。

啊！绿色就是生命，绿色就是希望！

我想，杨柳的骨子里，也许早就长了绿。所以，才在这春日里出了风头，让人好不喜欢。

我也渴望绿，渴望早些绿，将山野绿遍，将一河春水追出绿意，掀起绿浪。

获得绿色的人，获得春天的人，他们一定付出了不少汗水，一定走了不少路，爬了不少坡，过了不少坎。不经风雨，不经坎坷，就不可能被春天拥抱，被绿色垂青！

（载于 1997 年 4 月 18 日《武宁声屏信息报》）

❀ 船滩赋

武宁船滩，千年古镇；东控山口，南抱修河，西接东林，北跨吴楚。天河落地兮，玉帝造船形[①]。昔有商船排十里，八百挑夫过雄关。古艾咽喉地，锁住两苍龙[②]；彭帅挥师上九宫[③]，闯王兵败夜撑船[④]；巍巍辽山眺百里，阡陌纵横景色多；昔称小汉口，今是米粮仓；民淳物阜，地杰人灵。

境有十八景，夜不思故乡：辽山望夫石，肠断五代人[⑤]；狮子洞前水潺潺，月垅山景贯南岳；青山老寺钟声古，仑上香樟可藏牛；修河绕乡过，辽山怪石多；母潭水深滩又急，崖红陡峭鸟飞惊；辽田东岳殿，石坑傅家祠；河潭大棚菜，修武远

① 船滩集镇有一条河，集镇地形似一条船，故称“船滩”。

② 两苍龙指东林、上汤两个乡镇。

③ 彭德怀元帅在辽里曾设有指挥所，第一次攻打辽田胜利，在辽田傅寿璋大屋门口做过报告。

④1645 年，李自成领导的大顺军在湖北阳新、江西九江连遭重大挫折，东下的去路均被清军切断。李自成不得已只好向西南方向突围，企图穿过江西西北部转入湖南。1645 年 7 月 26 日，闯王李自成夜经船滩，在湖北通山县境内的九宫山下，突然遭到当地地主武装的袭击，随行的二十八名将士先后被杀，李自成在搏斗中壮烈牺牲。

⑤ 辽山望夫石有一个美丽的传说，故事说的是一女子背儿寻夫只身来到辽山，当她听说其夫已在附近化成了一尊巨石，她就在辽山的脚下哭了九九八十一日，眼泪也哭干了，最后，她和儿子也变成了一尊数十丈高的巨石。

传名；木皋烈士墓，石燕旧学堂；寺庄岩洞仙留影，原是岳飞把帽遗；辽里仙源寺，南程四箴堂；易溪九龙地，黄沙古松林。山水情不老，风景总相宜；好景藏不住，处处有华屏。

昔称“小汉口”，今朝特产多。桑园结出白金蛋，丝线连接五大洲[①]；石材花色国内少，材质优良品种多，茶油飘香好出口，稻谷金黄献国家；满山翠竹掀绿浪，林改让农乐开花；香菇板笋好特产，木耳茶叶引客来；黄沙神歌古，东岸草龙长；坎头锄山鼓，乡场有戏班；历史文化底蕴厚，民俗风情醉游人；水资源，潜力大，客商投资建电站；交通便利生意旺，民风淳朴客常来。大广高速隔十里，村村油路不湿鞋；南昌九江通班车，工厂建在家门口；古镇风流多盛事，今朝旺阜展新颜。

古镇山水，情之浩荡；历史遗迹，炳炳煌煌。斜石吴鼎臣[②]，清廉扬美名，护国有忠心，官至唐丞相。嘉庆至咸丰，坎头五进士[③]；殿背程子耕，苦读诗书摘五品[④]；近代傅梅友，宣统赐六品；“戊戌变法”后，其子傅庭俊，成立武宁首个党支部。为建新中国，彭帅足迹留；殿背程盟山，梅花百咏留[⑤]。改革风云起，人才辈辈出。

古今传佳话，富闲叙弥长；先贤多往事，屡屡见华章。长江后浪推前浪，更有新人胜古人。

物华天宝国运盛，人杰地灵古镇昌。极目船滩大地，一派

---

① 船滩白厂丝已销往世界各地。

② 唐朝后期，船滩镇斜石村人吴鼎臣在公元923年至936年担任丞相之职，距今已有一千一百年历史。

③ 清嘉庆至咸丰朝，坎头辛从业等五人考上进士。

④ 清嘉庆至咸丰朝，船滩出现了以殿背程子耕为代表的官宦群体，其中程子耕官至正五品直奉大夫。

⑤ 清朝诗人程盟山，船滩镇殿背村人，因《梅花百咏》流芳至今。

和谐安详。更喜民心振奋，意态总高昂！

有联云：船行大海破巨浪；滩驰骏马着先鞭。横批：再创辉煌。

（载于2008年1月5日《浔阳晚报》，并获该报“百赋九江征文”优秀奖。）

❀福　星

早年家里穷，父亲举债建了三间土坯房，因少了些瓦，后陂有地箕大一角盖的是杉皮。当时没钱建厨房，父亲就在正屋的堂前左边，靠墙搭了个土灶。农家是要养猪的，父亲有办法，砍了几根湿杉木，在屋侧搭了个不大的架子，没有铁钉，就用楠竹削成“钉子”作为托举或固定物，然后架上细长的杉条，杉条上搁竹片，再盖上厚厚的稻草，猪圈就建成了。尽管看上去有些粗陋，还四面漏风，但也能挡雪遮雨。那年月，人都得将就着过，猪还能怎样呢？

年前的几个月村里取土修路，一棵老梨树被挖倒，树干被锯走，遗弃的树蔸有两百多斤，丢在那里没人要。父亲如获至宝，喊母亲拿来木棍和绳子，要将这个树蔸抬回家。那时，母亲身体瘦弱，五百米的距离，竟然歇了三五次。我看到那个梨树蔸像个大疙瘩，父亲和母亲抬得气喘吁吁的，便说：“要这个树蔸干啥，卖又没人要，抬回家又不能当柴烧，这不白白浪费力气？”

“小孩子不懂规矩，不要乱说，这是除夕夜的‘福星’。”母亲怕我乱说话，赶忙制止我。

树蔸还能变“福星”？我不敢再问。

除夕夜那天，母亲在灶前准备大饭，父亲则在屋侧鼓捣那个梨树蔸，梨树蔸弄回家有些时日了，也晒干了。父亲要把它搬到屋门口来，可梨树蔸太大，搬不动，只能一路掀着走。我觉得好玩，不用父亲喊，便跑上前去帮忙，用力使劲帮忙推。看到梨树蔸被我和父亲掀到了屋门口，母亲笑着对父亲说：“想不到吧？一只鸡公崽四两力，这小家伙也能帮上忙了！”

父亲把那梨树蔸摆在正对大门的位置，还煞有介事地转了一圈，口里嘟嘟囔囔地念着什么。摆好树蔸，父亲又抱来一捆干柴，还有松毛丝、竹丫等易燃柴草，并将这些柴草堆放在树蔸周围，然后又在墙角拿了把黑乎乎的长柄铲，在灶膛里铲了满满一铲火炭倒在柴草下，那火炭一闪一闪的，在松毛丝上吱吱地响着，像天上掉下的一堆耀眼的星星。我赶忙蹲下身子，抢在父亲之前，先吸了一口气，把嘴贴近火炭，使出吃奶的劲儿，鼓起腮帮用力一吹，只听“哧”的一声，那些松毛丝和竹丫就着了。对，母亲头夜就再三叮嘱我，说除夕夜烧梨树蔸守岁，不能说火，只能喊“福星”。那时，我还以为“福星”是个什么精怪呢！乡人虽没读多少书，但忌讳多，有讲究。我和妹妹能懂些事，得益于少时得到了这种传统文化的熏陶。

除夕夜的饭称“大饭”，再穷的人家，也须有鱼有肉。别人家的小孩吃完大饭，都被大人们喊到家里的地炉旁烤火守岁了，而我家离大屋场有两百米远，算是独屋，又没有厨屋，没有地炉，就只能在屋门口围着“福星”守岁了。

远山朦胧，四野寂静。母亲将一个“三脚猫”就在火堆前，架上鼎罐，没一会儿，鼎罐里的水跟闹龙一样翻滚起来。母亲倒入一碗米酒，再放入几颗红枣，盖上鼎罐柁。那个鼎罐柁也用旧了，呈黑色，边缘有个小口，应当是老鼠咬的，父亲说，正月里有闲工，要请木匠师傅来做一个柁。鼎罐带有铁襻，罐身长年累月被烟熏火烤，已通体漆黑，不知母亲使用了多少年。“一个老汉黑又黑，屁股烧了不晓得。”父亲总喜欢打这个谜语让我和妹妹猜。

那年的火烧得特别旺，坐得近了，好炙人，我只好移退了凳子。没过一会儿，就闻到了浓郁的米酒香味。父亲和母亲坐在火堆旁，还在盘算当年的收成。我听到他们说，还欠着谁的债，大约明年什么时候可以还清，还有开春要买头仔猪，请篾匠做床地箕，到铁匠铺打两把锄头和柴刀……母亲说谷仓里比上年多了两担谷，过年不用到别家借粮了。父亲有些兴奋，话也多了。妹妹调皮，见火烧得“噼啪”作响，趁父亲不注意，拿起铁火钳玩起了火，她一拨弄，火塘里就有炸裂声，那火星儿竟然飞到了母亲的身上，母亲喊着“小心福星”，慌忙用手去抖衣服，好在那火星儿灭得快。尽管没有烧着衣服，母亲脸上也没有变色，但妹妹还是怕挨骂，坐在那儿不敢吱声了。父亲见妹妹那个可笑的样子，就一把将她抱在怀里，笑着说：“哈哈，这么红火，看来我家来年要大发了！”

母亲见我们守岁玩得不自在，又不好发火，就端来一些薯片、花生、瓜子、蚕豆来笼络我们。有了吃的，我和妹妹无心听父亲和母亲说话，嘴里不停地吃，手上还不忘抓一把。看到我们的吃相，母亲开心地笑了。父亲则拍着我的头，说：“鬼崽慢点吃，‘点心’家里有的是。”

虽然我家没有地炉，只能在大年三十夜露天守岁，有风萧萧兮背上寒的感觉，但火炙胸前暖，再加上火光和月光交辉，映在父亲和母亲的脸上，一家人围着“福星”守岁，有说有笑，其乐融融，如今想起来，心里依然暖暖的。

（载于 2024 年 2 月 2 日《江西日报·井冈山》）

❀ 我的六月六

父亲在世时，我家是队上的超支户。那年过六月六，别人家剁了肉又做豆腐，而我家莫说剁肉了，就连豆腐也没做一块。

住在隔壁的堂姐为了逗我开心，就骗我说，母亲把肉和豆腐藏在碗橱里了。于是，我趁母亲出门之机，忙打开碗橱翻看，这橱分上下两格。我把下格橱翻了个遍，连猪油渣也没看到一坨。我还是不信，又搬了个杌子爬上去，刚一伸腰，头便撞到了半开的上格橱门，痛得我哇的一声哭出来，人也倒在地上。母亲听到哭声跑过来，见我摔在地上，赶紧把我抱在怀里，不停地用手揉我的痛处，当她得知是堂姐骗我上的杌子，一巴掌打在堂姐的屁股上——其实母亲是做做样子。哪知堂姐害怕，还没打着先就哭了。母亲有些尴尬，遂把堂姐揽在身前哄着。我看到母亲当时眼眶也湿润了。可见母亲当时心里是多么的内疚和难过。

这个六月六，给我的印象很深。

还有一年，也是过六月六。家里无钱剁肉，母亲好说歹说，用五个鸡蛋才在队上的屠户家换了一副臭猪肠，没有黄豆做豆腐，母亲便起了个早，在田坎上摘了一背篓神仙树的叶子，我不知母亲用了啥魔法，竟然将一背篓神仙树的叶子打出了一钵嫩绿的神仙豆腐。然后，母亲把臭猪肠和神仙豆腐煮了一锅，吃饭时，母亲说那猪肠有些臭不敢吃，而我专拣臭猪肠搛。后来我才晓得，是母亲不舍得吃，要让着我们。我至今还记得，那臭猪肠煮的神仙豆腐特别爽口，味道真好！只可惜，后来再也没吃过了。

这个六月六，我爱上了神仙豆腐和臭猪肠。

十四岁那年，辍学参加队上劳动，队上人给我评的底分是五分半。那年月，生产队也作兴过六月六，而且还要打牙祭。

我记得，那年六月六正是耘中禾的时候，队里刚好换了一个队长。队长新官上任，头天晚上开了社员会，队长在会上做了安排，说六月六全队社员每户派一人去耘禾，队长亲自上田打耘禾鼓。中午打牙祭，做糖粑哨子，斩什锦汤，煮海带豆腐，有白米饭，还确保每人一块肉。队长话音一落，社员们都鼓起了掌，我把手都拍疼了。要知道，那时想吃块肉，不知有多难。接着，队长又落实了六婶、桂香、荷花三人在红梅家借灶烧饭做粑，一切事情安排妥当后，才喊散会。

父亲和母亲晚上商量，决定让我去耘禾，也就是要把打牙祭的好事让给我。

第二天，那耘禾的场景可热闹了。队长把社员带到辽山脚下那块八亩多的大田里，三十多个社员每人拄一根耘禾棍，脚上套着稻草扎的耘禾箍，队长穿着一件半新的白背心和一条青色大裤头，戴了顶用蓝布条缝了边的旧草帽，斜挎一面牛皮鼓，鼓带是红布条撕成的，套在颈上坠于胸前，鼓槌是队长昨晚散会后临时到屋后，用竹林里剁的竹丫削成的。都说队长是个唱武宁打鼓歌的老鼓手，肚里山歌似牛毛一般多。队长见社员都到齐了，先敲了两声慢鼓，众人次第下田，一字儿排开。接着，队长清了清嗓子，左手按着鼓，先敲了几声起场的滚鼓。那滚鼓激昂，有如战鼓擂响，十里八村都能听到。“对面来个嫩娇莲，走起路来软绵绵，前日思我饭不进，昨日想我水不沾，今日走路要人牵。”队长就像一位指挥家，穿梭在众人前面，边唱边用竹节击鼓，左手则扶着鼓的边沿，边唱边用手指齐按鼓面，鼓音铿锵，音色粗犷，变化万千。当日太阳很晒，队长怕众人太累，便提议歇一会儿，可众人和歌正劲，队长只好接着又唱开了：“山歌不唱使人呆，清水不挑长青苔。撇开青苔挑担水，撇开撇开又拢来，好比情哥难撇开。”“哟嗬哟嗬嗨呀……”众人一边耘禾，一边搭号和歌，场面甚为壮观！

第一次参加集体劳动，时间过得真快，眨眼就要收工吃饭了，队长按住鼓面，鼓声一落，众人便纷纷洗脚上岸，一路说笑着往红梅家走去。红梅家房子宽大，堂屋里摆了四张大桌，众人刚落座，六婶就掇来了一脸盆什锦汤，这是武宁民间一道名菜，无论红白喜事，都少不了要喝什锦汤，尤其是每年的年夜饭，在外打工的、外出做生意的，哪怕千里迢迢，都想早早赶回家，团圆饭第一道菜，必定就是什锦汤。

我是第一次参加集体打牙祭，尽管肚里馋虫蠕动，可母亲再三叮嘱，我也只好假装斯文。待每人各盛了一碗美美地喝上了，我才从容地舀了一碗。六婶是队里最会做什锦汤的女人，她做的什锦汤菜品多，有油豆腐、干香菇、猪肠、肉、虾米、红萝卜、猪血、饭豆，大概有十多样食材，且都切成了细末，又在铁锅里煎了两个多小时，菜色鲜美，稠而不腻，入口津香，我喝完一碗什锦汤，脸盆里早被人舀光了，我只好舔着嘴不断地回味。第二道菜是糖粑哨子，桂香掇来的，又是一脸盆，那软糯的糖粑哨子，圆圆滚滚，白白绵绵，又软又溜，甜得酥心，眨眼工夫，一盆糖粑哨子就被众人送下了肚。第三道菜是海带炆豆腐，又是一大脸盆，那海带都打成了三角坨，大小适中，轻轻咀嚼，满嘴流汁，那白豆腐还炆起了蜂窝眼，特别有味儿。我舀了满满一碗，刚吃到一半，荷花就把大块肉端出来了，队长的老婆说，刚才吃的糖粑哨子好像有些腥味，问荷花是谁做的。荷花说，糖粑哨子是桂香做的，是在上屋月娥家借的脚盆揉的粑。坐在下桌的月娥婶听了，猛地跳起来说："桂香俚个剁颈的，那只脚盆是我媳妇昨晚生娃用的血盆，还没来得及洗呢，竟然拿来做粑！"这一说不打紧，早有人喉咙里做起了法，要呕要吐的。接着，又有几人扛不住了，忙跑出屋，蹲在阶檐下，翻肠抖肚，把吃的糖粑哨子、什锦汤等连渣带水全都吐了出来，有的吐得眼睛翻白，有的呕得翻江倒海，连桌上的大块肉都没几人搛了，而我一点儿反应都没有，不但把一大碗海带汤吃完了，而且还多吃了两块肉，那肉炒得煳烙烙的，色香味俱佳。

这个六月六，于我印象最深，至今念念不忘。

（载于 2021 年 7 月 6 日《浔阳晚报》副刊）

❊ 春来采蕨正当时

“又是一年青草绿”，清明头三天，族人就打电话给我，说是清明节族里要举行祭祖活动，问我是否有时间参加。这样的活动，我岂能错过？！

清明节那天，我和弟弟、侄儿起了个早，准备到祠堂集合。没想到，一个同学从外地回来扫墓，要我开车送他。我不好推却，等我和弟弟、侄儿赶到祠堂时，大部分族人已到张山源另一祖墓那里祭扫去了，我们随几个没赶上祭祖“大部队”的族人，在祠堂附近山上的太祖公墓前祭拜。据族人说，太祖公是一个“瓜蔸”，我们都是他下面的“藤蔓”。

侄儿一边帮插清明花，一边问墓里葬的是何人。我一边在墓前点燃香纸，一边告诉他，这是我们这一族系的太祖公，侄儿听了就在墓前作起了揖，而且样子很虔诚。

据说，这座坟山很有风水，要不太祖公名下能有上千男丁吗？只可惜这坟山不知何时失了火，山上的树木和柴草都烧光了，山上的柴蔸和茅蔸一览无余，那毛茸茸、嫩生生的蕨不经意间就映入了眼帘。我看到那蕨犹如身材纤细的少女，正低着头，羞答答的，在春风里轻轻地摇曳，像极了刚才侄儿作揖的样子。

采蕨西山下，扳援陟崔嵬。
游子望乡国，泪下心如摧。
浮云塞长空，颓阳不可回。
南归断舟楫，北望多风埃。
已矣供子职，勿更贻亲哀。

想起明代著名哲学家、教育家王守仁采蕨哀亲的诗，我百感交集。想当年，我和父母栖居茅屋，苦熬度日，是父母采蕨做粑把我养大。这山上的蕨莫不是长眠在此的太祖公为我们捧出的佳肴?

侄儿生活在县城，未见过蕨，只听我说，这是好吃的野菜，唐代诗人白居易还把蕨菜形象地比作小儿拳。蕨炒腊肉是一道风味独特的菜肴，美味无比，是在城里难以买到的纯绿色食品，还有减肥、防癌的作用。

侄儿听了我的介绍，乐得不得了，连蹦带跳地跑到那被火烧过的山坡上掐蕨，我担心那些柴蔸、竹蔸扎伤他的脚，便也跟了过去。“你看，我掐了一根这么长的！”侄儿高兴地拿着一根蕨晃动着。我一看乐了，长是长，就是不能吃的硬蕨梗也被他掐来了。我说要掐嫩的，硬梗部分不能要。

“好，我知道啦！”侄儿跑得快，在一片坡地上，他又喊又叫：“快来呀！这里有好多蕨！”我一看，那鲜鲜嫩嫩、长短不一的蕨，前前后后满地都是，好似一个个紧握的拳头，又如战士集合时举起的长枪，让人亢奋。难怪《晋书》上载，京官张翰因回乡采蕨竟然突发感想：“人生贵适志，何能羁臣数千里，以要名乎？”

不久后，他果真辞官回乡。张翰的这种超然当时惊动了皇室。以致后来蕨菜能够登堂入室，成为朝廷贡品，张翰功不可没。

蕨出身卑微、平凡，不择地块，不分肥瘠，只要破土而出，就突突地疯长，山间、林地、野岭、荒坡，到处都有它的身影。唐代储光羲诗曰：“淹留膳茶粥，共我饭蕨薇。”孟郊诗云：“野策藤竹轻，山蔬薇蕨新。”钱起也有诗曰：“对酒溪霞晚，家人采蕨还。”几千年来，蕨菜成了文人用以讴歌或抒怀的素材。“蕨芽珍嫩压春蔬”，陆游的诗更是说明了蕨在春菜中的重要地位。

少顷，侄儿掐到一根又粗又长又嫩的蕨，举在手中像端着一把机枪对着我，嘴里一通“嗒嗒嗒嗒嗒……”我一看，不禁扑哧一笑，他的衣服和脸，都被那些被火烧过的黑乎乎的柴枝、芭茅骨，弄得像只小花猫，脏兮兮的，那样子活脱脱就是儿时的我。

记得儿时，母亲带我去掐蕨，我一边尽情感受大自然的清新气息，一边兴致勃勃地伸手采摘那胖乎乎、毛茸茸的鲜嫩蕨芽，不大一会儿工夫，我提的小竹篮就装得满满的。我带着“战利品”，唱着儿歌，一路小跑，到家一看，我都气蒙了，竹篮里的蕨仅剩一半儿了，是刚才在路上跑时掉落的，我竟然没有察觉。要知道，那个时候正是青黄不接的极度困难时期，母亲巧手做出的薯渣糠皮蕨粑，就是家里用来度饥荒的主食，难怪母亲将我臭骂了一顿。

“皇天养民山有蕨，蕨根有粉民争掘。朝掘暮掘山欲崩，救死岂知筋力竭。明朝重担向溪浒，濯彼清泠去泥土。夫春妇滤呼儿炊，饥腹虽充不胜苦……”明人黄裳的《采蕨诗》就是当时我家自耕不足，靠采蕨充饥，艰难度日的真实生活写照。我记得当时家乡还有一首顺口溜：“春天吃蕨尖，秋天挖菜根……”可惜后两句忘了。

想不到如今蕨已从野菜变为了山珍，被人称为“佛手菜”，更有人将其比作“佛手鱼翅”。营养学家还说蕨菜嫩叶含胡萝卜素、维生素、粗纤维、钾、钙、镁、蕨素，蕨甙、乙酰蕨素、胆碱、甾醇。此外，还含有十八种氨基酸等诸多人体所需元素，有解毒、清热、健胃、滑肠、降气、祛风、化痰、延寿的功效，还可用于治疗发热、痢疾、黄疸、白带增多等症状。

《本草纲目》说蕨“甘清无毒，滑肠，化痰，去暴热，利水道，令人睡，补五脏不足”。可见，蕨菜为山中珍奇是当之无愧的了！

“人间四月芳菲尽，山寺桃花始盛开。”清明前后，正是采蕨最佳时节。朋友们，快带上朋友，或者您的妻儿，提着竹篮，到乡野采蕨去！

（载于2012年4月20日《台湾新闻报·西子湾》、2012年12月中国文联出版社“当代作家文库”第12辑《生如夏花》第32页。）

❊ 村里有棵矮子树

三狗叔屋旁有棵百年老树，我们喊它“矮子树”，虽没高过屋檐，但盘曲的树干比爷爷的山鼓还粗，一到秋冬，一树密密麻麻的叶子就被霜风刮光了。

矮子树其实叫木梓树，就像三狗叔，他的学名不叫三狗，只是被村人叫多了，因而都忘了他的大名。

这棵矮子树的半腰处，有个不规则的洞，据说是雷电击的，可以藏进一只猫，要是树洞能再高一点，小孩子们就掏不到，鸟就可以在里面做窝了。好在这棵矮子树的树纹密集，材质硬实，能经风经雨，所以没有被雷电击倒。可见这树也是经历了磨难，受过痛苦的。矮子树是用材树，村人的剁猪墩，多是清一色的矮子树锯成，要是谁家的矮子树死了，或者是建房要砍树，让铁匠晓得了，哪怕是花钱，也得买一截带回铁匠铺，这木梓树用来搁铁砧，再怎么锤，十年八载不裂，非常耐用。就连那些矮子树的枝叶，也是上好的柴火。

小时候上矮子树捣过几次鸟蛋，也摘过果子。矮子树的果子青涩，比冬豆略大，折一枝下来，可以摘半钵，但我从没见谁吃过，也没谁敢吃，村人将其捣烂，当洗衣液用，洗的衣服干净挺括，还能透出一股皂香，是母亲的至爱。虽然能省钱，但要上树摘果，摘了果还要放进石臼里捣。无论谁家捣果，总会惹来屋场里的孩子，看到大人用木槌捣果，石臼里果浆飞溅，我们就七嘴八舌、跃跃欲试，感到特别好玩。我胆子大，总喜欢凑上前，献些殷勤，帮些倒忙。有时搞得我和大人脸上、衣服上，到处都是星星点点的白色果浆，因此挨过大人骂，那场景真是太开心、太难忘了。尽管捣果浆费时又费力，有时还要冒着上树的危险，却没有几家嫌弃的，因为能省下几个小钱，不用跑供销店买肥皂，这也是困难时期一种无奈的选择吧。谁家要是没栽一棵矮子树，一年下来，就得多跑几趟供销店，不但多花了钱，还耽误工夫，那叫不会过日子，这是爷爷在世时老挂在嘴上的话。

虽然矮子树的果子吃不得，但能当洗衣液，换言之，那也就是钱，所以三狗婶看得紧，生怕别人摘了她家矮子树的果子。

有次我和同伴上树捉蝉，被三狗婶看到了，说爬树危险，遂大喊大叫的要我们下来，好似我们动了她家的祖宗牌。她连喊了三四遍，我们都装作没听到，气得她把我妈也喊来了。最后我们不得不爬下树，自然又少不了要挨母亲一顿骂。

我晓得，三狗婶担心我们的安全是假，怕我摘她的果子才是真。那年，她儿子买了辆自行车，那时自行车金贵，他儿子木头木脑学了几天还不会骑，人仰车翻时，她就瞪着眼、龇着牙、咧着嘴骂她儿子，说："你摔了不打紧，别把我的新自行车摔坏了。"儿子骑车摔倒了，她不心疼，倒心疼起她的车子，这是一个做母亲的说的话吗？至今村人还在捡她的口过。

我升入初中时，正好教语文的刘老师是三狗叔的高中同学。刘老师只上两天课就没来了，说是放学后回家做农活时不小心被自己的锄头挖了一下，伤到了脚骨，得请假三天。

三狗叔成了代课老师。

其实，三狗叔读书时的成绩好过刘老师，只是高考临近时，三狗叔的父亲得肝硬化病，耗尽了家里的钱财，最后闹了个人财两空。三狗叔不得不放弃学业回家种田。

三狗叔代课第一天，就把我们带到矮子树下，说这棵矮子树是红军树，当年红军的情报都放在这棵矮子树的树洞里。

原来，三狗叔是红军后代。他爷爷就读的学校，叫梅友小学，梅友小学系乡贤傅梅友创办，傅梅友有个儿子叫傅庭俊，在南昌第一师范学校就读，后投身革命，加入了中国共产党。1925 年 3 月，傅廷俊根据中共江西地委指示，奉命返回家乡石燕山下的梅友小学，明里帮助父亲办学，执鞭任教，忙于学堂事务，暗里利用夜晚和假日，到辽里、木皋、小九宫、梅溪等地宣传革命思想和党的理论。

三狗叔说，梅友小学那盏灯能亮到深夜，就得益于这棵矮子树。在傅庭俊的启发教育和帮助下，该校几名进步教师先后秘密加入了党组织，并成立了梅友党小组。1926 年 7 月，梅友党小组由于工作出色，党员队伍不断壮大，经江西地委特批，成立了武宁县第一个党支部——梅友支部，革命的火种迅即燃遍武宁城乡。

我记住了这棵矮子树，记住了三狗叔说的话，这应是我升入初中时的第一课。

（载于 2015 年《武宁报》）

蒿烟

❊ 苦菜草

蜘蛛崽，夜夜游；
婆布灯，公打油。
公婆打架莫记仇。

月伢婶一手摇着箩窝，不停地唱着这支古老的催眠曲，见孙子已甜甜入睡，这才起身，随手关上栅门，来到屋外，屋坪里有不少人在乘凉。

坪坎边，三五个伢崽正在扑萤火虫。萤火虫在夜空中飞来飞去、忽闪忽灭，嬉闹声传过屋场。一轮明月挂在屋坪里那棵又高又大的枣树上，像刚洗净的银盘，把夜照得朦朦胧胧，像梦一样。

几个正在闲扯的女客，见月伢婶来了，忙归拢板凳，腾出位子，有意无意地摇着蒲扇，又扯起了一个新话题。

坐在一旁的几个男客，显得闷热难受，也扑打着大蒲扇，喷着唾沫说着昨夜放的电影《小花》。

“要是女演员能陪我睡一夜，我明儿个就去死都划算！”月伢婶的男人月伢叔嘴最臭，在月光下都能看到他一双色眯眯的眼，说到兴头上，穿着裤衩和背心的月伢叔浑身燥热，遂起身脱下了那件有黄汗渍，还破了几个洞眼的白背心，壮实的身子，圆滑的膀臂，在月光下泛着油光。只见他一手拉开腰里裤衩的松紧带，对着裤裆使劲摇着大蒲扇，刮得裤裆里一鼓一鼓的，好像裤裆里有一座火山要喷发似的。

“骚客，大骚客，这是出你太公的羞！”月伢婶忍不住骂了他男人一句。另外几个女客婆也羞得转过了脸，但还是侧着耳朵听。

遭了女客人的臭骂，劳作了一天的男客们一阵哄堂大笑，笑得那样痛快、欢畅淋漓，把劳累全笑到辽山背后去了。

月伢叔虽不是辽山村人，但他为人友善，又有一身蛮力，而且有一手烧石灰的好手艺。以前辽山村里烧石灰窑，村里总要派几个村民去斫窑柴、炸石，先后需要一两个月，才能烧成一窑半生半熟的石灰。自月伢叔十多年前来村里招亲，进了月伢婶的门，月伢叔便把辽山村停产了几年的石灰窑又烧旺了。

郎在田里打苎麻，
姐在房中叫喝茶，
一日只打三厢地，
三日方打一担麻，
哪有闲工喝姐茶……

月伢叔唱着山歌，左手撑钎，右手抡锤，一人在山上打着炮眼。

到了要吃午饭的时候，月伢叔便将藏放在芭茅中的已被烧黑了的“日本饭盒”，架在往日用两个石头垒的“灶”上，放米，加水，盖上盖，然后塞进茅草，划着火柴，先点着灶火煮饭，然后坐在“灶”前点着草烟猛吸。透过吹出的一大圈蓝白色的烟雾，月伢叔看到炸好的石灰石，马上就可以装窑了。两只山鹊喳喳叫着从月伢叔的头顶飞过，月伢叔长长地舒了一口气。

想当初，月伢婶死了男客，一人拉扯着五个伢崽，家里穷得连老鼠在屋里跑出汗也没找到一粒米。是身强力壮的月伢叔来了后，在生产队里多赚了工分，多种了自留地，只两年工夫，就把月伢婶的家撑起来了。五个伢崽都送了读，大伢还讨了婆娘，生了细伢。要是几个伢崽都是月伢叔亲生的，月伢叔就是累杀了也甘心，可月伢叔偏偏命苦，处过几个女客，都说月伢叔是棵不长笋的公竹，人高马大声儿阔，天生是个孤老相。

别看月伢叔四十好几了，可他精力相当充沛，斫起窑柴来一顶俩，一捆窑柴二三百斤，月伢叔不费劲就能扛上肩，走个十里八里，连屁都不放一个，气也不喘一声。双抢时，人家打谷机都是两人抬到田野里去的。而月伢叔一人就能轻轻松松地把打谷机送到稻田里。

做力气活，那是两个壮劳力也顶不上一个月伢叔。

常言道："人是铁，饭是钢。"月伢叔一身蛮力，得益于他平日一顿饭要吃三海碗饭，力大好赚钱，好劳力自然有人喜欢。邻里都晓得月伢叔对月伢婶和她的伢崽好，对亲戚邻舍也好。

月伢叔爱唱山歌，山歌随口而出，常常唱得额头青筋突起。心里闷时唱两句，烦心事就不知不觉地跑掉了；高兴的时候唱上两句，干活的劲头就更足了。一天不唱山歌，月伢叔心里就有点儿闷得慌，要不就是病了起不来床。

一杯米酒引郎来，
引郎坐上八仙台。
八仙桌上铺灯盏，
手拿筷子两边摆，
情姐有心水也甜。
……
四杯米酒进花园，
手捧桂花月儿圆。
花开花谢日日有，
花不逢春不乱香，
情哥不到谁敢来。
……
八杯米酒进姐门，
油漆板凳上牙床。
纱罗帐内金钩挂，
风动罗帐姐身娇，
娇姐动了少年郎。
……

月伢叔唱的山歌多是些粗野的情歌，不但女客爱听，连上学的伢崽也常常被他那粗犷、富有感染力的歌声所吸引。

比月伢叔大几岁的黑伢叔，最喜爱听他在田塅里边劳作边唱歌。黑伢叔是村里的族长式人物，年纪虽不是很大，可他认识好多干部，人脉很广，常包些小工程，赚的是轻松钱，出手大方，家里三日两朝酒客不断，不过多是乡村干部。

月伢叔在帮黑伢叔做工程时，也在他家喝过酒。黑伢叔常当着一桌酒客，说月伢叔一年三百六十五日，没歇闲过一日，连大年初一都在往菜地里担粪。还说尽管月伢叔身强力壮，可这样勤耕苦做，一年也赚不到两千块，还不如他这手无缚鸡之力的瘦猴摸一下后脑勺，说不准找个小工程，就能赚个千儿八百的，要抵月伢叔死做一两年。月伢叔听了虽然有点儿不服气，可他说的，又让人不得不服气。

说真的，自打乡上通知停止烧窑，不得上山斫茅柴后，月伢叔手头就紧了。加上月伢婶身子不好，月伢叔总想赚点儿钱，带她去县上大医院检查一下。听人说到医院做个检查，少说也要四五百，月伢叔一时凑不齐这个数。到信用社贷款，没熟人，人家要他请人去担保。本来就是没钱才找你贷款，有人担保还找你贷款做甚？钱没借到倒把月伢叔气上了火。无奈之下，月伢叔打算去找放竹丫利（在本地指利滚利的高利贷）的三狗叔借钱，可月伢婶不同意，说宁死都不借高利贷，月伢叔见她一拖数日不见好，心里急，就瞒着月伢婶，来到三狗叔家。

三狗叔有钱，不过，三狗叔的钱也不是什么人都能借得到的。

三狗叔见平日从不登门的月伢叔要借钱，便佯装说家里没有钱。月伢叔见三狗叔说没钱，心头便一冷。不过，他又不想放弃这根救命的稻草，说了一箩筐好话，就差眼泪没汪出来。最后三狗叔答应出面到别人处帮借五百元加五利的竹丫钱。

鬼精鬼灵的三狗叔放了竹丫利，又顺手做了个人情。心说你月伢叔空有三百斤毛力，抵不上我手头两张票子。

月伢叔借到了钱，便带月伢婶到县上医院拍片做了检查。不查不要紧，这一查，可把月伢叔给吓蒙了，月伢婶得的是子宫癌，医生说没有两三万元没法救。可家里，就是把全部家当都卖了，也不值一万元。

月伢叔想，要是当干部的就好了，治病还能报销，一个作田汉，哪儿来这么多钱，就只有死路一条了！

月伢叔不敢告诉月伢婶，只说片子还没有出来。他拖着沉重的脚，不知是怎样走出医院的。

回家后，月伢叔对月伢婶说，去后山割些丝茅给母猪垫栏。要是以往，月伢叔总是说磨刀不误砍柴工，非得先把禾刀磨得锋利雪亮。可今日，月伢叔提不起兴，连拿禾刀的手都觉得没劲。出门碰到几个女客，月伢叔不敢正眼瞧一下，好似躲瘟神一样，溜到后山窝里。

初一早起去看郎，
梳头洗面把香装，
隔壁有个贤大嫂，
声声问我去何方，
我去河背看情郎。
初二早起去看郎，
我郎得病在牙床，
我问情郎得啥病，
头痛脑热果难当，
三朝一七没起床。
初三早起去看郎，
手巾包米纸包姜，
手巾包米郎烹饭，
纸包生姜郎烹汤，
好好服侍我情郎。
初四早起去看郎，
手提药罐进郎房，

左手端的莲花碗，
右手扶郎喝药汤，
心里疼爱我情郎。
初五早起去看郎，
皇神庙里把香装，
左手装香拜一拜，
右手拈香拜成双，
跪跪拜拜哭情郎。
初六早起去看郎，
我郎死在门板上，
东边箱里寻鞋袜，
西边橱柜找衣裳，
打扮我郎上天堂。
……

歌声凄婉酸楚，没有人能听到。平日里月伢叔唱不来这首歌。不到伤心时，谁也唱不出这种断肠悲凉的山歌。

月伢叔哽咽着唱不下去了，眼泪吧嗒吧嗒地直往下掉。这是他平生第一次掉泪，第一次这样伤心。

不远处，一只夜鸟在悲鸣。月伢叔忙擦干眼泪，割了一捆丝茅，拖着千斤重的脚走出了山窝。

俗话说，人老一年，牛老一月。一眨眼，月伢婶就卧床不起三个月了。

为了给月伢婶治病，月伢叔又借了不少外债。白天要去打零工，赚钱给月伢婶打点滴。晚上，月伢叔坐在床前陪着月伢婶，没出过门。

月伢婶瘦了，瘦成了皮包骨，很难看，她的头发也乱了。

月伢婶要他把挂在墙壁上的小圆镜取下来。月伢婶有几个月没照镜子了。

“你瞧，病了这几个月，你还是这般姿色。”月伢叔扶她坐起，帮她把乱发理了一下。他怕她伤心，专拣好话说。

月伢婶叹了口气，放下镜子，双手握着月伢叔的左手，就像一根掉下来的软藤又攀上了树。月伢叔赶紧把右手也搭过去，两双手握在一起。要是就这样握着，永远不分开该多好。月伢叔想。

看到牛壮马大的月伢叔瘦了一大圈，月伢婶两滴酸涩的眼泪“吧嗒”一声就掉在月伢叔的手背上。

“这些日子苦了你。”月伢婶的眼泪还在往下滴。

“我不苦，我体力好，苦不倒我。”

“为了我，为了这个家，你受了苦，受了屈。”

“你莫想这么多，宽心养病。”

月伢婶似乎没听到月伢叔的话，还在喃喃地说：“你到我家十九年了，没吃过一顿好饭，没睡过一张好床，没歇闲过一日，耕牛也有清闲时，你比耕牛还要苦三分啊！”

“莫说了，你对我这么好，我还有什么苦的？”

“我晓得，你帮我养大五个伢崽，撑持门户，我今生都报答不了你。”

“叫你莫想远了，你会好的，过些日子就会好的……”

月伢叔忍不住了，眼眶一热。为了不让月伢婶看到，他赶紧侧过脸，让眼泪掉在地上。

“说你不苦，那是假的，我心里是晓得的，只不过是你有苦、有屈没地方诉，又不对我说……”

“……”

“我要是有个三长两短，先走了，你他处也没有亲血脉，千万不要离开这个家啊，我会叮嘱伢崽，要好好……好……好……”月伢婶说得伤心、动情，抽泣着说不下去了。

“你躺下吧，灶房里的药都煎焦了，我看看去。”月伢叔心里一阵酸楚，眼泪又要溢出来了，忙借故离开了那间昏暗的黑板房。

初八早起去看郎，
带着阴阳采地方，
东边采到西边转，
一采采到九连岗，
九连岗上好安郎。
初九早起去看郎，
一副棺材八根杠，
八个脚子齐双双，
上山下岭莫抛郎，
一肩抬到九连岗。
初十早起去看郎，
只见黄土不见郎，
生前只划郎送姐，
如今不划姐送郎，
顿断脚跟哭断肠。
……

一曲哀怨的断肠歌，和着冰刀一样的风，吹过山岗，是那样的凄婉、悲苦。

月伢婶说走就走了。

她的坟墓就在后山岗上。

月伢叔担心月伢婶一人在山岗上太孤独，三日两朝坐在坟前，和她说着话："你不是说我有苦没地方诉吗？我今日就对你说，你晓得我的苦处吗？我现在真是有苦没地方诉，有话没地方说，你在的时候，我不知道苦，也不知道累。现在你走了，我比苦菜还要苦三分啦……"

"你躺在床上不是很好吗？我早早夜夜还能看见你。可你就这样狠心，一个人跑到这山岗上来，丢下我孤零零一个，不管我，不理我……"

月伢婶不语，坟背上的花圈被寒风刮得沙啦啦响。月伢叔哽咽着唱着断肠歌，拖着沉重的脚步走下山岗。

天界一日，人间一年。经过生离死别，月伢叔老了，头发白了，一夜间，人瘦得不成样，好像风都可以吹走，以前能扛三四百斤，现挑个百余斤都费力。

最坏的是，月伢婶死了，三狗叔担心月伢叔要走人，几次上门来催问那竹丫利的钱。

"你放心，这钱，我就是把这副老骨头当了，也要把你的钱还上！"

"放心、放心，我哪能不放心。你月伢叔绝不是那种人。"

送完月伢婶的头七，几个伢崽就出外打工去了。外头欠的债，月伢叔没跟他们提起，也不想提起。这些债都是借来给月伢婶治病的，他不想把这些债留给伢崽。听说黑伢叔包了一条机耕道修，月伢叔便找到黑伢叔，问要不要他做工，黑伢叔知道月伢叔日子确实苦，便同意了。月伢叔做了两个多月，一天也没歇。路修好了，黑伢叔晓得月伢叔欠了债，将六百零五元工钱一分不欠全给了月伢叔。月伢叔心里有数，别人做工都没结工钱，黑伢叔第一个就给他结账，黑伢叔这个情，他记在心里。

常言道，走运碰见牛拖磨，背时撞上鬼推车。月伢叔拿着刚领的工钱，还未走到三狗叔家门口，两条大黄狗追打着，不知从哪儿冲出来，月伢叔没防住，一家伙就被撞翻在地，还在地上打了两个滚，钱也撞飞了，人也跌了个头破血流，躺在地上动弹不得。

要不是秀伢担粪到田里转回来看到，月伢叔还不知要在地上躺多久，秀伢将月伢叔扶起来，又帮他找钱。还好，一张都没少。月伢叔身子重，秀伢人瘦弱，背不动，便叫了一个帮手，才将月伢叔抬进屋，又找张竹床让他躺下。然后，秀伢又到村上找来医生，医生一检查，说他头上破皮流血不打紧，关键是脚扭了筋，没有十天半月的，不能下地干活。

月伢叔孤身一人在家，又不能下床，上茅厕都要人帮。要不是左邻右舍，东家端茶、西家送饭，把他当亲人看，月伢叔就要躺在床上饿死、渴死。有人提出要打个电话给月伢婶的伢崽，月伢叔不同意，说："他们外出不久，又没赚到钱，回来路费也不一定有，何必要他们折腾？再是他们电话我也不晓得，我这身板，有个三五日便可以下床地了。"

说归说，好心的邻舍水伢还是从大伢丈母娘家找到了联系电话，并打了电话给他们。还真应了月伢叔的话，气得水伢差点儿摔坏了电话听筒："都是没良心的，不晓得自己是怎样长大的，没有钱，没有钱借钱也要回家来看一下嘛！"

月伢叔在竹床上躺了五天，就咬牙下了床地，印证了"水里石头泡大，穷人衣单命大"这句老话。

邻里都晓得，月伢叔一是不想麻烦邻舍，二是不舍得工夫，三是花了一百多块钱心痛。下床当日，月伢叔找了根竹棍拄着，凑齐了五百块钱，还差些利息，月伢叔打算再去找份事，赚够钱就把三狗叔那竹丫利还掉。

天无绝人之路。月伢叔的脚刚一好，一个外地人便看中了辽山村那丰富的石灰石资源，愿意到辽山村办石灰厂，并与村里签订了协议。月伢叔得知消息，当即托村干部找到老板。老板了解到月伢叔烧过十年石灰，尽管过去用茅柴烧石灰与现在用煤烧有些不同，但放炮炸石、装窑等工序，月伢叔可算是老师傅了，老板正缺一个这样的技术工人，求之不得。这等好事，老板能不同意吗？虽说工资低了点儿，但在那时候，一个月三百五十块，还算是不错的。

新办的窑厂距月伢叔家很远。老板不管饭，在窑上做事的人，中餐都是老婆或者伢崽送饭，只有月伢叔是带着“日本筒”饭盒，在石场上用两块石头垒“灶”烧饭。没有菜，月伢叔就在山上拔些苦菜草，在山沟里洗净，放入“日本筒”中和着饭吃。

苦菜草是辽山上常见的野菜，石缝中、水沟旁、土坎边、荆棘丛里都能探出头，落根常绿，霜打不枯。

吃着那味苦而叶色碧绿的苦菜草，月伢叔常想，自己一生劳碌，受尽苦难，就像一棵苦菜草，在荒野中随风飘摇，在贫瘠的山地上艰难地生长，牛蹄践踏、石滚水冲，叶死根生，结丛抱茎又遭霜打。

苦菜草，叶蓝蓝，
毛头媳妇做得难，
一灶湿柴一灶烟，
眼泪流到脚后跟，
不怪爷，不怪娘，
不怨天，不怨地，
只怨我命苦磨难多。
……

凄婉、哀怨、悲苦的歌声，每天都在石场上空回荡，连老板也说，月伢叔会唱苦情歌，唱得天上云不走，工人只知闷头干活。

到了点炮的那一天，月伢叔又像往常一样，点着一支烟引燃导火索，便迅速离开炮眼。没想到，在他离开炮眼不到五米处，被一个松动的石头绊倒在地，旁边还有一丛苦菜草。月伢叔人还没爬起来，就听“轰隆”一声，一个巨石被炸翻，正好砸在月伢叔身上，月伢叔哼都没哼一声。炮一停，石场上几个工人便号啕着冲上去，只见一地鲜红的血，月伢叔已被巨石砸得面目全非，那场景惨不忍睹……

（载于《艾风》杂志）

❀ 一头小黄牛（一）

你说怪不怪，两个农民要给小黄牛做“亲子”鉴定。

武宁县船滩镇、上汤乡均与湖北省交界，都是山乡小镇。船滩镇南岳村村民袁某和上汤乡温汤村村民刘某均是养牛户。牛都放养在一座叫鸡笼尖的山上。一个在山这边，一个在山那边。没想到，牛也是要伴的，总爱走到一块儿，走到一块儿才欢叫。由于是放养，一般养牛户十天半月才上山看一次。有时，连自己的牛跌伤了、走失了，或是被人偷了，也是不知道的。

8 月 13 日，袁某、刘某、李某和村里其他几个养牛户听说南岳村有人放的捕野猪铁夹夹住了一头牛，几个养牛户便相约一同前往，想搞清楚到底是谁家的牛。到了现场后才发现，被夹的牛是李某的。随后，养牛户们纷纷上山查看自己的牛有没有被夹的情况。在一个山坡上，袁某看到了一头小黄牛，并称这头小黄牛是他的，而刘某却说，这头小黄牛是他的。双方相持不下，始终没有分出结果。

无奈之下，两人各自回家了。但争夺牛的事情却没有因此停止。

8 月 25 日，袁某听说刘某在 8 月 21 日把家里的几头牛卖到了修水县三都镇，担心那头有争议的牛也被卖了，就赶到刘某家。没想到，那头有争议的牛真的被刘某以一千元的价格卖给了同村的阚某，只是阚某还没有付钱而已。

自家的牛被别人卖了，袁某非常生气，便找到阚某，称想看看这头牛，但阚某不同意，要袁某说出这头牛的特征。

袁某说："我这牛是尖角，两只牛角间还有一块很小的黑白毛，背上是麻毛，这都是别家牛没有的特征。"

阚某买的这头牛其特征确实和袁某所说的一样。由于袁某、刘某两人没有协商好牛的归属，阚某只好把牛退给了刘某。而刘某仍然坚称牛是自己的。

再次讨牛失败后，袁某和刘某闹翻了。

8 月 27 日下午，袁某来船滩派出所报案，称刘某偷了他的牛。袁某报案后，船滩派出所民警立即对此事展开调查。

根据袁某介绍，他家这头牛是从本县上汤乡李某那里买来的。买来的时候，还是一头小牛犊。当时，他还不是只买了这头小黄牛，而是把母牛一起买来的，可以到上汤找李某去调查，人证物证俱在，不由人不信。

而刘某称，他的牛也是去年农历十二月十五日花五百五十元钱从温汤村某养牛户家买来的，因当时家里没钱，又看上了这头牛，最后还是他和亲戚阮某两人合买的。养了一段时间后，阮某又把牛作价六百元转给了他。对于双方反映的情况，民警进行了认真调查和走访，发现袁某和刘某反映的买牛过程均是事实，也有证人，这可让民警们为难了。

由于镇上很多养牛户都是实行山上放养，且船滩镇地处修水、湖北交界处，每年派出所都会接到几起关于牛的归属权纠纷的报案，但像袁某和李某这样的情况，办案民警还是第一次碰到。这头牛的真正主人到底是谁，经过走访后，办案民警一时也无法给出结论。由于民警无法确定牛的归属权，且袁某和李某均坚持自己的观点。9月1日，民警组织袁某和李某在派出所里对争牛纠纷进行了调解。双方一致同意公安机关抽取小黄牛的血样和袁某提供的一头母牛的血样进行DNA鉴定，每人先预付两千元鉴定费，鉴定费用最终由输方承担，双方在协议上签了名。9月5日，镇派出所组织兽医抽取了小黄牛的血样，并送到了县公安局刑侦大队。没想到，9月10日从县刑侦大队传来消息，说省里无法鉴定牛的血样。9月18日，笔者和县刑侦大队的骆法医取得了联系，骆法医告诉笔者，由于人的基因和牛的基因完全是两回事，省公安厅没有鉴定动物DNA的设备和技术，无法对牛进行鉴定。

对于这样一个结果，袁某和刘某又是怎么想的呢？

当日下午，笔者在温汤村见到了刘某。刘某告诉笔者，对这样的结果，他很失望。虽然家里没有钱，但袁某报案称，是他偷了牛，没有结果，他是不会甘心的。如果袁某坚持到北京等地进行鉴定，他也要奉陪到底。随后，笔者见到了袁某。袁某坚称，那头小黄牛是他从小养到大的。不管花多少钱，都要去做这个鉴定，这样才能搞清楚，对双方都好。

办案民警对笔者说，他在网上进行了搜索并发现，北京和东北有两家鉴定机构可以进行鉴定。目前，派出所正在积极与北京的技术鉴定机构进行联系。

这头牛的主人到底是谁？最终的结果又将如何，本报将继续关注。

（载于2007年9月26日《浔阳晚报》）

❀ 一头小黄牛（二）

两农民为争夺一头小黄牛的所有权，要到北京给小黄牛做DNA 亲子鉴定的新闻引起了国内多家媒体的极大兴趣，不少报刊和网站纷纷转载。一时间，两个农民成了新闻人物。

一牛二主难倒派出所

武宁县船滩镇南岳村的袁某和邻村上汤乡温汤村的刘某都是当地有名的养牛户。由于他们的牛全部放养在当地鸡笼山大山上，一般长时间都不用去看管，也不担心被人偷。

8 月中旬的一天，袁某和刘某两人听说有个夹野猪的大铁夹夹住了一头牛，就不约而同地前往查看。没想到，他们在山上看到的这头小黄牛，头上有一撮黑白相间的毛，而且最明显的是，该头小黄牛只有一个卵子。袁某当即认定这头小黄牛是他的，而刘某也说这头小黄牛是他的，两人说的特征、个头都一样。后来，还是刘某把小黄牛牵回了家。几天后，袁某听说刘某把小黄牛卖给了阚某，非常生气，遂向当地派出所报了案。警方通过调查，了解到双方确实都有这么一头小黄牛，一牛二主，袁某和刘某谁也说服不了谁。

那这头小黄牛到底是谁的，这可让派出所办案民警为难了。

9月1日，船滩派出所民警召集双方达成协议。双方各预付两千元鉴定费，由公安机关抽取小黄牛和母牛的血样到省公安厅做DNA亲子鉴定，以确定小黄牛到底是谁家的。有人劝他们说，一头小黄牛才值一千元，这样搞划不来。而袁某则说，不管花多少钱，也要把事情弄清楚。办案民警说服不了当事双方，只好按双方当事人的要求，组织兽医抽取了黄牛的血样，并及时与省公安厅联系鉴定事宜。

可省公安厅说，如确实非要鉴定，就要到公安部去，差旅费不算，仅鉴定费就要两千四百元，费用比较高。办案民警担心当事人承受不了，便将这些情况告知双方。谁知袁某还是说，不管花多少钱，也要搞这个鉴定，非要弄清楚小黄牛到底是谁家的。而刘某也说，再穷也要做鉴定，哪怕借钱也要为自己讨个清白。

办案民警说服不了双方，只好与公安部权威鉴定部门取得联系。令民警们意想不到的是，公安部也说鉴定不出来，并说只有北京一家民间鉴定机构可以对此进行鉴定，但鉴定费要五千元。鉴定费这么多，这又让办案民警犯了难。

退出鉴定起风波

袁某听说北京一家民间鉴定机构可以对此进行鉴定，就对办案民警说，莫说是五千元，就是花五万元，也要给小黄牛做这个鉴定。袁某认定这牛就是他的。

听说要花这么多钱去北京搞鉴定，刘某几夜没睡着，不为别的，只为拿不出这么多钱。上次交的两千元，他都是在几个亲友处借的，再加上前不久，他花三千七百元买的一头牛又死掉了，原本欠债的他，现在到哪里去筹集这么多钱?

刘某急得饭也吃不下，只能唉声叹气。最后，他不得不明确表示退出鉴定。袁某见刘某打起退堂鼓，以为他心虚过不得硬，便赶到刘某家，强行要将小黄牛牵回家。刘某不同意，双方又发生了纠纷，差点儿还动了“武”。

意想不到的好结局

车到山前必有路。就在办案民警为袁某和刘某争夺小黄牛的事感到头痛的时候，有村民带来了好消息，说当日在鸡笼山上又发现了一头一模一样的小黄牛。只是这头小黄牛摔伤了。

民警们立即组织人员找到了这头受伤的小黄牛。袁某和刘某看了也说这头小黄牛和家里的那头小黄牛的特征是一样的。两头小黄牛都找到了，办案民警终于松了一口气。但两人谁也说不清，哪头小黄牛才是自己的。

如果刚找到的这一头小黄牛没受伤，也许事情就好办多了。两人各牵走一头不就完事了。现在关键的是，这头受伤的小黄牛值不了多少钱，只能杀来卖，耕不了田。后通过民警调解，双方同意将受伤的小黄牛杀了，所得款平分。另一头小黄牛双方同意作价一千元卖给刘某，由刘某付给袁某卖牛款五百元。一场争牛纠纷就在这样的欢喜中落幕了。

（载于 2007 年 10 月 11 日《浔阳晚报》、2007 年 10 月 12 日《九江日报》）

※讨　债

欠债还钱，天经地义。可时下一些债权人不依法维护自己的合法权益，却采取过激行动，非法讨债。殊不知，这既扰乱了社会秩序，又构成了侵权行为，因而惹来官司，落个债未讨回先赔钱，或先进牢房的结果。

非法扣押为讨债，又吃官司又赔钱

许某是武宁县船滩镇某村一位朴实的农民。几年前，他在九宫山下一李姓村民家赊来一头母猪，当时约定了付款时间，并打了欠条给李某。之后，许某履行了部分欠款，还有大部分欠款，许某没有及时偿还。这期间，李某也来催讨过数次。俗话说，一文钱难倒英雄汉。因许某家庭经济条件差，一时拿不出这么多钱。因此，一推再推。李某催讨无果，心中很是恼火，一气之下，把许某家的一头牛牵走抵债。牛是许家的命根子，一家几口人的收入来源，全靠这头耕牛。许某坚决不同意，双方在抢夺过程中，不小心把许某的脚也扭伤了。许某眼巴巴地看着李某把自家的牛牵走。许某是个老实人，不敢到李某家去论理，便来到当地的法律事务所，准备起诉打官司。这样的事情打官司很容易解决问题，可打官司有时候不一定能从根本上化解矛盾。于是，该所的法律工作者就采取了非诉讼调解的方法，以求达成共赢的解决方案。法律工作者们跋山涉水，来到九宫山下。

当李某知道自己的行为违反了《中华人民共和国民法通则》第七十五条第二款："公民的合法财产受保护，禁止任何组织和个人侵占、哄抢、破坏或者非法查封、扣押、冻结、没收"，才对自己的行为感到后悔。

于是，他接受了法律工作者的调解意见，退回了耕牛，并赔了许某的医药费。当然，在法律工作者们的劝说下，许某也想办法履行了债务。此后，李某经常告诫别人：违法讨债要不得，又吃官司又赔钱。

非法拘禁为讨债，害人害己进班房

前不久，某市人民法院以非法拘禁罪判处被告人宋某有期徒刑三年，缓刑四年，赔偿附带民事诉讼原告付某精神抚慰金、交通费、丧葬费等经济损失，共计人民币六千三百零八元。

事情是这样的：某村农民付某和周某合伙做生意，付拖欠了周某的货款一万多元。周某则把付某骗到自己家中，强行逼债。周某还与妻宋某非法拘禁付某二十六天，付某不堪虐待，上吊自杀。后宋某发现付某已死亡，遂到派出所报了案，其夫周某则在逃。宋某涉嫌非法拘禁，被公安机关逮捕。不久，该案公诉到法院，死者亲属提起附带民事诉讼，法院通过审理，认为宋某在实施共同犯罪的过程中，起了次要作用，系从犯，且能积极向公安机关报案，并赔偿被害人的损失，依法应减轻处罚。据此，法院做出了上述判决。真是非法讨债，害人又害己！

雇人讨债本不该，触犯刑律悔已迟

方某是一个私营企业的老板。由于他头脑灵活、经营有方，生意做得蛮红火，还连年被私营企业协会评为先进个人，并出席了该县的劳模表彰大会。前不久，就在他名利双收的时候，却因雇人讨债，而受到了法律的制裁。

事情是这样的：方某的企业与个体户李某签订了一个买卖合同。由于货款不能及时回笼，影响了企业的正常生产。

方某几次找到李某，而李某则认为，方某是故意逼他，不但不愿偿还欠款，而且还百般刁难，使方某奈何他不得。方某亲自出马讨不到钱，也想用法律来解决问题，可又担心赢了官司输了钱而白费心机。

最后，他想出了一个“两全其美”的办法，雇请黑道人物吴某帮他讨债，并约定，讨来债款对半分成。吴某是个“两劳人员”，他接受方某的“委托”，与方某一同来找李某要钱，李某自然也是不好捏的角色。

吴某一时气红了眼，即摸出随身带的三角刀，将李某捅了两刀，要不是送医院及时，险些就要出人命案。吴某在出逃时落入法网，而方某雇人讨债犯了法，自然也是要受到法律制裁的。

（载于 2000 年 4 月 9 日《浔阳晚报》）

❀ 退彩礼

一

1999年6月，在镇上开娱乐厅的老板李东与刚从外地打工回家的吴芳一见钟情。尽管李东与吴芳是自由恋爱，但依据乡俗，还是需要一个媒人“过话”。

请谁做媒人呢？李东颇费了一番心思。最后，他想到了隔壁二婶。二婶既是李东的婶娘，又是吴芳的表姑。于是，李东选好一个日子，与媒人一同来到了吴芳家。媒人进了门，自然从“看姑娘”到“交见面礼”，到“订婚”再到嫁娶等事宜一一都要谈妥。

二婶与李东和吴芳家都是亲戚，说话自然随便，加上二婶又是一个心直口快的人，于是，她就当着吴芳的爹吴某财的面说：“李东在镇上投资办了娱乐厅，现在手头比较紧，我看婚事就从简办算了，反正李东的兄弟又不多，结婚花多了钱，以后吴芳过了门，天天过着还债的日子也不好。”吴某财听了也觉得有道理，但他又考虑到：结婚是女儿一辈子的大事，太简单了面子上过不去。于是，他就提出：“别人交见面礼都是万元以上，你就交8000元吧，少于这个数，我也不好说了。”二婶见吴某财把话说到了底，也不好再说什么，只好劝李东去借了6000元，把彩礼交了，还差2000元，说待迎娶时再交清。按乡俗办了订婚等手续后，吴芳便到李东的娱乐厅帮忙。一来二去，两人便同居了。

谁知，好景不长，当李东提出要办结婚仪式，并到民政局领证时，却遭到吴芳及其家人的极力反对，好事“泡汤”了。按理说，吴芳应把彩礼退还李东。但是，一个不愿退，一个又要求退，双方为此闹得面红耳赤。最后，李东一纸诉状，将吴芳告上了法庭。

二

在法庭上，李东诉称：我与被告于1999年6月确立恋爱关系。后经媒人撮合，于2000年下半年交了“见面礼”6000元。现被告提出要退婚，但不愿退还彩礼。故提起诉讼，请求法院判令被告返还彩礼6000元，并承担本案的诉讼费用。作为被告，吴芳在法庭上辩称：6000元彩礼应按赠予处理。一是李东交的彩礼并不是我爹要求李东交的，而是李东在和我谈恋爱期间，由李东和我说好的。至于通过媒人作为中间人转告李东要其交多少彩礼，这只不过是民间的一种婚俗而已。也就是说，这笔彩礼不是我或我爹索要的，而是李东自愿赠予的。二是李东给的6000元钱，不能说全部是彩礼。其中，有3230元是李东第一次到我家给我家亲戚的礼品钱，并且这3230元在李东第一次到我家认亲时，已由我的祖父当场代李东分发给了各位亲戚。三是我的行为不属于法律禁止的借婚姻索取财物的行为。我和李东恋爱四个多月后便订婚、认亲，在订婚、认亲前，就已经公开同居生活。而双方有意解除婚约的原因是李东从事不正当的职业，让我及家人无法忍受，也让我心灰意冷，故解除婚约的过错在李东。我不可能以自己的青春、名誉为代价，向李东索要6000元钱。四是给众亲戚的钱已无法要回，造成这种损失的责任在李东。故这些无法要回来的认亲礼品和钱，应由李东自己承担。最高人民法院于1993年11月3日发布的司法解释明确规定："对取得财物的性质是索取还是赠予难以认定的，可按赠予处理。"因此，本案争议的6000元应按赠予处理。

在法庭上，双方当事人及代理人针锋相对，把这起彩礼官司争辩得胜负难分。

三

县人民法院通过审理，确认本案事实为：原告李东与被告吴芳于1994年认识，1996年6月双方确立恋爱关系，后通过媒人商量订婚事宜。被告父亲要求原告李东交见面礼8000元，并同意李东先交6000元。在订婚时，原告李东将6000元彩礼交到被告吴芳手中，吴芳又转手交给其父。被告家人从中又给了被告众亲属人民币合计3230元。后原告李东又在被告父亲处借了2000元。农历2000年12月，李东与媒人到吴芳家商量迎娶之事时，吴芳及其家人表示不同意这桩婚事。此后，双方因为彩礼发生纠纷，并诉至法院。

法院认为：彩礼是我国一种较为普遍的民间陋习。本案中被告父亲对媒人讲要求李东交8000元彩礼，并同意李东先交6000元，还差2000元待迎娶时交清。这是典型的借婚姻索取财物的行为，违反了相关法律的规定，依法应予返还。但被告在得到6000元彩礼后，将其中3230元给了众亲戚，此事实不能对抗原告李东返还6000元彩礼的诉讼请求。首先，被告没有提供充分的证据证明，礼金是原告同意或者委托被告支付的，或者是众亲属向李东索要的。其次，按当地风俗，如果原、被告之间的婚姻关系最终成就，这些“得钱”的亲戚会以不同方式还礼于被告家，而当时双方当事人均不能预见此桩婚事是否能成。至于李东从被告父亲处借款2000元之事，因无证据，加之原告李东也予以否认，与本案不属同一法律关系，故此抗辩意见不予采纳。

法院依据《中华人民共和国民法通则》第七十二条、第一百三十四条一款四项之规定，做出了（2001）武民初字第×××号判决：被告吴芳返还原告人民币6000元，在判决生效后十天内付清。案件受理费120元，诉讼费用380元由被告承担。

（载于2002年1月24日《浔阳晚报》）

❀ 让人三尺又何妨

一

今年6月18日，东茶村六组徐某因屋后水沟出水的问题，与一墙之隔的徐某光、徐某牡兄妹发生口角，继而扭打起来。在扭打中，徐某的右耳被徐某牡咬了一口。后经县人民法院法医鉴定，徐某的右耳郭缺失4.8厘米，伤情鉴定为轻伤乙级。

6月29日，徐某请求乡村和有关部门进行调解，并要求对方赔偿2000元，而徐某牡兄妹只同意赔600元，双方都不愿再做让步，以致调解失败。于是，徐某向县人民法院提起了自诉，要求追究徐某牡的刑事责任，并要求其兄妹两人共同赔偿4500元。通过法庭审理后，徐某牡兄妹认识到了自己的错误，同意赔偿徐某3000元，并当庭兑现。徐某考虑到两家冤仇宜解不宜结，今后还要和睦相处，遂放弃了追究徐某牡刑事责任的诉讼请求，并撤回了自诉。

假如本案双方当事人当初能互相谅解、互相忍让，不斤斤计较，也许不会变成一件讼案而闹上法庭。

二

杨某兴是村里的“先富户”，1995年便建了一幢砖木结构、造价约三万多元的楼房。前年，邻居杨某兴在杨某根房屋的右侧开挖房屋地基。为了图快省事，在挖土时使用方法不当，造成杨某根房屋西后山土方溜坡，冲毁杨某根房屋约十二平方米，还有两堵墙造成裂痕。

有关单位对房屋进行了鉴定，确认修复被损房屋需1657元。因房屋受冲击造成部分倒塌，整体结构受损，缩短使用寿命，预测补偿费为800到1000元。之后，双方经当地村干部调解未果，最终也成了一起讼案。法院审理认为，杨某兴挖地基时使用方法不当，造成山土溜坡，冲坏杨某根的房屋，对此应负全部赔偿责任。为此，该院依据《中华人民共和国民法通则》第一百一十七条、《中华人民共和国民事诉讼法》第一百二十八条之规定，判决杨某兴赔偿杨某根房屋损害费计人民币2600元。宣判后，杨某兴不服，提起上诉，被驳回维持原判。

因挖地基造成纠纷，安全问题不仅是自家的事，有时也会影响到左邻右舍。因此，一是要小心谨慎防患于未然，一是事发后态度要诚恳，并积极主动承担过错责任，以求对方谅解。这样，邻里关系才不会因此而紧张。

三

张某义与张某领系邻居。张某领住在张某义南边，双方都持有合法的宅基地使用证。前年3月，张某领准备在距张某义房屋 6.6 米处建一座 9 米高的两层楼房。张某义以该楼建成后会影响其房屋采光为由，不同意对方盖那么高。张某领则认为，在自己的宅基地上建房，想盖多高盖多高，别人无权干涉。双方协商无果，张某义向某法院起诉。法院通知张某领暂停建房，但他不听。4 月初，张某领房屋建成，房屋后檐高 8.27 米，张某义房高仅 4.2 米。经科学测算，张某义房屋的整个窗户在冬至前后一个月内无法被阳光照射。

法院审理认为，张某领虽然在自己的宅基地上建房，但他在行使自己的权利时，侵犯了张某义的采光权，给张某义的生产、生活带来了不便，违背了方便生活、公平合理的原则。在多次调解无效的情况下，法院做出如下判决：张某领建房不得超出 4.4 米，超出部分自行拆除。张某领不服此判决，又提起上诉，被二审法院依法驳回。

《中华人民共和国民法通则》第八十三条规定："不动产的相邻各方，应当按照有利生产、方便生活、团结互助、公平合理的精神，正确处理截水、排水、通行、通风、采光等方面的相邻关系，给相邻方造成妨碍或损失的，应当停止侵害，排除妨碍，赔偿损失。"

假如本案被告张某领当初能做到胸襟宽一点，调解时主动一点，并尽可能地做到在没有起诉之前，双方就直接协商解决，也许两家就不会因此而闹上法庭。

四

笔者在农村做调解工作多年，也处理过不少相邻关系纠纷。笔者认为，当发生相邻纠纷时，一是双方应按照国家法律法令、政策的相关规定相互协商解决；二是双方除了按法律法规、政策为依据外，都应坚持先国家，后集体，再个人三个方面的利益来解决；三是要考虑到在处理相邻关系纠纷中，因都涉及相邻各方的经济利益，处理得当就能调动双方的积极性，巩固邻里的和睦，有利于生产的发展。反之，则会影响相互之间的团结，影响生产的发展；四是相邻各方要互让互助，不要意气用事，这些都是不利于发展相邻友好关系的；五是发生了相邻纠纷，如果双方协商不成，可以找村调解组织调解处理。如还不能解决，可请求乡里的法律服务所或有关单位进行调解。

总之，正确处理好相邻关系，对于加强人民内部的团结，维护正常的经济秩序，促进农村两个文明建设，具有极其重要的意义。

（载于 2001 年 12 月 13 日《浔阳晚报》）

❀ 小纠纷闹出大官司

五元电费起纠纷

藏在幕阜山皱褶里的彭岭村小组，是九宫山下一座既偏僻又贫穷的小村庄。早些年，彭岭人照明用的是松明子，很少有人花钱买煤油。到了二十世纪末，他们才在县乡有关部门的大力支持和帮助下，将电线牵上山，架到家门口。从此，山民们拥有了电视机，不出门也能看到外面热闹的世界，了解到许多新奇而又有趣的事情。为了管好电，让“夜明珠”夜夜明亮，村里派人多次在该组召开村民代表会，决定让村民轮流管电。管电员每月 29 日前预收下月电费，再交乡电站买电，以便正常供电。

2001 年 5 月 29 日晚，该组管电员程某义按村民会议决定到余某达家预收下月五元的电费。谁知，双方因此引发口角，并发生了一起流血事件……

村干部闻讯赶来调解，要求程某义出五十元医药费给余某达的老婆阮某仕治伤，可程某义不同意村干部的调解意见。第二天天未亮，余某达夫妇住进了乡医院。接着，程某义也请人将自己抬到了乡医院。第三天，他们又都转到了医疗条件较好的区医院治疗。为了尽快解决矛盾，不让事态扩大，乡政府和当地派出所先后派人前往调解处理。可双方公说公有理，婆说理更长，以致一起小小纠纷，经乡、村和派出所几级调解均未成功，在乡上闹得沸沸扬扬。最后，他们不得不走上了法庭……

双方各执一词

作为原告，余某达的老婆阮某仕如是说：2001 年 5 月 29 日晚十时许，程某义以催收电费为由，叫我们开门。开门后，我们发现他来势不对，不但带了人，而且还带来了木梯和钢丝钳等工具，意思就是来剪我家电线的。我们问程某义为何白天不来收电费，而非要等到深夜来收电费？来收电费为何又要带木梯和工具？可话还没说完，同来的陈某世突然从后面将我拦腰抱住，程某义则连续用钢丝钳打我头部、眼角，用拳头打我背部，用柴棒击我肩部，导致我遍体鳞伤，多处破裂流血，并当即头昏眼花，瘫倒在地……听见动静的余某达闻声从房间里出来，又被一顿毒打，同样落个遍体鳞伤，多处流血……

当晚，两人连夜被人用担架抬进了乡医院，共花去医药费一千三百余元。经县人民法院法医室鉴定，伤情分别达到轻微伤乙级和甲级。

余某达夫妇将程某义、陈某世告上法庭后，程某义和陈某世又在法庭上提起了反诉：2001 年 5 月 29 日晚，程某义到余家去收电费，当时，他们正关门在家看电视。程某义在窗外索要电费，他们说钱没有，电照用。程某义见其不愿交电费，无奈只好按村组开会的决定，剪欠费户的线。当即，程某义从下屋陈某世家借来木梯，上梯将电线剪断了。可程某义还没下梯，余氏夫妇就先后冲出屋将他连人带梯掀倒在地，并将他压在下面一顿毒打。正在下屋吃晚饭的陈某世听见上屋有人喊救命，忙丢下碗筷赶过去劝架。在劝架的过程中，陈某世的额头被余某达打了两柴棍。事后，程某义经县法院法医鉴定达轻微伤甲级，陈某世的伤情为轻微伤丙级。陈某世本着息事宁人的原则，没有找余某达索要医药费。谁知，余氏夫妇为了达到与程某义打赢官司的目的，担心陈某世帮程某义做证，便捏造事实，把前去劝架的陈某世也列为共同侵害人。

法庭细断案

驻乡法庭受理该案后，通过前后数次开庭，确定本事实为：2001 年 5 月 29 日晚，被告程某义带着扶梯、老虎钳等工具到原告家预收 6 月份电费。原告讲没有钱，被告程某义即按之前组里开会的决定，剪断了线，断了原告家的电。于是，阮某仕、余某达与程某义便扭打在一起。被告陈某世赶来劝架时，是先劝原告阮某仕，后又将另两人劝开。在劝架的过程中，原告余某达失误致伤陈某世。被告程某义在陈某世拉开他们后跑开。经法医鉴定，阮某仕的损伤程度为轻微伤甲级，医疗费限在八百元内，余某达的损伤程度为轻微伤二级，由此受到的损失由被告程某义赔偿 95%。被告程某义的伤由于其自己在跑开时摔了一跤，同时两原告也有加害行为，由此受到的损失由两原告共同赔偿 75%。陈某世在劝架时粗心大意，被余某达误伤，并且其劝架方式亦有欠妥之处。故其受的损失由两原告承担 95%，自己负担 5%。2001 年 9 月 3 日，驻乡法庭做出了如下判决：

一、被告程某义赔偿原告阮某仕、余某达损失 1477.06 元；

二、原告阮某仕、余某达共同赔偿被告程某义人民币 865.50 元；三、原告阮某仕、余某达赔偿被告陈某世损失 383.80 元；四、驳回原告阮某仕、余某达其他诉讼请求；五、驳回被告程某义、陈某世其他诉讼请求。在法定上诉期内，双方都没有上诉。

这起小小的官司，前后打了几个月，双方已打得精疲力尽，且耗费了大量的钱财。余家为打官司卖了耕牛，程某义为打官司，把家里吃的茶油也卖掉了，还借了债。

细想起来，双方都是为了那一文不值的所谓的面子。殊不知，他们这么较劲，一是误了生产，二是浪费了精力，三是花了钱财，四是伤害了用钱买不来的那份邻里感情。

（载于 2002 年 1 月 11 日《浔阳晚报》）

❀ “苏小妹”三难新郎

人称“苏小妹”的苏爱英有文化，又出外打过工，性情活泼、见多识广。

她的对象小徐也是个勤劳好学的青年，经媒人牵线，两人一见钟情。

不久，小徐到苏家去商定婚期。小苏喜眉笑眼，闭口不谈婚事，倒问起小徐今年发家致富有何打算。

小徐说，去年村里有几户农民种西瓜赚了钱，今年种西瓜的人少，准备种两亩，再种几亩稻子。小苏见小徐以农为本，脚踏实地，不东想西想，是个勤劳的种田郎，心里好不喜欢。

可她口里却说：“种西瓜？我在职高读书时就学过，那我先问问你，再说婚事如何？”

“问啥？”小徐先是不解，继而也乐了，“那你就出题吧！”

“种西瓜应该选择什么地块做苗床？”

小徐略加思索答道：“应该选择背风向阳、土地肥沃、易排水的地块做苗床。”

“我又问你，制作西瓜营养钵有什么要求？”

小徐的大伯年年种西瓜，小徐有事没事就往那里跑，还帮忙做过营养钵哩。

他笑着说："制作营养钵要选择肥沃的土做营养土，还要过筛，拣净蚯蚓和杂草等。然后钾、磷、氮按照三比二比一的比例和农家肥，以及营养土拌匀，即可制作营养钵。"

"好，我再问你，播种的时候，西瓜种芽是朝上放，还是朝下放？"

小徐笑而不答，反问："你说南瓜种是芽先出土，还是壳先出土？"

两人相视而笑。旋即小苏就满脸通红地跑入房中，又把头伸出门缝，说："迎娶的日子，你说了算！"

（载于 1996 年 5 月 3 日《农家信使报》）

❀ 一对野鸳鸯的发财梦

1994 年 11 月 14 日，某镇治安联防队办公室进来一个气喘吁吁的青年后生，是大坪村四组汪水根的儿子，报称，他家今晨被盗。韩队长立即带领两名治安队员赶往汪水根家调查。

失主汪水根的老婆带队员们看了现场，盗贼是从厨房门进去的，门上的锁已损坏，是被盗贼用铁器撬开扭坏的，门上还留有痕迹。房内，写字台的抽屉被翻得乱七八糟，大衣橱里的衣物被扔了一地，连两只破木箱也掀翻在地，主人还没来得及收拾，房里的电视机、收录机等高档电器，盗贼动也没动。看来，盗贼为钱而来是明摆着的。汪水根一个亲人前天刚过世，他在那里帮忙，人还没有回来。他老婆说："大前天，我家买来准备建房的钢筋因暂不动工，又卖给了别人，得款九百一十元，就放在破木箱中。今天一早，我们全家人都到亲戚家送葬去了，大约是十点，儿媳小美提前来喂猪，走到大门口，才发现厨房门锁被撬，屋里翻得一塌糊涂。她也顾不上细看，就急忙把家里被盗的情况告诉了我。这不，我们也刚刚到家，我一看，就发现那九百一十元不见了，其他东西有没被偷，现在还不清楚。"

人称破案能手的老队员陈宗羊在询问第一发现人小美时，获得了一个重大线索，即小美回家喂猪快走到屋门口时，发现本队村民王令行刚从她家屋旁的小路上走过去，神色好像有点儿慌张。另外，小美走到屋对门的省道柯垅线大坪加油站坡下时，就听见吴菜香在大声喊她。村里人都晓得，吴菜香与王令行是露水夫妻。起先，吴菜香喊小美，她是应了的。可奇怪的是，吴菜香还是一个劲儿地喊，显得比往日亲热得多，又好像不是喊她，而是喊给别人听。难道……不可能，王令行的为人，小美还是了解的，虽说爱偷野老婆，可做贼的事是从不沾边的，且他还有光荣的过去，当过代课老师，获评过优秀教师，也算村里的人物，只因他——爱偷野老婆，喜好搓麻小赌，才走起了下坡路，领导对他失去了信任，连他老婆也生了气，与他闹了矛盾，都分居两三年了。

队员们查看现场没有多大进展，便在村委会办公室分析了一下案情。大家对王令行的野老婆很感兴趣，纷纷发表自己的看法。

队员谈新民说，王令行的野老婆吴菜香以前和小美娘吵过架，两家人从不来往，见了面也不打招呼，都跟仇人似的，村里人谁不知晓？为什么吴菜香要大声喊小美，而且一连喊了好几声，小美也应了她，而她还是不停地喊，这不让人觉得奇怪吗？

陈宗羊说，我们不妨来假设一下，吴菜香在大坪加油站坡下，在隔屋只有三百来米处喊，小美是应了的，而且应了几句，吴菜香又不聋，为什么她还要喊，不停地喊？这就说明，她是喊给别人听的。可以说，吴菜香在本案中，充当了什么角色，就已不言而喻了。

韩队长一拍大腿，说：“大家都想到一块儿去了！”

于是，王令行和吴菜香两人被带到了镇上的治安办，队员们先把两人分开谈话，做询问笔录。王令行是个读书人，经过一番政策攻心，很爽快地交代了自己的行径。他确实进了汪水根的家，但没偷汪水根家的东西，也没发现他家里的钱，他也不是为了去偷钱，而是听说他家有一尊玉菩萨，便一时鬼迷心窍，趁汪水根一家人去亲戚家奔丧，偷偷溜进了汪水根家。他的交代，让队员们既感到震惊，又感到可叹可笑。

凭感觉，王令行没有说假话，可汪水根家那九百一十元到底有没有这回事，又是被谁偷去了？难道……

为解开这个谜底，镇主管政法的陈书记要求大家继续深入调查，不冤枉一个好人，也不放过一个坏人，一定要把问题搞清楚。为解开这个谜团，队员们又连忙赶往汪水根家，正好汪水根从亲戚家回来了。

首先，队员陈宗羊把王令行入室想盗玉菩萨的情况告诉了汪水根，着重说到王令行在入室后并没有发现九百一十元钱，也没有偷盗任何东西，他就是因为听人说汪家有一尊价值连城的玉菩萨才来的。

失主汪水根听后大惊失色，忙叫老婆去看那宝贝是否还在，他老婆进房不久就出来了，脸上露着笑说：“还好，东西还在。”

汪水根听了这才安心地坐下来，跟队员们说起那钱的事。大前天，他把家里的钢筋卖给了他人，人家给了他九百一十元，他就叫老婆放在箱子里。今早他去送礼，担心钱放在家里不安全，就把九百一十元钱带在身上了，他老婆不晓得，以为那钱被人偷了，于是就报了案。问题搞清楚了，队员们松了一口气，正准备告辞，女主人又想起了什么，又急忙进了房，不一会儿就惊慌失措地出来说，她家还有一尊雕工精细的古玩石菩萨放在橱柜顶上，不见了。

难道，王令行说的尽是谎话？队员们赶回镇里，再次询问王令行。在威严的法律面前，王令行终于低下了他的头。

原来，这几年，王令行赌博、偷野老婆，欠了一屁股债，看到别人吃香的、喝辣的，骑摩托车，睡席梦思，他心里羡慕死了，做梦也想发财。有次，他梦见银行运载钞票的飞机，从天上掉下一大捆钞票，被他捡到，他哈哈大笑，笑醒望着有点儿寒酸的房子，不觉心中一阵怅然。

前些天，他和吴菜香偷情时，吴菜香告诉他一个好消息：斜对面汪水根家有尊价值连城的玉菩萨。王令行听了心中暗喜，他知道，汪水根这两日一个亲戚死了，全家都要去送礼，这不是天赐良机吗？我要发财了！王令行几乎乐得发狂。最后，他又冷静下来，和吴菜香商量着如何去实现这一发财梦。

这天早晨，王令行破例起了个早，他站在屋门口，盯着汪水根家看，见汪水根家的人全走了，他就溜到吴菜香屋里，叫吴菜香帮他望风。

他扭开汪水根家的厨房门，闪身就进了屋内。随后，他就在房里翻箱倒柜，寻找那尊玉菩萨，但将家中翻遍也没有找到。正懊恼间，他看到橱顶上有个纸箱，拿下来一看，里面有一尊石像，也不知值多少钱，看到这么个宝贝，就顺手牵“羊”，将石像偷走了。

王令行做梦也没想到，自己不仅没发财，还出尽了“洋相”，成了众矢之的，受到了应有的处罚。

（载于 1995 年 5 月 29 日《长江公安报》，文中人物均为化名）

❀ 扫盲班里新鲜事

最近，武宁县船滩镇一千四百多名扫盲对象纷纷拿起课本，从繁忙的农事中抽出时间，走进扫盲班学文化。笔者在莲塘、吴湾、船滩三个村采访，看到了一桩桩新鲜事。

打工仔成了读书郎

近两年，打工潮席卷农村每个角落。船滩村的徐某平小学没毕业，早早就放下书包，来到杭州一家工厂打工。厂长见他普通话也不会说，肚里又没文化，说什么也不愿收。好在他有个表姐在厂里打了两年工，也算老职工了，好话帮着说了一箩筐，厂长这才答应把他收下。由于他没有文化，厂里只好安排他打杂。可想而知，他赚的是辛苦钱，而且工资很低。而与他一块儿来的几个同乡，因文化水平都比他高，大多进了车间做工，老板也为他们安排了合适的工作，工资是他的两倍。“没有文化打工也赚不到钱啊！”当他了解到村里办起了文化速成班，便立即辞去工作，回乡报了名。

夫妻双双进学堂

4 月 16 日，笔者在莲塘村碰上八组的吴某民夫妇双双上学堂。笔者还没开口，吴某民就先说开了。他说：“我是浙江移民，种菜是我们移民村的拿手戏。可是，近两年兴起大棚菜，村里不少人种起了反季节蔬菜，挣了不少钱，可我们夫妻桌面大的字不识一个，买来科技书籍又看不明白，种的两亩菜地总不如人家。到了该施肥、打药的时候，我们不晓得及时施肥、打药。而不该施肥、打药的时候，我们偏偏又施了肥、打了药。结果可想而知。尽管我们夫妻起早贪黑，加大投入，可收成却比人家少，这是为什么？我们深深体会到，这就是吃了没文化、不懂科学的亏！村里办起了扫盲班，你说我们能不去报名吗？”

老尼姑学文化

在吴湾村，笔者见到一个身着道袍，年纪大约四五十岁的尼姑，正手拿课本走在路上。原来，她是要去扫盲班听课。笔者感到很是新奇，就问她叫什么名字，为何也要学文化。她说她叫陈某连，三十多岁就进了附近的清山寺，也算老尼姑了，可佛书上的字她一个也不认得。而最使她苦恼的，是近两年，清山寺在县内有了一点儿小名气，前来烧香拜佛观光的游客日见增多，有的游客在寺里与她谈起佛文化，而她是大姑娘坐花轿——头一回才听说，这让她感到很是尴尬。

“做尼姑没有文化也不行啊！”她深有感触地说。于是，她报名参加了村里的扫盲学习班。

（载于1996年4月30日《新青年报》、5月1日《九江日报》）

❀ 远去的榨油声

一缕蓝莹莹的炊烟从榨油坊的瓦楞上飘上了天，黑皮挑着两个半箩茶籽，老远就听见榨房里传来一阵“咣、咣、咣”的木榨撞击声。要不是老婆秋连催得紧，黑皮本来还想起完一厢地的排水沟，顺便在地边找些鹅卵石，挑回家砌坎，再到榨油坊去榨油。

也难怪，秋连怀孕两个多月了，油罐早见了底，炒菜都不敢烧红锅。大人没油水，还能勉强过，可肚里的孩子总不能跟着受穷吧？

黑皮推开榨房拦鸡鸭的栅门，只见榨房里一群男女正围在木榨旁打牙祭，每人都用筷子串了几个油炸糯米馃，吃得有滋有味，有说有笑。烘籽师傅铁石眼尖，见黑皮挑着谷箩送茶籽来榨油，忙用筷子串了四五个糯米馃递给黑皮。

要知道，在那年月，一年也难吃到几个这样的糯米馃。黑皮连说“多谢多谢”，放下谷箩，咬了一口糯米馃，其余的不舍得吃，便扯谎说忘了带油壶，拿着一串糯米馃跑回家送给了秋连。

待黑皮拿着油壶来到榨油坊时，铁石正倚在木梯上，拿着木耙在冒烟的烘灶上翻茶籽，可能是烟大了，把铁石熏出了眼泪。“好你个死毛狗，走阴差去了是吧？快把老子熏杀了，烟到了边角上，要是茶籽烘得不匀称，油榨不出那么多，看你如何赔！”铁石将毛狗一顿喝叫。

“我这正在拨火，刚才是茶菇烧塌了。”毛狗钻在烘灶里回答，脸上被茶菇火烤得通红。

毛狗是个既可怜又可恨的人。

毛狗最得意的时候，是他爸当地主时，人家穷人没得饭吃，他却跟人家说，他爸每天都蒸腊肉豆豉饭给他吃，他都吃腻了。可后来，他家倒了霉，穷得连衣服也没得穿，薯饭都没得吃，被人家捡了不少口过。

毛狗到三十岁才讨到一个乖蠢的老婆。

有次，毛狗下地回来，在半路上被人揪走了。他老婆见邻居王牛都收工回家吃饭了，便问毛狗咋还不收工回家。王牛心想，如果实话实说，又怕他老婆心里难过。于是心里一急，突然想到一句令自己也发笑的话，说是毛狗到台上照相去了。

谁知，毛狗的老婆听了，肚里就有了气：“哩（这）只炮子打咯，家里买洋油的钱都没有，还跑去台上照相，等你回来，老娘不和你拼命就不是人！”

吓得王牛屁都不敢放一个，只好灰溜溜地走开了。

烘灶上的烟顺了，铁石从梯上下来，右手拿着的木耙，不小心打在黑皮的油壶上。“要死咯，你眼睛转弯看女客去了是不？险些打着了我的两斤半（头）！”黑皮把油壶放在榨角里，半开玩笑地说。

“上榨了，开碾！”

榨匠木生说完点着了碾坊的马灯，毛狗则停了烘灶的火，木生的老婆兰英在清理包菇的稻草，铁石端着竹簸箕，上烘灶撮烘干了的茶籽，毛狗便站在梯下接，然后将撮箕里的茶籽送到碾坊里，倒入碾槽中，再又将撮箕送给铁石。为了快点上烘灶烘籽，黑皮也找来一个撮箕帮忙撮茶籽，不到一气烟工夫，一烘灶茶籽就撮好了。

黑皮将自己的茶籽倒在烘灶上，用木耙耙平，没见冒烟，遂又钻进宽大的烘灶里，将茶菇架好，加了几块茶菇。等铁石在碾槽里扒平茶籽出来，黑皮已将烘灶里的茶菇火烧着了。

铁石见黑皮从烘灶里钻出来，便笑着说："急杀了，生怕我不帮你上烘，是不是想早些打好油回去和秋连亲热亲热？"

"这还用说？没有女人，吃饭都不香，你不是跟女人跑了几年吗？"黑皮嘴尖，马上笑着反唇相讥。

"嘻嘻……"说到虚处，铁石一阵傻笑。

原来，铁石有一手好木匠活，附近几个村的乡邻都请他做犁造耙的。到了春上，铁石几乎难得一日空闲，不是东家请、就是西家叫。

铁石本是臭刁之人，这一来，他就傲气了，如东家招待得不好，造的木犁肯定翻不起土；西家款待不周，新做的猪栅栏一定会圈不住跳栏的猪。久而久之，村民们便传开了，说铁石吃肉会造肉犁，吃鸡会造鸡犁，吃鸭则会造鸭犁，谁家要是只弄豆腐给他吃，他就会造出豆腐犁。豆腐犁一下田，就会吱呀吱呀叫，不要说牛用力了，人一用力，都要散架。

这一来，乡邻们都说他臭刁、缺德。一传十，十传百，乡邻们就不再请他做木匠活了。铁石没了昔日的风光，便常瞒着老婆雪花，干些拈花惹草的事儿。

乡邻们都说，谁家女人要是被铁石盯上了，那是倒了八辈子霉，因为铁石比狗还要无情无义。

可谁也想不到，有一个女人，也就是隔壁三婶的儿媳妇桂香，人虽长得不怎么样，可她走起路来，屁股扭来扭去，把铁石的魂都勾去了。

在一个月冷风清的夜里，两人瞒着家人私奔到了外地，做了三年露水夫妻。后来，桂香出了一次车祸，左脚被车压断了，在外无法生存才无奈回家。自那以后，铁石在村里就抬不起头了。男人防他，怕他啥时瞧上自己的女人；女人不敢和他搭话，怕别人嚼舌头。

只有村里黑皮，对他还是和原来一般好。

“铁石，快收起你的臭嘴，把骡子牵来碾茶籽，再磨蹭今夜就打不了两榨油了。”木生见铁石和黑皮两人还在不停地磨嘴皮子，便催铁石去碾坊碾茶籽。

“好哪！”铁石是木生请的零工。木生开了腔，铁石当然要听，当他拿着牛轭走过堆茶菇的角屋，不禁瞄了一眼正在埋头清理茶菇上的稻草的兰英。也活该他倒霉，哪知脚下一块茶菇被他踩翻了，只听铁石“哎哟”一声，倒在地上，牛轭正好反扣在他颈上，嘴唇刚好碰着牛轭上的铁环，要不是兰英隔得近，顺手将他抓住，铁石可能还要吃大亏。

不过，铁石有好久没碰过女人了，他闻到了一种久违了的女人味，尤其是水嫩的兰英，他做梦都想亲近的兰英，木生这家伙好福气，难道是前世做多了好事？尽管嘴唇碰出了血，可铁石没一点儿疼痛感，要不是摔了一跤，兰英怎么会在众目睽睽之下牵着他的手？这是上天赐的机会，铁石好一阵幸福。

兰英见铁石不松手，还想入非非的，遂嗔骂着说：“要死咯，还不赶快去碾坊碾屑。”

“啊啊，我去碾屑……”铁石好像从梦中醒来，又瞄了一眼兰英，无奈地拿起牛轭到榨后屋赶骡子去了。

也难怪，兰英的姿色胜过十里八村的女人，男人见了谁能不动心？

令铁石想不通的是，木生比兰英要大十三岁，人又长得不行，说话快了还结结巴巴，好端端的一朵鲜花，就这样插在了牛粪上。

“谁作的孽？气杀人的事儿！”铁石常自个儿嘀嘀咕咕的。

要说木生有福气，这话可一点儿不假。木生爸原是大队会计，在村里也算是一个有头有脸的人，家底也好，谁不想巴结他？可木生爸见村里和他一般年纪的男客，都娶媳抱孙了，可木生还八字没一撇，九字没一勾，百孝子为先，没有后，到阴曹地府都交不了差。你说，木生爸能乐得起来吗？

木生爸着急，遂找下屋算命的木根为木生算了一个命。

木根乖巧，尽拣好的说，说木生命好，将来还要娶一个玉女，财运胜过木生爸，财来了门板挡不住，一辈子不愁穿不愁喝，唯一不足的就是缺一个字。木生爸问木根缺个什么字，木根嗯了半个时辰也不吱声。

木生爸连问了几回，都问急了，木根这才慢吞吞地说是一个“官”字，把木生爸都逗乐了，说：“我只要他能娶上媳妇会生崽，能传宗接代就行，要说官，他就是想当我这个会计，我也不可能给他！”

想不到，木根算了几十年的命，这回还真让他算着了，不到半年，木生就动了婚姻。

也就是下屋那个秋山，常在木生家喝得烂醉如泥的那个秋山，在一次和木生爸喝酒的酒桌上，秋山做主将女儿兰英许配给了木生。

真是半夜吃仙鱼，做梦也想不到，木生娶兰英的事，一时间成了十里八村天大的新闻。过惯了穷日子的秋山，一杯酒下肚后便成了大队会计的亲家，也跟着风光了好一阵。

“作孽，下世是要绝后的！”铁石总是在背地里咒骂秋山。

“黑皮呀，快来帮一下，骡子狗要调皮了！”铁石赶着骡子碾屑才转了不到五个圈，可能是他心里想着兰英，鞭子打急了骡子，骡子发了犟，猛跑，茶籽都从碾槽里跳出来了，气得铁石火急火燎的，又怕木生看见，说他的不是，便喊黑皮去帮一把。

黑皮正在烘灶里拨火，听到铁石在喊叫，便放下火钳钻出了烘灶。

当他来到碾坊，看到骡子还在发犟，便上前抓住骡子的绳套，碾车总算停了下来。铁石想狠狠打它几鞭，又怕骡子发犟，只好把扬起的鞭子放下。

“你莫打它，骡子怕打，你一打，骡子就跑的。”黑皮一边笑，一边打趣着说，“你今天野了心是不？刚才跌倒在地，现又把骡子赶得飞跑，心到哪儿去了？”

“心能到哪儿去？野不了了，哪儿能像你！老实说，你偷过几个女客？”

“糟蹋你一句好话，别说几个，除了秋连，我还没碰过别的女人。”

“骗我！”

“不信？”

“当然不信！”

“骗你就是狗娘养的！”

“真的？”

“我都赌了咒，你还不信？”

“你真的一个野老婆都没偷？到了阎王爷那儿可是要遭罪的。”

“遭啥罪？莫吓我哟！”

“不偷野老婆的人，是要到阎王爷那儿舂瘪谷的，这都是长辈们一代一代传下来的，我吓你干吗？”

“舂瘪谷就舂瘪谷，到了阎王爷那还管这么多做甚！”

“嘿嘿，你舂瘪谷，连你爷爷他老人家都要在一旁陪着跪竹钉板凳，那才真叫作孽呢。赶紧加把劲，完成任务好交差，要不，你爷爷他老人家死都不瞑目！”

“那我就拜你为师吧，教我几招。”黑皮一边捡起槽里掉出来的茶籽，一边要紧不慢地催着骡子。

“好啊，要拜我为师，那可要请我喝顿酒，烟也不能少，我包你名师出高徒！”

……

两人说着说着，忘了下槽撮屑。

“要包菇了，快撮屑过来！”木生烧沸了锅里的水，要蒸屑了。

铁石忙下了骡子的轭，叫黑皮把骡子赶到榨后屋去，他则拿着歪嘴撮箕从碾槽里撮起那刚碾好的茶籽屑，撮满一箕便端给木生，木生接住便倒入锅里蒸煮。

兰英坐在灶前拨火，木生倚在灶台前，揭开锅盖，茶子屑蒸熟了，一股乳白色的蒸气冲上了屋顶，木生双手捏拢锅里垫屑的麻布巾角，哈了一口气，双手一搓，茶子屑在麻布巾中便滚成了一个烫手的圆坨坨。木生提着这个牛卵袋一样的圆坨坨，转身便顺手倒在垫有稻草的茶菇铁圈内，一双油光水滑的大脚，灵动地依次踩着铁圈上的稻草，将稻草在茶子屑上踩紧实，然后用一根削薄的竹刀，趁势削入菇底，不费吹灰之力就将菇放在菇堆上，再用油黑厚实笨重的木菇盖压上。铁石看了半年多，都没学会这一手包菇的绝活，常埋怨自己只会抡斧头干粗活，累杀了也只能当个下手。

“要榨油了，快来松榨壳里的榨针，再挨就半夜了。”兰英大概想早点儿收工，也难怪，这油茶籽一进屋，就没早睡过一个觉，两眼皮都快打架了。

听见喊声，铁石和黑皮赶紧过来松榨，木生则将包好的菇依次放入榨壳里，只听见一阵“咣当咣当”上榨针的声响。

“好。”木生扶正了撞针，铁石和黑皮一人把持着撞头，一人把持着撞尾，而木生则站在中间，一手抓着撞针，一手抓着撞针上的吊绳，三人同时用力，只听“嗨”的一声，撞针就不顾一切地直朝榨针撞去。随着“咣”的一声响，一股股清清亮亮的茶油散发着诱人的香味纷纷从木榨内的茶菇里挤冒出来，流入了木榨下的油桶里。

“咣、咣、咣！”榨油坊里传出的榨油声，在夜半，在人们的睡梦中，和着泥香，被夜风吹得老远……

（载于《艾风》）

❊ 老木匠喜圆作家梦

十六岁学木匠

船滩人文雅，爱把木匠称为“博士”。

尽管泥匠、铁匠也是艺，是艺三分香，但还是比不得木匠。木匠承载的技艺更广泛、更精密，所以当地有“博士进门三日香”之说。意思是木匠进了门，主家就有好酒好菜招待，即便木匠完工走人了，剩菜也要吃个一两天，难怪小时候我总是盼木匠来家里，足见船滩人对木匠要高看几分。

家住武宁县船滩镇船滩村农科所的戴成标，十六岁学木匠，学徒第一天，人家就恭恭敬敬喊他戴“博士”，喊得浪花四溅、月上辽山，而戴成标又骄又傲，那可不是“得意”两字可以形容的。他师傅不是别人，是他的姐夫，而且他姐夫是个“博士头”。我对“博士头”是这么理解的，就是带过好多徒弟、手艺精巧、乡门广大、艺德又好的老木匠。就这一点，能让人刮目相看，更受人尊敬。

二十世纪八九十年代，农耕最旺，木制农具、家具盛行，家家离不开木匠，所以木匠吃香，学木匠的人也多。细一数，我的同学和与我同庚的朋友中，就有数十人学过木匠。

那时，每到春耕时节，家家添农具，即便钱米再艰，也要把旧农具修一修；而到了秋冬，又是乔迁嫁娶旺日，打家具、办嫁妆，户户必提前准备。这个时候，“博士头”最吃香，请的人特别多。毕竟是季节性的活，就如火里掠钉，谁也不想落后一天。作为“博士头”，不如这个人的愿也不行，不尽那个人的意也不行，都是村邻友亲，谁也得罪不得。戴成标虽然是个徒弟，但鬼点子忒多，就给人出了个主意，叫张三头日晚把他姐夫的“博士担”挑回家藏起来，待第二天一早李四来接“博士头”，得知“博士担”早被人抢先挑走了，李四也没有其他办法，这事又怪不得“博士头”，只好自叹晚人一步。

至今，戴成标还将此事当成饭后美谈。

小木匠有个作家梦

一次，戴成标出乡到三十里外的南岳帮人打嫁妆，东家女儿见他休息的时候，踮着脚在看糊墙的旧报纸，这张看完看那张；有的报纸倒贴在墙上，他就抻长脖子歪着头倒看；有的报纸糊得高，踮着脚也看不到，他就搬一个杌子，站到杌子上看。还有一个细节，那个“博士担”里，戴成标总会放一两本书，要么是杂志，要么是长篇小说。一有空闲，他就端着书坐到一旁，看得十分入迷。就凭这，东家那个待嫁又漂亮的女儿，竟然对他产生了好感，还想为他退婚。不用说，自然是喜欢上他了。那时，木匠是要过昼的，过昼就是做到半昼的时候，东家会有碗汤端上来，要么是粉皮汤，要么是糖炖蛋。令戴成标没想到的是，那天东家的女儿端汤给他，明显比他姐夫那碗汤多了个鸡蛋。而且这女子还晓得，戴成标喜欢独坐一处，喝汤时桌子上要放本书，边看边喝。似乎只有这样，那碗汤才能喝下去。还有没有想到的，那女子把汤端来就坐在戴成标的对面，不走了，一个劲地喊他快点儿吃，似乎只有他吃了，她才开心，才幸福，好像他就是她心中那个白马王子，喊得他心里痒痒的。难怪他刨木头时走了神，差点儿把手给刨了。为此，作为师父的姐夫，将他瞪了一眼。

说到看书，戴成标小时就有些淘气。小学三年级就喜欢逃课，抱着一本《钢铁是怎样炼成的》躲藏在屋侧头一棵大树上看，一看大半天，家人还以为他上学去了。有次藏在楼上谷桶里看书，害得他母亲在村里找遍了也没找到，差点儿急出了眼泪。还有一次，他坐在床上看书，正看得入神，没想到煤油灯烧着了被子，要不是母亲发现及时，差点儿酿成火灾。尽管这样，他还是昼看夜看，觉得书里的世界是那么宽广，书里的人和事是那么有趣。书看多了，戴成标便有了一肚子的故事，加上他还有点神气，又喜欢添油加醋，再配上他的肢体语言，每到一处，乡间那些大姑娘、小媳妇总喜欢把他当火炉一样围起来。

可以说，那时的戴成标，就有了作家梦。

老木匠改行

俗话说，徒弟徒弟，三年受罪。那时做个学徒不易，平日要帮师父家干农活，而且什么事都要抢着干。否则，师父不会教你真功夫，最起码也不会让你早出师。早上，得帮师父家挑满一缸水，挑好了水又要扫地，还要把灶火烧着。师父起了床，要把洗脸水端给师父，把毛巾递到师父手上，以示孝敬。好不容易出了门，身子再矮小，也要把“博士担”挑在肩，而师父哼着茶戏，总是优哉游哉地跟在身后。当然，戴成标做学徒没受过这些苦，因为他是给姐夫做学徒。

戴成标出师当了“博士头”后，正值改革开放，各行各业飞速发展，这时候，他心里也燃起了一团火。尤其是看到塑料制品越来越受人喜爱，各种电器走入寻常百姓家，木制家具和农具将不再是村里人的首选。也就是说，靠木工手艺赚钱养家相对就难了。1990 年，戴成标下决心改行，并将他心爱的“博士担”收起来，放到了楼角里，也许只有楼角，才是它最好的归宿。他虽有些失落，但心里还有一团火，与几个朋友一商量，决定办个爆竹厂。自以为马上就要发财了，最后因为各种原因，爆竹厂没办成。后又决定办炸药厂，跑了省里跑北京，跑了无数次，就是办不到手续，结果厂子没办成，反而各亏了两万多元，要知道，那个时候两万多元可不是一个小数目。

后来，戴成标觉得爆竹厂、炸药厂于他而言，都是空中楼阁，跟肥皂泡一样，离现实很远很远，还是要捩干汗巾、脚踏实地干。睡在床上思来想去的戴成标，不知怎么突然想到了沙发家具厂，觉得这是一条好路子，又不用请师傅，也不用请工人，夫妻俩就能成事。说干就干，1997 年，他就在船滩集镇办起了第一家沙发家具厂。他有个有利条件：家是临街的铺房，前面是店面，后面就是沙发加工场地，这样不用建厂租店，一切都省了，成本要比别人低很多。关键是，客户可以现场参观各种工序，还可查看材料的好坏，以及沙发的做工质量，客户满意了，生意自然就好，产品很快销到了邻乡东林、上汤等地。后来船滩街有多人办起了家具店，船多不碍港是假事，戴成标又与妻子张金凤商量，要改行做房地产。于是，他与人合伙将船滩老医院大片房屋的开发权拍卖下来，投资建成了船滩建材大市场。这一来，又让他挖到了一桶金。赚了钱后，戴成标就在武宁县城的湖岸花城，也是当时县城最好的小区买了房，算是第一批洗脚进城的人。

六十岁喜圆作家梦

2017 年，房地产没那么红火了，戴成标又决定改行。这次，不是办厂，也不是开店，而是要圆儿时的作家梦。

拿斧头的手能著书立说，这不是天方夜谭吗？

戴成标有这决心，也有这个信心。他先从身边熟悉的人和事写起，写得不好就撕掉又重来，有时写到下半夜还不愿停下来，一星期不出房门是常事。妻子张金凤把饭端进房，把茶水送进房，连烟也给他买好，且一买就两条，够他抽一星期。功夫不负有心人。这一年，他加入了船滩文艺协会，还在《浔阳晚报》发表了四篇散文。他的劲头更足了。

后来他又坚持练习写小说，第一个短篇小说《刨花香》在市级报纸发表，得到了作家萧亮的好评。2018 年，戴成标又写成了一部四十四万字的长篇小说《免赦源》，得到作家翁还童先生的赞赏，并为其作序。到目前，戴成标已先后在《当代人》和《陕西文学》等省级纯文学刊物发表中短篇小说多部，作家杨新民、陈林森，《长城》杂志编辑梅驿等老师对他创作的小说都给予了很高的评价。

2023 年，戴成标正好六十岁。这一年，他加入了江西省作家协会，圆了儿时的作家梦。

（载于 2023 年 7 月 1 日《浔阳晚报》）

❊ “活党史”程开宁

说起上汤的红色景点，说起老一辈革命家在上汤与敌人展开的艰苦卓绝的战斗，还有那两百多名烈士的名字和他们英勇的事迹，他就会滔滔不绝，如数家珍。难怪人们说，他是上汤的红色“活地图”“活党史”。

他，就是武宁县上汤乡关工委执行主任、原体协主席程开宁。

听红色故事长大

1950 年 12 月出生的程开宁，是土生土长的上汤人。他从小就听人说过，彭德怀将军挥师小九宫，李灿率红五军第五纵队在洋深洞与区游击队、乡赤卫队围歼温汤民团，还有李先念、傅秋涛、秦化龙、徐彦刚、焦子英等老一辈革命家在上汤开展革命斗争的故事。可以说，他就是听这些故事长大的，红色血脉已然在他内心燃烧。每当看到有红色文物被损坏或是有了解红色文化的老人不幸去世，他就觉得可惜和痛心。作为一名被组织培养多年的老党员，他感到自己肩上又多了一份责任：不能让上汤的红色文化流失，且要在有生之年将搜集、挖掘的资料汇编成册，把红色文化传承下去。否则，就枉来人世一遭，也愧对子孙。

程开宁是这样想的，也是这样做的。从二十世纪九十年代起，他就买来日记本，开始搜集红色故事。这些年，他走遍了全乡每一个屋场、每一座山头。凡是红军走过的路，他都重走了一遍，凡是红军打过仗的地方，他必到现场拍照留存。只要听说谁家有一件红色文物，或是有价值的线索，他必定想方设法、求亲托友，自费前去采集，不愿留下遗憾。

一次，他在船滩走亲戚时，听说南岳有位九十多岁的老人对上汤苏维埃政府的情况比较了解，只是老人现在的身体欠佳，他担心老人一旦逝去，这条线索就断了，那将是一大损失。他顾不上日头偏西，当即决定前往，亲戚挽留吃饭，也被他推脱了。从船滩到南岳都是弯弯曲曲的山路，他一路颠簸三十多里，花了近一个小时，当他敲开那扇木门，老人已上床睡觉了。他说明来意，老人的儿子很热情，赶忙将他迎进房。这位老人也被他的精神所感动，就披衣坐在床上，将他所了解的一切全告诉了他。待他走出那扇木门时，时间已到了深夜十二点，他还要独个儿骑车赶回上汤的家中，从南岳到上汤有四十多里山路，老人的儿子也担心，可他却说不怕。

圆梦

双枪老太婆的故事家喻户晓，其原型就是焦子英，曾在上汤打游击多年，还担任了游击队的队长。在赣北和鄂东南地区，老百姓都说她“身骑白马，手持双枪，专打恶霸，帮扶穷人”。通过调查，程开宁了解到焦子英曾率领十七名游击队员在上汤小九宫、洋深洞、温汤、南岳、辽里、辽田等地开展革命活动，她带的游击队就住在与湖北通山交界的上汤乡刘家桥村。1936年，修武通联合县委、县苏维埃政府在上汤箸坪重组，焦子英担任了修武通联合县苏维埃妇女部部长。这些珍贵的资料，程开宁整理了一大本，当宝贝一样存放在箱子里。

山水风物壮志，红色故事养人。说起红色上汤，程开宁总是两眼放光，滔滔不绝。为充分激活上汤这片红色土地孕育的不竭能量，激励党员干部不忘初心，奋发作为，程开宁总想将自己多年来搜集的红色资料整理成册。他的想法得到了上汤乡党委的重视，并派员助其一臂之力。在前期资料收集的基础上，进一步借助媒体、网站、微信收集信息，丰富了相关内容，同时，还派人前往相关资料存放地实地收集资料，挖掘了具有历史价值的六十处革命遗址、遗迹，分六个部分进行整理，于2017年成功编印了《红色上汤》一书，成了全县党员干部学习的党史材料，了却了他心中的夙愿。

编外老师

做好一个人，讲好一个故事。程开宁数十年如一日坚持搜集红色历史文化，讲红色故事，成了全乡有名的“活党史”。为了配合当地学校打造“红色港湾”活动，程开宁坚持做编外老师，定期到学校去上党史课。通过朴实的语言、丰富的画面、真实的人物、生动的场景、真挚的情感，他把一个个上汤革命故事讲得鲜活如新，使孩子们了解了过去的历史，懂得今天的幸福生活是无数革命先烈用献血和生命换来的，必须珍惜。只有继承优良革命传统，听党话、跟党走，好好学习，奋发向上，才能成为国之栋梁。据不完全统计，到目前为止，他已到学校讲了上百次课。如今，无论你走到哪个村，走进哪所学校，不但老师能讲几个红色故事，就连小学生，也知道彭德怀挥师小九宫，九宫有座红军桥的故事。红色血脉已然在这个山区小乡村生根发芽，葳蕤蓬勃。

活教材

俗话说“家有老，是个宝”。上汤乡具有红色旅游资源优势，也是当地经济发展的优势。如何将这些宝贵的精神财富，打造成红色文化品牌，造福于民，是当地党委、政府的重头戏，也是古稀老人程开宁多年的梦想。

如今，上汤乡政府已投资将小九宫打造成了全县有名的红色小村，还在集镇建了个“印象上汤”党史教育馆，又投资对烈士墓进行了修缮保护，新辟了红色旅游线路。只要你走进上汤，就能感受到处处都是红色文化，俨然成了全县党史教育的基地。慕名前来旅游者一天比一天多，还有好多单位组织干部职工来此参观学习。

作为“活党史”的程开宁，又有了用武之地。他自带干粮和水，自告奋勇地当起了红色义务讲解员。尽管他有时一讲就是一两个小时，有时一天要讲好几场，可他从不推辞，也不言苦，十年如一日，还乐此不疲。他的这种敬业精神和无私奉献精神，不就是一部活生生的好教材吗?!

（载于 2023 年 8 月 26 日《浔阳晚报》）

❊ 村民心中一盏灯

在武宁县船滩镇辽里村，有位八十五岁高龄的老共产党员，几十年如一日义务修桥筑路、助弱扶残，被当地村民称为身边的好党员。

他，就是辽里村刘家自然村的邓方水。邓老一生勤劳俭朴，1965 年便入了党，先后担任生产队队长二十四年之久，多次被选为武宁县、船滩镇人大代表。邓老有三个儿子，现已四世同堂，本可乐享天伦，但他闲不住，有福不享，义务修桥铺路“自找苦吃”，村民们都说，不知他图个啥！

一个党员一座桥

1974 年，船滩公社决定兴建邓家源水库，解决辽里、石坑、辽田、东岸、坎头五个大队的农田缺水问题，邓方水带头服从大局需要，毅然从老家邓家源搬迁到辽里村刘家自然村落户。

刘家村位于幕阜山南麓，门前有条三十多米宽的河流，百余年来，村民进出都是靠一座小木桥。每逢春季涨水，木桥就会被冲掉，大多时间，村民都得脱鞋蹚水过河，老人小孩被洪水冲走的事常有发生，还淹死过好几个人。

对此，邓老看在眼里，急在心上。1998 年年初，他把自己的想法向时任村领导做了汇报，并放下家中的农事，自费到县、镇有关部门跑资金修桥，还发动村邻捐资献劳，经过半年多的不懈努力，在当地政府和村民的大力支持下，共筹集到两万九千元，并于当年 11 月动工。在建桥期间，邓老忙前忙后，样样在前。资金不够，他瞒着妻子把家里仅有的三千元都捐出来了。他的义举感动了全村的村民，村民们群策群力，一座长三十五米、宽三点六米的钢筋水泥桥便于 1999 年 12 月建成通车。从此，河两岸人车畅通无阻，村民们再也不用脱鞋涉水担惊受怕了。

一个党员一条路

辽里村地处偏僻，与本县澧溪镇安乐林一山相隔，步行要一个多小时，两地村民往来十分不便。2002 年，邓老又萌发了修通辽里至安乐这条公路的念头，而且得到了家人及两地村民的大力赞同。

说干就干！邓老拖着瘦弱的身子走村串户发动群众，并与本村六位老人达成共识，组成义务修路队，几位老人先垫钱买来炸药、雷管等必需物资，又不分晴雨，到沿线村民家筹措资金。邓老第一个带头把儿子给他的两千元生活费捐出来了，在他的带动下，这条路于 2002 年 7 月中旬动工。从动工的那一刻起，邓老就和另外六位老人奋战在工地上，既负责工程指挥，又要在工地挥锄挖坎、搬石、填土，每天东方才露白就出门，到天黑才拖着疲惫的双脚进屋。他们没叫一声苦，没喊一声累，没有一分钱工钱不说，有时路上请人做工，还要带到家里来吃饭。经过七个多月的奋战，终于劈开岩石筑路三千五百米，修好沙石路五百米，村民投资、投劳不算，还耗资三万四千多元，至2003年元月底，一条长四千米、宽三点二米的盘山公路胜利完工。通车那天，沿路村民自发送茶送水，燃放鞭炮，敲锣打鼓，像节日般欢天喜地。如今，公路两旁的村民开发了山地两千多亩，栽种了成片的果树和竹木，村民们的生活也发生了显著变化。看到几代人的梦想变成了现实，邓老露出了开心的笑容。

村民心中一盏灯

俗话说，世上无难事，只怕有心人。辽里村虽地处偏僻，但与湖北通山交界，是两省通衢的要地，山高林密，物产丰富，人文历史源远流长。邓老有一次到外乡走亲戚，看到那里的山水还不如辽里，却被开发成了景点，把地方的经济都搞活了，邓老回家后兴奋得睡不着，也想开发当地的名胜古迹，发展旅游业，为农民增收。他把开发本村百年古寺——余世松寺和仙源寺的想法，对村委会领导和本村几位热心老人说了，得到了大家的赞同。

仙源寺和余世松寺地处深山之中，因山路崎岖，寺庙年久失修，香客寥寥无几。然而，这两座寺庙在当地方圆百里算是老寺了，如果能开发出来，游客一定不少，百年古刹又可香火不断，当地的农副产品也会随之走出大山，真正得实惠的还是当地村民。要想把两座古刹重修好，不是一句话就能解决的，这需要不少资金和人财物，再加上两寺又不通车，整个工程下来，没有百万资金解决不了。到哪儿去筹措这笔钱？不少人打起了退堂鼓，吹起了凉风。邓老没有被这些困难和闲言碎语所吓倒。他说，没有钱不要紧，我们有一双手，只要有一双手，所有问题都可迎刃而解。没有炸药，他带领一群热心村民用钢钎撬；没有机械，就用锄头，不分春夏秋冬，手上磨起了血泡，锄头换了一把又一把，不知耗去多少时间，硬是在岩壁上凿出了通道，整修了余世松寺的上下两重古刹，开通了仙源寺的公路，并对古刹进行了仿古装饰，使这两座百年老刹面貌焕然一新，慕名前来进香的游客络绎不绝，村民的农副产品成了香饽饽。

有人说，邓老就像一盏灯，只知照亮别人，却从不计较自己的得失。也许，这就是一个老共产党员的平凡可贵之处。

（载于2013年4月7日《武宁报》、7月25日《九江日报》）

❀ 第一书记

第一书记是个特殊的群体——肩负使命，远离家人，奔忙在扶贫一线。他们从事着同样的事业——产业发展，百姓脱贫，乡村振兴。这些奋战在脱贫攻坚第一线的“第一书记”们，都有一个共同的心愿：让群众过上美好生活，就是自己的奋斗目标。所以他们常说：“贫困不脱心不甘，群众不富心不安！”这口头禅的背后，肯定有许许多多可歌可泣的感人故事。

——题记

一

“地菜崽，满地铺，大锣大鼓嫁细姑。细姑命又弱，嫁个老公又拐脚，上山要人牵，下山要人扶。过路大哥莫笑我，可怜我是奈命不何！”

这是幕阜山区一首脍炙人口的儿歌。村民老阮少时随母亲到野外拔地菜，看到地菜挨挨挤挤开着白花，犹如天上繁星点点，母亲就会脱口而出。

地菜命贱，不怕贫瘠，沙丘、地坎、田沟、篱笆边，满眼都是。

老阮说，三年灾荒时，野地里的地菜只要耸耸肩，肚里的瘪肠子便咕咕叫，瘦弱的村庄就得晃三晃。

老阮是村里的建档立卡贫困户。他所在的辽里村，是江西省定贫困村。全村面积 35 平方公里，耕地面积 2817 亩，林地面积 3.46 万亩，共有 14 个村民小组，667 户，人口 2781 人。2018 年，老阮在邻乡一家竹木加工厂务工，辛辛苦苦做了一年多，虽然赚了 14000 多元工资，可到 2019 年年底，钱还没到手，老板连欠条也不愿打，人也见不到，能否拿到手还是个未知数。眼看就要过年了，老阮一家六口，上有老、下有小的，还欠了他人部分债款，余下的钱，老阮还想买点种子和化肥——开年就要春作，这些都是年前必须准备的。

再是到过年了，大家都忙着买年货、打糍粑、氽豆腐，家家户户忙得不亦乐乎。在外打工的，也陆续回来过年了，村道上的车也比往日多了，街上已热闹起来。而老阮家还冰锅冷灶的，年货没有买，过年的肉没有准备，栏里的猪也因非洲瘟疫病死，已经空了栏。老阮来到邻乡竹木加工厂，可厂里“铁将军”把门，老板人不见，电话也打不通。老阮很无奈，只得空手而归。

老阮看到老伴无奈和忧愁的眼神，心里很不是滋味。

工资没讨到，年货也没钱买，人家过年红红火火、热热闹闹，而他家冷冷清清没一点儿生气。老阮没办法，打算过了大年初一再去找老板讨要工资，再拿不到，就走极端——这是唯一的办法。可没想到的是，新冠疫情开始爆发。真是屋漏偏逢连夜雨，行船又遇打头风。老阮想死的心都有了。

已放假回九江过年的驻村扶贫第一书记杨志佳不知怎么知道了他家的情况，就打了电话给老阮，叫他不要冲动，说等疫情过后，要以驻村第一书记的名义，陪他一道去邻乡找那个老板讨要工资。如果老板还是不给，他就请乡领导出面，再去找邻乡的领导协调此事，一定会帮他把工资要回来。

太好了！这不是雪中送炭吗？这可是老阮没想到的，也是求之不得的事！

老阮一高兴，就把这事告诉了老伴，没想到，老伴当头泼来一盆凉水，说："你真是没脑筋，当干部的不就是一把花油刷的嘴，把你哄一下，你还就当了真？"

"应当……不会吧……"老阮心里也没个准数。

总算熬过了最困难的时候，田野里的地菜猛蹿，只两天，就露出了星星点点的白花。

杨书记果然上门来了。他对老阮说，一些企业已陆续开工复产，并约好次日一同去邻乡帮他讨要工资。老伴见他兴奋得一夜没睡好，就说："杨书记说不定是安慰我们呢，你就别当真了！"

"不会吧，杨书记应当不是那种人。"老阮答道。

东方还没露出鱼肚白，老阮就起了床，他把希望全都寄托在驻村第一书记杨志佳身上，巴望杨书记说话算数，还特意换了一双解放鞋，又把大门闩抽开。

老阮想，眼下正是天寒地冻，万一杨书记真来了，愿意和他一道翻过岭坳，到邻乡竹木加工厂去讨要工资，也可以推门进来先暖和暖和。老伴见他起得这么早，又怕他饿着肚子去讨钱带发老胃病，只好赶紧进厨房烧着灶火，又把锅洗刷干净架上土灶，一会儿灶火就欢快地舔着锅底了。火笑是有好事儿，不是喜就是有客人要来，村里老少都这样说。锅里的水沸了，老伴放入面条，水汽就蒸腾起来，没一会儿，锅里便唧唧呱呱地响了。老阮吃面条爱放地菜，老伴又往锅里丢进一把头天在野地里采的地菜。

在幕阜山区，村民都说，吃地菜有许多好处：一是地菜含有一种物质，具有抗癌效果；二是地菜所含的纤维能够促进消化；三是地菜不仅可以减少胆固醇的分量，还可以避免血压升高；四是地菜能够避免咽喉肿痛的发生，有去痰利喉的功效，也可以缓解夜盲症。

老阮看到锅里水汽蒸腾，喉咙里就痒痒的。面条的白，地菜的青，把一锅汤水撩拨得沸腾翻涌，一股清香直往鼻腔里钻，迅即跑五脏、进六腑，在整个厨房弥漫开来。这时，老阮听到屋外几声喇叭响，接着就有人在门外喊他。

"这么早，谁在喊呀？"老伴口里哈着气，一边用筷子往蓝边碗里夹面，一边侧着头问他。

"莫不是杨书记来了！"老阮边答边走到大门边，扳开那扇还未打开的大门，木门"吱呀"一声响，一阵刺骨的寒风扑面而来，不由分说地在他脸上割了一刀，老阮差点儿打了个趔趄。

老阮揉揉眼，定睛一看，果然是驻村第一书记杨志佳。他骑着一辆"电驴"（电动车），就停在他家门口，还没下车哩。

年前，杨书记也隔三岔五地上他家了解生产生活情况，平日遇见也不忘嘘寒问暖。这声音，他太熟悉了，只是今天这身打扮，有点儿那个。

"这个后生家亲和，人见人熟，没有一点儿架子，是个好干部！"老阮总是对人说。

今年才三十出头的杨书记，是江西省九江市妇幼保健院派驻武宁县船滩镇辽里村的扶贫第一书记。他 1999 年入伍，在武警九江市支队服役，2004 年在星子县扑火战斗中荣立二等功，因驻村扶贫工作成绩突出，又被其单位评为年度工作先进个人。在2019年全市扶贫工作成效考核中，他又得到市扶贫办、武宁县委组织部村建办考核组的表扬。

“身无四斤棉，莫进辽里源。”老阮看到裹着军大衣的杨书记，凝着霜冰的眉毛下，一双大大的眼睛送来一泓清波，口里哈出的热气，能把眉毛捩出水来。

老阮没想到，杨书记来得这么早，忙喊他进屋吃碗地菜面再走。可杨书记说吃过了，老阮只得飞快地扒完一碗面，坐上了杨书记的“电驴”来到邻乡竹木加工厂。

人说“来得早不如来得巧”。正好老板下楼准备出门，老阮忙上前说：“这是市里下派我村的扶贫第一书记，他送我来结工资……”老阮肚里也有个小九九，他故意把“市里下派”几个字拖重一拍，意思是想引起老板的重视。

老板是个机灵人，见眼前这个穿着军大衣的杨书记手都冻僵了，心头也一热，忙把两人请进办公室，给他们各倒了一杯热开水，说：“今年厂里货款收不上来，工人工资都付不出。尽管这样，就凭杨书记一早披着霜风，一心一意为贫困户着想的精神头，我也得想办法把老阮的工资付清。我昨天收了五千元货款，都给你，余款保证五天内送到你手上。”

“地菜崽，满地铺，大锣大鼓嫁细姑……”回家的路上，老阮一高兴，就唱了起来。

二

贫困户老甘的独生女小蓝因为母亲早逝，性格较为叛逆，赌气外出几年，没与家里联系。老甘思女心切，常常暗自流泪，叹自己的命苦，比荒坡野地里的地菜还要苦三分。女儿出走成了老甘的心病，做什么事也没劲，家里田荒地瘦的，日子就像他家那门灶烟囱——总也看不到光。村扶贫工作队多次上门要帮其制订脱贫计划，老甘要么避而不见，要么就让扶贫工作队吃闭门羹，村干部热脸贴上冷屁股，杨书记和扶贫工作队的人上门都坐了冷板凳。

杨书记有个厚厚的民情日记本，每到一个屋场，都要细心看、认真听。有时是和村民闲谈，有时是村民找他反映，大到村民娶亲建房，小到田沟排水、鸡进菜园、牛吃禾苗等鸡毛蒜皮的小事，杨书记都一一记在本上，然后，回村与村干部们及时理出轻重缓急，能解决的，尽快解决，一时无法解决的，也要给村民一个满意答复。辽里村有 667 户村民，建档立卡贫困户 68 户，167 人，分散供养五保贫困户 15 户 15 人，低保贫困户 17 户 18 人，残疾人 69 户 74 人。其中，贫困户 33 户 34 人。这些枯燥的数据，杨书记都能脱口而出。

老甘有心病，心病就得心药医。

杨书记通过各种渠道，千方百计与老甘的女儿小蓝取得联系，并通过情理法的解释和苦口婆心的劝说，总算让小蓝与家人消除了隔阂。杨书记把小蓝在外谈了男朋友，还在河南濮阳开了一家汽车修理厂，近日要带男朋友来拜见岳父的喜讯告诉了老甘，乐得老甘晚上睡不着觉，心里老想着见了女儿和她的男朋友，不知说什么才好。

老甘知道女儿打小爱吃地菜，便起了个早，拎着篮子来到田野采地菜。那些地菜矮矮墩墩，挨挨挤挤，在春色中把远山坐实，在风和日丽中把时光掐住，长成旺盛的一片，一棵棵，一丛丛，都伸着细长的茎，吐出芝麻般细碎的花，没有映山红那样多姿多彩，也不像含笑那样千娇百媚，只是悄悄地开在春日的田野中。老甘采了一篮地菜回家，然后又把家里一只老母鸡杀了。女儿和她男朋友手牵手回家的当天，他到店里买了一箱一百响的浏阳烟花迎接，引来村里好多人看热闹。他还办了一桌酒宴，特意端了碗鸡汤给杨书记，而杨书记和扶贫工作队的人都说吃过了。

从陌生到熟悉，从冷板凳到热鸡汤，看到老甘父女团聚的喜人场景，杨书记和村扶贫工作队的人都开心地笑了，并用手机拍了好多照片，发在村民群里分享，引来众多村民点赞。

三

三组贫困户韩斗贵的爱人雷伦香患有胃癌，两人又无儿无女，杨书记和村扶贫工作队在通过健康扶贫四道保障线政策解决看病费用的基础上，又将其纳入覆盆子产业基地进行帮扶，并在自己的微信群里帮卖覆盆子，到处寻找销路。考虑到韩斗贵家的实际情况，村里又为他专门提供了一个生态管护员的公益性岗位，有了工作和稳定的收入，韩斗贵逢人就说，党的扶贫政策好，像他这样的特殊人户，生活也有了保障。

韩斗贵知道，杨书记是个大忙人。一组部分村民对新建自来水工程的水源地取水工作不理解。杨书记和村支书董元金、包村镇干部黄少华多次组织村民召开协调会，认真倾听村民诉求。镇、村干部的坦诚，最终得到了村民的理解和支持。村里 1800 亩高标准良田改造项目正在施工，杨书记要和村干部定期去检查，确保按时保质保量完成，不能影响春耕生产。二组木皋、三组方家塘、十组和十一组的柏树下自来水工程、六组泉山屋背塘维修工程、十四组沙洲里水坝维修工程，都已相继动工。他和村里一班人要协调施工队进场施工，确保防汛、农田灌溉和全村饮水安全。村里的覆盆子药材基地要管护，按要求得建立网格化机制，定时上山除草培肥，确保今年顺利挂果，实现贫困户增收。还有村里的光伏电站要安全稳定运行，每天要有专人专岗与县维护公司技术人员对接联系，确保增量增收。杨书记还有一个计划，要在疫情防控期间帮辽源养蜂合作社销售蜂蜜，为贫困户销售蜂蜜 160 斤，实现增收 6400 元。还要做好推进健康扶贫，协助贫困户邓谭疫情防控期间，在九江市第三人民医院住院治疗的生活，并协调报销 3474.67 元的医药费。落实贫困户汪南凤冠心病入院治疗医药费报销及出院后慢性病卡办理。

另外，他还想向九江市妇幼保健院的领导请求派医疗专家团队到村里开展大型义诊活动，让村里的贫困户能感受到党和政府的温暖。院长见他一心沉到了驻点村，全身心地投入驻村扶贫工作中，而且把工作做得有声有色，得到了当地政府领导的肯定，院长非常满意。

也许是被他的真情所感动吧，医院当即决定派出产科、妇科、儿内科、儿保科、眼科、口腔科、耳鼻喉科、皮肤科的数十名专家组团来到辽里村帮扶点开展大型义诊活动，还免费为村民发放了常用药品，服务群众一百余人次，受到了辽里村民的欢迎。

四

辽里村过去是个老大难村，村里穷，底子薄，各种矛盾纠纷多，上访的人每年有几拨。镇领导说起辽里村就头痛，村干部也跟换刀把一样，有时一年换几次。所以，村里工作上不去，年终考核总是在全镇走下游。

面对这样一个落后村，杨书记并没有产生畏难情绪，也没有向组织提半点要求。他下村后，通过认真调查研究，认为这些根子问题，关键还是人的问题，工作要上去，就要全村党员干部以身作则。只要党员干部能起示范带头作用，就没有改变不了的面貌，就没有上不去的工作。

杨书记了解到辽里村是个红色革命老区，村里有座烈士墓，墓旁边还建有烈士塔，烈士塔是花岗岩材质的，有一丈多高，上面刻着一排字"中国共产党南方革命老根据地阵亡烈士纪念塔"。这塔是武宁县人民政府于 1952 年 4 月 5 日立的。杨书记一到村里，首先就带着村里的党员组长来到这座烈士塔前，感受那些烈士们的英勇事迹，激发大家为民干事的热情。

这座烈士墓修建了几十年，墓碑上的字也不是那么清晰了，平日里大家都忙于生计，也没几人仔细瞧过，这次看到墓碑上这么多烈士被敌人所害，有的还是少年，有的连名字都没留下，就像野地里的地菜一样，不事张扬，默默无闻。党员们激动地议论开来，心情非常沉重，大家都觉得，这些烈士太壮烈、太伟大了，杨书记组织这个活动很及时，很有必要，很有意义。杨书记用手抚摸着塔身。这些花岗岩因岁月的侵蚀，已没了往日的光泽，上面蒙了尘，像一位世纪老人在这里打坐。他的手有一种沁凉的感觉，如同触及了一部厚重的历史，一种责任感压上了肩头。当他看到那些党员组长在疫情防控期间，一个个坚守岗位，奋战在抗疫一线，没有一个人叫苦叫累，于是感到这座塔无比的高大，心里无比的崇敬。

通过一次祭拜烈士活动，就凝聚了人心，让党员组长改变了思想，个个有了激情，村里的工作也发生了前所未有的喜人变化。

这，就是杨书记想要的结果。

该村有个小青年阿贵，年前从监狱释放，心里还有阴影，思想转不过弯来，总觉得自己低人一等，没脸出门。杨书记和村扶贫工作队及时上门与他促膝谈心，要他走出自卑心理，鼓励他要像地菜一样，无论是在草地里、石缝间、泥土里，还是在你踩我踏的小路上，只要有一把土、一点湿气，就能拱出地面，奋力向上生长。在杨书记和扶贫工作队员的一系列思想工作下，阿贵又振作起来了，这次新冠疫情期间，阿贵报名参加了村里的防疫志愿者。其间，他没请一天假，坚持冲在“疫”线，不要一分钱报酬，得到了全体村民的一致好评。村里按政策要求将他纳入建档立卡贫困户。疫情结束时，杨书记还为其穿针引线找好了一家服装厂，工厂复工后，阿贵就与同乡前往浙江务工去了，而且他在监狱里学到的缝纫技术也派上了用场，被老板安排当上了技术骨干……

地菜在野地里贴伏地面生长，谁都能忽略它的存在，而时节一到，它就会生不择地。对，没准你一回头，就能看到它的身影，闻到那淡淡的花香，仿佛它也认识你，还能喊出你的小名……

（本文获九江市“我眼中的脱贫攻坚”主题征文优秀奖，并入选该作品集，载于 2020 年 1 月 28 日《武宁报》、2020 年 7 月 4 日《江西日报·井冈山》，标题为《地菜青，白星星》，有删节。）

❀ 公益达人王有华

爱助人

他叫王有华，1948年出生，武宁县船滩镇殿背村北堍庄人，1967年毕业于九江师范。1968年12月参加中国人民解放军，1973年2月转业，分配在共青团武宁县委当秘书。1974年，他主动要求到农村基层工作，在船滩、南岳等乡镇一干就是几十年。在乡下待的时间长了，就会结识一些穷朋友。

当他看到邻里或者乡亲有困难，他心里就很不舒服，甚至很难过，总想伸手帮一把。特别是那些老残病弱户，他除了经常上门探望，总是能帮则帮，能借则借。那个时候，他的工资也不高，还有老婆、孩子，都靠他一人赚工资维持生活。可他宁愿自己省吃俭用，也要做个穷大方，无论借钱借物，只要你开了口，只要他家里有，从不让人空手而归。他也不记得帮助过多少人了。二十世纪八九十年代的农村，好些人靠借粮吃，他借出稻谷一千多斤。前后借出去的钱有数十万元，至今没有收回来。他也从不上门去催讨，有时在路上偶遇，他怕别人不好意思，总要绕开话题。即便这样，有时别人还是会提起。他总是说，不急，等日子过好了再还也不迟。难怪认识他的人都说他是一个好人，是一个爱助人为乐的好人。

修祠忙

王有华退休有十多年了，在广西北海帮子女打理房地产生意数年。每当夜深人静的时候，他就想起故乡殿背村，想起儿时的玩伴，想起故乡的一草一木。

农历辛丑岁孟春，已年过古稀的他回乡走亲戚。见殿背村王氏宗祠因年久失修，破烂不堪、摇摇欲坠，心里很不是滋味。他觉得，祠堂就是承载乡愁的存在，也是族人祭祀祖先或先贤的场所，是乡土文化的根，是家族的象征和核心。祠堂里有许多珍贵的历史、文化和具有研究价值的资料，一旦祠堂倒塌，那些文物也将随之灭失，不复存在。作为王氏后人，就有这个责任和义务去保护好、建设好，并将祠堂文化传承下去，哪怕要付出，也是应该的，也是值得的。他把想法跟几个宗亲们一说，便得到了他们的赞同。

随后，他召集各庄的王氏宗亲一起商量，首倡重修王氏宗祠，并得到殿背、东林、南岳等村庄王氏族人的大力支持。说干就干，他还动员子女和亲戚朋友慷慨解囊。这不，他家就带头捐款三十三万多元。家族理事会送他一块“积善流光”的匾额。

在修祠期间，王有华不怕吃苦，事事向前，甘于奉献，全身心地扑在修祠事务中，被族人当作楷模。在他的带动和影响下，王氏族人捐款的捐款，献工的献工，出力的出力。不出一年时间，造价两百多万元的殿背村王氏宗祠就落成了。

愿吃亏

王有华上过师范，当过兵，又在乡政府等部门工作多年，同学、战友、同事特别多。再加上他退休后在北海协助子女做房地产生意，又结识了好多朋友。

他常跟一些老年朋友说，祖国山河壮丽，现在社会又好，老年人要想身体好，就要多到外面去走一走、看一看，心情愉悦，方可长寿。可外出旅游也是要有条件的，能来一场说走就走的旅行，没有合适的车子肯定不行。王有华原先开的是小车，坐不了几个人，而且小车跑长途，上了年岁的人觉得不舒服，要是有一辆商务车更好。于是，他就把原先的小车卖掉，又买了一辆本田商务车，车体宽大，坐着舒适，最适合老人结伴外出旅游。这样一来，他就隔三岔五地和老年朋友相约到外地去潇洒一回。虽然开车要费用，可他从没收过别人的油钱，有时，他还要在旅游地请客，让这些老年朋友吃上一顿当地的特色菜。

佛言，一个愿意吃亏的人，是会得到福报的。难怪他七十六了，身体还那么硬朗。在高速公路开车，甚至不用中途在服务区休息，可以连开几个小时。一般年轻人都比不过他，还真让人不得不服。

不言苦

2021 年 8 月，船滩镇政府决定编撰《船滩志》。镇党委书记冷先浪经过慎重考虑，决定邀请年近八旬的镇退休干部王有华来担纲执行主编的重任。

他知道，修志是一项系统工程，而且船滩在之前没有修过志，这是第一次修志，历史资料匮乏，工作量巨大，再是修志资金也有缺口，还需要他去想办法。家人也劝他莫理此事，到时想抽身都难。作为一名老党员，一名退休老干部，他却不这么想，说修志也是做公益，比修族谱和宗祠更有意义。他还说，能为镇里修志、为业存史是一种荣耀与使命，也是一名退休干部的责任与担当，能参与就深感荣幸。当然，他也感到肩上的责任重大，对修志充满敬畏之心，不敢有丝毫懈怠。

从修镇志启动仪式后，他就没睡过几个安稳觉，有几次出差，他还带着药。同事劝他休息，他却说没事，总是坚持到事情办好了才回家。两年来，他带领镇志编辑部的人员走遍了船滩的村村寨寨，还到湖南、广东、江苏、浙江、湖北等地调查或走访企业，曾数次开车到南昌、修水等周边城镇搜集资料，并且每次回来还要总结，生怕有什么遗漏。

据不完全统计，王有华和他的同事们搜集到的信息达数万条，累计上百万字。功夫不负有心人。至 2023 年 8 月，镇志二稿已基本完成，只待专家审鉴了。

虽然修志辛苦，可他认为，通过修志了解到了船滩各行各业涌现的一批不凡的人物，结识了不少精英，搜集到了不少非常珍贵的历史资料，收获了领导和同事间万金难得的情谊，再苦再累也是值得的。

（载于 2023 年 11 月 18 日《浔阳晚报》）

❀ 老站长钻“圈”

四箴堂是清朝著名诗人程盟山的故居，坐落在江西武宁县船滩镇殿背村，于乾隆三十五年（1770年）修建，占地一千二百平方米。因疏于管理，房屋早已整体倾斜，有的地方漏雨严重，梁木已腐蚀，有几处屋瓦跟破筛子似的。族里管事的人也放弃了维修计划。

看到这座两百多年的老建筑在风雨中变成了危房，即将要在某一天坍塌，村民们扼腕叹息。

有一个人看在眼里，急在心上。

他，就是程盟山第八世孙程德勇。

可四箴堂要扶正，没技术；想修复，没资金。更难的是，没人愿意出来做这个吃力不讨好的“头”。

也是有缘，久雨放晴的一天，我陪几位文友再次来到四箴堂采风，在这里遇到了那个让四箴堂“复活”的人。

陪同的尚生兄也是南程人，他说：“修复四箴堂工程浩大，工序繁杂，要资金、要技术、要人手，族里人的事不好办，万一修复失败，还要遭族人唾骂，南程有几百个男丁，没有谁愿意出来钻这个‘圈’，唯独退休站长程德勇愿为族人办事。”

我遇见程德勇时，他正在四箴堂门口，与族人讨论老屋修复庆典的事儿。

年近花甲的程德勇，个子比我高，脸晒得有点儿黑，眼睛炯炯有神，伸出来的手有些粗糙，像个抡锄舞刀，做苦力的。可谁知，他还是一位文化人，当过武宁县澧溪镇文化站站长。他对保护乡村古建筑，如何修复乡村老屋，振兴乡村文化，打造美丽乡村，有一套丰富的理论。

在启动修复四箴堂时，程德勇就和族人商量，把国际装饰设计大师余静赣也请来了。余工看到墙上的老砖大多烧制有“程盟山”“程氏爱梅”“龙腾虎跃”“南极腾飞”“南程八景诗”等文化遗迹，对四箴堂的历史、房屋结构，对程盟山这位传奇人物和他创作的《梅花百咏》非常感兴趣，要求“修旧如旧”的建议很合程家人的意。

一位古建筑专家看到四箴堂整体倾斜六十多厘米，又听了程德勇“不拆墙、不动屋架”的修复意见后，连连摇头说：“不可能、不可能！”

得知四箴堂要修复，不少老板想承包。可当他们看到四箴堂的墙体重度倾斜，修复又只能矫正，不能拆墙，都把头摇得拨浪鼓似的，灰溜溜地走了。有的看到这项工程较大，认为可以大赚一把，当他们听说目前才筹到二三十万元，要老板先垫资，便吓跑了。

本来族人对修复四箴堂的信心就不高，这样一来，曾在村人面前拍胸脯说要让四箴堂“复活”的程德勇也有些坐不住了。妻子埋怨，旁人笑他自绞箍，自钻圈，也有人说他是好权，还有人想看他的笑话，当然，也有支持他的。总之，各种风言风语都有。面对各种质疑声，程德勇没有打退堂鼓，他想为子孙后代留住一份乡愁。没人承包，他就自己动手，带领族人干，能不请人的，就尽量不请人，把每一分钱都用在刀刃上。

万事开头难。

东边那面墙歪得最严重，长有 38.9 米、均高 7.5 米，砖是三六九式老青砖，每层砖有 389 块，整道墙有 75 层砖，共用青砖 29175 块。程德勇称了一块砖，重量是 7.5 斤。也就是说这道墙本身的重量就有上百吨，还没算房屋的承重。如何将这面墙矫正，是修复四箴堂的关键。吃饭的时候，他举筷搛菜也在琢磨；睡觉的时候，他翻来覆去地想，甚至晚上做梦，也与四箴堂的修复有关。

功夫不负有心人！

程德勇用麻将垒墙的方法做了多次试验后，得出了一套理论数据，决定在墙根每隔一定距离打一个孔，用槽钢穿墙，用木楔子撬，用方料垡墙，用钢丝拉墙，几道工序同时进行，多人同时运力，没花多少钱，便将东边这面墙扶正了。

有位专家听了不信，执意来到现场，当他看到矫正后的老墙如一位历史巨人稳坐于蓝天白云下，觉得非常震撼且不可思议，头摇得拨浪鼓似的，最后站在墙根下伸出了大拇指。

东边的老墙扶正了，程德勇和族人又用同样的方法，将西边的老墙连同屋架一并矫正了，而且一切都很顺利。

墙扶正了，人心齐了。

接下来，老屋的架梁、格子窗、木雕、门扇、桁条等如何修复，又是摆在程德勇面前的一个棘手且很复杂的难题。为了早日修复四箴堂，他把家里的事务全撇开，一门心思扑在上面。为了节省资金，小到一块砖，大到一根梁，什么事都亲力亲为，撸着袖子干，族人在他的带动下，都有钱出钱，有力出力。

程德勇自己动手在使用角磨机对老屋神台和梁木进行整理修复时，引发了全身过敏性紫癜而住院治疗。在搬运石磡时又造成他腰椎间盘突出，住院动了手术。

出院后，他不是先回家看看妻儿，也没到朋友家串门，而是来到了四箴堂的施工现场。修复工作最紧张的时候，也正是他腰疼得厉害的时候。一次半夜口渴，床边窗台上有一杯水，他尝试多次，也无法起身拿到，最后没有喝成……尽管如此，他还是坚持每天来到四箴堂。这样一是自己可以动手，二是可以监督别人做活的质量，有时，他还忍着痛坐在椅子上干点儿活，儿子劝他回家也没用，只好买来一张折叠床放在四箴堂里。程德勇有时干活累了，就在床上躺一会儿。就这样，先后做了义务工三百七十多天，人也累瘦了一圈，还垫付费用十多万元。在族人的大力支持下，终于将一座摇摇欲坠的四箴堂修复了。

振兴乡村，留住乡愁，打造美丽家园。村里人都说，程站长这个“圈”钻得好!

（载于2019年10月《赣鄱风》总第9期、2021年2月27日《浔阳晚报》副刊）

✻ 斩断伸向耕牛的黑手

耕牛，是农民赖以生存的一种劳动工具，也是农民的命根子。

而最近一段时间，村里接连出现耕牛被盗杀的恶性案件。一些丧心病狂的恶魔，频频把黑手伸向无辜的耕牛。

请看镇派出所的一组报案材料：

去年（1995）11 月，被塘村九组李云先的耕牛被盗；

今年（1996）2 月 5 日，大坪村四组阮贵先的耕牛被盗杀；

2 月 14 日，船湾村一耕牛被盗；

2 月 15 日，东山村刘某某等六户人家养的一头耕牛被盗；

2 月 28 日，吴塘村九组一头耕牛被人用斧头砍伤，因发现及时，未被盗走；

3 月 1 日，吴塘村九组吴军明的耕牛被盗杀；

3 月 7 日，大坪村四组曾构华的耕牛被盗杀……

望着这组毫无头绪的报案材料，年轻的镇派出所刘副所长气得一拳击在桌子上，恨不得把桌子也击得粉碎。他的手在微微颤抖。

他说："不破此案，誓不为人！"

初露端倪

连日来，刘副所长和干警们吃不好、睡不安，端着饭碗也在讨论案情。盗杀耕牛多在大坪、吴塘两村，两村的名字就像两把钢刀，插在干警们的脑海中，拔不出，抽又痛。

大坪、吴塘，地处南昌到修水公路沿线，车水马龙、人来人往，寻找罪犯谈何容易？但是干警们不灰心、不丧气，就是大海捞针，也要捞一回！

通过对几起盗杀耕牛案的现场进行勘察，大家得出了初步结论，发现这几起盗杀耕牛案，作案手段有许多相似之处。一是选择了交通方便的公路沿线；二是靠近修水，既好销赃，又好逃跑，外县人作案的可能性大；三是手段残忍，不是老手不敢为；四是团伙作案可能性大。

根据案情分析，刘副所长果断决定，调动全所警力，兵分两路，一组到大坪、吴塘村找群众调查、了解情况，另一组奔赴修水查找线索。

真是功夫不负有心人。刘副所长带领的侦破组在修水县太阳升镇一姓胡的人那里得知，五天前，他在修水县城农贸市场卖东西，听一牛肉摊主说，那天，有个卖豆腐的问他要不要牛肉，他怕是黑货，就没敢要。

干警们连续几夜没睡，走访农户五百六十三户，翻越山岭十八座，行程三百二十五公里，也没有找到一点儿线索。而胡某某一条信息，不啻久雨重晴，使干警们精神为之一振。

乘胜出击

刘副所长带领三名干警，在胡某某的引导下，来到修水县县城，在一农贸市场找到了卖牛肉的付某。他们谎称是失主，说几天前一头牛被人盗来卖了，向他打听打听，并给他敬烟、点火。

付某见这几个农民打扮的人心里着急，一脸愁容，顿生恻隐之心，透露出了卖豆腐人的家庭住址。

刘副所长等人不露声色地离开市场，急速与城北派出所取得联系，董所长很快调动警力配合行动。在修水县城干警的大力配合下，侦破组很快找到了县城西摆街卖豆腐的王某珍的家，并把王某珍传唤到城北派出所进行讯问。

王某珍，男，三十六岁，小学文化，修水县某乡某村七组人，现住县城西摆街，在县城做豆腐生意。大凡做生意的人，都很精明，但是王某珍在精明中又透出了几分狡猾。据他交代，几天前，他到农贸市场去卖豆腐，在街上碰见一个武宁人，担了两蛇皮袋牛肉问他要不要，他说不要，武宁人就走了。

刘副所长虽然只有三十来岁，但在公安战线上，也算得上是老兵了，破过不少大要案，与各种人物打过交道。他一眼就看出，王某珍不像个遵纪守法之人，说的话只能骗三岁小孩。

要想在狐狸口中讨食物，就要打它的痛处。

这时，一名干警从王某珍家搜查出一根与案发现场留下的一截相同的墨绿色尼龙绳，绳上还有血迹，这是绑牛杀牛时留下的血迹啊！王某珍一见，就瘫了，双腿就像筛糠一样抖个不停，到了这时，他才供出了同伙和作案经过。

作恶者必自毙

1991年3月7日上午，梁某贵与王某珍来好友吴新明家玩。吴新明是惯犯，1989年因盗窃，被铜鼓县公安局捉拿归案，判刑一年半。1982年、1986年先后被修水公安局刑事拘留。三人说了一下生意场上的事，接着梁某贵就说去偷头牛卖，可赚大钱，一夜就可搞一千多块。当时，王某珍、吴新明有点儿怕，梁某贵就说：“怕什么？到邻县武宁乡下去搞，没事！”

于是，梁某贵就先搭车到大坪村踩点，王某珍、吴新明就带上作案用的斧头、杀牛刀、绑牛绳，骑上自行车，先在太阳升吃了夜饭，又在路边窑洞里睡了一觉。

到了夜里十二点多，三人溜到大坪加油站下面的屋场外。不到十分钟，就从牛栏里牵出一头牛来。三人牵着牛就往白天踩好的杀牛地点——一个山坳里赶。走到半路，梁某贵叫他俩先把牛赶去杀死，他再去偷一头来。梁某贵这个丧心病狂的家伙，又溜向了附近的村庄。

王某珍、吴新明两人遂把牛赶到宰杀的地点，并把牛拴在一棵树上，先把牛嘴绑住，怕牛喊叫，然后又用尼龙绳绑住四蹄。一切都准备好了，吴新明就拿起斧头，朝牛头上连劈两下，可是还没砍死，王某珍就说让他来。

王某珍这个恶徒，就用斧头连砍牛的要害部位，可怜这头带胎的母牛，就死在这两个恶徒的乱斧之下。

没一会儿，梁某贵就来了，他没偷到牛。三人忙活了一两个小时，才将牛剥好。

到了三点多钟，梁某贵说，三个人偷一头牛划不来，还要去搞一头来，王某珍、吴新明说太晚了，梁某贵才没去。

三人将牛肉装在蛇皮袋里，绑在自行车上，就匆匆忙忙地骑上自行车。到了修水，他们把牛肉放在王某珍家的厨房里，第二天，牛肉就被他们卖到渣律镇和修水县两家饭店。

至此，案情真相大白。大坪村、吴塘村几起盗杀耕牛案，均为王某珍等人所为。侦破组在城北派出所的大力配合下，迅速张开罗网，捉拿吴新明、梁某贵。

侦破组根据王某珍提供的地址，冒雨来到吴新明家。可他家没人，扑了个空。干警们只好又找王某珍夫妇两人询问。只得知梁某贵住在修水县广播电视大楼一带，不知道确切地址。无奈，干警们只好带着王某珍的老婆在街上守候，等猴子出山。

三月是个雷雨季节。干警们身穿便服站在屋檐下，身上冻起了鸡皮疙瘩，可他们的眼睛，始终盯在街上来来去去的人身上。从早上六点钟守起，一直守到晚上九点钟，才见梁某贵的父亲慢悠悠地走出来，刘副所长立即上前与他打招呼，说是梁某贵的朋友，要和梁某贵谈笔生意，问他是否在家。梁某贵的父亲说不晓得。

为了搞清楚梁某贵的行踪，刘副所长就派人跟踪梁某贵的父亲。干警们继续在屋檐下守候。没多久，跟踪的干警就回来了，说梁某贵可能已经回家，他家里来了两个人，可能是梁某贵和吴新明。

此时，天公又不作美，下起了滂沱大雨。干警们哪里顾得上这么多，为了尽快把案犯捉拿归案，只好冒雨前行。

等干警们赶到梁某贵的家，梁某贵和吴新明又出去了。干警们只好找梁父谈话，要他交代梁某贵的去向。梁父结结巴巴，半天也说不出一个所以然。这时，出去了的吴新明又折了回来，正好送肉上砧板，被当场逮捕。

根据吴新明交代，梁某贵可能嗅到了风声，溜了。

侦破组在城北派出所的配合下，又在县城主要交通要道和梁某贵的亲友处布控，未果。

至此，这一系列盗杀耕牛案全部告破，两人捉拿归案，一人外逃，并在追捕之中。

经过进一步审讯和调查取证，派出所又从这一起盗杀耕牛案中挖出了另一个盗牛团伙，为农民追回损失万余元。

镇派出所能在这么短的时间里，快速破获系列盗牛案，得到了县公安局和当地政府的高度评价，群众都竖起了大拇指。

大坪村失主曾某华、山上村失主刘某应等六户农民，眼含热泪，将千言万语汇成一句话，精心制作了一面锦旗，一路放着鞭炮，送到镇派出所。

法律，是严正的，等待盗牛贼的，将是法律的严厉惩处。

（载于 1996 年 7 月 24 日《长江公安报》，文中人物和地名均作了处理）

❀ 辽山歌王方由根

他，一个普普通通的农民，竟然上了中国非遗文化数字博物馆，还让武宁打鼓歌上了国家级音乐书籍。

——题记

呃，早晨啦太阳呃，
一啦点呐红，
快呀上呀工呀。
早晨啦太阳一啦点呐红呐，
清啦早喂起来哟，
把哟工呀上哟，
上工呀好比哟，
打哟冲呀锋呀……

乡场上，一鼓匠头戴草帽、腰扎白汗巾，肩上斜挎着山鼓，正领着一群女歌手在茶林中表演打鼓歌。他的左手拇指频频点着鼓面，如荷塘蜻蜓击水，似修河排工急流点篙。右手的鼓槌追着鼓面不离不弃，慢时轻如脆鞭，快时风疾雨骤，慷慨激昂，一如春天的马蹄，“嗒嗒嗒”响。油茶林挡不住场外一片叫好声，所有的目光全都聚焦在他身上，显然他是乡场的主角。一阵滚鼓过后，他扯开了嗓子，歌声高亢又嘹亮，有穿云裂帛的豪迈奔放，有游龙击水酣畅淋漓的痛快，如同天籁，带着一股浓重的赣北乡土气息，听得人心旷神怡、如痴如醉。

这位鼓匠，就是人称“辽山歌王”的方由根。

1941 年的方由根，出生在武宁县船滩镇坎头村方家自然村，是一名普普通通的农民，从小随父亲方宜春学唱武宁打鼓歌，不到十岁便练就了一副好嗓子，记住了上百首山歌，而且把鼓敲得像模像样，村民都喊他小鼓匠。那时穷，打鼓只是为了讨一口饭吃，能填饱肚子，就算一门“艺”。有“艺”不算“贫”。以至于他打了几十年鼓，鼓槌年年换，山鼓破了又买，但那面鼓终究没能改变他家贫穷落后的生活，也没能给他的子女带来一点希望。

有几回，农事正忙，他在帮人打鼓催工，妻子不得不下地锄田种秧，所有的农活都落在一个弱女子身上。而他不管不顾，天天抱着他那心爱的山鼓进东家跑西家，忙得不得消停，就是忘了自己家，忘了自己还有妻女，忘了一家人还要过活。妻子见他爱鼓忘家，都成了“懒人”，气急之下，便想把这“害人之物”——山鼓收起来，或者送入灶膛，一焚了之。没想到被他一声号叫夺下。

他的执着，会有希望吗？

1986 年 9 月，武宁县首届打鼓歌会演与学术交流会在船滩镇隆重举行，大会吸引了数十位中国艺术研究院、上海音乐学院、江西音协的专家学者，可谓江西省的地方文化盛会。方由根带着他心爱的鼓与来自上汤、东林、澧溪等乡镇的鼓手一齐走上山野中的“舞台”，而且一鸣惊人。现场专家学者们说他歌声独特，时而圆润，时而粗犷，富有张力，起唱、提音、转调与众不同，风格老到，鼓点变化出新出奇，繁复惊险，夺人耳目，胜过天籁，令人称奇。会后有几名专家学者主动上前与其探讨打鼓之要领，还向他索要打鼓歌词，又着实让他兴奋了几晚。

这次会演后，武宁打鼓歌被《中国音乐大辞典》收为词条。另外，武宁打鼓歌还被列入上海、武汉等音乐学院的教材，以及中国音乐研究所研究科目，有六首民歌被联合国教科文组织选入《中国民歌》中。

方由根的劲头更足了。

2006 年，武宁县举办首届民间艺术节。这次，方由根不是一个人参加，而是带着他的徒弟一同走上舞台。这一次，他演唱的山歌得到了九江民歌大王徐嘉琪的大加赞赏，也因此获得了武宁县民间艺术家的称号，并被村民誉为“辽山歌王”。2010 年，方由根被评为江西省级非物质文化遗产武宁打鼓传承人。2018 年，他又被确定为国家级非物质文化遗产武宁打鼓传承人。

据不完全统计，方由根先后接受中央电视台、江西电视台、九江电视台、武宁电视台等省内外百余媒体记者的采访。他说，山歌就是他的命，他的命离不开山歌。他组织了一支山歌队，带了十多个徒弟，还到学校给学生上过百余场山歌课，可谓把整个生命都献给了他心爱的山歌事业，为武宁打鼓歌的发展和传承耗尽了心血。

令人痛心的是，他于 2020 年 6 月 30 日晚不幸去世，离开了他心爱的歌台，带着遗憾去了另一个世界。

（载于 2022 年 2 月 25 日《浔阳晚报》）

❀ 都是垃圾桶惹的祸

为创建文明卫生集镇，坑背乡专门成立了一个城管队。头天开动员会，第二天一早，集镇街道就挂起了宣传横幅，车站、政府门口、邮政大楼等人流较多的地段，还张贴了宣传标语。居民对集镇创卫打心眼里欢迎。

创卫时间紧、任务重。城管很快又购进了一批铁皮垃圾桶。刚运到政府门口还在卸，那边就已安排人开始在集镇西头往东头安放垃圾桶了。为方便居民倒垃圾，城管队决定按四户一个安放垃圾桶。正好集镇西头的老李、老陈、小周、大王四户合用一个垃圾桶。城管将一只铁皮垃圾桶安放在这四户当中，即老陈和小周两家店面之间正中对墙处，不偏东也不偏西，老陈和小周都在现场观看，并说乡政府为居民做了一件大好事。

坑背乡虽说偏僻又有点儿小，但住在这乡镇上的人大多是开店做生意的。老陈家开理发店，小周家开的是五金店。门口有了垃圾桶，他两家倒垃圾是又近又方便。而开早餐店的老李、开铁匠铺的大王两家倒垃圾，就没有以前随地倒那么便利了。老李倒垃圾要经过老陈店门口，大王要经过小周店门口，开始时都觉得有点儿别扭。尤其是大王，觉得把垃圾往别人家门口送有点儿尴尬，但日子一长，也就慢慢习惯了。这样也好，虽说多走两步，但门口没有垃圾桶，苍蝇也要少几只。老李这样想。

老李、老陈、小周、大王四家原来关系非常不错，逢年过节还相互吃请。可想不到的是，自从安装了垃圾桶后，一些不愉快的事情就出现了。之前也没见谁家门口有多少垃圾，可有了这只垃圾桶，每天都是满满的，如果清洁工隔一天不来，垃圾桶就装不下了，垃圾多了又不能存放在家里，只好都把垃圾倒在垃圾桶旁。要是其他垃圾还好些，可不知是谁，竟把用过的卫生巾也丢在地上，让人看了作呕。尤其是到了夏季，苍蝇到处飞，还有不知是谁家的狗，嘴上咬着一块带血迹的卫生巾在老陈家门口晃来晃去，好似咬了块猪骨头不肯放，赶也赶不走。小周的老婆小王看到了好一阵恶心，饭也吃不下。小王怪小周，当初安放垃圾桶时，她就提醒说，垃圾桶放家门口不卫生，小周没在意，老陈也没把它当回事，现在垃圾桶安放好了，想移走不容易，城管也不会答应。小周心里憋着不好说，看见这只垃圾桶他心里就有气，每次倒垃圾时，不是用力掀开盖，就是哐的一声放下去，可这只铁皮垃圾桶好像要跟他过不去，就是摔不坏。

老陈是个勤实人，家里开了店还种了两亩田，想不到买肥料留的蛇皮袋还派上了用场。门口垃圾多时，老陈看不过眼，便隔三岔五地把成堆的垃圾铲进蛇皮袋中，下田时带走或放在垃圾桶旁待清洁工来运。铁匠大王常当着老陈老婆的面夸他勤实，可老陈的老婆杨女经常骂他憨巴，说租牛来耕田，抽空还去帮别人的忙，家里一捆蛇皮袋，收割的时候是用来装稻谷的，竟然被他用来装垃圾了。好在杨女骂来骂去，老陈总是装着没听见，要不然会天天吵架。杨女见老陈像个木头疙瘩，一气之下与老陈分床睡了。

到了月底，小周要去省城进货，小王胆子小，晚上照例请杨女做伴。俗话说，两个女人一台戏。晚上关了店门，小王和杨女两人天南海北到处侃，好似有聊不完的话题，末了又聊到门口的垃圾桶。正准备上床睡觉，小王见窗帘未拉，遂起身去拉窗帘。没想到隔着玻璃窗，她看到昏暗的街灯下，老李的老婆方姐把一包垃圾随手丢在垃圾桶旁正欲离开。

“是哪个婊子把垃圾乱丢在我门口！”看到这情景，小王气不打一处来，对着窗外脱口就骂。方姐也不是一盏省油的灯，见小王骂她骂得难听，便也和她对骂起来。两人你一句我一句，好似越骂越有劲，闹了半个多小时，街上没关店门的人都出来看热闹了，关了店门的则打开窗把头伸在窗外瞧热闹。最后，方姐被人连拖带劝劝回了家，小王趴在窗前还在不停地骂着，直到围观的人都散尽了，才气呼呼地关上玻璃窗，窗帘也没拉，就坐在床沿上，给小周打电话，把刚才发生的一切告诉了小周。

“都是那只垃圾桶惹的祸！”接到妻子的电话，小周心里也冒火，便催司机早早动身，天刚亮就到了家。小周下车准备卸货，司机则在他家店门口倒车。没想到，这司机水平不咋样，总担心车屁股撞到那只垃圾桶，倒了两次都没成功。小周看到那个垃圾桶，心里又生起了一股无名火，见司机倒车又不顺溜，心想不如干脆将这个垃圾桶撞倒，可他又不好明说，便故意叫了一声“倒”。

司机以为小周在后面瞧着，便放心地踩了油门，只听“哐当”一声响，那只无辜的铁皮垃圾桶就被货车撞倒了，压成了一个铁饼……

（载于 2006 年《新文学》）

❀ 平生只喜一件事

——搜集修河滩歌九百条

温汤出来是船滩，莲塘石峡两边拦。
三都木桥容易过，石岐湾大水又深。
斜石滩急是风口，车下对面是崖山。
前面有个雷打石，下去又有老虎滩。
撑排要喝三碗酒，否则难过鬼门关……

武宁县历史文化研究会有一位八十岁的会员刘智乾，家住澧溪镇小坪村，劳作之余喜爱传统文化，走村串户搜集修河滩歌九百多首，并热心传唱，被武宁电视台《行走武宁》栏目拍了专题，他曾自费出版一本二十万字的著作，成了村里的“文化”人。

说起修河滩歌，自然离不开八百里修河。修河为江西五大河流之一，属鄱阳湖水系。干流总长 389 公里。源自湘、鄂、赣边境的幕阜山脉，纳东津、铜鼓二水，经过三个县（修水、武宁、永修），两岸有百余条支流注入。到了永修后又纳入潦河，于吴城镇汇入鄱阳湖。全流域包括修水、武宁、永修、铜鼓、奉新、靖安和安义等七县，面积 14700 平方公里，耕地 241 万亩，人口 200 多万。

1944年出生的刘老师，平生只喜欢一件事，那就是坚持搜集修河滩歌。他先后自费上修水、下武宁，到九江、往永修等地，历时几十年，共收集滩歌九百多首，采访过的排工和排工后代不计其数。他说，排走修河，排工唱着水汪汪的滩歌，经石峡，过险滩，一路飞篙击水，是昔日修河一道亮丽的风景。修河则似一条蓝色彩练，百折千旋，跌宕起伏，蜿蜒流淌在赣西北大地上，两岸田畴载绿，一水天成，乃丰饶之地、鱼米之乡。

刘老师还告诉笔者，武宁境内的修河塅，以老县城为中心，上有十六滩、下有十三滩。笔者查阅1981年版《武宁县志》印证，在第五十九页发现确有记载。如此说来，武宁境内修河水路共有险滩二十九处。古时交通不发达，货物全靠水路运输，伐竹扎排，出行靠舟。相传乙卯年秋，武宁文人盛谟与庵水宾自章江同舟，历建昌至武宁，逆上修水，两人沿滩作诗多首：

山何绵绵，水何修修，裂我（罗绢），十丈不周。

五月（端阳）节，郎有万里游，（藕潭）丝不断，浅沙（难）进舟。

（铜盆）（温汤），为郎浣妾容，（柘林）绿，（桃花）红。

送郎（上马），郎马不前，郎（下马），意缠绵。

利刀欲（破石），（三硔）何离离，折断（龙凤）钏，生死莫相疑。

山上（松树）青，江中（鹭鸶）洁，妾心与郎心，两两珍重别。

细雨（空）蒙，寒灯孤宿，腹转（羊肠），有如（潴石曲[①]）。

妾在中房（病），郎在（车头）好，（西）风（徐）徐下，使侬枯槁。

南邻煮（猪头），北邻煎（鹿角），火少水多，鸡声喔喔。

（凤口）衔梧子，飞飞（杨柳）路，梧子西落，怅然（东渡）。

己未冬，盛谟与庵水宾买舟由武宁往宁州，所历诸滩，庵促予足之，又续此曲：

（张家）小姊妹，短襦绣（梅澜）。澜中有鸳鸯，呼侬仔细看。

（秤钩）何日直，明月何夜满。（抖擞）寒衾，更长梦短。

密云不雨，（新）田荒（芜）。邻人击（牛鼓），仰天长呼。

（芦陂）有鸟，比翼翱翔。（渠梁）有鱼，比目徜徉。

（仙人）（临江），江涛（孔沸）。涛（高）不得渡，相望唏嘘。

昔日（桃林）（影），相携（三斗）来。今日春酒熟，桃花又（新开）。

（瘦狗）吠（斜石），阿郎归何时。寄语（孙家）姨，（烂柴）难为炊。

朝浣（蓝绢），暮撷（枸杞）。（北岸）有舟，

① 是《武宁县志》上记载的清朝当地文人所写的修河滩歌，“潴石曲”是修河中的地名。

曰郎至矣。

（彭姑）（抱子）出，喜闻阿兄到。侬整（龙蟠）髻，门前有鹊（噪）。

（磨）镜理发，（摇步）上堂。（小神）（大神），欢喜无量。

盛谟和庵水宾沿滩写诗作乐，以歌解乏，戏为《修水曲》，让山何绵绵，水何修修，成了千古美谈。

盛谟的《修水曲》是“修河滩歌”最早的记载，也是排工的护身符。村民若想吃水上这碗饭，在修河混生活，就得先学会唱滩歌。遇到险滩唱滩歌一可壮胆，二可提神。人一旦有了胆气和豪情，就可以战胜一切困难，还怕什么险滩？再是沿途的大小滩名全都编成了词，滩歌唱多了，烂熟于胸，就晓得了水路。一个个险滩都刻在脑子里，遇到险滩提前提防，提前点篙，就不会在崖前失足。只有积累了经验，才能成为老把式，受排工敬仰。

下面这首就是刘老师搜集的一首滩名歌：

磨滩小水平平过，滩多石独用心拦。
零盘滩里挨山走，抱子鹅颈出西关。
上下彭姑忙桨荡，心中思想北岸滩。
杨梅渡过狗肚里，栏杆滩里转二湾。
烈马驼印孙家瓦，河潭衍里浅沙滩。
洋湖港口武宁界，猪牙窑里水溅溅。
彭滩头来都是曲，潭州罐里老虎滩。
谨防吊口雷打石，清江哨背把船弯。
新开河路野猪滩，伶牙俐齿细米滩。

三陡滩里真三陡，下了仰滩流白湾。
桃林衍过龟颈里，澧溪铺店对崖山。
脚踩高滩繁华地，岭岗五帝不消拦。
仙人潭里转二湾，艄公喊叫用心拦。
织女抛梭梅家湾，下了王竹又王竹。
王竹脑背枇杷洞，石渡铺店对崖山。
牛肚衍里防备浅，汤家埠下把船弯。
远远望见鸡公嘴，湖滩好比过刀山。
新县滩里滩一半，邓埠下去狗屎滩。
帅公碑头八字水，秤钩滩头是饶湾。
两橹摇过太平衍，古人钤记磨刀山。
梅岭滩里如见虎，吓得艄公面无颜。
张家滩里伴山走，望见武宁一座城。
把船弯到南门口，沽酒剁肉把愿还。
客人劝我三杯酒，昏昏醉下东渡滩。
两橹摇过双风口，小滩出口对崖山。
辘州缆里真辘州，下了徐滩又徐滩。
西滩头里老鸽石，打鼓潭里好歇夜。
车前衍里齐打号，潭埠店里马头山。
病滩头来三湾曲，巾口下去杨小滩。
鹅卵州背仙姑寺，古人钤记墨斗山。
康滩头来康半昼，松树坪里露狮滩。
箬溪铺店悬悬望，前面就是三硔滩。
九十九个鹅卵石，艄公喝叫用心拦。
河埠有个二麻子，桃花衍里寄书还。
拜上家里全无事，船只下了柘林滩。
董埠滩里强风堰，猴子岩下昆洋滩。

忙桨荡过易家埠，白槎上首同步滩。
两橹摇过张公渡，黄牛拖磨藕梁横。
虬津夜夜防贼盗，端阳嘴上对青山。
美女献羞梁山后，夜宿孤州马家湾。
建昌门前防滩浅，前河后港罗娟滩。
两橹摇过炭埠口，炭埠河里转二湾。
把船弯到西都嘴，喝酒吃肉往西东。
或往赣州或去省，或往湖口九江关。
或往饶州景德镇，或往樟树并水湾。
有风就跟风头走，无风就把纤来拉。
唱歌要把滩唱尽，湖广江西远驰名！

刘老师是澧溪小坪人，如今，他儿子在大连创业，他也随子女在那里生活三年了。他说一有空，就想唱两句滩歌，一唱就来精神。

今年正月二十，我通过电话采访他，说起修河滩歌，刘老师总是滔滔不绝。他对修河文化情有独钟，在他的脑子里，已装满了修河的风情，刻下了一幅幅修河的风景。他在电话那头说，希望修河滩歌能走出小坪，走出武宁，一直传唱下去。

❊ 《红楼梦》里船滩方言三百条

有幸和陈德生老师一同参与《船滩志》的编纂工作。

陈老师是船滩老街人，1948 年出生，早年毕业于九江师范，八十年代就在《小说报》发过作品，并加入了九江市作家协会，曾参与组织 1986 年首届武宁打鼓歌学术交流会，任过船滩电影院美工、文化站站长。

抗战时期，各地豪商巨贾因避战祸纷纷逃往船滩，在老街经营谋生，使这个穷乡僻壤的地方一时间人口暴增，商旅云集，被人们誉为“小汉口”。

陈老师是船滩文化的代言人。他说刘伯温曾到黄沙村寻访明朝开国大将胡大海；李自成从船滩一路败退湖北九宫山；开国元帅彭德怀曾系马黄沙古柏；牛皋屯兵辽里木皋；还有黄龙惟清禅师少时出家辽里高居寺，黄庭坚在《惟清道人帖》中也写其“于旧山高居筑庵独住”；湘军名将彭诗圭在寺庄洞留有摩崖石刻……

陈老师酷爱《红楼梦》。退休后，他广结善缘，不生闲气，读书作画，自得其乐。为了修志，他放弃书法班的教学，一心编志，还把 2008 年 7 月人民文学出版社出版的《红楼梦》连看了三遍。他心体澄澈，皈依佛门，淡泊名利，读后激动不已，他甚至怀疑《红楼梦》作者曹雪芹在船滩生活过，以至夜半给我发信息，说《红楼梦》里船滩方言多，先后摘了三百多条，并作了注解发给我，因篇幅所限，我选了下面三十多条：

好生（《红楼梦》话）/51 页 / 一定要好生读书（船滩话）；

不消得 /134/ 你老人家泡茶给我喝，不消得，不消得；

人客 /183/ 这个媳妇不要人客的；

一径 /194/ 从这里一径往前走；

老了人口（死了人）/196/ 河对面老了人；

老病发作 /204/ 孩子被打了一餐恶的，自己也气得老病发作；

在行 /212/ 你不在行，莫向前；

挨不住 /264/ 你挨死挨命，挨时辰月子是吧；

不自在 /314/ 你自在点，莫要我松（打）你的骨头；

搛了喂你 /547/ 莫搛莫搛，我自己来；

黑早 /632/ 黑早起来就去放牛；

不解得 /7/ 不解得是回什么事；

系脚（拖累）/15/ 不是孩子系脚，我早就离婚了；

用度 /19/ 我家每个月用度比你家大；

歇脚 /25/ 先找个歇脚的地方再说；

做甚 /31/ 起来这么早做甚；

心下 /39/ 莫把这事放到心下；

錾劲 /42/ 錾劲一锄就挖开了；

末子 /104/ 吃雷医师一丹末子就好了；

解坏人（音介，押送）/108/ 解到县里坐班房；

渥（烫）着 /126/ 被滚水渥起了泡；

点个卯 /134/ 就回来了？点个卯哟；

古板 /218/ 先生字眼好，人古板；

兜脸啐了一口 /331/ 兜面打他一巴掌；

在外头听了村话来 /356/ 村口野嘴的，放牛崽俚一样；

面上作烧 /456/ 肚里有点作饱，不想吃；

得着实将养几个月 /473/ 月子里没一点将养，哪里有奶水呢；

明日先罚我个东道 /499/ 请人栽禾，昼时要办东道；

我这生像儿 /523/ 这家伙生像不好；

我们乡下人到了年下 /531/ 到年下了，这账要结了吧；

茅茨（厕所）/831/ 今夜泻肚，时刻上茅茨；

出来喝马，好容易喝住 /907/ 大的打小的，他妈在一旁也不喝一句；

袭人忙下去向盆内蘸过手 /1088/ 新媳妇好斯文，吃菜就蘸下筷子头；

到了明日，汤水都吃不下 /1266/ 孔婆怕是快了，汤水都喝不下了；

那身子顿觉健旺起来 /1342/ 吃了几帖细茶，人就健旺多了；

大萝卜还用尿浇 /1383/ 蘑菇还要你大粪浇；

一个得道的老猢狲出来打食 /1387/ 早晨开门，看见乌婆飞出去打食；

你是哪里来的黑炭头 /1443/ 看你崽，晒得黑炭头样；

见一个梢长大汉，手执木棍 /1494/ 几年未见，外孙已长成梢长大汉。

一本好志书，就是反映当地民情、文化、风俗的百科全书，也是寄托乡人感情的纽带。如果没有文化的支撑，书再厚也不为人所爱。

《船滩志》能搭上世界名著的高铁，把《红楼梦》里的船滩方言整理出来，并一一做出注解，这是陈老师的研究成果，也是他研读《红楼梦》的最大收获。他虽然费了不少心，但也是一件功德无量的好事，作为船滩人，我要在此感谢陈老师！

（载于 2024 年 4 月 27 日《浔阳晚报》）

蒿评

❀ 遇个好房东

上星期，我与文友相约外出采风，因景点较远，天刚亮，就坐别人车出发了。上车后看到驾驶台上放了一本《散文百家》杂志，眼睛当即一亮，便抢先把杂志拿在手上翻看起来。

这本杂志里有作家何立文先生写的一篇《租房记》，文章写出了时代背景下租房一族的甜酸苦辣和许多无奈。以前，我总认为，没有房子的人为了住上房子，不得已才花钱租房。哪怕是租的棚屋，只要能避风雨，有个栖身之所就行。可现实并不是这样。社会已发展到了有房的人也租房，且都有租房的理由或无奈。对，租个价钱最低又合适的房子，或者遇上个好房东，是每个租房客最初的念想。

释迦牟尼佛说，人来到这娑婆世界，就是来经受困苦磨难、消灾祈福的。生活在底层的人，日子确有太多的无奈。孩子读书、就业、打工、就医、买房，无一不涉及每个家庭，牵扯每个人的神经。孩子一个小小的喷嚏，都会让一家人担惊受怕，更何况孩子上学呢。所以，许多家长为了孩子能就近上学，总要提前做好准备，东挪西借也好，卖粮卖猪也好，哪怕楼层高一点，面积小一点，也要进城，或就近买套学区房。孩子是未来的希望，家庭再困难，也得想办法呀！他们唯一的办法，就是到学区附近寻租房子。所以，哪怕房子漏雨，墙皮脱落，老鼠欺穷，蛛丝结网，也顾不得许多了。哪怕三两户合租一处，灶台挨着灶台，光线昏暗到灶台上的酱油瓶与香醋瓶也分不清，或者床与床是临时用旧木板隔着，只要有一扇漏光的小窗可供孩子课余看书，甚至再简陋一些，他们也只得忍耐接受，承租下来。

因为只有这样的房子，租金才能少一点，哪怕一个月少十元、二十元，他们也要讨价还价，就如进了菜市场买菜一般，必须得去计较那一角两角的。因为这省下来的钱，也许又可以到肉铺里剁一块肉，或者是到鱼摊上挑上一条活蹦乱跳的鱼。“三日入厨下，洗手作羹汤”（唐·王建《新嫁娘词》），能烹成一碗鲜美又有营养的羹汤，给孩子补充营养，也是做父母最开心最快乐的事。

租房不易，过日子更难。难怪作者夫妻俩在儿子刚拿到录取通知书后，就头顶烈日到学校附近寻租房子，汗湿了衣衫，走累了脚，问过一个又一个人，碰了一回又一回壁，记下了一整页电话，才谢天谢地总算找到了南村五十二栋的房子。其实，作者是有房的，但为了孩子就近上学，不得不到学区附近租房。虽然租的房屋陈旧，墙皮剥落，推门进去还有一股霉味，但有厨房、卫生间、饭厅和卧室，比租在棚户区，电线乱如麻，又吵又闹，还担心断水断电的日子，实在是好多了。但租金贵呀，一个月要六百块，房东老婆还嫌租金少了，好在房东不是太难说话的人，终于把租房合同签下来了。生活的艰难，就得以在这一笔一画中窥见。

可以肯定，作者何立文先生是个感情丰沛的人，没有经世之笔，不对生活细心观察，不可能把租房的过程写得一波三折：

签合同前，房东老婆小罗念念叨叨，说房租太便宜了。我当时捏着笔，本想签三年，见她这样，也有点儿不高兴，最终，只签了一年。刚搬进去那天，妻子第一件事就是打扫卫生。见她费劲地刷地板、擦灶台，我说，干吗这么讲究，我们只是暂住而已。妻子眉头一皱说，房子虽然是别人的，可生活是自己的啊！

是啊，房子是别人的，生活却是自己的！这些感慨，这些看似细小的情节，这些简单的对话，都充满了生活气息，最最感人。

我国从二十世纪七十年代末施行计划生育政策以来，出现了不少独生子女家庭。这样一来，孩子就成了家里唯一的希望，成了维系这个家庭稳定的桥梁和纽带。作者也直白探讨了这一社会问题。

妻子频频告诉儿子：我们千方百计到这儿租房，目的就是为你节省上下学时间。人家骑着车子奔波在路上时，你起码能够在家里背上十几个单词……明白吗？头几天，儿子还能认真听一听。说的次数多了，他脸色沉下来，说，知道啦，不要再讲了。说完，砰的一声把自己锁在卧室里。留下发怔的妻子。

这砰的一声，震醒了作者，令人深思，发人深省。

作者用寥寥数笔，就反映了家庭教育在两代人之间产生的沟壑。这不是耸人听闻，这是一个事关未来和社会稳定的严重社会问题。

我家隔壁一小孩，父母外出打工，爷爷奶奶陪读，因偷玩手机被奶奶发现后，把手机收起来了。结果这孩子号啕大哭，跑到窗前，喊着“一二三”，要奶奶把手机交还给他，否则，就要从二楼窗户跳下去，吓得他爷爷奶奶魂儿都没了，孩子成了谁也不敢招惹的“小皇帝”。这也是诸多父母的一块心病，当引起整个社会的重视。

《租房记》还彰显了人性之美和良知，以及人与人之间的那种微妙关系。尤其是第二次租房搬进去后，“妻子”发现阳台上晾衣服的铁架子有问题，从一声惊叫，到在房里走来走去、自言自语，再到给胡先生打电话，短短的几行文字，就把“妻子”写活了。还有那个“胡先生”，一个电话就赶来了，多好的一个人啊！一个房东，还耐着性子手把手地教租房客晾衣，没有半点儿脾气。临走时，还轻轻地带上房门，让“妻子”和“我”面面相觑。

也许，这就是多姿多彩的生活。

（载于 2022 年 9 月 16 日《浔阳晚报》副刊）

❀ 移民心中的朱砂

——读《感动武宁奋斗篇》有感

最近，在朋友处看到一本移民题材的书，是原武宁县文广新局副局长徐高峰主编的《感动武宁奋斗篇》，由省新闻出版局审核出版。全书三十五万字，收集了移民人物、事件、回忆文章约一百篇。作者用宏观和微观的视角，将笔端深入社会的底层，关注普通移民的创造和历史，构成一部鸿篇巨制。

说到移民，我就想起古代两个故事。

一说当年山西洪洞大槐树移民难舍故土，官兵就在每人的小脚指甲上划一刀，说以后好认祖归宗，凡是小脚指甲上有裂痕或脚指甲分瓣者都是亲人。还有一个是古代的官兵将移民当犯人，怕他们跑就用绳子穿着手，有人需要小便，只好向官爷报告："老爷，请解手，我要小便。"后来"解手"就成了小便的代名词。

泥土之上，生命芃芃。

新时代的移民的幸福指数就大不一样了。尽管二十世纪六七十年代的生活条件差，但移民搬家都是政府用汽车或船将移民送到迁移地的，而且受到各地的热烈欢迎。每户移民都分有田地，还发给移民经费，使移民能安心生活，安心生产，繁衍生息。文字有志多辛酸，照片有知多怀旧。

武宁县地处赣西北，是江西第一大移民县。本书写的多是浙江建德和淳安迁徙武宁的移民，反映的是移民的文化和情结，写的是大场景、大情怀、大历史、大背景。书中介绍的移民有浙江新安江、富春江水库移民和零散安置的武宁县外迁入的其他十座水库移民，还有柘林库区、源口水库、石渡盘溪水库、澧溪下坊水电站移民。全县移民达十五万多，遍布全县一百六十四个行政村。

1925 年 3 月 16 日出生于浙江省建德市庵口乡千鹤村的骆南海，是武宁县的移民代表。迁移前，骆南海在浙江带领千鹤村村民成立生产合作社，并担任社长，村民们干劲十足，生产热火朝天，实现了亩产跨双纲的“千鹤奇迹”。骆南海因此三次当选浙江省劳动模范。1971 年，骆南海迁入武宁县船滩镇莲塘村岭上生产队。面对岭上“冷浆田里禾浸死，山坡瘦地土冒烟”的恶劣环境，他没闹一点情绪，没叫一声苦，带领村民白手起家，艰苦奋斗，日夜奋战，先后搭起一栋栋泥糊房，在山坡地修起一条条水渠，用老办法割草捡粪沤肥改良土壤。在极端恶劣的生产条件下，只两三年时间，就把原来的山垄田、冷浆田、陷泥田、干旱田等低产田变成了优质田、高产田，粮食产量连年翻番。一时间，前来参观取经学习的人络绎不绝。骆南海成了全省农业先进典型，岭上也成了全国农业战线的一面旗帜。1972 年 12 月 12 日，骆南海出席了江西省委工作会议，并向大会做了《热爱山区，建设山区》的典型事迹报告。1973 年 8 月，骆南海出席了党的第十次全国代表大会，并受到毛主席亲切接见。1975 年到 1977 年，骆南海连续三次当选江西省农业劳动模范。

“若问老家在何处，浙江建德新安江。”这首流传甚广的民谣，其实就是千千万万移民历史记忆和传承的符号。

几处烟霞蒸日月，百年文字养山川。都说故土难离，故乡情深，故地就是嵌入一代人心中的朱砂。翻看那些旧时影像，捧读这一篇篇被岁月永恒定格、感人至深的文字，透过书中这些看似平淡的移民日常，你可披上蓑衣，戴上斗笠，撑一支船篙，在历史的长河中顺流而下，任岁月发酵成人间至味，让时光漫漶一张张笑脸。唯有旅夜书怀的人，心中才有诗篇。

随着武宁县全域旅游的发展，县上用好用足政策，充分利用移民后帮扶项目资金，并积极整合各类资源，改善移民的人居环境，建起多个漂亮的移民新村。东山村作为一个典型的移民村，有来自浙江、河南、湖北、安徽等16个省份的移民在此居住。全村406户1568人，其中，大中型水库移民后期扶持人口1058人。这些年，在上级水库移民管理部门的有力指导下，将移民美丽家园与新农村建设、生态文明建设、推进乡村振兴、产业结构升级等方面结合，大胆创新，奋力开拓，通过打造美丽移民村，为移民们打造了一个“环境好、设施全、产业兴、发展旺”的家园，真正实现了“移得出、稳得住、能致富”，移民们的获得感、幸福感、安全感大为提升。

尤其值得一提的是，该县移民不等不靠，因地制宜，立足本地山水资源优势，调整产业结构，采取“龙头企业＋专业合作社＋农户”的模式，推动农旅融合发展。通过培育乡村游、民宿游、休闲游等新业态，让一批批移民吃上了“旅游饭”，端上了富饭碗，实现了家门口致富，过上了城里人艳羡的生活。

如今，移民与当地村民和谐共生，相互包容，情义交融，奏响了一曲曲生动乐章，成就了一段段人间佳话，并影响了第二代、第三代移民。

（载于2023年6月30日《浔阳晚报》）

※ 情到深处“四哥”来

——读戴成标短篇小说《牛头崴》

这几年，武宁县作协经常举办各种活动，为文学爱好者搭台，让文学爱好者上台“唱戏”，亦让一批文学爱好者崭露头角。

前不久，我就参加了武宁县作协举办的戴成标小说阅读分享会。戴成标是个老木匠，写作起步晚，应当是2017年才开始创作，没想到，那一年他刚刚加入船滩文艺协会，就在《浔阳晚报》发表了数篇散文，让人不得不刮目相看。尤其是他那份坚毅和执着，可不是一般人能够做得到的。熬夜虽然对于写作者而言是常事，可谁又能做到一星期不出房门，没日没夜地写呢？所以，戴老师也算是个“拼命三郎”。

分享会上，戴老师提供了三篇小说。我对其中一篇《牛头崴》比较感兴趣，且不说其谋篇布局，仅细节、环境和心理描写，就让我折服。

比如，“太阳刚冒出点芽，就火急火燎地蹦了出来。像灶膛里漫卷的烈火，红扑扑地冒出灶口，让人感到燥热不安”。这样描写太阳既新奇又形象，读来又有新意，就像喝下一碗谷烧酒，很对我们乡下人的胃口。再有“阿莲往木桶里倒进一罐滚水后再掺上冷水，扶摇直上的热气散漫了”。“扶摇直上”是个成语，意思是形容地位、名声、价值等迅速往上升，比喻仕途得意，出自《庄子·逍遥游》。小说家刘庆邦说过，小说创作要少用词、慎用词。但我觉得，这个词用在这里恰到好处，且很有诗意。不是说小说也可以散文化，可以诗意吗？还有“牛头崴这条小路，虽要过架颤悠悠的踏水木桥，路也狭窄，但路面的泥土油汪汪、软绵绵的，已被农人的脚掌踩熟了”。戴成标老师的描写不同于其他人，他的这个“油汪汪”“软绵绵”“踩熟了”，让人回味，可以慢慢咀嚼，且很容易就记住了，真的很有意思。还有一句，我也觉得写得特别好：“阿莲看到四哥眼里滚动着泪花，一朵一朵地叠在雪地上。”眼泪能叠起来吗？这是个常识问题。风可以破竹，水滴能穿石。所以情到深处，眼泪自然也是可以像雪花一样，一朵朵叠加的。

再说一段，是描写阿莲的肌肤的：“阿莲站了起来，阳光下，她身子白花花的，白得抢眼。她的皮肤很薄，似乎稍微一弹便能击穿。小腹也很平坦，比湖面还平坦。她不由得有点羡慕自己，怎有这般白嫩的肌肤，这么妖娆的身材。这样的肌肤，这样的身材怎就被丈夫拥有了呢？不应该呀！她觉得这么白嫩的肌肤，妖娆的身材，世上只有四哥才有资格拥有。原来阿莲心中的白马王子，不是丈夫，而是四哥。”还有描写眼神的一句话，也很生动：“眼神像温顺的小白兔，蹲在四哥起伏的胸膛上。真是情人眼里出西施啊！”在这里，一个举动，或者一个眼神，就能反映出阿莲对四哥的真情，以及爱有多深。

这篇小说八千余字，如果看了结尾一百八十字，就能感到作者在小说创作中，功夫老到，谋篇布局身手不凡。我们不妨来看一看：

阿莲义无反顾地抓起挎包，里面有四哥的照片，还有昨夜她一手一脚为他蒸的清明粑，这是他最爱吃的家乡美食。

他死去这么多年了！你还忘不了他！

丈夫的一记棒喝，使阿莲如梦方醒。是啊！牛头崴的油菜田里，只不过是她为四哥偷偷建的一座衣冠冢，见了又能怎样呢？

她立定在门边，紧咬嘴唇，眼眶里汪洋着痛楚的泪。

我就是觉得他可怜啊！尸首都不知冲到哪儿去了。

呜哇——

阿莲坐在门槛上哭得炸肝炸肺。

这篇小说描写阿莲心中的四哥，绕来绕去，差点儿把人都绕糊涂了，不看到最后一段，你都不晓得四哥早在抗洪抢险中被肆虐的洪水冲走了，给阿莲留下了无尽的思念和悲伤。我读啊读，一直认为这个四哥是活着的，是存在的，不可能走远，更不可能死了，而且就生活在阿莲身边。可时光漫漶，生活就爱捉弄人，这个结尾出人意料，却又在情理之中。为什么要取名“牛头崴”，原来，牛头崴那里有阿莲为四哥建的衣冠冢。这个结尾我看了多遍，说明戴老师在创作的过程中，是用了心血、下了功夫的。

只要功夫深，铁杆磨成针。戴老师成功了。据说，这篇小说在《当代人》杂志已过了二审，虽然在三审时被否决，但我想，这也是情理之中的事，全国只有那么多纯文学刊物，能通过二审也不得了。好作品不愁嫁，是金子，终究还是会发光的。

（载于 2023 年 8 月 11 日《浔阳晚报》副刊）

❀ 水花永远开在深情的小巷

——读罗巡诗歌《雨巷》有感

细雨江南，千里烟波，暮霭沉沉楚天阔；一袭蓑衣斗篷，一把油光闪亮的纸伞，相约在前世今生，定格在四季更迭，穿行在烟雨蒙蒙的雨巷之中。

柔柔的春雨，细密绵绵地下着，一瓣瓣水花就是雨巷挥之不去的一个情结。飘逸儒雅的根根雨丝，就是你我当初相识的见证与情缘。雨巷在深沉悠长的记忆中打开了话匣，一千零一夜的故事，又在南山禅钟耳畔回荡……

这是一幅怎样的风景？《雨巷》（原载2017年9月3日《九江日报・花径》）的作者巧妙运笔，情意铺张，淡墨轻岚，用短短的二十行文字，就把多情的江南，浩渺的鄱阳湖，还有那用鹅卵石铺就的老街小巷，描绘出北宋沈括的《图画歌》中“江南董源僧巨然，淡墨轻岚为一体”的绝美意境，向读者展现了一幅唯美醉人、浓淡相宜的水墨江南风景画。相传，唐宋人画山画水多湿笔，有“如兼五彩”之美誉，而作者这首《雨巷》，诗短句绝，意象不凡，也不失“水晕墨章”之效。

笔者与《雨巷》的作者罗巡素未谋面，也无缘联系，更未拜读过作者其他作品。但《雨巷》这首小诗，却抓住了我的心，搅动了我的情愫，给了我想象的空间，勾起了我美好的记忆，让我再一次走进雨巷，走进乡愁，走进水墨江南的意境中，也让我有了随感而发的念头。

《雨巷》虽算不上上乘之作，但于我而言，一首小诗能勾勒江南的轮廓，画出鄱阳湖岸水乡的意境，写出那条小巷的灵动，勾起乡愁的片羽，还有童年的美好记忆，足可以证明作者的功底。

附《雨巷》原文：

雨巷

作者 / 罗巡

多情的江南
浩渺的鄱阳

柔柔的春雨绵绵
水花开在深情的小巷
东风里碧桃依旧情浓
南山禅钟耳畔轻扬
野老凝重的清泉
映着油纸伞下的忧伤
湖中倒映着倩影
云里弥漫着芬芳
别情依依
化作泪水在脚下流淌
湖水如双眸深邃
岸柳似秀发飘着忧伤
燕儿檐下呢喃

湖面卷着涟漪的惆怅
小巷深沉悠长
细雨凄凄迷茫
一千零一夜的故事
依旧悠长

（载于 2017 年第 1 期《船滩》）

❀ 生活再清苦，不过一行诗

——读敬丹樱《周一的火车》有感

前一阵子得闲，到一深山养牛场探友，没想到山里人好客，早早宰了鸡，还把闲置的土灶打扫干净，并架上铁炉罐，烧柴火炆鸡。不用说，那可是满屋香气氤氲，吸两口，就有回到从前的感觉。难怪一些住在城市高楼里的人羡慕山里人住的草棚，看到他们手上牵着一头牛，或者养了一群鸡鸭，那种闲适无忧的日子，羡死了好多人，我也很向往。吃饱喝足后，朋友还送了我几袋土货，什么小笋干、芋头荷、干豆角、金银花、鱼腥草等，都是妻子的最爱，我把后备箱都塞满了，好似回了一趟老家。我拍了照片发在亲友群，立马引来不少人点赞。

还有一个小插曲。吃饭前，我在山上转悠时，看到路边有几棵漂亮的野兰花，拍了照片发到朋友圈。一位当林业局局长的老领导看到，马上提醒我，说野兰花是二级保护植物，不能采挖。还有一位微友一口气说出国家二级保护野生植物有寒兰、春兰、蕙兰、铁皮石斛等二十七种。

这让我很是感恩，微信这东西不仅能联络感情，还有许多受用的妙处。所以现在的人，爱忙里偷闲玩微信，也不能说他们是在浪费时间虚度年华吧。其实，我也有相同的爱好。那天坐在桌上吃鸡，眼睛还不忘扫了一眼微信，一点击就买下了敬丹樱的诗集《周一的火车》（陕西新华传媒集团太白文艺出版社出版）。

其实，我家里是有几本诗集的。不过，那是用来穷装门面的，多是国内外名家，且大多是参加活动时主办方发的礼品。我不会写诗，故很少购买诗集。记得当时买下这本《周一的火车》，付了款后就有些后悔。一是跟作者不认识，没有任何联系，可买可不买；二是该诗集有无欣赏价值，尚不得而知。好在那天喝了一蓝花碗浓酽的鸡汤，心情比较好，才没有申请退款。

两天后我就收到了包裹，一本封面素简唯美的诗集就展开在桌上。我随手翻看，见内页该留白的留白，该配画的配画，设计十分精美，可见用心至极。该诗集分“他埋头造雪”“那些飞翔的种子”“栀子味的猫”“邮筒看起来像个树洞”四辑，共有一百五十七首诗。

从《芦苇荡》到《宝箴塞里的女人》，“他埋头造雪”这一辑共有四十六首诗，我都读了一遍。现今好多诗人作兴写长诗，少则几十行，多则几百行，如果写得不是太好，实在难让人看下去。而敬丹樱这本《周一的火车》就不一样，整本书没有看到一首长诗，有的简短到只有几行，却又让人爱不释手，不得不看。如其中的《芦苇荡》：

风是弹花匠灰心的学徒
他埋头造雪
他把白茫茫的惆怅，弹得满地都是。
他说孤独是一把不称手的小竹弓

全诗仅四行，把风拟成了人，把雪变成了白茫茫的惆怅，把孤独喻成不称手的小竹弓，这是多么盎然唯美的想象，简直就是童心再现。

还有一首《少女与非洲菊》，我也很喜欢：

非洲菊开满山坡
少女拍手吟唱，弯成月牙泉的眼睛
把天空擦洗了一千遍

母亲离世。十四岁为继父产子
襁褓中的孩子被贱卖。嫁给觊觎妹妹的男人
积雪贯穿的前半生
她抱着膀子一直退啊，退

退到银幕边缘，我将空出怀抱
亲吻她红肿的眼睛，但不会提及她的冷

——当我十岁的女儿哼着小调
从山坡跑回，当非洲菊蒙昧地打着骨朵
开满她的衣兜

都说诗人是善良的种子，也有社会责任和担当，一则十四岁女孩被继父强奸的新闻，戳痛了每个人的心。而作者写下这十二行诗，把受伤的少女喻为蒙昧的非洲菊，借诗歌来表达悲哀或者是谴责那位禽兽不如的父亲，也算用心良苦，不失为一剂救赎良方。我是含着泪读完这首诗的。泪是善良的液体，也是爱与恨的结晶。

作者敬丹樱选用第三辑中的一首《周一的火车》作为书名，一定有其深意，不妨来读一读：

换工作到省城那年
女儿上小学三年级，坐火车往返于家和单位
成为我每周的必修课
周一坐六点半的绿皮
五点半就得起床
做贼一样蹑手蹑脚，声音再轻
她也能条件反射跟着醒来
抱着我哇哇大哭
撕心裂肺的哭声，就像尾音拖得老长的汽笛
后来也醒也哭，但不会捉住我不放
再后来不哭不动，只默默流泪
到省城的动车开通后
每次进站，这升级版的火车已停靠站台
静候多时。每次路过车头
我总忍不住慢下来
去找想象中它蓄满泪水的眼睛

都说生活不易，农民面朝黄土背朝天，每天起早贪黑在田间劳作，只为温饱，他们没有固定的工资，没有确定的收成，也不知道哪天会旱，哪天会暴发山洪。栽下禾苗，就是栽下一份喜悦和担心。

作者作为一个文字工作者（请允许我这样认为），在省城换了份很体面的工作，本来是件很高兴的事，可女儿还在原籍上学，作者每天早上五点半要起床，赶到省城去上班。作为母亲，为了工作，也可以说是为了生活，所以必须早起，必须忍痛，必须离开，可又怕惊醒熟睡的女儿，只得跟做贼一样，蹑手蹑脚地下床，赶往火车站，周而复始，往返于家和单位间。寥寥数行诗，就把“母亲”的无奈和生活的艰难辛酸，以及女儿离不开母亲的暖心画面，刻画得淋漓尽致。这也是当今社会芸芸众生的生活写照，令人动容。

然作者敬丹樱不为生活所累，旅夜抒怀，情辞转徙，在遍尝“江湖夜雨十年灯”的无奈中，仍不改“出门一笑大江横”的才情，实为气骨优雅的女中人杰，故其能独立于诗歌之外，将一轮明月写成人间最好的瓷器，心中的块垒，方能成诗。

一位哲人说过，鸟再笨，也会飞；生活再苦，也有乐。就看你怎么去“飞”，怎么去“乐”了。遇见一本好书，我可以挑灯夜读；看到一首好诗，我可以彻夜不眠。生活再清苦，不过一行诗！

（载于 2023 年 5 月 5 日《浔阳晚报》）

❀ 《水车谣》读后感

这首《水车谣》的创作手法值得称道，作者截取一名农村青年平淡生活里一时的念想中的数个意象，反衬作者所处的环境是那么的落后而孤寂。而环境的好坏，往往是可以磨砺或者消磨一个人的意志的。作者虽然生活在这样一个偏僻、闭塞、落后的村庄，但不甘心受传统思想禁锢。傍晚，村人收工后最开心的就是挤在院子里看“云彩”，守着贫穷，日复一日地聊着家长里短。而作者有理想、有抱负，理想的“浮云”常在墙头燃烧，可世俗的浅薄，或者说，那个“浓深的庭院”，又一次次让作者的希望熄灭。外面的世界多精彩！

作者虽心怀远大，却又有些畏首畏尾，矛盾的个性跃然纸上。以至于作者只能躲在麻栎树后，偷偷看村人翻出墙外去追求梦想。那个生产队长也很矛盾。一方面，束缚于传统的落后思想，不能接受新的事物，不敢放开胆子干，以致不能带领村民共同致富；另一方面，他也想过打开山门，甚至幻想着奇迹发生，让村民过上好日子。可天上掉馅饼的事哪儿有？贫穷和闭塞就像一根藤死死缠绕在村头的老树上。

每个人心中都有一个桃花源，那就是自己的家乡。一方清浅的荷塘，几尾鱼虾穿莲而过，一台咿咿呀呀的水车，驮着嫩白的脚踝飞转。作者写到这里，一抹淡淡的乡愁在心头缭乱。

“我在木梯上轻轻咳嗽了一声”，好在作者把控自如，用诗意的语言，把月光的白倾泻在麦秸铺成的屋顶。

二十世纪七八十年代，村民们在月光下踩水车的劳动场景，见过的人肯定不少。村民们披星戴月地劳作，戴一顶草帽，不是为了炫耀村庄的浪漫，而是为贫穷落后的日子遮挡雨露。作者的情感十分丰沛，担心此刻会有一场雨把草帽淋湿，那样就不仅仅是草帽会由湿变黑，而且会淋湿踩水车的村民。作者的担忧是对故乡浓浓情结的表露，也是最动人的地方。是夜，作者又想起了那个关于水鬼的故事，“今夜翻过了第七十二口塘/我贪恋泥淖时的温暖/仿佛睡在前世的一具棺木里。”童年时，作者常常听着父辈们讲的故事进入梦乡。“前世的一具棺木”应是作者的童话王国，《水车谣》其实就是《故乡谣》。

水车谣

高峰

傍晚，村里人都在看云彩
浮云在墙头上燃烧
又被浓深的庭院慢慢熄灭
躲在麻栎树后面偷看翻墙的人
我的饥渴与生产队长的饥渴稍有不同
乡村已变得难以忍受
水车是木胎的蛟龙，驮着嫩白的脚踝
池塘清浅，可以看见鱼虾的影子
我在木梯上轻轻咳嗽了一声
月光下，麦秸铺成的屋顶依然是白的

草帽也是白的
如果被雨水淋湿，它们就会稍稍变黑
水鬼今夜翻过了第七十二口塘
我贪恋泥淖时的温暖
仿佛睡在前世的一具棺木里

（载于 2017 年《船滩》、2018 年中国诗歌网）

❊ 石磨成诗诗更瘦

农家磨的豆腐细嫩好吃，但磨豆腐是一个很辛苦的活儿，写诗也不例外。2011 年 7 月，诗人瘦梦出版了《瘦梦诗卷》和《瘦梦散文诗卷》两本文集（作家出版社出版）。我到今春才得空静下心来拜读，仿佛再次走进了那既熟悉又陌生的赣北乡间，找到了一个个活蹦乱跳的童年。作者对山水武宁的眷恋，每一行文字，都是精心雕琢，情感颇为丰富："一只小鸟飞过，它其实根本就没有心思在我眼前停留……我听见鸟翅的拍合，就像祖母轻轻拍打摇篮之中的我，一种幸福的呢喃令我热泪潸潸。"

作者骨子里流淌的不仅仅是诗，还有丁香一样的细语。他是农民的儿子，祖祖辈辈与泥土打交道，在他的灵魂深处，就像《一棵进城的树》："那是一棵生长在乡野里的大树。在它的记忆里，只有打柴的老人，牵牛的小孩，在它的树荫下憩息。它粗壮的身子，不知被牛绳系过多少圈，被娃们的手搂过多少回……"

一棵普通得再也不能普通的树，在作者心里成了别样的风景，并一任树在他心里生根、发芽："乡村的一切都是为城里准备的，只要城里需要，乡村就给。盖高楼、修马路、做广场，大片的田和地，只要城里需要，只管拿去，更何况几根土生土长的树。”

瘦梦原是一名乡村教师，后调到县委工作。无论是单位的变换，还是职务的不断升迁，他总是默默无闻地工作着，一步一个脚印，那《一棵进城的树》不就是他本人真实的写照吗?!

读瘦梦的散文诗，你会勾起些许的忧伤：“一瓢冷酒，一盏寒灯，一窗孤独……曾经，一点萤火，都能点燃我们青春的血液，如今剩下的仅仅是月一般的苍白。”（《杳然的心》）。

诗人是多情的，也是善感多愁的，一方石、一抔土、一间老屋，甚至一朵小雪花，都能激发诗人的灵感，勾起诗人的美好回忆：

想起那个暗夜，没有灯光
想不到你会来，昏暗的小屋骤然光亮起来
记不清我们之间说了什么，或许什么也没说
你默默地坐在我对面，默默地凝视
我不敢看你
我情愿像一块冰凌一样被你慢慢融化……

似燕子衔泥，似风抚露草。这柔软缠绵、充满情意的文字，像冰凌一样化成梦的片羽，湿润着诗的风铃。醉倒的不是文字，而是诗人和读者。

“一块砖头，不知被谁遗落在城里的街道上，脚步匆匆踏过，车轮滚滚驶过，没有谁的目光在它身上停留半刻。”我羡慕诗人有一双慧眼，他独到的目光能从琐碎的生活中找寻到诗一样的灵感，并用文字的美感将其堆砌成一叶叶方舟：“它静静地躺在那里，静静地想着昨天那些成群结队进城的伙伴们，此刻又在哪一座高楼上增加着高度……我在晨跑的路途中，无意碰到它坚硬的身子，透过母亲亲手缝制的布鞋底，它的疼痛已触动我麻木已久的心灵。我俯下身子端详：如此的方正、朴实，甚至还保持着火焰的最初形状，又是如此的倔强、坚韧，龟裂的黄纹如父亲手掌上一道道皲裂的口子。”

诗人借物言志，借景抒怀，把伟大的母爱，描述得如涓涓细流，沁人心脾。

“我把它紧紧地揣在怀里带回家，放在后院的花坛里，让花的灵魂永远伴随着它。”诗人自喻在诗的边缘独语、倾听，却捧出一枚枚青涩的果，从《白发的河流》，经《走失的村庄》，到《梧桐落叶》，《午夜的星语》成《摇曳的烛光》，《一只鸟飞过》《空寂的信封》，衔《宋朝的几片风景》《独上高楼》，《半个月亮探进窗子》，《企盼》《春天来临》，而《纸鸢》在《乡间的新居》《怀念》《水的歌谣》……

一串串鲜活的诗题，就像作者儿时抓的一串串泥鳅，活蹦乱跳。他的诗汇聚了幕阜山的灵气、九宫山的地气、辽山的精气，还有上汤温泉的云蒸霞蔚，这些天地精华，被作者尽情吮吸。他的诗，就像摆在农家小院内的石磨磨出的豆腐那样细腻、水嫩、灵动！

（载于 2012 年 4 月 13 日《台湾好报》）

蒿音

❀ 女人是什么

女人是花，男人最爱采。每到山花烂漫时，那粉红的山桃花，鲜红的杜鹃花，不知吸引了多少摄影师和文人骚客。只要你的窗前闪过一个倩影，或是盛开了一朵花，哪怕是一朵小小的玫瑰花，你就会觉得这个世界很美，日子很甜，没有任何理由不去爱这个世界，或者爱一个女人。

女人是水，总能荡漾男人的心田。水明澈清亮，能给人以美的享受，清洁人的肤体，洗净人的心田，再现人的自然美。没有女人的世界，就好比人类没有了水，水是上帝对人类的一种恩赐。

女人是一杯茶，让人回味无穷。大文人苏东坡不仅嗜酒，而且好茶。他常用那支生花妙笔写诗话茶，令人拍手叫绝。如："酡颜玉碗捧纤纤，乱点余花唾碧衫。歌咽水云凝静院，梦惊松雪落空岩。"这首韵味甚浓且优美动人的回文茶诗，不仅让人在品茗时能得到美的感受，还能让人浮想联翩。像我等犁田锄地之人，对茶没有太多的感想，累时或者口渴时，端起水瓢猛饮几口，那叫牛饮，哪有文人骚客那样的闲情逸致，把时光耗在推杯换盏、慢慢品茗中！

女人是一首诗，更是一本厚厚的书。书里有黄河一泻千里的气概，也有山溪多情的浅唱低吟，有山川的秀美，城市的繁华，有悲欢离合的剧情，也有写不尽、讲不完的动人故事。男人总爱翻看这部书。难怪才华横溢的诗人普希金为了一个女人，竟然死在一场毫无价值的决斗中。你觉得这可笑吗？就因为普希金是男人，男人为女人而生，也可为女人而死，这并不奇怪。

（载于 2008 年 3 月 28 日《浔阳晚报》）

❀ 不妨让妻子存些私房钱

邻居小王的老婆爱存私房钱，好端端的一对夫妻，却常因此拌嘴。我想，这都是存私房钱惹的祸。因此，我对存私房钱也一直持反对态度。

那次，妻子拿出一千元私房钱解了我燃眉之急，彻底改变了我的态度。事情的起因是，我应朋友相约报名参加中央政法大学的函授学习，要交一千元学费。当时，我手头上没有钱，又不好意思开口找人借钱。如果不通过这次学习拿到大专文凭，就不能报考司法部举办的全国基层法律服务工作者考试，我不想错过这个机会。我正在为此发愁的时候，没读多少书的妻子却笑眯眯地宽慰我："莫着急。"说完，只见她打开那只当年陪嫁的木箱，从箱底里拿出了一叠钱递给我。我一数，刚好一千元。我以为是妻子在别人那里借来的，便问她是向谁借的。谁知，妻子说："不是借的，是我瞒着你存的私房钱。两三年了，才存这么多。我原想存些私房钱，以备我自己急用，没想到，你的事比我更重要。所以，我就只好拿出来了。"说话时，妻子故意装作一脸的无奈，那样子，比初恋时还让我心动。我望着手上这一千元，又看看妻子，心头不禁一热：妻子对我真好！

（载于 2002 年 7 月 25 日《浔阳晚报》）

❀ “新闻 110”好

近日，笔者从《民主与法制》杂志上了解到，湖南邵阳市设立了一个被群众称为“新闻 110”的“866 舆论监督台”。

该台是该市为优化投资环境而特意设立的一个新闻舆论监督机构。它妙就妙在直接由市委、市政府主管，其记者可在市内两报四台优版优时发通稿，而且采访不受任何权力、执法部门制约。除公开曝光外，记者还可编发《866 内参》直接送市人大委常委会委员们阅批。

因此，无论本地、外地客商还是普通群众，只要拨通“866 舆论监督台”，很快就会有身穿印有“866 舆论监督台”字样服装、胸佩“866 采访证”的记者出现在现场，及时为群众排忧解难。对于社会上的贪污腐败现象，以及那些违法、违纪、违反道德的恶劣行为，该台都能及时准确地公开曝光，发挥了纪检、司法部门不可替代的作用，在群众中引起了强烈反响，被群众亲切地称为“新闻 110”。

为此，笔者希望各地学学湖南邵阳市的做法，尽快设立“新闻 110”，让新闻真正为群众说话，这样才能充分发挥舆论监督的作用。

（载于 1999 年 1 月 22 日《浔阳晚报》）

❀ 不妨吃吃农家饭

时下，一些机关干部下乡参加劳动或调查研究时，总是前呼后拥的，不是由乡干部陪同，就是由村干部陪同，吃在饭店，住在招待所，既增加了基层的负担，又在群众中造成了不良影响。

一些群众忆起当年干部下乡，累了，农家床上睡；饿了，随便走进哪家门，农家吃啥，他吃啥，末了，还要留下粮票和钱。农家颇觉这些干部亲切，没有官架子，是下乡真正为民办实事的。

干部下基层，深入群众中调查研究，是我党密切联系群众的优良传统。笔者希望我们的干部在下乡时，不妨先从吃农家饭做起。

（载于 1994 年第 3 期《老区建设杂志》）

❀ 不能让农民“一盼再盼”

时下，七盼八盼之类的新闻常见诸报端。农民这“盼”那“盼”的事，不外乎减轻农民负担、改进领导作风、不打白条，等等。

说句实在话，农民的“盼”事情，件件都在情理之中，并无过分要求。而有些单位和领导总是任你千呼万唤，对此不予理睬，把农民的“盼”不当一回事。现在，从中央到地方都很重视和关心农业，农业要上新台阶，全靠农民的辛勤耕耘，没有各行各业的齐心协力，能行吗？

但愿各级领导和职能部门都能诚心诚意关心一下农民的呼声和建议，树立起一种爱农思想，切实改进工作作风，扎扎实实地为农民办几件事，不能让农民一直盼下去。

（载于 1994 年第 1 期《老区建设杂志》）

❀ 反腐败，婚丧始

报载，山西省屯留县从 1997 年起，要求全县党员干部婚丧嫁娶必须先到县纠风办登记，接受监督，并制定了“三不准”的规定：一是不准在婚丧嫁娶活动中印发请帖或通知下属单位工作人员；二是不准在办理婚丧嫁娶活动中动用公车、公款、公物；三是不准因为婚丧嫁娶而占用办公或生产场所。对违反“三不准”的党员干部，视情节轻重给予党纪、政纪和经济处罚。此规定一出台，即赢得了广大干部和群众的拥护。

无须讳言，时下，确有那么一些党员干部借婚丧嫁娶之机大操大办，并想从中大捞一笔。这些人既败坏了社会风气，又严重地损害了干群关系。因此，群众意见很大。

屯留县对这种腐败现象不心慈、不手软，充分体现了共产党人的高风亮节，因而在社会上反响强烈，得到了群众的拥护。屯留县的做法，值得各地学习和借鉴。婚丧嫁娶看似是小事一桩，其实就是一面镜子。

因此，笔者认为，反腐败应先从干部身边的婚丧嫁娶这样的小事抓起。

（载于 1999 年 2 月 5 日《浔阳晚报》）

※ 道德评议会好

近日，从报纸上得知，自中央出台《公民道德建设实施纲要》以来，不少地方的企业单位和乡村，都创办了道德评议会。评议的内容也很广，涉及老年人的赡养、邻里的和睦和社会公德等问题。评议会广纳众言，并对一些还够不上违法的不道德行为和不文明等现象进行评议，促使当事人及时纠错改错。由于评议会充满了一种坦诚和友善的气氛，因此，参加评议会的人特别多。

笔者认为，这种有组织、有计划、有主题、有落实的评议会之所以受到欢迎，关键在于有一个轻松的环境，能让群众自由评说。因此，这是实践江总书记“以德治国”，让群众进行自我教育、自我管理、自我完善的一种好形式。

（载于2002年2月25日第4期《九江日报》“各抒己见”栏）

❀ 法入人心和气生

以往，在赣北武宁县农村，不管哪家遇到什么麻烦，或发生纠纷，多是托亲求友找关系解决，令村镇领导深感头痛。肩负全县普法重任的武宁县司法局，把提高公民的法律素质、文明素质、科学素质结合起来，列为一项“素质工程”，狠抓不怠，扭转了农民的陈旧观念。如今，农家遇事不找关系找律师已成了该县一种新时尚。

某乡供销社职工韩老孝的儿子韩某与某村无业青年周某在娱乐场所因小事发生争执继而打起来。周某将未成年的韩某打伤，构成轻伤乙级。起先，周某托人找到韩老孝，要求私了。刚参加了普法学习的韩老孝知道周某的行为已触犯了法律，于是对来者说：“我可以放弃追究其刑事责任的权利，但我们仍应该通过法庭调解，这样才合情合法，于你于我都好。”韩老孝一番话令来者耳目一新，事后双方都在法律服务所请了基层法律服务工作者做代理，通过正当渠道解决了问题。

西岸村妇女沈某与邻居周某发生口角，大庭广众之下，沈某说周某的儿子是偷野男人生的，众邻相信者多，使周某无端遭受众人的冷言指责，对其名誉造成了一定的影响，也给其造成了精神上的损害。为此，周家请来了一帮人，扬言要打沈某。沈某也不示弱，做好了应对准备。村普法员得知情况，及时上门，并结合实际情况，给周某上了一堂生动的法制课。周某当即把前来帮忙打架的亲友劝回去，并请了法律工作者做代理，上法庭告了沈某一状。通过法庭调解、教育，沈某认识到自己的行为违法，给周某造成了一定的精神损害，对法庭裁决心服口服，周某也很满意。两人还在法庭上握手言和，表示日后要和睦相处。

（载于 1997 年 9 月 30 日《江西日报》）

❀ 林权纠纷调处浅析

笔者身处全国林改试点县江西武宁县船滩镇，先后受理过大小数十起涉林纠纷。过去集体山林归属不清、界址不明、业主不清，产权不明、分配不合理等问题，随着林权制度改革的深入，开始显山露水，有的甚至影响了当地的社会稳定。因此调处林权纠纷也就成了政法、农林部门和乡村干部的一出重头戏。笔者认为，要做好林权纠纷的调处工作，宜“三步”走，还要把握好七个重点。

第一步，查山场界址。界址不清的山场，大多是老业主山场，有的老业主没有后人，山林在1949年后收归了集体，“四固定”分山时，由于勘界工作做得并不是很细致，大多没有到山上去核实，而是坐在家里或办公室里“纸上谈兵”。所以造成林业三定时这些老业主山场还是无法确定界址。再是过去有的山场原本都是有界址的，只是业主已离世多年，原先双方约定的界址后人并不知晓。这类问题易引发大纠纷。还有的是双方地名叫法不一。你说这界址石叫“老鸦嘴”，我说那岩叫“黑炭岩”，因而造成纠纷。再是登记时，一方图省事，随便写棵树或者一活石作为界址，经过几十、上百年的风风雨雨，树被砍、石被移，谁也说不清界址到底在哪儿，双方主张的界址不清，无法达成一致，这类纠纷最复杂。

如何调处这类山场界址不清的纠纷呢？笔者认为，应“两尊重”“两坚持”。两个尊重：一是尊重历史，多走访、多调查，多向村里上了年纪的老人了解情况，为调处这类纠纷准备好第一手资料，以“四固定”和“林业三定”确权为调处依据；二是尊重群众意愿，如果双方都不能提供任何证据来证明自己的主张，那就要听听群众的意见了，群众的见解有时是一剂破解矛盾纠纷的良方。两个坚持：一是坚持对有争议的山场进行“冻结”，在权属界址问题没有处理好之前，谁也不得在有争议的山场斫竹砍树或者进行其他经营性活动；二是坚持权益平等、速战速决的办法，对发生此类纠纷要及时派员调处，也可采取适中、因地制宜、舍远求近、相互割山补钱补树等办法。这样不仅便利了双方日后对山场的管理，而且又解决了矛盾，是一种切实可行的好办法，同时，也照顾了双方的权益，大多数林农都能接受，不妨一试。

第二步，查是否系林改时引发的纠纷。没有实行林改政策前，山不定权，树也就难以定根。媒体曾报道说，有的地方年年花巨资、费民力，造林不见林，林农不定心，山上不见绿，这就是原因。林改初期，林农对国家的林改政策摸不准，有的林农抱着无所谓的态度，林业干部进山勾图勘界，林农不但不到场，还要说些风凉话，以至勾图人员勾图出错，或者是听了单方面的意见，将图勾给了一方。再是有些村组党员干部学习不用心，对国家的林改政策心存疑虑，在林改动员、宣传、登记、公示阶段，不重视、不深入、不看证据、不到现场、不询问、不与当事人见面，搞形式、关门造车，就在办公室里“上山下山”勘界。甚至有的为了图省事，还将全组山场登记在组长或者某人名下，更有不负责任的村组干部，竟大笔一挥，将张三的山划给了李四，又将李四的山划给了王老五。也有一些头脑较精明的村民，则趁他人不在家时，欺骗镇、村林改干部，混淆界址，将他人的山林图勾到了自己的林权证内，埋下了纠纷隐患。还有一些村组党员干部为了一己私利，在林改工作中利用职权和工作之便，采取瞒天过海等不正当手段，越界或者瓜分、侵占他人山场，致使林农意见很大，甚至有的林农还敢怒不敢言，这类事情影响极坏。上述这类林改引发的纠纷，看起来复杂多变，让人眼花缭乱，但只要你深入下去，摸清情况，掌控火候，不带私心，不怕得罪人，处理起来还是不难的。

第三步，查清是否为“四固定”和“林业三定”时期遗留的“集体”问题。“四固定”是我国二十世纪六十年代初国家重要的农业政策之一。以土地改革确权和农业合作化为基础，根据实际情况对农村集体所有的土地（山林、水域、草地）进行统一调整和固定。本着属地原则，兼顾有利生产、方便管理，将土地等生产资料划归最近的生产队集体所有。这样一来，原老业主的山场，便都收归了集体所有。因此，集体与集体之间，集体与个人之间，也常引发林权纠纷。不过那时林木不值什么钱，山林又是集体的，所以矛盾也不是那么尖锐。但由此产生的山林所有权变动，成了农村集体土地山林所有权确权和调处的基本依据之一。根据上级有关政策精神，我们武宁县的做法是，凡经“四固定”确定权属的，一般均以“四固定”确定的权属为准，未经“四固定”确定权属的，大多参照土地改革和合作化时期的权属，以及现有管范围确定和调处。二十世纪八十年代初中央制定林业“三定”政策，主要是为了扭转当时林业方面砍多种少的状况而采取的一项林业政策，相当于一次小“土改”。林业“三定”是在“四固定”的基础上，进一步将山林权属清楚的林地全部发证，明确责、权、利。稳定山权林权，划定自留山，确定林业生产责任制。由于当时的林业政策还是公私兼顾，个人、集体都可以拥有山权林权，故不少村、组都有山有证，而一些有老业主山场的林农只分到面积很小的一片“自留山”，大多山场都让集体“霸”去了。林业产权改革后，林农希望收回之前村组集体“霸”去的老业主山场，可村组集体以持有林业“三定”时发的林权证为由，拒绝归还。再是还有一些没有老业主山场的农民，也希望分到一杯羹，因而大多数人不同意村组将山场退还给拥有老业主山场的林农，导致一些林农希望通过上访来解决问题。这类情况比较棘手，处理不好会激化矛盾，有的人遇到这样的纠纷，总是想办法退避三舍，其实大可不必。世上没有翻不过的山，也没有蹚不过的河，更没有解不开的结。只要沉着、冷静、有信心、有耐心、有公心，总会找到解决问题的好办法。

作为一名基层法律服务工作者，一定要把政策吃透，在下村入组时，一定要把上级的林改政策宣传到位，让林改干部和村民把握好七个重点。

一是有纠纷的山林暂不宜纳入林业产权改革，要等纠纷调处好了，才能进行林业产权改革并发林权证。我镇黄沙村人口虽不到一千，但山场有万余亩。林改初期，村干部为了按照上级部署的时间节点，及时完成林改发证任务，对有纠纷的山场没有先行进行调处便发了证，导致林农因林权发生纠纷矛盾。有上访的，有打架的，结果闹得村干部两头不是人，甚至影响了村里的工作，教训极为深刻。

二是确定权属时，林改干部要有高度的责任心，要不畏艰辛和麻烦，对有纠纷的山场要多走访、询查，尤其是界址不明、不清的山场，一定要上山勘界。不但林改干部要亲自到山，当事双方也必须到场勘界，对有争议、有纠纷的山场，司法所和法律服务所可派员进行现场调处，双方达成协议、勘定完界址后，应当场制作勘界协议书，让当事双方及在场人在勘界协议书上签名捺印，这样就能将矛盾纠纷解决在萌芽状态。

三是积极推广武宁县船滩镇总结出的“重证据、摆事实、互调换、讲感情”的调处山林纠纷好经验。所谓“重证据”，即在林权登记发证时，要查清山场业主的历史依据，坚持以“四固定”和“林业三定”时期所发的山林权属证作为林改确权依据。所谓“摆事实”，即有争议的山场后证优于前证，如双方都没有“四固定”和“林业三定”时期发的山林权属证，那就要查清是不是无主山场，抑或是事实管理者。如管理者对该无主山场经营管理年限达到二十年，之前又无人提出过异议，可将该山场确权给管理者，否则，收归集体再由村民代表会议决定该山场的归属。这样不但不会产生矛盾，而且还会得到林农的大力支持。所谓“互调换”，即林农的零碎山场，林改干部在确权登记时，应坚持林农自愿、方便管理的原则，对于林农为便利管理，愿意互相调换的山场，应当让当事双方及相邻山场业主到场协商好并签好协议书，然后才能登记、张榜公示再发证。所谓“讲感情”即林改干部不能高高在上，门难进、脸难看，要有亲民感情，要实事求是、不畏权势，要清正廉洁，敢讲公道话、办公道事，这样，林农才能把你当亲人看。

四是在调处山林纠纷的过程中，要发挥村党支部、村委会和各村民小组理事会的重要作用。船滩镇辽田村原来山场纠纷多，群众意见大。村支书周新民上任后，及时摸清各组的山场纠纷症结，并在各自然村成立村民理事会。理事会的成员都是有能力、有文化、有威望、年尊辈大、办事公道的村民。这些人去处理山场纠纷，在林农面前有说服力，易于让当事双方接受。对村民理事会化解不了的林权纠纷，村党支部和村委会则及时介入、妥善解决，确保矛盾不出村、不上交。周支书激动地说：“咱村自从有了理事会后，村里的矛盾纠纷减少了一半。这都是理事会的功劳！”

五是要教育林农爱林护林，不能乱砍滥伐，要把山林当田种，把林育成生态林、风景林、和谐林。该县罗坪镇长水村人均拥有林地64.8亩，人均耕地不到0.7亩，耕地包产到户时，长水村大约有一半林地承包到农民手中。老支书余锦冰说：“包了林地的人，怕政策有变，认为多得不如现得，早砍早得益；没有包到山的，觉得山是集体的山，林是干部的林，不砍是白不砍。”2004年10月，长水村成为江西分山到户“第一村”。村党支部、村委会按上级要求，将全村12.4万亩林地，除12000亩风景林外，其余的全部分到了户。如今，该村有一百多位林农自发上山造林，栽种树木和毛竹5000多亩，“癞头山”又重新变得一片葱绿。“这两年我一株树没砍，要卖就卖毛竹，树长在山上像钱存在银行，越大越值钱。”长水六组五十岁的卢威成说。卢全家450亩林地，他在林下养蜂，一年可收入近万元，又开办了一家“农家乐”，吸引城里人来旅游，一年收入可达十万多元。“山定权、树定根、人定心”，富裕了的长水村林农，不仅活跃了林业，而且稳定了林区，活了一方经济，富了一方百姓，保了一方生态，林农世世代代可以永享“绿色银行”的好处。

六是要注意防火，引发山林火灾不但造成他人损失，还要承担法律责任，弄不好要赔钱坐牢。去年清明，东村林某在“雷公垴”开荒时，违反林区野外用火管理规定，用随身携带的打火机点火烧杂草，不慎失火引发森林火灾，过火林地面积500余亩，被毁林木价值三十万元。林某投案后，与被烧毁林木所有权人达成赔偿损失的协议，并取得了被烧毁林木所有权人的谅解。后法院对这起失火案做出一审宣判，以失火罪判处被告人林某有期徒刑一年。此事在当地引起了很大的震动。镇村干部不失时机地利用身边这一典型的事例，对林农进行法制宣传教育，产生了良好的效果。

七是党员干部在林改工作中要起带头作用。要做到还权于民，让利于民，不贪不占，公正无私，争当化解林改矛盾纠纷的排头兵。

（载于 2013 年第 3 期《人民调解》月刊）

❀ 纠纷调解“四字诀”

我们江西省武宁县船滩法律服务所地处赣北幕阜山深处，是九江市成立最早的乡镇法律服务所，辖区是全县有名的贫困乡镇，群众法律意识淡薄，各类纠纷时有发生。

面对这种情况，几年来，笔者和同事们把中医“望、闻、问、切”四字诀，变通为“情、理、法、巧”调解四字诀，化解了一起起纠纷。现在想起来，还令人回味无穷……

“以情制胜”调解法

有的纠纷，如果只注意与当事人讲道理、讲法律，就是讲得口干舌燥，他们往往也听不进去。如果善于用一个“情”字，用真情去抚平横亘在双方当事人面前的那条鸿沟，效果就会不一样。

1996 年 6 月的一天，西村纠纷信息员来所报称，六组吴娥与弟媳曼如玉多年不相往来，近日矛盾恶化，两家都在摩拳擦掌，一场干戈即将发生。我所四名同志得知情况后立即赶到村里。在调查中，我们了解到，导致这起纠纷的只是一堆土。几年前，两家建房，中间留有一个土堆。这个土堆本应两家合力搬走，可吴家想让曼家多出工，结果两家都没有出力，致使土堆长出芭茅，吴家出入很不方便。自此两家常因鸡毛蒜皮的小事闹得不可开交。

了解到这些情况，我们先不急于评说谁是谁非，借来竹箕、扁担、锄头、铁铲，甩开膀子，在纠纷的症结——土堆上挥汗如雨地干起来。

起先，吴、曼两家谁也不过来看一眼，任凭我们怎样帮她们挑土都无动于衷。即便如此，我们也不急不慌，汗水湿透了衣衫，也没有歇一下。终于，她们沉不住气了，先后过来夺我们的扁担、锄头，说再要我们干，她们心里太过意不去了。见她们动了感情，我们干脆叫她们也拿来工具，大家齐心协力把土堆搬走。在搬土的过程中，我们与她们拉家常、套近乎、讲道理、明是非，仅用十多分钟，就消除了两家的隔阂。妯娌俩握手言和，双方还表示日后会真心相处。这是我们用真情换来了真心。

事后，我们把这称作“以情制胜”调解法。

“以理制胜”调解法

1996 年 10 月，我们接到这样一件案子：东村寡妇林某，早年抛下两个幼儿与人私奔，一去一二十年无音信。可怜她两个幼儿，受尽艰难困苦，没有享受到一点儿母爱和温暖，连学都没有上过，是政府的救济粮把他们喂大的。他们恨母亲，一直恨到成家立业。

这年，林某突然回来了。原来，她在外地被人抛弃，无依无靠，想来投靠两个儿子安度晚年。可是，两个儿子怎么也不愿接受她。

有人说，林某活该，早知今日，何必当初！也有人说，不管怎样，儿子总是娘身上掉的肉啊！

村里派人调解无效。

林某见自己这么大年纪，落个这般光景，心里很痛苦，打算了却残生，几次都被好心人救了。

我所得知情况后，派人来到林某两个儿子家。

开始，他们兄弟俩一个口径：我们没有娘！她也没有崽！

我们知道，在这种情况下，只是给他们讲法律条文，是远远不够的，得想办法开导他们。于是，我们就给他俩讲了一个小故事。说的是本地有一叫吴前的人，早年丧母，前不久，在家境不太宽裕的情况下，把一个无依无靠的老太婆接到家中，视为亲娘，被人传为美谈。兄弟俩听了十分感动。

我们话锋一转，说："你们兄弟两个在屋场里不欺老凌弱，乐善好施，极受众人称道。难道在自己的亲生母亲面前，就不能学学吴前吗？"

一席话，说得兄弟俩羞愧不已，当即表示要把母亲接来好好侍奉。

事后，我们把这称作"以理制胜"调解法。

"以法制胜"调解法

1997 年 4 月，我们在南村搞纠纷排查，正好碰上八组刘水德与同住一屋的同房兄弟刘水金，因拆屋发生打架纠纷。

几年前，刘水德和刘水金因小孩打架发生过医疗赔偿纠纷，刘水德一纸诉状告至法院，刘水金亏理出了药费，但对此事一直怀恨在心。今年刘水金另选地基建了新房，为了报那一状之仇，他决定把自己的半边老屋拆掉，让刘水德的半边屋无法住人。

刘水德比较困难，一时无力建房，只得托人求情要水金暂时不拆。水金哪里听得进去，坚持要拆。水德没办法，就提出愿出高价将水金的半边老屋买下来。

水金也不同意，而且很快就请人把半边老屋拆了，致使水德的另外半边老屋摇摇欲坠，随时有倒塌的危险。水德见水金这样不讲兄弟情义，就拿出扁担要和水金拼命，水金也不示弱。

待我们赶到时，兄弟俩犹如斗红了眼的牛，眼看就要出事了。我们大喝一声："住手！"水德先住手，可刘水金还在飞棍舞棒，一副凶神恶煞的样子。

于是，我们就当众批评他："刘水金，你拆屋妨碍了他人的正常生活，给他人的生命、财产带来威胁，还不赶快住手！"接着，我们给他讲了相关的法律规定，刘水金的态度终于软了下来。

我们见他兄弟俩平静了，就把双方叫到组长家进行调解。好在双方都没受什么伤，通过调解，水金认识到自己拆屋没有采取安全补救措施是不对的，答应当即请人采取措施。一起流血事件，就这样解决了。

事后，我们把这称作"以法制胜"调解法。

"以巧制胜"调解法

笔者在多年的调解工作实践中体会到，要想当好一名调解员是不容易的，除了要掌握"情、理、法"等调解要诀，还少不了一个“巧”字。

1997 年 7 月 8 日，北村五组刘兵因听信风水先生胡诌，说邻居周文林在他右边的“白虎”上动土建房，“虎”是要吃人的，弄不好刘家就要“倒人”。

这还了得？刘兵就想尽办法阻挠周家建房。可周家坚持要建，刘家见劝阻无效，也只得作罢。谁知，周家动土的那天，刘兵真的得了急病，不省人事。刘家要周家负责，并把病人抬到周家屋里，把周家挖地基的工具也丢进了水沟。

经医生检查，刘兵是中暑，打了两瓶吊针，用了点儿药，就没事了。谁知，刘兵一好就去向周家要医药费，理由是“你建房我才得的病，你能不出医疗费吗？”周家说：“我建房是经过政府和土管部门批准的，出了什么事，政府也会给我撑腰！”刘兵说：“你要建房可以，但你要保证我刘家人无病无痛，不写好保证书，你小子就别想动一下土！”

村调解主任赶来也做不通工作，只好来我们所，向我们汇报情况。

为解决这个棘手的纠纷，我们开了个案情分析会，大家思来想去，认为“解铃还须系铃人”！于是，我们来到风水先生家，假称要他帮忙看块风水宝地。风水先生见来了生意，又使出骗人的伎俩，把自己吹得比神仙还神仙，唯恐我们不信。他还把帮刘兵看屋被说中的情况，添油加醋地说了一遍。这时，我们掏出工作证给他看。他吓得一屁股瘫坐在椅子上，连说：“我承认，我该死！我保证，以后再也不干骗人的勾当了！”

“好，我就是冲你这句话来的！昨天，你又到刘家去干什么了？”

“这……”

原来，风水先生见第一次信口胡诌骗得了刘家的好处，昨天心血来潮，又想故伎重施。他跑到刘家，说什么刘家大屋昨晚有灾星降临，全家必须在户外躲灾一晚，不然就要出人命大事。刘家人信他的话，忙把贵重东西搬出屋，全家人还在户外受了一夜活罪。本来，风水先生是打算半夜时分窜至刘家后背山，用几个石头把刘家的大屋砸几个窟窿，说成是什么“天陨石”砸的，以证明自己的话灵验，第二天就又可以到刘家领赏。谁知，事有凑巧，风水先生昨夜拉肚子，裤子都湿了，一夜不曾合眼，以至刘家人在户外受了一夜罪，也未见什么灾星，不禁对他的话怀疑起来。

正在这时，我们把风水先生带了去，并当众戳穿了他那骗人的伎俩。刘家人听了大呼上当，并抓住风水先生要找他算账。随后，我们把周家也叫过来，让他们一起上了一堂“相信科学、破除迷信，争做四有新人”的法制课。刘兵知道自己无理阻挠周家建房错了，向周家做了检讨，还表示以后要与周家和睦相处。一起重大纠纷就这样解决了。

事后，我们把这个称作“以巧制胜”调解法。

（载于 2013 年第 4 期《人民调解》月刊）

※ 打气与补胎

现代社会中，有的人往往爱夸不爱批。受了表扬称赞，嘴里不说什么，心里却感到美滋滋的；若是挨了批评，口头上也表示“欢迎”，但内心总觉得不是味儿。严重者，甚至像泄了气的皮球，情绪低落。

其实，一个人要进步，表扬与批评都不可缺少。以骑单车做比方，表扬就像打气，批评就像补胎。车胎少了气，该打气时不打气，车子骑起来就不利索。但车胎坏了，有了破洞，靠打气肯定不行，必须立即到修车店补胎。否则，这车就骑不成了。

如果想通了这个简单的道理，平日，听到表扬之声，就当作鞭策、鼓励；听到逆耳之言，就要“闻过则喜”。这样，才能勇往直前……

（载于 1997 年 5 月 20 日《新青年报》）

❊ 赞老“抠”精神

据《九江日报》1996年1月24日第三版报道，都昌县三汊港中学坚持勤俭建校，像小家庭过日子一样精打细算，两年从餐桌上“抠”出六万三千元。笔者不禁为三汊港中学的这种老“抠”作风叫好！

时下，勤俭节约这一传家宝似乎被人遗忘了。有些人在发了家后大吃大喝，过着奢靡的生活。甚至有的单位在对外经济往来中，也大慷公家之慨，以肥一己之私，且到了难以收敛的地步。学校本是个清水衙门，却能“抠”出那么多经费，怎不令那些大吃大喝、铺张浪费的单位领导汗颜呢？

三汊港中学的曹老师说，该校校长对开支“抠”得紧。我说“抠”得好！这种老“抠”作风看似小气，没有大吃大喝那么大方，可校长节省出了这么多钱，又把钱花在该花的地方，为学校办了那么些实事，全校师生都看在眼里、记在心上。

这样的“抠”就是好，愿大家都来学习三汊港中学的老“抠”精神！

（载于1996年3月13日《九江日报》）

❊ 要留住农村法律服务人才

某县有二十多个乡镇近四十万人口。而就是这样一个在江西也排得上号的人口大县，只有县城才有一家律师事务所，几个执业律师，而县城就有几万人口，大小单位、厂矿企业数百家，农民要想获得律师的法律服务很困难。一是距县城太远不方便；二是律师收费相对较高，一般农民承受不了；三是一些小案子律师不愿接，当事人也觉得不合算。而收费低、能随叫随到，不讲架子、深受农民欢迎的基层法律服务工作者（下文称法律工作者）现在又大多走的走，打工的打工去了。要问农村现在缺什么，可以说，钱虽然也是一个方面，但农村缺的还是法律服务人才。

法律工作者为何深受农民欢迎呢？

一是乡镇法律服务所成立早，有不少是二十世纪八九十年代招聘进来的村干部，也有一些是有文化的农村青年，这些人在法律服务所已锻炼了十多年。他们刻苦学习法律和业务知识，虚心拜能者为师，从知之甚少到慢慢熟悉，继而成长为一个上能为地方政府分忧解愁。下能为群众息纷解难的“土律师”。由于他们没有架子，不打官腔，没有钱也照样能随叫随到，又都是乡里乡亲的，说话和气，又有分量，和事也有技巧，所以能以理服人，最容易让双方接受。如果换上年轻人去搞调解工作，虽然这些人充满朝气，有文化，又有文凭，可这些年轻人刚从学校毕业分配工作，还缺少社会实践经验，做调解工作肯定有点吃力，会一时难以找到化解纠纷的切入点。再是大学生与基层群众的文化层次不同，群众还不会说普通话，都是一口方言，而这些年轻人说的都是一口流利的普通话，有些没文化的人听不懂，因有这些方言的障碍，就很难和群众说到一块儿去。再是有的中老年人还对年轻人调解纠纷缺乏信心，无形中增加了解决矛盾纠纷的难度。而这些法律工作者与当地干部和群众的关系处理得相当融洽，甚至连村里的小孩都能叫出他们的名字来，这些人下去调解纠纷，能很快厘清纠纷的症结，摸准火候，找准处理纠纷的切入点，依情、依理、依法进行调解，不会激化矛盾，群众首先就对他们前来化解矛盾充满了信心。

俗话说："台上十分钟，台下十年功。"能具备这样良好的基础，真正成为一名群众信得过的纠纷调解员，这不是一年两载就可以练就的，也不是人人都能胜任的。十多年来，这些法律工作者不知调解过多少纠纷，甚至连他们自己也记不清了。每当他们看到一对对夫妻因家庭小事闹得不可开交，便苦口婆心调解，使其破涕为笑；每当他们看到一个个乡邻因鸡毛蒜皮之事而大动干戈，便耐心细致地劝解，使其握手言和；每当他们看到一个个贫弱者因赡养、因工伤、因家庭困难等向自己求助，便倾力相助，使问题最终得到解决；每当他们看到有的人因问题得不到解决，或认为有关部门处理不公而想上访，便依情、依理、依法劝说，最终打消了对方上访的念头。这些法律工作者看到了自身存在的价值，同时，他们也深深地爱上了基层司法和法律服务工作。

乡镇法律工作者为何会外流呢？

究其原因，国家对乡镇法律服务所是最吝啬的，从不拨一分钱经费，也没有其他扶持政策，更没有提供转编转干的机会，还要他们交管理费、注册费。而法律工作者大多处在贫困落后地区，靠自收自支过日子，晚年也没有保障。尽管日子过得很艰难，可这些法律工作者从没有一句怨言，也从未向上级伸过一次手，年复一年、日复一日，一直这样默默无闻地工作着，把青春都奉献给了基层司法和法律服务事业，为当地的社会稳定做出了贡献。可以说，他们坚持到现在才外出打工也是一种无奈的选择。而先后与他们一批招聘到乡镇一些部门工作的朋友，现大多都转编吃了皇粮，有的还转了干。论素质，这些法律工作者并不比他们差；论干事，这些法律工作者做得最多，而且做的都是些磨破脚板、既辛苦又不起眼还不被领导重视的劝架和事的“小”事。就为这小事，有时他们还要得罪人，甚至会受到他人的生命威胁，可为了公理，为了他人，他们从未退却过。有的法律工作者看到法律服务所一直得不到发展，便心灰意冷。原来我县有七八个乡镇法律服务所，有法律工作者达二十多人，现大多认为，在基层司法和法律服务所工作没有奔头，所以大部分外出打工赚钱去了，我县横路所全部走光了，常青、四方等所走得仅剩一个人看“庙”。

如今，党中央高屋建瓴地提出要建设社会主义新农村，农村稳，全局稳，要创建富裕和谐平安的新农村，相关部门应想方设法留住这些法律工作者，为他们解决实际问题，让法律工作者在建设社会主义新农村中发挥更重要的作用。

（载于 2006 年 5 月 26 日《江西日报》）

蒿语

❀ 办刊和做人一样

编完这期《船滩》杂志的稿子，已是霜降，协会也进行了换届，说明新的一页又要被翻开。

县志载船滩辽山在唐朝时立过寨，都说辽山是“武”山，而我认为叫“文”山更好。2018年，本刊特设“辽里方阵”栏目，集中推出辽里村作者瘦梦、何逊、李烈明、韩峰、何卫东、周付华、李天男等人的作品。而辽里与辽山只一字之差，应当是有渊源的，且这些作者都生活在辽山山脚下一带，都视辽山为圣山，还有许多个村，每一个村都有个文艺群体，这不是辽山现象又是什么呢？

这个栏目一推出，就引起了县内外文学界的关注，也达到了一定的宣传效果。当然，这也是我们的初心和使命。本期原计划再推《石坑方阵》栏目，集中推一批石坑村的作者，后因条件未成熟，只好放弃，虽有遗憾，但下期还有机会。

船滩虽然是座偏僻小镇，但在抗战时期就被誉为“小汉口”。这里物华天宝、人杰地灵，文化底蕴深厚，历史遗迹星罗棋布。今年，辽田村的周冲老师加入了中国作家协会，辽里村的瘦梦加入了中国诗歌和散文学会，石坑村的吴衍加入了中国金融作家协会。

本期新设栏目《辽山尖》特推出了船滩村戴成标的《牛

头崴》《淋湿的黄昏》《木耳山》三篇小说。他原来是一个走村串户的木匠，协会成立时，我还不知道他也是文学爱好者。这两年，竟然连续在省级纯文学刊物发表中短篇小说，成了县内文学界杀出的一匹黑马，今年还加入了江西省作家协会，《浔阳晚报》还不惜拿出整版对他进行了报道。他小说写得怎么样，凭我等浅薄的学识终是难以解读。陕西师范大学文学院的王玉老师在本期写有评论，她最有发言权。作为本期执行主编，我希望下一期还能推出另一个“戴成标”。

特别说明一下，本刊除约稿外，坚持邮箱选稿，始终未变。前一阵，一位知名作家因多次投稿不中，发微信质问我，说其作品常在大刊大报发表，为何投稿我刊屡屡不中，问我们是不是发稿要收费的？我说，我们发稿从没收过费，不但不收费，还有样刊和薄酬，且坚持了七年。

本期小说、散文、诗歌栏目，有一批实力作家，如魏丽饶、徐肇焕、骆晓云、吴群芝、夏纯、刘央、子清等。这些作家，多是首次在本刊发表作品。

办刊和做人一样不易。作为执行主编，每一期都有太多的感动。诗歌编辑韩峰，是职业公交车司机，忙里偷闲看稿，还把杂志放在公交车上供旅客消遣；散文编辑付映晖，每篇稿子都要细看细改并与作者沟通，专业编辑就是这么敬业吧！

最后要感谢的，是市作协蔡主席向我们这期杂志推荐了作品。可以说，这是给予我们的肯定和鼓励。

（载于 2023 年总第 7 期《船滩》）

❊ 晚报情

《浔阳晚报》创办于1996年10月，是赣北地区唯一一份晚报。从创刊到现在，我始终是晚报的一名忠实读者。我要感谢晚报的创始人——原主编方诗庆老师，是他热心引导，最终让我成了一名新闻和文学爱好者，先后在《人民日报》《江西日报》《九江日报》《浔阳晚报》等报刊发表各类稿件数百篇。村民说，我是赤脚上岸，由一位普通农民，成为一名基层通讯员，后又转换身份，成为一名专业法律工作者。这得感谢方老师，是他改变了我的人生。

方老师曾在二十世纪被组织派往船滩镇坎头村，在村里工作生活了好长一段时间，与村里老少情谊深厚，与我算是“同村人”了，论年龄，他是叔辈。记得他受命创办晚报时，给我写过一封信，鼓励我多写稿，多向晚报投稿，可惜因数次搬家，这封信不见了——那时我家穷，都是借别人房屋暂住，经常搬家，应当是搬家时遗失的，至今悔之不已。

那时，我也经常下村采访，感觉文字没有图片报道直白，除了采访本不离身，我还省吃俭用买了一台凤凰牌135型相机，俨然是个专业记者。那时的我积极性很高，只要发现新闻线索，立马就赶到现场去核实。我也长了一双“新闻眼”，也知道新闻的“三要素”，即便有时遭人误解，我也乐此不疲，因常与报社联系，又积极写稿，被晚报聘为特约记者，还到报社去开过特约记者会。这些，都是我最温馨的记忆。

在晚报发了几篇“豆腐块”新闻后，我看到晚报的副刊办得特别好，那些文字可读性强，又有生活气息，能启迪人、开人眼界，值得收藏。因此，我除了将自己发表的新闻稿件剪下来贴在集子上，还爱把别人发表在副刊上的好作品也剪下来，而且专门做了剪报集，每有空闲就不忘翻看学习。不怕你笑话，其实我没读过几本书，识不了多少字，有时半天想不出一个词，却也假装爱上了文学。

1999 年 1 月 22 日，浔阳晚报匡庐语丝栏目发表了我的第一篇不是新闻的稿子，标题是《新闻 110 好》，全文只有两百多字，却让我激动了一晚上。后来我的劲头更足了，天天写，每年都要在晚报副刊发表几篇作品。虽然我的稿子粗糙、文笔生硬，但晚报副刊主编连国秀老师及报社那些我晓得名字的编辑老师，总是不厌其烦地给予我热心帮助，他们不图回报，认真负责，默默无闻讲奉献的精神，让我多有感动，也让我蠢蠢欲动，居然动笔写起了长篇小说。2017 年，我二十五万字的处女作《船要过滩》已完稿，花了整整五年，现已付梓，正在江西百花洲文艺出版社出版中（后改为云南美术出版社），不日便可与读者见面。

我与还有一位不得不说的朋友——原晚报摄影部的丁焕老师，我与他相识十多年，尽管有时几年不见一面，但微信或电话常有。他喜欢钓鱼、摄影、开网店，后又迷上了将废旧物品变身为工艺品，还喜欢在微信中显摆一下。几个月前，他患重症住进了南昌某医院，需要一大笔医疗费用，我看到网上的众筹，忙告诉几位朋友，他们也都捐了款，献了一份爱心。可医生回天乏术，他最终还是走了。因我当时在外地办案，未能送他最后一程，实在遗憾！

感恩每一个人，感恩一切的遇见！如果没有晚报副刊这块园地，没有编辑老师数年如一日的关心和帮助，我的每一步，也许都是鸡爪留痕，不值一文，也就不可能有值得回忆的过往。

（载于 2021 年 12 月 22 日《浔阳晚报》副刊，获 2021 年“我与浔阳晚报”征文比赛优秀奖）

❈ 难舍难分《农家信使报》

去年订报期间，当家中“财政部部长”的妻见手头紧张，就劝我少订两份报，把《农家信使报》筛掉了。我不好拂妻的意，就狠心割了爱。之后，妻见我像丢了魂似的，吃饭不香，睡觉不安，就又去邮局帮我补订了一份《农家信使报》。妻见我脸上终于露出了笑容，心里这才踏实。

不是我说得玄乎，我与《农家信使报》的感情，别人是不懂的。我从 1992 年起，开始订阅《农家信使报》，至今已整整四年了。四年来，报上介绍的养蚕知识，我学以致用，也栽了桑，养起了蚕，并在实践中加以琢磨，现在遇到问题，队上人还向我取“经”呢！报上发布的每一项新技术和好信息，我也毫不保留地介绍给他人。村里李某按报上提供的信息，贩了一批桐子到邻县，一天就赚了三百多元。因此，村里人把我当成了技术员，我说《农家信使报》才是真正的老师。

因为我喜欢向报刊投些“豆腐块”稿件，被镇领导看中，把我聘任为新闻报道通讯员，让我从一个普通农民，走上了工作岗位，先后多次被九江日报和武宁广播电台评为优秀通讯员，还担任了县政协委员、镇纪委委员。如果没有编辑老师的一路支持，也就没有我的今天。今后，我还要坚持订阅《农家信使报》，积极宣传《农家信使报》，多为《农家信使报》采写稿件。

愿《农家信使报》越办越好，成为人们学习的良师、生活中的益友。

（载于 1996 年 2 月 2 日《农家信使报》）

❀ 我与《九江日报》的不了情

与《九江日报》结缘，说来话长。那还是1986年的一天，我到湖北通山做副业，同行的一位大叔用半张旧报纸包了两个玉芦粑当午餐。午餐就在大山沟里吃，他吃完玉芦粑，喝着泉水，随手把报纸丢在沟旁。我忙弯下身子，拾起那团皱巴巴的旧报纸，在山野中如获至宝地把报纸展开，原来这是一份《九江报》，上面有一篇报道武宁县政府在船滩乡举办武宁打鼓歌学术研讨会的新闻，我顾不上喝口水，一字不漏地看完新闻，觉得这篇稿子写得好，报道也及时，让武宁打鼓歌走出了大山，走进了大雅之堂。看完后，我有了一种跃跃欲试的想法。

后来，我搜集了一百多首打鼓歌，向《九江报》投稿。那时，船滩写新闻的人不多，我写的“豆腐块”居然也登上了《九江报》，后《九江报》改为日报，用稿量大了，几乎每周都有我采写的船滩新闻。时任武宁县公安局副政委的吴开贵挂职任船滩乡副乡长时，了解到我的情况，要破格录用我这个泥腿子到乡政法办任干事兼做新闻报道工作。到了新岗位，我认真学习法律，做好本职工作，利用业余时间采写新闻。在那些难忘的日子里，我也有过失望，有过喜悦，但想不到的是，从未谋面的日报社赵青老师还给我写过鼓励信，让我重新树立了信心，又写了不少新闻稿件，并多次被《九江日报》和武宁县广播电台评为优秀通讯员。1997年，我创办了全国首家合作制法律服务所——武宁县四方法律服务所，《九江日报》《江西日报》《中国律师报》纷纷派记者前来采访。我第一次成了党报记者采访的对象，一夜间也成了新闻人物。2003年1月，我有幸被江西省司法厅评为“全省司法行政系统先进个人”，可以说，没有《九江日报》，也就没有我的今天。

2001年9月1日，《九江日报》读者来信版刊登了我采写的《治治农村“电老虎”》一文，反映武宁县某电力有限公司下属一电站先后停电五六次，致外地一演出团推迟了近一个小时演出，造成极不好的影响。文章见报后，武宁县某电力有限公司认为我采写的批评报道失实，并给公司的名誉造成了极大的损害，一纸诉状将我告到武宁县人民法院。这是武宁县的首起新闻官司，也是九江市首起新闻官司。报社领导很重视，先后派记者到实地采访，又在《九江日报》和《浔阳晚报》进行追踪报道，让我正确面对，叫我不要怕。2001年11月19日，该案在武宁县人民法院开庭审理。2001年11月22日，报社派《浔阳晚报》记者采写的《停电，有没有戏外戏？》在焦点时空版做了大篇幅报道，引起了市领导的关注。可以说，是《九江日报》和《浔阳晚报》伸出了温暖的手，给了我力量，给了我信心，给了我一片光明。

最后，这件事在报社的大力支持下，得到了圆满解决。

（载于2019年6月10日《九江日报》）